HEYNE <

Das Buch

Colonel Stu Sheridan wird am frühen Morgen des 3. Februar an den Schauplatz eines Verbrechens gerufen. In einer Baugrube werden 24 Leichen gefunden, die ausnahmslos durch einen Schuss ins Herz starben. Schnell kommt die Vermutung auf, dass es sich entweder um einen organisierten Massenselbstmord oder um einen Sektenmord handelt.

In der Autopsie stellt sich heraus, dass einige der Leichen Anomalien aufweisen. Beispielsweise hat eine Frau eine äußerst schwere Geburt, die bleibende körperliche Probleme hinterließ, ohne fremde Hilfe hinter sich gebracht. Ein anderes Opfer weist Wunden auf, die von der Folter auf einem elektrischen Stuhl herrühren könnten.

In derselben Nacht kommt Professor Frank Franklin am abgelegenen Durrisdeer College an. Dort will er seine erste Festanstellung antreten. Die Leichen werden in einem an den Campus angrenzenden Gebiet gefunden.

»Ein großer Roman.« *Le Figaro*

Der Autor

Romain Sardou lebt in Paris. Mit seinem historischen Roman *Das dreizehnte Dorf* gelang ihm auf Anhieb ein Bestseller. Von seinem Vater Michel Sardou, dem Großmeister des Chansons, erbte er das musikalische Talent, das ihn zur Oper hinzog. Doch schon als Schüler träumte er davon, Romane zu schreiben. Nach wertvollen Lehrjahren in der Filmindustrie von Los Angeles kehrte Romain Sardou nach Paris zurück und erfüllte sich seinen Traum auf eine Weise, die nicht nur in Frankreich Begeisterung auslöste.

Außerdem bei Heyne lieferbar: *Das dreizehnte Dorf – Salomons Schrein – Der kleine Weihnachtsmann*

ROMAIN SARDOU

KEIN ENTRINNEN

Roman

Aus dem Französischen von
Hanna van Laak

WILHELM HEYNE VERLAG
MÜNCHEN

Die Originalausgabe PERSONNE N'Y ÉCHAPPERA
erschien 2006 bei XO Éditions, Paris

FSC
Mix
Produktgruppe aus vorbildlich bewirtschafteten Wäldern und anderen kontrollierten Herkünften

Zert.-Nr. SGS-COC-1940
www.fsc.org
© 1996 Forest Stewardship Council

Verlagsgruppe Random House
FSC-DEU-0100
Das für dieses Buch verwendete
FSC-zertifizierte Papier *München Super*
liefert Mochenwangen Papier.

Vollständige Deutsche Erstausgabe 01/2008

Printed in Germany 2008
Umschlagfoto: © plainpicture / whatapicture
Umschlaggestaltung: Nele Schütz Design, München
Satz: KompetenzCenter, Mönchengladbach
Druck und Bindung: GGP Media GmbH, Pößneck
ISBN: 978-3-453-40529-5

www.heyne.de

Für meinen Vater

TEIL EINS

1

3. Februar 2007

»Das Schlimmste, das garantiere ich Ihnen, ist das Aussteigen aus dem Auto …«

Dieser unvergängliche Gedanke stammte aus Kalifornien, genauer gesagt aus Hollywood. Mit diesen Worten beschrieben die Filmregisseure den »unangenehmsten« Teil ihres Berufs, nämlich das allmorgendliche Verlassen des Autos nach der Ankunft am Drehort. Eine Schar von Assistenten erwartete sie dort und bestürmte sie mit Fragen und Problemen, die auf der Stelle gelöst, und mit Entscheidungen und noch mehr Entscheidungen, die sofort gefällt werden mussten. Nichts als Komplikationen. In diesen Minuten spürte man, laut Kubrick und Spielberg höchstpersönlich, im Innersten nur einen einzigen drängenden Wunsch: kehrtzumachen und sich wieder ins Bett zu legen.

In dieser eiskalten Winternacht des Jahrs 2007 saß Colonel Stu Sheridan, der Chef der Staatspolizei von New Hampshire, zusammengekauert in seinem Auto, während er sich dem düsteren Schauplatz eines Verbrechens näherte, und dachte, dass die Maxime aus Hollywood auch sehr gut zu seinem Beruf als Cop passte. Geradezu perfekt sogar.

Eine halbe Stunde zuvor hatte ihn ein Anruf seines ersten Stellvertreters Lieutenant Amos Garcia geweckt. Dieser hatte ihm ohne ein Wort der Einleitung oder Entschuldigung für den morgendlichen Überfall mitgeteilt, dass er ihm einen Fahrer schicken werde. Es gab – so seine eigenen Worte – eine »gewaltige Schweinerei« auf der Baustelle für die neue Interstate 393 zwischen Concord und Rochester mitten im Wald von Farthview Woods. Sheridan kannte den Ort: Seit einem Jahr befand sich dort eine öffentliche Baustelle für den Ausbau der Autobahn, ein Durchstich von fünfzehn Kilometern durch den Wald mit Teilabschnitten auf Pfeilern, die die eingedämmten künstlichen Seen überbrücken sollten.

Auf einen Ellbogen gestützt entzifferte Sheridan auf seinem Wecker, dass es vier Uhr war. Mit abgehackten Worten setzte sein Stellvertreter ihn summarisch über die chaotische Lage in Kenntnis.

»Worum geht es? Ein Verbrechen?«

Garcia zögerte.

»Schwer zu sagen, Chef. Um ehrlich zu sein, ich hab die Augen noch nicht offen genug, um zu zählen, wie viele Leichen wir am Hals haben!«

»Scheiße. Okay. Ich mache mich fertig«, antwortete der Colonel. Der Lieutenant beendete das Gespräch abrupt. Sheridan rollte sich langsam ans Fußende des Betts, um seine Ehefrau nicht zu wecken. Er tappte im Dunkeln vorwärts und griff nach seinen Kleidern vom Vortag, die auf einem Sessel lagen.

Colonel Stuart Sheridan war ein Riese mit dem Nacken eines Lineman im Football, einem vierschrötigen Oberkörper und keinem Gramm Fett am Gürtel. Diese Statur ließ unweigerlich alle, die mit ihm sprachen, die Stimme senken. Sie war ein Geschenk für einen Mann mit Polizeimarke, vor allem in Zeiten nächtlicher Patrouillen. Anders als die Kraft des Fünfzigjährigen hatten dessen Gesichtszüge allerdings den Zenit des halben Jahrhunderts schon vor langer Zeit überschritten. Dreißig Jahre Dienst, bezahlt mit großen Krähenfüßen an den Schläfen, Tränensäcken unter den Augen und langen, tief eingegrabenen Furchen auf der Stirn. Sein Bürstenhaarschnitt war eisengrau und licht geworden; sein mit Narben bedecktes Gesicht erinnerte ihn an seine Jugend, an seine »Westernphase«, in der keine Untersuchung ohne eine Schlägerei abging. Heute herrschte Stu Sheridan ohne diese direkten Kontakte mit der Verbrecherwelt über die Staatspolizei, eine einflussreiche Position, die ihm niemand streitig machte.

Er ging ins Wohnzimmer hinunter, um seine Uniform anzuziehen. Während er seinen Gürtel umschnallte, bemerkte er die zwei weißen Lichtkegel der Scheinwerfer eines Autos, das vor seiner Vortreppe anhielt. Er sah außerdem dicke Schneeflocken, die eine Windböe davontrug. Es war der 3. Februar; der Schnee hatte lange auf sich warten lassen, dafür schneite es an diesem Morgen mit unversehener Heftigkeit.

Der Elitepolizist ließ seine Glock Kaliber 45 Automatik ins Holster gleiten und drückte sich den Stetson seiner Polizeitruppe auf den Kopf. Sowie er die Tür geöffnet hatte, fiel ihn der Wind an. Ein Zivilfahrzeug wartete mit laufendem Motor auf der anderen Straßenseite auf ihn. Sein Auspufftopf spuckte eine unglaubliche Menge weißen Qualm aus. Ein junger Mann von der Polizeischule stieg aus, um ihn zu begrüßen, und stammelte eine Höflichkeitsfloskel. Der Chef antwortete mit einem knappen: »Beeilung!«, bevor er die Autotür zuwarf.

Der Wagen verließ das Stadtgebiet von Concord, der Hauptstadt von New Hampshire, und schlug die Richtung des Walds von Farthview Woods ein. Die beleuchteten Straßen verschwanden ebenso wie die Ampeln an den Kreuzungen, bald auch die einsamen Behausungen. Es war pechschwarze Nacht.

Und überall schneite es.

»Das hat uns gerade noch gefehlt …«, dachte der Colonel. Er sah schon die umgekippten Sattelschlepper, die durchtrennten Hochspannungsleitungen und die kaputten Generatoren mitsamt den aufgeregten alten Farmern vor sich. Und die schwangeren Frauen. Im Lauf des Winters brachte man es so gut wie immer auf ein oder zwei Frauen, die in ihrem Auto auf dem Weg ins Krankenhaus festsaßen. Stets war es ein Polizist, der als Erster auf ihren Hilferuf antwortete. Und oft war es der gleiche Polizist, der auf seiner Rückbank dann half, das Kind zur Welt zu bringen. Die ersten Schneefälle in dieser Intensität waren immer Vorboten einer Menge Ärger.

Er sagte sich außerdem, dass es schon eine ganze Weile her war, dass man ihn nicht mehr mitten in der Nacht geweckt hatte. Jener berühmte Anruf, nach dem man plötzlich vor einer aus dem See gezogenen Wasserleiche steht oder vor einer Rothaarigen, die von einem Freier abgeschlachtet wurde. Als hohes Tier hatte er inzwischen alles Übrige am Hals: die Einbrüche, die Tätlichkeiten, die Sicherheit von

Demonstrationen, die Berichte an die Politiker, die offiziellen Kanäle, die Pressekonferenzen und so weiter. Eine unermessliche Zahl vollgekritzelter Papiere für eine unermessliche Zahl von Bereichen. Daher respektierte man im Allgemeinen seinen Schlaf.

Ich hab die Augen noch nicht offen genug, um zu zählen, wie viele Leichen wir am Hals haben!

Die Polizei von New Hampshire konnte sich rühmen, eine anormal niedrige Kriminalitätsrate zu haben. Sheridan dachte daran, dass seine Zahlen in die Höhe schnellen würden, wenn ihn bei Garcia vier oder gar fünf Leichen erwarteten.

Es war bei seiner Ankunft am Rand der Baustelle, als ihm der Satz der Hollywood-Regisseure einfiel. Zunächst herrschte vollkommene Dunkelheit, Mauern von Bäumen ragten ringsum in den Himmel, und dann brach plötzlich aus einer grell leuchtenden Scheibe im Nirgendwo eine Lichtflut hervor. Ein gutes Dutzend Polizeiwägen standen dort, Fords der Marke Crown Victoria mit eingeschaltetem Blaulicht; die Scheinwerfer der Baufirma ergossen ein bläuliches Licht, riesige Generatoren brummten und dampften wie U-Bahn-Eingänge, phosphoreszierende gelbe Bänder schwankten im Wind, ein Hubschrauber schwebte in geringer Höhe darüber und tastete mit seinem Suchscheinwerfer die Wälder ab, und Fotoblitze zuckten auf. Auf der Baustelle herrschte Stillstand, kein Arbeiter war anwesend, kein Zuschauer, kein Übertragungswagen war zu sehen: nur die Cops und die Kriminaltechniker.

Der Schauplatz eines Verbrechens in den ersten Augenblicken.

»Mir blieb nichts anderes übrig, als Sie zu holen, Chef«, sagte Amos Garcia.

Der Stellvertreter war um die vierzig, ein Latino aus Ford Lauderdale in Florida. Seit sieben Jahren arbeitete er eng mit Sheridan zusammen.

»Zum Glück bin ich schon früh am Tatort eingetroffen, sodass ich einen ziemlich großen Bereich absperren konnte. Sonst hätten unsere Leute alles mit ihren Stiefeln zertrampelt. Von der örtlichen Polizei ganz zu schweigen. Es muss unweigerlich eine Menge Spuren geben, unter dem frischen Schnee dort. *Es muss.*«

Er war angespannt. Das ähnelte ihm nicht. Garcia belastete sich an einem Einsatzort nicht mit Gefühlen.

»Kommen Sie, es ist hier drüben«, sagte er.

Im Gehen registrierte der Chef die Anwesenheit von vier Krankenwagen und eine erhebliche Anzahl von Tragen und Bahren wie bei einem Auto- oder Zugunfall. Ein alter Schwarzer saß mit verängstigtem Gesicht auf einem Plastikstuhl vor zwei Polizisten, die einen Abdruck seiner Stiefelsohlen nahmen. In seiner Nähe wartete ein großer Hund. Eine Armada von Baumaschinen war entlang der Sandhügel und Erdaufschüttungen geparkt. Offensichtlich waren die Arbeiten auf der Baustelle seit mehreren Stunden zum Erliegen gekommen.

Die zwei Männer schlüpften unter den gelben Absperrbändern hindurch, die den Tatort umgaben, und gingen einen mit Holzpflöcken markierten Weg entlang. Sie erreichten ein Loch von acht Metern Breite, das zwei Meter tief und vollkommen eben war. Es gab mehrere davon in regelmäßigen Abständen auf der Baustelle. Sie markierten die

Stellen, an denen demnächst jene Betonpfeiler stehen sollten, die die Autobahn tragen würden.

Im Innern der Grube erblickte Sheridan eine formlose, dunkle Masse, die zum Teil von Schnee bedeckt war. Sein Blick fiel auf das Gesicht einer jungen blonden Frau, dann auf einen alten Mann neben ihr, dann eine weitere, braunhaarige Frau mittleren Alters … und auf weitere Gesichter und Körper. Körper überall.

»Es sind mehr als zwanzig«, sagte Garcia. »Vierundzwanzig.«

Sheridan traute seinen Augen nicht. Erstarrt und schweigend stand er an der Grube. Er spürte, wie die Kälte, die um ihn herrschte, in seine Knochen drang. Er schauderte.

Vierundzwanzig Tote.

»Heiliger Herrgott …«

Die Leichen waren mit makabrer Sorgfalt in vier Lagen aufeinandergestapelt, die Köpfe alle in dieselbe Richtung. Kein Tropfen Blut war zu sehen. Eine Leiche war nicht auf dem Haufen liegen geblieben; sie war herabgerollt und lag nun bäuchlings auf dem Boden. Zu beiden Seiten des Bergs baumelten leblose Arme herab. Das Ganze erinnerte an ein Ungeheuer aus der Odyssee oder an eine auf den Rücken gestürzte Hindu-Gottheit.

»Ich hatte noch nie mit so vielen Leichen auf einen Schlag zu tun«, murmelte Garcia mit tonloser Stimme. »Es ist das reinste Massengrab.«

Er zog eine Zigarette aus dem Päckchen American Spirit und steckte sie zwischen die Lippen. Sheridan hatte seine Uniform angezogen, Garcia aber trug ausgeblichene blaue Jeans über Cowboystiefeln und einen langen gefütterten

Mantel. Der Colonel blickte ihn an. Einen Augenblick lang sahen sie sich in die Augen. Die Jahresstatistiken ihres Bundesstaats hatten soeben einen herben Rückschlag erlitten.

In der Grube erkannte Sheridan Basile King, den Gerichtsmediziner, und seinen Assistenten. Der Erste wischte mit einem trockenen Pinsel die Schneeschicht weg, der Zweite machte Fotos.

»Guten Tag, Chef. Ein höllischer Morgen, nicht wahr?«

Sheridan nickte. Der Gerichtsmediziner war um die sechzig und tanzte leichtfüßig um die Körper herum, als wären sie nichts weiter als Marionetten oder Zellkulturen in Reagenzgläsern.

»Soweit ich sagen kann«, verkündete er, »ist die Totenstarre noch sehr schwach ausgeprägt. Der Tod liegt noch nicht lange zurück. Höchstens ein paar Stunden. Das ist eindeutig, vor allem bei dieser Kälte.«

»Todesursachen?«

»Bis jetzt konnte ich nur zu den obersten Leichen vordringen. Die jedenfalls haben eine Kugel mitten ins Herz bekommen, das steht fest.«

Er näherte sich einem Opfer und schob den linken Zipfel von dessen Anorak hoch. Auf dem Pullover zeichneten sich ein blutroter Fleck und ein angesengter Umriss ab.

»Sehr saubere Arbeit. Vergleichbarer Einschuss bei fünf Fällen bis jetzt. Die Untersuchungen werden zeigen, ob es eine frühere Todesursache gibt.«

Sheridan wandte sich an Garcia.

»Hat man Waffen gefunden?«

»Bis jetzt keine.«

Der Colonel versank wieder in Schweigen. Einerseits war

er betroffen angesichts eines derartigen Massakers, andererseits beunruhigt über den Wirbel, den diese Entdeckung in seinem Amtsbereich nach sich ziehen würde. Einen Steinwurf entfernt schritten zwei Männer und zwei Frauen das für die Ermittlungen abgesperrte Gelände ab. Jeder von ihnen trug einen Parka mit den Initialen der Gerichtsmedizin auf dem Rücken. Mit einer Taschenlampe und einem Fotoapparat bewaffnet gingen sie langsam vorwärts und hefteten dabei den Blick auf den Boden. Einer vor ihnen benutzte ein Magnetometer. Bei jedem Indiz, das ihnen auffiel, setzten sie einen nummerierten Pflock.

Rund um den Tatort gab es kilometerweit nichts anderes als den dunklen Wald von Farthview Woods.

Der Hubschrauber flog noch immer über ihre Köpfe.

Wie schafft man es, mehr als zwanzig Menschen umzulegen, fragte sich Sheridan. Wie transportiert man sie hierher? Waren sie tot, bevor sie diese Baugrube erreichten? Warum an diesem Ort? Warum waren die Leichen so sorgsam aufgeschichtet?

»Wer hat uns alarmiert?«, fragte er Garcia.

»Der wachhabende Beamte nahm um drei Uhr zwölf einen Telefonanruf entgegen. Milton Rock. Er war der Anrufer.«

Er zeigte auf den Afroamerikaner, der vor den zwei Polizisten saß.

»Was machte er um diese Uhrzeit in der Gegend?«

»Er ging mit seinem Hund spazieren. Er wohnt achthundert Meter entfernt im Dorf SR-12. Seiner Aussage zufolge hat er gegen zwei Uhr vierzig das Haus verlassen. Aber sobald der Köter von der Leine gelassen war, begann er zu schnuppern und rannte dann Richtung Baustelle davon. Der arme Kerl lief ihm mit einer elektrischen Taschenlampe hinterher und brüllte ewig herum, bis er ihn hier wiederfand, wo er die Finger der Toten ableckte. Er ging nach Hause und rief uns an.«

»Sonst hat er nichts bemerkt? Keinen Lärm, keine verdächtigen Bewegungen?«

»Nichts. Der Typ ist total geschockt.«

»Irgendwelche Spuren in der Umgebung des Tatorts?«

»Ich habe zwei Männer mit Hunden losgeschickt und den Hubschrauber. Bis jetzt nichts. Wir nehmen Reifenabdrücke auf allen Straßen, die hierherführen. Aber bei diesen nassen Straßenbelägen …«

Bahrenträger trafen beim Colonel und beim Lieutenant ein. King überwachte die unter größten Vorsichtsmaßnahmen erfolgende Hebung der ersten Leiche: ein Mann, weiß, ziemlich alt. In dem Augenblick, als man ihn hochhievte, entwich unter ihm eine Dampfwolke. Es war die Wärme, die die anderen Leichen gespeichert hatten. Ekelhaft.

Der Hubschrauber entfernte sich und der Lärm der Rotorblätter verhallte. Jetzt erst wurde Sheridan die unglaubliche Stille bewusst, die den Schauplatz des Verbrechens einhüllte. Seine Männer waren stumm. Sie hielten sich von der Grube fern und blieben seltsam nahe beieinander. Normalerweise gingen sich die verschiedenen Polizeieinheiten demonstrativ aus dem Weg. Die Inspektoren blickten hochnäsig auf die Streifenbeamten herab und wurden ihrerseits von den Kriminaltechnikern mit Verachtung gestraft; und die örtlichen Polizisten sonderten sich noch entschiedener ab, um über alle Welt herzuziehen. Hier aber waren die Gruppen unverkennbar gemischt, man reichte sich Zigaretten und warf sich stillschweigend Blicke zu.

Der Colonel dachte bei sich, dass er das gleiche Unbehagen empfand wie seine Männer. Er war so erschüttert wie an den Tagen, an denen ein Verbrechen an einem Kind entdeckt wurde. Die machten einem am meisten zu schaffen.

Energisch beschloss er, sich zusammenzureißen.

»Garcia, lass die Leichen in die Leichenhalle des Krankenhauses bringen. Es hat keinen Zweck, sie ins Polizeilabor mitzunehmen. Wir haben nicht genügend Autopsiebetten und nicht genügend Kühlfächer. Ich will kein überflüssiges Hin und Her. Sollte irgendwelches Material fehlen, dann lass es in die Leichenhalle schaffen.«

»Verstanden, Chef.«

»Ich werde den Katastrophen- und Seuchenschutz kontaktieren, damit sie uns zusätzliche Bereitschaftsmediziner schicken. Ich will nicht, dass King auch nur eine Sekunde verliert. Die Identifizierung der Leichen hat absoluten Vorrang. Sobald ich im Büro bin, werde ich den Gouverneur verständigen.«

Sheridan riss sich vom Anblick der Leichen los und machte kehrt, um zu seinem Wagen zurückzugehen.

»Welche Art von Untersuchung leiten wir ein?«, fragte ihn Garcia.

Er wollte wissen, ob die Leitung des Falls der Kriminalabteilung oder der Abteilung für Sonderermittlungen übertragen werden würde.

»Haben wir es mit Mord oder Selbstmord zu tun?«

»Wer kann das schon sagen?«, antwortete Sheridan.

Er warf einen letzten Blick auf den Tatort.

»Vierundzwanzig Menschen können nicht einfach umkommen, ohne jede Menge Spuren zu hinterlassen. Ob sie nun in dieser Grube gestorben sind oder ob man sie danach hineingekippt hat. Wir müssen warten, bis wir mehr handfeste Indizien haben. Organisier eine Besprechung mit allen Abteilungen um neun Uhr. Bis dahin sehen wir bestimmt klarer.«

»Verstanden.«

»Und, Garcia, niemand betritt diesen Tatort! Vor allem nicht die Presse!«

»Die nötigen Vorkehrungen sind bereits getroffen. Bis gleich, Chef!«

Sheridans Gedanken wandten sich sofort anderen Fragen zu. Seine Aufgabe bestand nicht mehr darin, Verhöre oder Untersuchungen vor Ort durchzuführen. Der Chef der Staatspolizei war für das Kommando, die Logistik und die Überwachung des Schriftverkehrs zuständig. Seine Aufgabe war es, die Informationen bis in höchste Sphären weiterzuleiten, Ermittlungsteams zu bilden und die Verantwortung für diese Teams zu übernehmen. Doch das Sammeln von Informationen, die Einschätzung und Beurteilung der Fakten und die brillanten Lageberichte, all diese Arbeiten waren heute nicht mehr sein Fach. Er durfte sich nicht mehr damit befassen, wenn er den Rest seines Jobs ordentlich erledigen wollte. Ein agilerer, hartnäckigerer Typ als er würde an seiner Stelle das Rätsel dieser vierundzwanzig Leichen lösen.

Als er in sein Auto stieg, nahm der Schneefall zu.

»Das ist nicht schön«, murmelte der Polizeischüler schüchtern, während sie die Baustelle verließen.

»Nein. Es ist sogar schlichtweg widerwärtig.«

Sheridan holte eine Schachtel Zigaretten aus seinem Parka.

»Schon für einen einzigen gewaltsamen Tod muss eine Menge im Leben schiefgehen, man muss den falschen Leuten über den Weg laufen oder einfach Pech haben … aber das Ganze gleich mehr als zwanzigmal!«

Er zündete sich eine Zigarette an. Die erste des Tages. Die einzige, deren Wirkung er noch spürte.

»Entweder brichst du in Tränen aus, oder du kotzt …«

2

Vier Stunden später

Bei Tagesanbruch hatte sich das schlechte Wetter weiter verschlimmert. Das Thermometer war um zehn Grad gefallen und der Horizont wurde weiß.

Im Wald von Farthview Woods ließ die Nacht weiterhin nichts von der Umgebung erkennen – *nichts*, so nah es auch sein mochte. Kein Lichtstrahl, kein einziges Lebenszeichen in Sichtweite bis hin zu den Lichtern der Städte, deren Widerschein zwar in den tief hängenden Wolken schimmerte, hier jedoch durch die eng stehenden Reihen der Tannenbäume nicht zu erkennen war.

Ein Wilhelm Grimm hätte inmitten dieser Schwärze, die stark der Finsternis in den Märchen vergangener Zeiten ähnelte, wohl geschrieben: »*Selbst das Auge eines Wolfs hätte nicht darin aufzuleuchten vermocht, so sehr hüllte die Dunkelheit ihn ein …*«

Derselbe Grimm wäre allerdings einen Augenblick später vor Überraschung aus den Schuhen gekippt: Zwei winzige blendende Lichtkegel tauchten aus dem Nichts auf.

Ein Auto.

Es rollte im Schritttempo. Doch obwohl es langsam fuhr,

schlingerte sein Hinterteil, von der geringsten Lenkbewegung mitgerissen, unaufhörlich hin und her.

Das Auto war so ungeeignet für die herrschenden Verhältnisse wie nur möglich: ein Volkswagen Käfer Baujahr 1974, mit einem 1300 Kubikmotor, in Illinois angemeldet, orange und für seine jahrzehntelangen Dienste auf dem Asphalt noch recht gut in Schuss.

Drinnen umklammerte ein Mann das Lenkrad. Er war achtundzwanzig Jahre alt, hatte helle Haut und gelockte, blonde Haare und sehr schwarze Augen hinter einer kleinen Brille. Seine Gesichtszüge waren recht hübsch, seine Figur ziemlich kräftig. Er beugte sich nach vorne und drückte die Stirn an die Windschutzscheibe. Das ganze Wageninnere war beschlagen. Das Gebläse am Armaturenbrett brachte nur einen lauen Hauch hervor und zeichnete zwei Halbkreise auf die Scheibe, die kaum so groß wie Hände waren.

Die Hinterbank verschwand unter Koffern und Kartons. Eine Straßenkarte des südlichen New Hampshire war über einem Rucksack und einer Bomberjacke auf dem Beifahrersitz ausgebreitet. Der Tageskilometerzähler (nicht serienmäßiges Extra, eingebaut vom Besitzer des Käfers in den Achtzigern) zeigte 668 Kilometer an.

Betäubt vom Dröhnen des Motorblocks folgte der junge Mann mit den Augen den Flocken, die sich an seine Scheinwerfer hefteten. Immer wieder sah er nur noch Weiß vor sich. Eine wenig stabile Mauer. Die letzte bewohnte Behausung, die letzte öffentliche Straßenlaterne und das letzte Auto, das ihm begegnet war, lagen nun fünfundvierzig Minuten hinter ihm. Er war mutterseelenallein auf der Welt. Und ziemlich verloren.

Sein Name lautete Frank Franklin. Bis vor kurzem noch hatte er als Aushilfsprofessor am Fachbereich Anglistik der Universität von Chicago gearbeitet, eine Stelle, die er seit drei Jahren ohne Begeisterung ausgefüllt hatte. Er war am 13. Juni 1978 in New Jersey geboren und in Wellesley, Massachusetts aufgewachsen. Seine Mutter lehrte Geschichte und Politische Wissenschaften am Wellesley College, einer Lehranstalt für junge Frauen, die den Ruhm dieser Gemeinde in der Nähe von Boston begründete. Eda Franklin war eine Figur wie aus einem Roman: eine Feministin und emanzipierte Frau, wie man sie sich heute als Mutter gar nicht mehr vorzustellen wagt. Sie war eine eingefleischte, unverbesserliche Junggesellin und hatte mit knapp vierzig beschlossen, »sich ein Kind zu leisten«. Einen Vater suchte sie sich nach ihren höchst persönlichen Kriterien aus und es war der jüngere Bruder einer ehemaligen Schülerin, auf den, ohne dass er gefragt wurde, ihre Wahl fiel. Ein strohdummer Typ, aber sehr stark, ein Footballspieler, der vor Gesundheit strotzte. Sie verführte ihn und gab ihm dann, nachdem der Samen gelegt war, den Laufpass. Der arme Kerl erfuhr nie, dass er ein Kind gezeugt hatte. Wenn sie bis dahin in der Mutterschaft die erste Entfremdung der Frau gesehen hatte, so wurde diese Ansicht nun durch die Ankunft des kleinen Frank korrigiert. Mit der Geburt Franks verzichtete Eda außerdem auf das Schreiben. Es kam für sie nicht mehr infrage, ein Buch zu erschaffen, jetzt sollte es ein Mann sein. In ihrem Hochmut erschien ihr diese Aufgabe als durchaus angemessen.

Frank wuchs in ihrer Bibliothek auf. Er studierte am Babson College in der Nähe von Wellesley, dann in Harvard. Mit vierundzwanzig Jahren hatte er die Taschen voller Diplome und wurde Mitglied des Lehrkörpers an der Universität von Chicago im Fachbereich Literatur. Keine drei Jahre später machte er durch eine erste Veröffentlichung auf sich aufmerksam. Nicht etwa durch einen Roman, wie seine Mutter gewünscht hätte, sondern durch einen Essay, eine Studie über die Vorgehensweise großer Romanschriftsteller, über ihr Leben und ihren Alltag vor, während und nach der Abfassung ihrer Hauptwerke. Diese von einem New Yorker Verleger veröffentlichte Doktorarbeit wurde von der Kritik positiv aufgenommen und beschleunigte seine Karriere als Professor. An Weihnachten wurde eine Professorenstelle für das zweite Studienjahr Kreatives Schreiben in New Hampshire frei, und seine Akte landete ganz oben auf dem Bewerbungsstapel. Er wurde als Nachfolger eines Professors auserwählt, der vor dem Winter mitten im Semester gestorben war, weshalb ihm gerade einmal drei Wochen blieben, um Chicago zu verlassen. Auch dieser Schritt enttäuschte seine Mutter. Sie wollte, dass ihr Sohn jede Lehrtätigkeit einstellte, um sich ganz auf seine Arbeit als Autor zu konzentrieren. Sie war mittlerweile emeritiert und lebte in einer Kleinstadt in Arizona, wo sie ihre letzten Lebensjahre der Lektüre von Joseph Conrad und Honoré de Balzac widmete. Frank war überzeugt, dass sie heimlich wieder mit dem Schreiben angefangen hatte.

Plötzlich leuchtete zwischen den Tannen von Farthview Woods auf dem verschneiten Straßenrand rechts von dem Käfer ein dreieckiges Schild im Scheinwerferlicht auf. Das Verkehrszeichen warnte vor Wildwechsel. Seit unzähligen Kilometern begegneten Frank nur noch Gefahrenschilder wie dieses oder Hinweise auf »Privatbesitz«.

Seiner Straßenkarte zufolge befand er sich irgendwo zwischen den Gemeinden Northwood, Deerfield und Nottingham, zwanzig Kilometer von Concord in Richtung Rochester entfernt. Er griff mit einer Hand nach der Karte. Der Weg, den er eingeschlagen hatte, war nun der letzte, der noch möglich war. Franklin warf einen prüfenden Blick auf die Tankanzeige. Er hatte genügend Benzin, um Manchester zu erreichen.

»Noch fünf Kilometer und ich werfe das Handtuch. Basta. Ich rufe morgen dort an …«

Plötzlich aber wurde ein hölzernes Viereck im Lichtschein sichtbar.

Universität von Durrisdeer.

Die Tafel besaß keine Ähnlichkeit mit einem offiziellen staatlichen Hinweisschild, sie war kaum mehr als ein altes Eichenbrett mit einer Inschrift in verschlungener Frakturschrift, das von einem Baum hing. Man dachte unwillkürlich an das Schild über einem verwunschenen Schloss, wie man es in jeder Touristenbroschüre über Neuengland findet.

Universität von Durrisdeer.

Der Name genügte, damit Franks Finger sich vom Lenkrad lösten. Endlich war er angekommen.

Eine halbe Meile weiter wurde ein orangefarbener heller Lichtfleck sichtbar. Eine Laterne erhellte ein imposantes Portal aus Schmiedeeisen. Nicht unbedingt das, was man von einer Universität im Jahr 2007 erwartete. Der Platz erweiterte sich zu einem Halbkreis, das Gitter wurde von zwei Säulen aus alten Steinen eingerahmt. Sie wurden überragt von Zinnlampen, die bestimmt aus der Zeit der Gaslaternen stammten. Die Frontseite kündigte das »Schloss« und nicht die Universität von Durrisdeer an. Die eisernen Windungen und Verstrebungen bildeten symmetrische Arabesken. Frank schaltete in den Leerlauf und ließ das Auto ausrollen.

Hinter dem Gitter? Schwarze Nacht.

Der junge Mann öffnete seine Wagentür. Er näherte sich einem Kasten, der vor dem Portal auf einem Ständer montiert war und der einem Briefkasten ähnelte. Dort entdeckte er, was er erhofft hatte: eine Sprechanlage. Er drückte auf den Knopf. Sogleich antwortete ihm eine männliche Stimme:

»Ja?«

»Mein Name ist Frank Franklin«, sagte der junge Mann. »Ich komme wegen …«

»Ach ja! Ich habe Sie schon erwartet!«, unterbrach ihn die Stimme. »Rühren Sie sich nicht von der Stelle. Ich bin sofort bei Ihnen. Ein paar Minuten.«

Das Knistern der Sprechanlage verstummte.

Franklin nickte und kehrte zu seinem Auto zurück.

Das Armaturenbrett des Käfers war nur rudimentär ausgestattet, vertikal und flach, im urdeutschen Stil des letzten Jahrhunderts. Ein Navigationsgerät hätte darin ebenso absurd gewirkt wie Blinklichter an Don Quichottes Stute. Die Helligkeit der Anzeigen- und Schalthebelbeleuchtung variierte in Einklang mit dem Gaspedal. Das Gleiche galt für die Scheinwerfer, sie flackerten beinahe wie Kerzen. Das Auto würde bald den Geist aufgeben. Es war höchste Zeit.

Ein großer Pick-up tauchte auf der anderen Seite der Einfassung auf. Franklin wurde zuerst geblendet durch die Batterie zusätzlicher Scheinwerfer, die auf dem Dach montiert waren, und sah dann, wie eine Hand mit einer Fernbedienung aus dem Fahrerfenster gestreckt wurde. Der Innenraum des Autos blieb im Dunkeln. Es war unmöglich, den Insassen zu erkennen. Die Lampen über den Torpfosten gingen an, und die Eisenflügel öffneten sich langsam. Der große Dodge manövrierte, um zu wenden. Als das Tor offen stand, tauchte die Hand wieder auf und bedeutete ihm zu folgen.

Frank legte den zweiten Gang ein und startete sanft. Der orangefarbene Lichtfleck der Laterne verschwand in seinem Rückspiegel; der Weg tauchte wieder mitten in den Wald ein.

Franklin wusste nur wenig über seine neue Wirkstätte. Durrisdeer galt als finanziell gut ausgestattete Einrichtung, die sich eine reglementierte Studentenzahl leisten konnte. Nicht mehr als dreihundert. Durrisdeer akzeptierte keinerlei Zusammenarbeit mit anderen Institutionen und bot kaum Sommerkongresse an. Nur selten wurden Professoren zu Vorträgen eingeladen. Es war schwierig, Informationen über die internen Abläufe von Durrisdeer zu erhalten, sofern man nicht ehemalige Schüler oder Menschen, die dort tätig waren, kennenlernte. Das hatte Franklin nicht gestört, denn er hatte in diesem Angebot vor allem den Vorteil einer Universitätsstelle für mindestens fünf Jahre und infolgedessen eines dicken Gehalts gesehen. Was bedeuteten da schon die örtlichen Gebräuche. Die gute Ausstattung von Durrisdeer wäre eine Abwechslung nach Chicago, wo nur beschränkte Mittel zur Verfügung standen (vor allem für eine Aushilfe) und wo nicht weniger als elftausend Studenten eingeschrieben waren. Eine Stadt in der Stadt; nichts hatte dort noch menschliche Dimensionen. Hier dagegen würde Franklin seine eigene Klasse leiten, einen Studiengang zum Master of Fine Arts und Kurse in Kreativem Schreiben anbieten. Zukünftige Romanautoren schulen.

An der ersten Kreuzung las Franklin zwei Hinweispfeile: »Campus« nach links und »Dorf der Professoren« nach rechts. Der Dodge verlangsamte nicht und schlug die zweite Richtung ein.

Und es ward wieder Licht.

Die Straße war schmäler geworden, die Bäume traten in den Hintergrund und Laternen markierten den Weg in regelmäßigen Abständen wie in den Alleen eines englischen Parks. Es gab sogar reizende weiße Begrenzungen und leere Blumenkästen. Alles schien auf einmal mit einem eigenartigen Zauber behaftet.

Die ersten Häuser wurden sichtbar. Die Bezeichnung »Dorf« traf es auf den Punkt: Die Pavillons waren in einem großzügigen Rundbogen angelegt, mit rechtwinkligen Gärtchen, gestutzten Hecken und Kinderspielplätzen, und noch immer hingen trotz des fortgeschrittenen Jahres viele Weihnachtsdekorationen an den Giebeldreiecken. Franklin zählte mehr als zwanzig Behausungen von beachtlicher Größe. Manche hatten gestrichene Ziegelwände, andere breite, helle Holzbretter, wie man sie überall in den großen Weiten des Nordens findet. Die Lampen an den Vortreppen ließen die kräftigen Farben der Fassaden erahnen: blaue, rote oder gelbe Farbtöne. Noch eine Tradition der Gegend. Franklin konnte sich gut Volvos und Geländewagen modernsten Typs hinter den elektrischen Garagentoren vorstellen.

»Wenn die Professoren von Durrisdeer alle hier leben, dann habe ich das Vermögen der Universität unterschätzt … Oder man hat mir nicht alles gesagt.«

In dieser späten Stunde glich jedes Fenster einem schwarzen Viereck. Die Straßen waren menschenleer. Frank folgte dem Pick-up durch das Dorf, bis sie es verließen und sich wieder dem Wald näherten. Der Dodge parkte vor einem abseits gelegenen Haus, am Ende einer Sackgasse, das fast vollständig von Bäumen umgeben war. Nur die Vortreppenbeleuchtung war eingeschaltet. Frank brachte seinen Volkswagen hinter dem großen Dodge zum Stehen. Er entzifferte das Hausnummernschild, über dem die Devise von New Hampshire stand: »*Live free or die.*«

»Frei leben oder sterben« – tolles Programm.

Der Fahrer kam auf ihn zu. Durch den Nebel sah Frank, dass er es mit einem kompakten Muskelpaket zu tun hatte, klein, aber ebenso breit wie hoch.

»Ich heiße Norris Higgins«, sagte dieser und reichte ihm die Hand. »Ich bin der technische Verwalter der Einrichtung.«

Franklin erwiderte seinen Händedruck.

»Guten Abend. Ich bin froh, dass ich endlich angekommen bin.«

»Das glaube ich Ihnen. Ein Sauwetter. Es kann sogar noch schlimmer werden. Und dann sind wir auf den Karten auch noch sehr schlecht eingezeichnet! Die Dummköpfe vom Straßenbauamt hören nicht auf, die Richtungen der Einbahnstraßen umzukehren, und sperren die Waldwege unter dem Vorwand, sie würden das Straßennetz im Winter ausbessern, um den Verkehr flüssiger zu machen. Jedes Jahr das gleiche Theater. Sogar wir verirren uns bei Wintereinbruch.«

»Da haben Sie recht. Es war nicht einfach …«

»Und dann sind Sie noch am Südtor des Grundstücks angekommen. Es wird so gut wie nie benutzt. Aber das macht nichts! Beeilen wir uns, diese Kälte ist tödlich!«

Der Mann hatte gesprochen, ohne eine kleine Calabashpfeife aus seinem Mund zu nehmen. Er hatte ein rundes, flaches Gesicht und einen vom Tabak vergilbten Schnauzbart. Seine eng stehenden Augen verliehen ihm das Aussehen eines Nachtlebewesens. Aus seiner Mütze, die das Klublogo der New England Patriots schmückte, quoll eine gewaltige Haarmähne. Er war eine Naturgewalt, bestimmt ein bisschen einfältig, aber gutmütig. Norris ging auf den Kofferraum des Käfers zu.

»Lassen Sie mich Ihnen helfen«, sagte er. Franklin wischte schnell mit einem Taschentuch über seine Brillengläser, um die ersten Flocken zu entfernen und das Haus besser sehen zu können. Er hoffte, dass die Verwaltung von Durrisdeer diese Unterkunft für ihn ausersehen hatte. Das Haus schien frisch gestrichen. Es hatte ein Obergeschoss und eine überdachte Terrasse im Erdgeschoss. Das steile Dach trug ein Oberlicht, die Holzlatten der Fassade waren weiß oder in sehr hellem Blau gestrichen. Es war ein solides Einfamilienhaus. Franklin lächelte. Er dachte an das Einzimmerappartement in Chicago, das er vor drei Tagen aufgegeben hatte. Er spürte, wie ihm ein angenehmer Schauer über den Rücken lief. Seine »Karriere« als Professor begann mit Pauken und Trompeten.

Frank ergriff seinen Rucksack und folgte Norris Higgins zur Terrasse. Der Verwalter wühlte in seinen Taschen, fischte einen Schlüsselbund heraus und schloss die Tür auf.

»Nach Ihnen, Professor.«

Im Flur roch es nach Harz und frischer Farbe. In der Mitte führte eine gerade Treppe nach oben; rechter Hand befand sich eine große offene Küche. Alles schien sorgfältig renoviert zu sein. Die einzige Lichtquelle war eine nackte Glühbirne, die an einer verdrehten Schnur hing.

»Ich habe die Wasserpumpe und die Heizung überprüft«, sagte Norris, während er den ersten Karton am Fuß der Treppe abstellte. »Es ist alles in Ordnung.«

»Das sehe ich. Es ist angenehm warm. Danke.«

Er setzte seine Taschen ebenfalls ab und sie gingen wieder zum Wagen hinaus.

»Im ersten Stock befinden sich zwei Schlafzimmer«, erklärte Norris, »zwei Bäder und ein Arbeitszimmer. Wissen Sie, wann Ihre Möbel kommen?«

»Das ist einer der Gründe für meine Verspätung. Ich weiß es immer noch nicht. Alles müsste seit einer Woche hier sein!«

Norris stieß ein Ächzen aus, als er einen Karton auf der Rückbank hochhob. Er war voller Bücher.

»Tut mir leid, ich hab zwei oder drei von der Sorte«, sagte Franklin.

»Bücher. Wahrscheinlich normal bei Ihnen, stimmt's?«

Der Professor ergriff selbst eine Kiste.

»Der Spediteur ist unterwegs, wie es scheint. Ich habe ein paar Sachen mitgebracht, um bis dahin zu kampieren.«

»Das brauchen Sie nicht. Mr. Emerson hat heute Nachmittag beschlossen, Ihnen Möbel bringen zu lassen. Ich habe ein Bett, einen Tisch und zwei Lampen nach oben gebracht. Wenn Sie noch etwas brauchen, um mit dem Nötigsten versorgt zu sein, lassen Sie es uns morgen wissen.«

»Danke. Das ist wirklich sehr freundlich von ihm.«

»Wir bekommen schließlich nicht alle Tage einen neuen Professor! Das hat es sogar seit Jahren nicht mehr gegeben in Durrisdeer. Sie werden sehen, Sie sind mit Abstand der Jüngste im Kollegium.«

Norris schnaubte, während er den Karton abstellte.

Lewis Emerson war der Dekan der Universität. Franklin hatte seit mehr als einem Monat täglich mit ihm telefoniert. Er war es, der sein ganzes Gewicht in die Waage gelegt hatte, damit Frank anstelle der älteren Bewerber die Stelle bekommen hatte.

Nachdem der Käfer leer geräumt war, schaltete Norris das Licht in der Küche ein.

»Sie ist zum Teil möbliert. Ich habe Ihnen Wasser und frische Milch in den Kühlschrank gestellt. Und ein bisschen Truthahn und Eier für morgen früh. Und Pulverkaffee.«

»Danke, Mr. Higgins.«

Der Mann zuckte zusammen. Zum ersten Mal nahm er seine Pfeife aus dem Mund.

»Nein, wirklich, Norris reicht völlig, wissen Sie …«

Frank lächelte. »In Ordnung.«

Sie nahmen das Wohnzimmer in Augenschein. Die Mauern waren mit leeren Regalen bedeckt. Auf jeder Seite gaben ovale Fenster den Blick mitten in den Wald frei. Als Mobiliar besaß der Raum nichts als ein Tischchen mit einem alten Telefon.

»Mr. Emerson hatte Sie heute Abend zum Essen erwartet«, sagte Norris. »Er wollte Ihre Ankunft mit ein paar Professoren feiern.«

»Das tut mir leid.«

»Macht nichts. Wir sind es gewohnt, dass die Leute sich hier verirren, vor allem nachts.«

Norris warf einen Blick auf seine Uhr.

»Mr. Emerson hat mich allerdings beauftragt, Sie gegebenenfalls morgen in seinem Namen zum Frühstück einzuladen. Bei ihm.«

Er reichte Franklin eine Visitenkarte, auf der der Weg zum Haus des Dekans eingezeichnet war.

»Sieben Uhr dreißig?«

»Kein Problem. Ich werde da sein.«

Norris nickte und wandte sich zum Gehen.

»Warten Sie!«, rief Frank. »Ich würde gerne wissen, wer vor mir hier wohnte.«

»Wer? Aber natürlich Ihr Vorgänger, Professor Mycroft Doyle.«

»Ach ja?«

Das war der im Winter Verstorbene.

»Um genau zu sein, er hat sogar mehr als vierundvierzig Jahre hier gehaust. So lange war er Professor in Durrisdeer. Verdammt lange Zeit, hm? Es heißt, nach einem Todesfall muss man das Haus des Toten immer gründlich reinigen, aber hier war dies angesichts des Durcheinanders und des Zustands der Räumlichkeiten einfach nicht machbar. Wir haben es daher vorgezogen, alles zu renovieren. Und Ihnen gegenüber war das schließlich auch korrekter. Glauben Sie mir, diese Mauern hatten Lepra.«

»Woran ist er gestorben? Im Grunde weiß ich nur sehr wenig über Doyle.«

»An einem Aneurysma, so scheint es. Irgendetwas im Gehirn jedenfalls. Nicht ungewöhnlich bei einem Typen wie ihm. Ich meine, ein Mann, der die ganze Zeit über nachdachte. Nun Sie wissen besser als ich, wie das ist.«

Norris setzte seine Mütze wieder auf und verzog das Gesicht. Der Tod war eindeutig nicht sein Lieblingsthema. Frank dachte, dass er nicht nur Doyles Klasse komplett übernahm, sondern auch von seinem Haus Besitz ergriff …

Er begleitete den Verwalter bis zur Eingangstreppe.

»Wohnen alle Professoren auf dem Campus? Im ›Dorf‹?«

»Nein. Manche haben eine Wohnung in der Stadt, andere wohnen in dem großen Verwaltungsgebäude weiter nördlich.«

»Das Gelände von Durrisdeer wirkt sehr weitläufig. Das ist eine Abwechslung für mich nach dem städtischen Campus von Chicago.«

»Weitläufig? Ich glaube, Sie haben noch keine rechte Vorstellung von den Örtlichkeiten, Professor. Die Ländereien hier sind gigantisch. Wir besitzen Tausende von Hektar, die sich über drei Bezirke in New Hampshire und Maine erstrecken.«

»Beeindruckend. Und Sie verwalten das gesamte Anwesen?«

Der Mann nickte.

»Ich bin technischer Verwalter. Ja, so ist es. Und Sie, Sie werden die Schriftsteller von Durrisdeer unterrichten?«

»Schriftsteller, das sagt man so leicht. Ich werde Kurse in Kreativem Schreiben geben. Studiengang für den Master of Fine Arts. Nützlich, um Schriftsteller zu werden, aber nicht genug, um sich so nennen zu dürfen.«

»Jedenfalls wird es den jungen Leuten komisch vorkommen, dass Sie den alten Doyle ersetzen. Sie haben Ihr Alter!«

Norris schüttelte den Kopf.

»Ich lasse Sie nun allein, damit Sie sich ausruhen können, Professor.«

»Nochmals vielen Dank für alles, Norris.«

Bevor der Verwalter mit seinem Pick-up verschwand, riet er ihm noch, seinen Käfer in der Garage zu parken. Was er sogleich tat.

Im ersten Stock entdeckte Franklin, wie von Norris beschrieben, ein Zimmer mit einem Bett, ein zweites, etwas kleineres und ein Arbeitszimmer. Das Arbeitszimmer hatte ein Fensterrund, das zum Wald ging. Die Scheiben bildeten eine Art Erker, vor dem eine aufgebockte Tischplatte mit einem Hocker stand. Ideal zum Arbeiten. Ideal zum Schreiben, dachte sich Franklin.

Er näherte sich dem Fenster und blickte in die Nacht hinaus. Der Schnee drang nur spärlich durch das Dach der Bäume. Ihm wurde bewusst, dass er zum ersten Mal mitten in der Natur leben würde. Der Stadtbewohner, der er war, fand sich mitten im Nirgendwo wieder. Er ahnte, dass er eine Zeit lang brauchen würde, um sich an diese Atmosphäre, an die Geräusche, an das Knarzen von Holz und die rätselhaften Erscheinungen von Tieren zu gewöhnen. Auch an die Stille.

Er öffnete den Reißverschluss einer seiner großen Taschen und holte eine Schreibmaschine daraus hervor. Eine Remington 3B Büromodell 1935. Er stellte sie vorsichtig auf den Tisch, hob die Abdeckung hoch und klappte die Papierwalze herab, indem er die Verriegelung löste. Die Klingel des Seitenrandfeststeller ertönte und ihr heller Klang hallte in dem leeren Haus.

»Doyle hat vierundvierzig Jahre in diesen Mauern gelebt?«

Franklin war sich nicht sicher, ob ihm diese Vorstellung gefiel.

Er stieg ins Bett und legte sich auf den Rücken, er war überzeugt, dass er auf der Stelle einschlafen würde. Doch wie er schon befürchtet hatte, machte der Wald einen unbeschreiblichen Lärm. Frank hörte, wie ein Nachtvogel einen Schrei ausstieß. Zum Gruseln. Er hatte keine Ahnung, zu welcher Gattung dieses Tier wohl gehören mochte. Ein Raubvogel? Von der Natur kannte Frank nur die Bücher von Buffon oder Thoreau. Nichts wirklich Praktisches. Er dachte sich, dass dieser Schrei ebenso gut das ferne Kreischen einer Frau oder eines Kindes gewesen sein konnte, er hätte ihn auch nicht besser identifizieren können …

Über diesem trüben Gedanken schlief er ein.

3

Nächster Tag, 7 Uhr 35

Stu Sheridan saß an seinem Schreibtisch und presste den Telefonhörer ans Ohr. Er hörte eine ernste Stimme, die schon minutenlang Selbstgespräche führte.

Der Sitz der Staatspolizei von New Hampshire befand sich am Hazen Drive in Concord Height, östlich des Merrimack River. Alle Dienststellen der Abteilung für Sicherheit waren vor kurzem im James H. Hayes Safety Building zusammengezogen worden. Der Komplex bestand aus großen, quadratischen Gebäuden mit kalten, funktionellen Fassaden, roten Ziegeln und großen, spiegelnden Fenstern.

»Am Apparat.«

Sheridan runzelte die Stirn. Er schob mit dem Handrücken zwei Aktenmappen beiseite, um sich einen großformatigen Notizblock und einen Stift zu angeln. Er notierte:

Melanchthon, O'Rourke und Colby.
9 h 55 – Sheffield Military Airport.
Totale Nachrichtensperre.

»Was den letzten Punkt angeht, die FBI-Außenstelle hat mich heute Nacht benachrichtigt. Ja, die Anweisung ist ausgegeben.«

Ein leiser Hauch von Verzweiflung schwang in seiner Stimme mit.

»Die erste Versammlung der Abteilungen findet heute Morgen um neun Uhr statt. (*Pause.*) Das ist machbar. Wir werden warten. (*Pause.*) Genau, vierundzwanzig Tote, neun Frauen und fünfzehn Männer.«

Sheridan ließ eine letzte Tirade seines Gesprächspartners über sich ergehen.

»Wenn Sie meinen. Ich werde Sie benachrichtigen, sobald wir etwas Neues in der Hand haben.«

Er drückte mit dem Daumen auf die Gabel, um das Gespräch zu beenden, und wählte dann eine dreistellige Nebenstelle.

»Lieutenant Garcia, ja bitte?«

»Ich habe soeben mit dem Kabinett des Gouverneurs gesprochen. Drei Agenten des FBI landen um fünf vor zehn auf dem Militärflughafen. Sie haben bereits Sondervollmachten. Wir werden gebeten zu warten, bis sie bei uns eingetroffen sind, bevor wir intern irgendwelche Informationen weitergeben.«

Garcia stieß einen Pfiff aus.

»Was für eine Gunst des Schicksals, dass sie uns mit ihrer Anwesenheit beglücken!«

»Ich weiß. Hier ihre Namen: Melanchthon, O'Rourke und Colby. Ich kenne keinen davon. Dieses Mal schicken sie uns sogar eine Frau. Special Agent Patricia Melanchthon. Sie leitet das Team.«

»Wenn man schon mal einen Glückstag hat …«

»Das Kabinett hat außerdem die Anordnung einer allgemeinen Nachrichtensperre bestätigt, die das FBI bereits über die Geschichte verhängt hat.«

»Ist ja zum Fürchten.«

Sie hängten ein.

Sheridans Büro lag an einer Ecke des James Hayes Building mit Blick auf den Wald. Der nächtliche Sturm hatte sich gelegt, doch noch immer hingen die Wolken bedrohlich tief. Die Bäume brachen unter der Last des Schnees fast zusammen. Die gleichen Bäume wie die, die in Farthview Woods die Baustelle der 393 umgaben. Wenn man das Fenster öffnete, konnte man das dunkle Rauschen des Merrimack hören, der unten vorbeifloss. Der Fluss strömte mitten durch die Stadt Concord. Die Mehrheit der Ermordeten zog man an seinem Ufer an Land. Die Leichen wurden hineingekippt und tauchten erst viel später wieder auf.

»Dort, und nicht auf einer für jedermann zugänglichen Autobahnbaustelle, wo sie sofort entdeckt werden!«, dachte Sheridan.

Er fuhr sich mit der Hand übers Gesicht. Er hatte noch keine Minute Zeit gefunden, um sich zu rasieren und das Gesicht zu waschen. Die letzten Stunden hatte er damit zugebracht, das Amt des Bürgermeisters und des Gouverneurs zu informieren, einen Bericht über die ersten Erkenntnisse anzufertigen und Verstärkung bei den Gerichtsmedizinern anzufordern. Doch noch immer gab es zu Beginn dieser Ermittlungen nichts Konkretes.

Der Cop betrachtete die Fotos seiner Frau und ihrer fünf Kinder auf seinem Schreibtisch. Die Sheridans arbeiteten schon immer bei der Polizei. Fünf Generationen hintereinander. Aber an einem Morgen wie diesem, wo er unter Leichen regelrecht begraben war, fragte er sich, ob er wirklich wollte, dass einer seiner Söhne später die Stafette übernahm.

Seine Sprechanlage knackte.

»Chef, Captain Gardner und Professor Tajar sind eingetroffen«, sagte seine Sekretärin.

»Gut. Sie sollen eintreten.«

Schon sehr früh am Morgen hatte Sheridan durch seine Expertenteams erste Hypothesen über den Fall der vierundzwanzig Toten ausarbeiten lassen.

Bart Gardner war Leiter der Beobachtungseinheit für Sekten und parareligiöse Gruppierungen und arbeitete mit den Dienstellen von Neuengland zusammen.

Steven Tajar hatte einen Lehrstuhl für Psychologie an der Universität von Dartmouth.

Beide kannten Stu Sheridan seit langer Zeit. Sie nahmen vor seinem Schreibtisch Platz. Die Sekretärin trat schnell ein, um allen Kaffee zu servieren.

»Wir befinden uns in einer heiklen Situation«, wandte sich der Colonel anschließend an sie. »Das FBI hat heute Nacht eine totale Nachrichtensperre hinsichtlich der vierundzwanzig Leichen verhängt. Für uns bedeutet das: Es ist verboten, irgendjemandem Einsicht in die Akten zu gewähren, die Abteilungen dürfen untereinander nicht darüber sprechen, die Presse darf nicht darüber berichten, außenstehende Personen werden nicht informiert, keine Notiz darf gedruckt werden. Aber es heißt auch: Keine Ermittlungen von Tür zu Tür und keine Versendung von Fragebögen an eventuelle Zeugen in der Region mit der Aufforderung, sich zu melden. Daher werden wir kaum etwas Neues in Erfahrung bringen können. Uns sind die Hände gebunden. In zwei Stunden trifft ein Team des FBI ein. Es wird nicht lange dauern, bis sie den gesamten Fall an sich reißen. Diese Zusammenkunft unter uns drei muss vertraulich bleiben. Sie können weder an der nächsten Sitzung teilnehmen noch zu den Untersuchungen hinzugezogen werden. Aber wenn ich schon an das FBI übergeben muss, dann möchte ich zuvor wenigstens ein paar Dinge haben, die ich ihnen an den Kopf werfen kann. Um ihnen zu beweisen, dass wir hier nicht eine zweitklassige Hilfspolizei sind. Über die Fakten dieser Nacht habe ich Sie ja bereits in Kenntnis gesetzt. Ich höre.«

Captain Gardner ergriff als Erster das Wort.

»Der Fall, der uns heute beschäftigt, vereint viele Merkmale auf sich, die in der Vergangenheit bei Sektenopfern beobachtet wurden. Die Exaktheit der Schüsse, die sorgfältige Aneinanderreihung der Körper, die hohe Anzahl der Opfer, der offenkundige Wille, diese Opferungen publik zu machen, das alles deutet auf die Handlungsweise von Sektierern hin. Haben Sie Waffen am Tatort gefunden?«

»Nein«, antwortete Sheridan.

»Das bedeutet, dass andere Anhänger anwesend waren oder dass sogar der Guru selbst als Vollstrecker gehandelt hat. Die Entdeckung von Abzeichen an der Kleidung der Toten oder von Ritualgegenständen am Ort des Martyriums würde uns bei der Identifizierung der Sekte helfen.«

»Soweit ich gehört habe«, sagte der Colonel, »hatten die Toten von heute Nacht nichts bei sich, wodurch man sie identifizieren könnte, keinen Ausweis, keinen Schlüssel, keinen Anhänger, keine Uhr, kein Telefon und kein Kleingeld. Nichts. Alle Taschen waren ausgeleert. Wir haben vierundzwanzig Menschen ohne Namen; die DNA-Proben, Fingerabdrücke und Gebissabgleiche haben bis jetzt nichts ergeben. Außerdem finden sich an ihren Unterarmen und Händen keine Schießpulverrückstände. Weder Cordit noch sonst etwas. Das bedeutet, dass keiner der vierundzwanzig eine Waffe in Händen gehalten hat. Trotzdem endeten sie alle mit einer 45er-Kugel im Herzen. Es müssen also in dieser Nacht eine oder mehrere Personen außerhalb der Gruppe als Vollstrecker agiert haben. Die Ballistik wird uns Aufschluss darüber geben, wie viele Kanonen benutzt wurden.«

Gardner machte sich Notizen und fuhr fort: »Für die uns bekannten Sekten hat das Datum des 3. Februar keinerlei besondere okkulte Bedeutung, soweit wir wissen. Und es gibt bei jenen Gruppen in unserem Land, die unter Beobachtung stehen, keine Hinweise auf anormale Aktivitäten in letzter Zeit.«

»Versuchen Sie, die parareligiösen Organisationen, die Ihnen bekannt sind, unauffällig zu überwachen«, sagte Sheridan zu ihm. »Was passiert ist, könnte Nachwirkungen haben.«

»Verstanden.«

Diese Sektenhypothese gefiel dem Colonel ziemlich gut. Bei derart vielen Opfern konnte man vernünftigerweise nicht von einem Racheakt oder zufälligen Morden ausgehen. Wozu sollte jemand sich eine solche Inszenierung antun? Und warum alle diese Leichen transportieren? Er dachte, dass verdammt kräftige Arme nötig gewesen waren, um den Haufen aufzuschichten, den er in der Grube für den

Brückenpfeiler gesehen hatte. Oder hatten sich die Opfer womöglich selbst bereitwillig der Reihe nach in diese Position gelegt und auf ihre Opferung gewartet? Als Sektenanhänger? Bei der Vorstellung überlief es ihn kalt.

Professor Tajar ergriff das Wort.

»Die Hypothese, die ich vorbringen möchte, ist etwas neuartig. Sagen wir, ›modern‹. Ich spreche über kollektive Selbstmorde ›mit gruppendynamischer Ausprägung‹.«

»Über *was?*«

Sheridan hatte nie von dergleichen gehört.

»Seit einigen Jahren beobachten wir eine Veränderung in den Verhaltensweisen bestimmter Selbstmörder. Den ›assistierten‹ Selbstmord. Die Todeskandidaten lernen sich durch Vereine oder in Internetforen kennen und organisieren sich, um gemeinsam ihr Ende herbeizuführen. Die Beteiligten kennen sich nicht, sie haben nichts gemeinsam außer dem mehr oder minder wirren Wunsch, aus dem Leben zu scheiden. Diese Art Selbstmord schließt allerdings nicht aus, dass ein Oberhaupt oder ein ›Operator‹, der bei der Durchführung assistiert, anwesend ist. In England oder Japan hat man bereits Derartiges beobachtet. Das Drama an der 393 ist allerdings von einer neuen Qualität für mich. Zunächst einmal der Anzahl wegen. Kollektivselbstmorde betrafen bis jetzt nur kleine Gruppen, drei bis sechs Personen maximal. Dann wegen des Alters. Solche Inszenierungen sind das Werk junger und leicht beeinflussbarer Persönlichkeiten. Das gilt zum Beispiel für die Selbstmorde dieses Typs, die letztes Jahr in Tokio entdeckt wurden.«

Er blickte auf ein Blatt Papier auf seinen Knien.

»Die heute Nacht aufgefundenen Leichen decken ein Altersspektrum zwischen zwanzig und mehr als sechzig Jahren ab. Das ist beunruhigend. Wir werden vielleicht gerade Zeuge des Eintritts in eine neue Phase der Organisation kollektiver oder assistierter Selbstmorde. Die Anzahl der Toten ist hier das Entscheidende. In allen Internetforen, die wir beobachten, ist das immer das Ziel derer, die am lautesten tönen.«

»Was?«

»Eine möglichst große Zahl von Selbstmördern zu mobilisieren. Spektakuläre Inszenierungen auf die Beine zu stellen. Seinen eigenen Tod zu zelebrieren. Aber im Allgemeinen gehen diese frommen Wünsche nie in Erfüllung. Zumindest bis jetzt nicht ...«

Eine Sekte?

Ein Klub von Selbstmördern?

Sheridan wusste so gut wie nichts über diese Gebiete, aber er fand das alles ziemlich interessant. Er richtete sich in seinem Sessel auf.

»Tun Sie Ihr Bestes, um diese zwei Fährten so schnell wie möglich zu vertiefen. Das FBI ist uns auf den Fersen. Die zusätzlich angeforderten Gerichtsmediziner sind in der Leichenhalle eingetroffen. Sobald wir etwas Neues haben, lasse ich es Sie wissen.«

Die beiden Männer verabschiedeten sich und verließen das Büro.

Sheridan hing einen Augenblick seinen Gedanken nach. Dann stand er auf und trat auf eine Wand seines Büros zu. Dort hing eine riesige Karte von New Hampshire, auf der die Polizeieinheiten und Gerichtsbezirke der Staatspolizei sowie die verschiedenen städtischen Polizeidienststellen eingetragen waren. Er markierte den Fundort der Leichen mitten im

Wald, zwischen einem städtischen Areal und dem Beginn der Ländereien der Universität von Durrisdeer, mit einer roten Stecknadel.

»Warum genau dort?«

Sollte die Baustelle dazu dienen, die Leichen unter Sand oder Beton verschwinden zu lassen? War die Operation durch die Ankunft von Milton Rocks Hund unterbrochen worden? Oder durch den Schnee?

Dieser Winkel des Bundesstaats war vollkommen abgelegen, doch schon wenige Kilometer entfernt wäre das Massaker in die Zuständigkeit der Bezirkspolizei von Concord oder von Deerfield gefallen. An dieser Stelle jedoch waren Sheridan und seine Leute per Gesetz die Einzigen, die eingreifen und den Fall übernehmen durften.

»Hat das eine Bedeutung? Und warum gerade wir?«

Sheridan blickte auf seine Uhr. Er begab sich zu seiner Sekretärin Betty, einer rundlichen Rothaarigen mit Haarknoten und einer überdimensional großen gelben Brille. Sie hackte pausenlos auf die Tastatur ihres Computers ein, selbst wenn sie sprach oder telefonierte.

»Haben Sie die Berichte von den Telefonzentralen erhalten, um die ich Sie gebeten habe?«, fragte er.

»Ja, Chef. Die der letzten vierundzwanzig Stunden.«

Ohne mit dem Tippen aufzuhören, zeigte sie auf zwei Faxseiten auf einer Unterschriftenmappe.

Nach Sheridans Ansicht mussten die Eltern oder die Angehörigen der Opfer sich inzwischen allmählich Sorgen machen. Und vielleicht wandten sie sich an die Behörden. Er hatte die Notrufzentralen der Polizei von Concord und Umgebung sowie die Vermisstenabteilung kontaktieren lassen.

Doch seit der Nacht war kein Anruf in diese Richtung eingegangen. Nichts als falsche Alarmmeldungen, die sich sofort aufgeklärt hatten.

»Es ist wohl noch ein bisschen früh«, sagte er sich. Gleichwohl war er überrascht.

Das Allgemeinkrankenhaus von Concord erhob sich auf einem Hügel im Osten der Stadt, in 250 Pleasant Street. Es hatte eine hohe, reich gegliederte Fassade aus ockerfarbenen Ziegelsteinen, wie man sie überall in Neuengland findet. Es war nagelneu und verfügte über etwa dreißig Abteilungen mit ausgezeichneter Ausstattung.

Die Ankunft der vierundzwanzig Leichen hatte die Organisation des gerichtsmedizinischen Labors durcheinandergewirbelt. Die eigentlich anstehenden »Nummern« waren wieder in ihre Kühlfächer verfrachtet oder mangels Platz einfach entlang des zentralen Flurs aufgereiht worden. In den fünf Autopsiesälen beugte sich eine Schar von Experten über die Körper der Opfer. Es waren weder die Medizinstudenten noch die üblichen Hilfskräfte der Abteilung; die meisten von ihnen trugen einen Kittel mit der Aufschrift D-MORT auf Rücken und Außentasche. D-MORT, das bedeutete: Disaster Mortuary Operations Response Team. Diese Organisation bestand aus ehrenamtlichen Gerichtsmedizinern, Anthropologen, Experten und Ärzten aller Art, die sofort nach einer Massenkatastrophe wie einem Flugzeugabsturz, einem Großbrand oder einem terroristischen Attentat bereitstanden. Sie verfügten über beachtliche mobile Gerätschaften und konnten in sechs bis zehn Stunden die Arbeit bewältigen, für die das Krankenhausteam und die kriminalpolizeiliche Untersuchungsabteilung von Concord mehrere Tage brauchen würden.

Doktor Basile King beendete eine Autopsie und trat in sein an die Labors angrenzendes Büro, ein winziges Zimmer, das mit Befunden, Untersuchungsnotizen und Totenscheinen vollgestopft war. Er trug eine Haube und einen Kittel aus dünnem blauem Papier. Sein Gesicht war das eines Mannes von sechzig Jahren, der vorzeitig aus dem Schlaf gerissen worden war.

Er setzte sich an seinen Arbeitstisch, strich sich langsam mit einer Hand über die Augen und nahm dann den Telefonhörer ab.

»Geben Sie mir Colonel Sheridan, ja? (*Lange Pause.*) Chef? Basile am Apparat. Wir haben allmählich Neuigkeiten. Sie sollten selbst vorbeikommen. Es gibt wirklich beunruhigende Fälle. Um nicht zu sagen, welche zum Ausflippen, wie es die jungen Leute heute formulieren würden …«

Zwanzig Minuten später traf Sheridan an Ort und Stelle ein. Er fand es reichlich unangenehm, sich in den Gängen zwischen mit Leichen beladenen Wägen zu bewegen. Selbst wenn sie mit einem weißen Tuch bedeckt waren, sah man irgendwann immer Fußknöchel oder eine schlaffe Hand, die herausragten.

Sofort nach seiner Ankunft eilte King ihm in den ersten großen Untersuchungssaal voraus. Sie schlüpften zwischen den Tischen hindurch, die von an der Decke angebrachten Leuchtstoffröhren und Halogenlampen mit Vergrößerungsglas beschienen wurden. Manche Pathologen hielten ein Diktiergerät an die Lippen, um die Y-Schnitte vom Kinn bis zum Schambein zu kommentieren, die ihre Partner durchführten. Die Wagen mit den chirurgischen Bestecken klapperten jedes Mal, wenn sie bewegt wurden, wie scheppernde Töpfe. Die Waschbecken waren braun vor Blut, die Destillierkolben, Filtrationsgefäße, elektrischen Mühlen, Leuchtplatten und Chromatographen liefen auf Hochtouren. Ganz zu schweigen von den berühmten Negli-Sägen, die von Zeit zu Zeit aufheulten. Schaurig.

»Vierundzwanzig Leichen«, sagte Basile. »Alle Rassen sind vertreten. Alle Altersgruppen ebenfalls. Sie sind alle an einer Kugel Kaliber .45 in die linke Herzkammer gestorben. Ein wahrhaft chirurgischer Schuss. Der oder die Täter hatten eine sichere Hand. Die Untersuchung der Flugbahn wird die Position der Opfer im Moment des Schusses zeigen.«

»Schon irgendjemand identifiziert?«

»Nein. Das hängt ganz von den Datensätzen des Justizministeriums ab. Wir müssen warten. Aber die Stichproben sind herausgegangen. Ich habe alles unternommen, um so schnell wie möglich Antworten zu bekommen.«

Die Pathologen hoben kaum den Kopf, als der Polizist vorbeiging. Sheridan musterte die nackten Körper. Vor manchen Schnitten an Becken oder Brustbein ekelte er sich.

Er musterte eine Brust, die von einem tiefen, schwarzen Einschuss markiert war. Die Haut darum herum war marmoriert, die Venen traten violett hervor.

»Anzeichen von Widerstand? Hinweise auf einen Kampf?«

King schüttelte verneinend den Kopf.

»Nichts bis jetzt. Diese Menschen scheinen sich friedlich in ihre Hinrichtung gefügt zu haben.«

»Sexuelle Misshandlungen?«

Basile schüttelte den Kopf und sagte: »Nicht direkt.«

Er führte den Colonel zu einer etwa vierzigjährigen Frau. Eine Weiße. Blond gefärbt. Ihr Bauch war weit aufgeschnitten.

»Wir haben keinerlei Anzeichen einer Vergewaltigung an den vierundzwanzig Körpern gefunden. Aber diese Frau hier weist als Einzige unter den neun Frauen rätselhafte Narben am Unterleib auf. Vielleicht eine Operation oder ein Unfall, kein Gerichtsmediziner meines Teams kam zu einem definitiven Schluss.«

Er legte den großen Abzug der Röntgenaufnahme des Körpers auf eine Leuchtplatte. Sheridan studierte den Unterleib der Toten und wich angewidert zurück: Falten und Wülste durchzogen die Vagina und das umliegende Gewebe.

»Ich habe Sie gewarnt«, sagte Basile zu ihm. »Ihr Fall hat mir keine Ruhe gelassen, daher habe ich heute Nacht eine Hebamme rufen lassen, die einen guten Teil meiner Familie und der Einwohner von Londonderry zur Welt gebracht hat. Ich kenne sie seit langem. Sie arbeitet nicht mehr, aber sie ist nach wie vor sehr beschlagen in dem Bereich. Nun, während sie diese Unglückliche untersuchte, sagte sie zu mir, sie hätte solche Praktiken von wenigen Ausnahmen abgesehen seit Ende der fünfziger Jahre nicht mehr erlebt.«

Er schüttelte den Kopf wie jemand, der nicht glauben will, was er soeben gesagt oder gehört hat.

»Welche Praktiken, Doktor?«

»Wilde Geburten. Ohne Beistand. Die Frau, die Sie hier sehen, hat ganz alleine ein Kind zur Welt gebracht. Eine schwierige Geburt mit zahlreichen Komplikationen, unvorstellbaren inneren Rissen und unbehandelten Infektionen.«

Sheridan runzelte die Stirn.

»Kein Geburtshelfer, kein Arzt hat sie je behandelt. Die Narben sind brutal. Ihr Unterleib ist zerstört. Eine wahre Baustelle. Die Hebamme kannte solche Fälle aus einer Zeit, als Jungfräulichkeit zur Hochzeit obligatorisch war und Abtreibungen von Pfuschern gemacht wurden. Eine Zeit, in der manche Frauen ihre Schwangerschaft bis zum Ende verheimlichten und dann das Kind verschwinden ließen. Diese hier ist nicht daran gestorben, aber manch andere schon. Die Geburt dürfte der Hebamme zufolge drei Jahre zurückliegen.«

Sheridan musterte noch immer wortlos den Körper.

»Dabei sind ihre Zähne makellos«, fuhr Basile fort. »Sie hatte genug Geld, um sich einen Zahnarzt leisten zu können. Eine wilde Geburt, in unserer heutigen Zeit! Das soll einer verstehen ...«

»Wie durchtrennt eine Frau, die wahrscheinlich in größter Not gebärt, alleine die Nabelschnur?«

Basile schüttelte den Kopf.

»Wenn man die inneren Verwüstungen sieht, dann fehlte ihr ein Schneidewerkzeug. Nimmt man dann noch hinzu, welche Schmerzen sie litt .... Glauben Sie mir, Colonel, Sie möchten nicht wirklich wissen, wie sie es angestellt hat.«

Sheridan wurde einen Augenblick lang von schrecklichen Visionen übermannt und wandte den Kopf ab.

Basile King führte ihn in einen anderen Saal, der ebenfalls mit Leichen und Pathologen überfüllt war. Dort zeigte er ihm zwei weitere Sonderfälle.

»Dieser junge Mann weist Brandverletzungen auf. Alte, aber spektakuläre.«

Er zeigte auf seine Handgelenke und seine Stirn. Dort lief

ein markanter Streifen rund um den gesamten Schädel. Die Haut war gespannt und rissig. Eine lange Narbe.

»Was ist das?«, fragte Sheridan.

»Nun, es war mir noch nie vergönnt, eine Autopsie an einem zum Tode Verurteilten durchzuführen, aber ich denke, wenn ich jemanden untersuchen müsste, der auf dem elektrischen Stuhl saß, dann würde das dem hier ziemlich gleichen.«

Sheridan fuhr beinahe hoch. Er stellte sich den Eisenring und die Ringe an den Handgelenken vor, durch die der elektrische Strom floss.

»Ein elektrischer Stuhl?«

»Die Verbrennungen sind typisch, aber der Junge ist nicht daran gestorben. Der Saft war nicht ganz aufgedreht. Nein, er wurde gefoltert, das auf jeden Fall.«

Sheridan erbleichte.

»Was sind das bloß für Geschichten?«, knurrte er. »Weisen alle Körper solche Merkwürdigkeiten auf?«

»Nein, zum Glück nicht.«

»Wir ziehen augenblicklich einen Sektenselbstmord oder den assistierten Selbstmord einer Gruppe in Erwägung.«

»Wirklich? Die toxikologischen Untersuchungen sprechen allesamt für das Fehlen von Drogen, Alkohol oder anderen Substanzen, die die Sache hätten erleichtern können. Bis zum Beweis des Gegenteils waren diese Männer und Frauen im Augenblick ihres Todes bei klarem Verstand. Das ist ja eben das Schreckliche! Wir haben es bestimmt mit einem penibel organisierten, sauber durchgeführten, vielleicht fehlerlosen Massaker zu tun. Das kann in der Tat für eine gewisse Freiwilligkeit auf Seiten der Opfer sprechen. Schwierig, sich das Gegenteil vorzustellen. Man lässt sich nicht einfach eine Schusswaffe so genau auf die Brust setzen ohne eine gewisse … Überzeugung, nicht wahr?«

Doch Basile King hob einen Finger.

»Na ja, alle waren vielleicht nicht *so* entschlossen …«

Er führte Sheridan in einen dritten Saal. Dort betrachtete Sheridan den Leichnam eines blonden Mädchens, das noch immer sehr schön war. Kaum zwanzig Jahre alt. Vielleicht die Jüngste in der Gruppe. Als der Colonel eintrat, beendeten zwei Gerichtsmediziner gerade ihre Autopsie. Die Organe des Mädchens waren in kleine Plastiktüten verpackt worden, die ohne viel Federlesens ins Innere der klaffenden Bauchhöhle gestopft waren. Sie machten sich gerade daran, sie zuzunähen.

»Bei diesem Mädchen gibt es eine Anomalie hinsichtlich der Kugel«, sagte King.

»Keine .45 für sie?«

»Doch. Na ja, jetzt kann man es nicht mehr so gut erkennen.«

Er zeigte auf die gleiche Stelle des Rumpfes wie bei den anderen Leichen.

»Aber sehen Sie lieber selbst«, fuhr er fort.

Mit Hilfe eines seiner Assistenten ergriff er den Körper und drehte ihn auf die linke Seite.

Stu erkannte die Anzeichen einer zweiten Kugel mitten in den Rücken.

»Diese hier hat sie als Erstes bekommen«, erklärte King. »Die Kugel traf die Lunge. Tödlich. Die andere wurde nur der Form halber abgefeuert.«

»In den Rücken?«

Basile nickte zustimmend. Er legte den Körper wieder zurecht.

»Also«, sagte Sheridan, »die hier hätte versucht zu fliehen?«

»Das ist eine Hypothese. Aber interessant. Sie beruhigt mich ein wenig. Diese ganzen perfekten Exekutionen, die sich aufs Haar gleichen, machen mir allmählich wirklich Angst. Wie kann man so mit sich umspringen lassen, wo bleibt der Überlebenswille? Es sieht so aus, als hätte wenigstens ein junges Mädchen sich gegen das Gemetzel gewehrt.«

Das war ein wichtiger Punkt. Diese Erkenntnisse mussten an Gardner und Tajar weitergeleitet werden.

Eine wilde Geburt, eine Kugel in den Rücken, ein elektrischer Stuhl …

Der Arzt führte Sheridan in sein Büro.

»Jetzt müssen wir die Identifikationen durch das Justizministerium anhand der Proben abwarten«, schlussfolgerte er. »Ein paar Identifizierungen genügen uns, Sie werden sehen. Die Anzahl der Opfer ist eher ein Vorteil für uns. Es ist immer besser, zwei oder drei Tote am Hals zu haben als einen einzigen. Die Indizienkette wächst schneller. Man stellt Verbindungen zwischen den Toten her und die Wahrheit kommt ans Licht. Und erst mit mehr als zwanzig! Man braucht nur herauszufinden, wie sie zueinander stehen. Das ist ziemlich einfach. Alles wird sich aufklären.«

»Ja? Warten wir es ab …«

4

Als Frank Franklin morgens in Durrisdeer erwachte, erkannte er nichts wieder. Kein vertrauter Verkehrslärm, kein Hupen zur Unzeit, verschwunden der kurzatmige Schrei der Bremskompressoren der Busse, verstummt das Dröhnen der oberirdischen Schnellbahn, die einen Block von seinem Apartment entfernt vorbeifuhr, und die Bauarbeiten an der Gasleitung an der Edison Street. Nur ein leiser Wind strich im Haus des verstorbenen Mycroft Doyle durch die Dachschindeln.

Frank erhob sich aus seinem Bett aus Pitchpineholz. Die ausgeleierten Latten gaben ein rustikales Knarzen von sich. Eher angenehm. Das Ziffernblatt des Weckers zeigte sieben Uhr. Das Mansardenzimmer hatte keine Vorhänge, das Winterlicht drang schwach herein und überzog die Mauern mit einem bläulichen Schimmer.

Frank begab sich ins Badezimmer. Es dauerte ewig, bis das warme Wasser endlich den Duschkopf erreichte. Seine Kleidung war auf diverse Taschen und Kartons verteilt. Keine zwanzig Minuten später war er gerüstet, um Dekan Emerson in dessen Haus aufzusuchen.

Der Schneesturm war abgeebbt, hatte aber einer beißenden Kälte Platz gemacht. Mit Hilfe des von Norris zurückgelassenen Zettels fand Franklin das »Dorf der Professoren« ohne Schwierigkeiten. Der Eindruck eines Theaterdekors, den er am Vorabend gewonnen hatte, war an diesem Morgen noch frappierender. Die Fassaden, die Gärten, die Farben, alles wirkte wie zeitlos, so glatt wie ein englisches Zierbildchen. Niemand hätte sich besonders gewundert, wenn die Frauen hier platinblonde Knoten und Kleider in Vichykaro trügen und dabei Vaughn Monroe hören.

Er entdeckte Emersons Haus. Riesig. Es war im palladianischen Stil erbaut und die Fassade mit ihren weißen dorischen Säulen, ihrem verzierten Fries und ihrer zentralen Kuppel ähnelte der des Jefferson-Museums von Monticello.

Als er läutete, erklangen drei Musiknoten. Es klang wie eine Spieldose oder eine antike Uhr.

Der Dekan öffnete persönlich.

»Franklin! Ich fürchtete schon, Sie auch heute nicht zu Gesicht zu bekommen!«

Lewis Emerson war Mitte sechzig, ziemlich groß, hatte kurz geschnittene Haare und war glatt rasiert. Er hatte helle Augen und trug eine dicke Brille mitten auf der Nase. Trotz der frühen Stunde steckte zwischen seinen Lippen eine Zigarette.

»Ich habe mein Bestes getan im Sturm und ohne Mobiltelefon«, erwiderte Franklin. »Mein Funkkontakt brach zusammen, nachdem ich die Grenze von Illinois überquert hatte. Ich bin erst gegen Mitternacht angekommen.«

»Sie sind hier, heil und ganz, das ist alles, was zählt. Sie hätten irgendwo in unseren Wäldern stecken bleiben können. Das ist schon vorgekommen. Es wäre ein kläglicher Anfang für Ihre erste Nacht bei uns gewesen. Treten Sie doch ein.«

Die Ausmaße der Eingangshalle entsprachen der Hausfassade, gigantisch. Kronleuchter, steinerne Träger, große Treppe, Sand- und Goldtöne. Franklin erkannte einen Salon im französischen Stil des 17. Jahrhunderts und eine Bar mit zwei Kartentischen sowie ein Regal, auf dem Golftrophäen thronten.

»Meine Frau Agatha wartet mit dem Frühstück auf uns.«

Agatha Emerson war eine Brünette mit weit aufgerissenen Augen, was ihr einen ständig verblüfften Ausdruck verlieh. Sowie sie Franklin erblickte, eilte sie ihm mit dem Überschwang einer Frau, die an große Empfänge gewohnt ist, zur Begrüßung entgegen.

Das Frühstück der Emersons war im Esszimmer angerichtet, ein echtes Stilzimmer, das nichts mit jenen Küchenecken gemein hatte, in denen man im Stehen einen Kaffee und ein Muffin verschlang. Es war gedeckt wie für ein feierliches Abendessen. Franklin fühlte, wie ihm unbehaglich zumute wurde. Da saß er nun alleine mit den beiden Emersons.

»Hatten Sie eine angenehme Nacht?«, fragte Agatha, während sie den Kaffee aus der Küche brachte.

»Ausgezeichnet, danke. Die Luft und die Stille haben gewiss dazu beigetragen. Und die Erschöpfung nach der Reise …«

»Aber dieses Haus ist leer!«, unterbrach ihn die Frau. »Mir an Ihrer Stelle wäre das unheimlich. Ein Haus ohne Möbel, das finde ich furchterregend. Ich hätte kein Auge zugetan in der Nacht. Sie hätten bei uns Quartier beziehen sollen. Wir haben Gästezimmer. Nicht wahr, Lewis?«

Der Ehemann nickte zustimmend.

»Ich hatte keine Gelegenheit, Ihnen diesen Vorschlag zu

machen«, sagte er, »aber er gilt noch immer, wenn Sie es wünschen. Bis Ihre Sachen …«

»Nein, wirklich, das ist sehr freundlich«, entgegnete Frank. »Ich muss mich schon für das Bett bedanken. Norris hat mir davon erzählt.«

Emerson machte eine Handbewegung.

»Das ist doch nicht der Rede wert.«

Er streckte den Arm nach einem Stuhl neben sich aus und ergriff eine Ausgabe des *Concord Globe*, der regionalen Tageszeitung.

»Sehen Sie! Sie sind schon ein Star in der Region!«

In einem Artikel von diesem Tag wurde Franklins Ankunft in Durrisdeer als Nachfolger für den verstorbenen Mycroft Doyle angekündigt. Der Journalist behandelte Frank wie eine kleine Berühmtheit, einen Erfolgsautor. Er dichtete ihm dreihunderttausend verkaufte Exemplare seines Essays anstelle der tatsächlich verkauften dreißigtausend an, nur um voll Stolz mit seiner Ankunft in der Grafschaft zu prahlen. Ein Foto des jungen Mannes vervollständigte die Meldung.

»Der Verfasser dieses Artikels hat mich gefragt, ob er Sie interviewen könnte«, sagte Emerson. »Ich habe mir die Freiheit genommen, an Ihrer Stelle abzulehnen. Durrisdeer braucht keine derartige Publicity. Sie sind mir hoffentlich nicht böse?«

»Keineswegs, das passt mir sogar.«

Endlich fertig nahm Agatha bei Tisch Platz. Sogleich warf sie ihrem Mann einen erzürnten Blick zu. Dieser drückte, ohne zu protestieren, seine Zigarette aus.

Unvermittelt begannen die beiden ein Tischgebet zu sprechen. Der junge Mann, Sohn einer Ungläubigen, wusste nicht, wie er sich verhalten sollte. Die Frau betete voll Inbrunst, Lewis schloss die Augen, vielleicht dachte er an etwas anderes.

Nachdem sie zu Ende gebetet hatte, hob Agatha den Kopf, ein mechanisches Lächeln lag auf ihrem Gesicht.

»Haben Sie Durrisdeer leicht gefunden?«

»Ja. Wenn man so will …«

»Ich kann mir vorstellen, dass Sie sich gewundert haben, weshalb so wenige Hinweisschilder im Bezirk den Weg zur Universität zeigen, stimmt's?«

»In der Tat«, bestätigte Franklin. »Dabei habe ich genau aufgepasst.«

Emerson brach in herzhaftes Lachen aus.

»Der hiesige Bürgermeister rauft sich die Haare unseretwegen! Nun ja, er hat sie sich gerauft. Inzwischen lässt er es bleiben.«

Er reichte Frank die Platte mit den Rühreiern. Der junge Mann hatte nicht darum gebeten, bediente sich aber trotzdem. Besorgt erblickte er die geräucherten Würste und den kalten Truthahn, die er möglicherweise hinunterwürgen musste. Er hasste Salziges zum Frühstück.

Der Dekan fuhr fort: »Man muss wissen, dass es unter unseren Schülern eine Tradition gibt: Sie machen sich einen Spaß daraus, nachts die Schilder zu entfernen, die den Weg zur Universität zeigen. Im günstigsten Fall lassen sie stattdessen Schilder aus eigener Fabrikation in altertümlicher Frakturschrift zurück, die absichtlich unheimlich wirken.«

Franklin erinnerte sich an das verwitterte hölzerne Rechteck, das in der Nacht aufgetaucht war.

»Weshalb?«

»Zunächst einmal, weil sie damit wiederholen, was ihre Vorgänger vor ihnen taten, und dann um diese eitle Haltung zu bedienen, dass sie an einem privilegierten und isolierten Ort in den Wäldern leben, der gar nicht ›geheimnisvoll‹ genug sein kann. Ein Dummejungenstreich verwöhnter Kinder mit zu viel Fantasie. Das Gedankengut mancher junger Leute, die sich gerne als »Freigeister« ausgeben, ähnelt dem kleiner Sekten. Das Fährtenverwischen ist ein Spiel, ein Ritus, der sie sehr amüsiert. Mit der Zeit haben sogar wir es aufgegeben, dagegen anzukämpfen. Aber unseren Besuchern tun wir damit keinen Gefallen.«

Lewis und Agatha brachen gleichzeitig in Gelächter aus.

»Ich sage Ihnen das wegen Ihres Umzugs«, fuhr der Dekan, wieder ernst geworden, fort. »Ihre Spediteure werden auf die gleichen Hindernisse stoßen. Ich rate Ihnen, sie vorzuwarnen und ihnen einen Plan zu zeichnen.«

»Das werde ich tun.«

Frank schenkte sich unter tausend Vorsichtsmaßnahmen Fruchtsaft ein, so zerbrechlich erschien ihm das Kristall seines Glases. Agatha ließ die üblichen Liebenswürdigkeiten über Franks Mutter einfließen.

»Lewis hat mir gesagt, sie sei auch eine große Professorin gewesen? Sie muss stolz auf Sie sein. Sie haben eine wunderbare Stelle bekommen für Ihr Alter!«

»Sie lebt seit zwei Jahren in Arizona.«

»Ich hoffe, sie kommt uns einmal besuchen.«

»Das hoffe ich auch.«

»Welche Seminare für Schriftsteller haben Sie an Ihrer vorherigen Stelle geleitet?«

»Ich war Assistent von Professor Gramme, der die Abschlüsse in den geisteswissenschaftlichen Fächern an der Universität betreute. Er betraute mich mit der Durchführung von Schreibwerkstätten. Ich habe auch Kurse über Verskunst, Analyse des klassischen Englisch und sogar über angelsächsische Literatur abgehalten.«

»Frank hat einen Semesterkurs mit dem Titel ›Syntax und Fantasie‹ angeboten!«, berichtete der Dekan. »Ein solches Thema hätte Ihrem Vorgänger, dem guten alten Mycroft Doyle, gefallen. Sie haben einen Preis erhalten für dieses Seminar, glaube ich?«

»In der Tat. Aber Professor Gramme war sehr wohlwollend mir gegenüber.«

»Bah! Stellen Sie Ihr Licht nicht unter den Scheffel! Das steht nur Dummköpfen gut zu Gesicht.«

»Jedenfalls haben Sie ein wundervolles Buch geschrieben«, sagte Agatha. »*Die Versuchung des Schreibens*. Ich bin beim letzten Kapitel. Ihre Schüler haben es ebenfalls gelesen. Sie sind schon sehr gespannt, Ihre Bekanntschaft zu machen. Sie werden ihnen sehr gefallen.«

»Danke, Madam.«

Und in diesem Augenblick ließ der Dekan, ohne dass Frank Zeit gehabt hätte, sich zu wehren, eine Räucherwurst auf seinen Teller gleiten. Resigniert begann Franklin langsam zu kauen wie ein Kind, das seine Portion nicht aufessen will. Er fragte sich, ob seine Gastgeber mit ihrem Gehabe an diesem Morgen einfach nur bei ihm Eindruck schinden wollten oder ob sie wirklich so versnobt und verklemmt waren. Er mochte weder die Dekoration noch das Essen noch Agathas gekünsteltes Lächeln und noch weniger das Schweigen des Dekans, der manchmal so tat, als sei er nicht mehr anwesend.

Er betrachtete ein imposantes Gemälde an der Wand, das Porträt eines dickbäuchigen Mannes in der Pose eines Welteroberers, dessen zerzauste Haare und Koteletten jedoch von einem englischen Karikaturisten hätten stammen können.

»Das ist Ian E. Iacobs, Herr und Gebieter über die Ländereien von Durrisdeer«, sagte der Dekan, der Franklins Blick verfolgt hatte. »Ein Industrieller, der in Concord lebte und in der Lederverarbeitung ein immenses Vermögen gemacht hat.«

»Hat er die Universität gegründet?«

»Genau. Er war ein Kapitalist seiner Zeit, das heißt heute nicht gesellschaftsfähig, aber er war tatsächlich etwas übergeschnappt. Iacobs beschloss noch zu Lebzeiten, diese Schule zu gründen, stiftete einen Teil seiner riesigen Ländereien und überwachte selbst die Planung des Baus. Die ersten Klassen wurden in seinem Schloss untergebracht. Er hatte eine sehr entschiedene Vorstellung von dem, was er zu schaffen wünschte. Im Übrigen hat er seine Vorschriften schriftlich niedergelegt und wir halten uns noch heute daran.«

»Wirklich?«, fragte Franklin überrascht. »Eine Art Ordensregel?«

Der Dekan lächelte.

»Nicht wie in einem Kloster! Es handelt sich um eine Charta von Prinzipien, sonst nichts. Iacobs wollte 1885 einen sicheren Hafen für die Jugend schaffen. Er ahnte, dass die Erziehung der jungen Leute schon bald ihre humanistische Prägung einbüßen und unter das Diktat der Industriekapitäne fallen würde. Er sah den Tag kommen, an dem eine bestimmte Eisenbahngesellschaft, die einen bestimmten Ingenieurstyp für eine bestimmte Produktion in Südamerika brauchte, die eine oder andere Klasse subventionieren würde, um ihre Bedürfnisse zu decken. Unter dieser Prämisse würde man keine Eliten mehr ausbilden, sondern Industriemanager. Das war es, was Iacobs fürchtete. Das Paradoxe daran ist, dass diese Charta von 1885, die die Welt des Kommerzes aus seiner Schule ausschließt, heute aktueller ist als damals. Durrisdeer ist eine Universität, die gegen den Strom der gängigen Verwaltungspolitik schwimmt. Wir stehen nicht unter der Knute eines Mäzens, unsere Aktionäre sind ehemalige Schüler oder ihre Nachkommen. Wir weigern uns, wen auch immer für welchen Arbeitsmarkt auch immer gezielt auszubilden. Wir erteilen einen freien und interessensunabhängigen Unterricht.«

»Wir befinden uns also auf den Ländereien eines Exzentrikers aus dem 18. Jahrhundert?«

»Iacobs starb 1905. An diesem Tag ging der gesamte Grund und Boden in den Besitz des Colleges über. Wie Sie sicher schon bemerkt haben, lebt Durrisdeer auf großem Fuß. Sie werden nirgendwo eine Lebensqualität finden, die mit der in unserem Dorf der Professoren vergleichbar ist, und zwar in allen Universitäten des Landes. Das ist ein großes Privileg.«

»Das glaube ich gerne. Das Haus von Mycroft Doyle ist großartig.«

»Nennen Sie dieses Haus doch nicht das von Mycroft Doyle! Es ist jetzt Ihres, Franklin. Es ist das Haus von Frank Franklin.«

»Äh, ja … natürlich.«

Der qualvolle Kampf mit der lauwarmen Wurst neigte sich dem Ende zu.

Emerson war offenbar zu der Überzeugung gelangt, er könne seine Rechte wieder in Anspruch nehmen, und zündete sich seiner Frau zum Trotz eine Zigarette an.

»Meine Tochter Mary wird Ihnen das Anwesen zeigen, sobald Sie es wünschen«, sagte er. »Heute lassen wir Ihnen erst einmal eine Verschnaufpause. Kümmern Sie sich um Ihre Sachen, fahren Sie in die Stadt und füllen Sie Ihren Kühlschrank auf, erholen Sie sich von der Reise. Aber morgen geht es los! Wir unterzeichnen die letzten Papiere und ich mache Sie mit den anderen Professoren bekannt. Passt Ihnen das?«

»Selbstverständlich.«

Daraufhin erhob sich der Dekan vom Tisch und überließ Franklin Agathas Obhut. Diese setzte stoisch ihr gastfreundliches Lächeln auf und sah ihn mit ihren aufgerissenen Augen schweigend an. Frank hatte nicht die blasseste Ahnung, worüber er sich mit ihr unterhalten sollte.

Er machte ihr ein Kompliment über ihre Würste …

5

Um 9 Uhr 30 verließ Sheridan das Krankenhaus und kehrte alleine auf die Baustelle am Highway 393 zurück, um den Schauplatz des Verbrechens bei Tageslicht in Augenschein zu nehmen. Bei seiner Ankunft konnte er feststellen, dass die Polizeisperren, die er hatte errichten lassen, ihre Wirkung taten. Mittlerweile war es hell geworden. Am Tatort konnte er die gewaltigen Dimensionen der Bauarbeiten ermessen, die man für den Ausbau der Autobahn in Angriff genommen hatte. Ein unglaubliches Band aus Erde und Sand durchschnitt den Wald. Tausende von Bäumen waren gefällt worden. Die gerodete Fläche, schnurgerade wie ein Bleistiftstrich, verschwand am Horizont.

Die Grube für den Pfeiler war mit einer blauen Plane abgedeckt, um eventuellen Pressehubschraubern die Sicht zu versperren. Der Schnee war durch die chemischen Mittel der Spurensicherung teilweise verschwunden. Nummerierte Pflöcke, die Fußabdrücke und Indizien markierten, standen über das Gelände verteilt. Die Baumaschinen waren dreihundert Meter zurück beordert worden. Dort erblickte Sheridan Trauben untätiger Arbeiter, die sich wohl fragten, was los war.

Der Colonel stoppte seinen Wagen am Ende der einzigen

Teerstraße zur Baustelle, einem provisorischen Asphaltstreifen, der den Architekten und Bauingenieuren die Überwachung der Arbeiten erleichterte.

Captain Orgones, der für die Untersuchung des Tatorts verantwortlich war, kam ihm entgegen.

»Tag, Chef. Es läuft nicht übermäßig gut hier. Uns fehlt es an Personal und Material!«

»Ich weiß. Aber mir sind die Hände gebunden. Nachrichtensperre des FBI. Sie verbieten mir, zusätzliche Ermittlungsteams anzufordern.«

»Haben sie schon etwas verlauten lassen?«

»Noch nicht. Wir erwarten sie in weniger als einer halben Stunde. Aber meiner Meinung nach ist das FBI in Panik. Selbst bei ihnen stößt man nicht jeden Tag auf vierundzwanzig Leichen, die wie in einer Sardinendose aufgereiht sind.«

Der Captain nickte.

Sheridan zeigte auf die Arbeiter in der Ferne.

»Was haben Sie ihnen weisgemacht?«

»Nichts. Vogelstraußpolitik. Sie werden zu gegebener Zeit informiert. Der Baustopp gilt bis auf Weiteres.«

»Und die Presse?«

»Die Absperrungen funktionieren. Kein Mensch ist unbefugt hier eingedrungen.«

Sheridan sagte sich, dass das FBI schwere Geschütze würde auffahren müssen, um einen solchen Medienboykott länger als einen oder zwei Tage aufrechtzuerhalten.

Der Captain begann zu berichten: »Wir befinden uns hier auf der einzigen Straße, die von der 393 zur Baustelle führt.«

Er zeigte auf dem Boden auf einen Streifen am Rand des Asphalts, wo die Erde wieder mit Sand vermischt war.

»*Hier* genau beginnen die Fußspuren«, erklärte er.

»Die der vierundzwanzig?«

»Ja. Alle laufen auf die Grube zu. Die Spuren sind tief; es besteht kein Zweifel, dass es noch nicht geschneit hatte, als die Opfer ankamen. Nach den Daten des Wetterberichts muss das folglich vor 23 Uhr 12 gewesen sein.«

»Um welche Uhrzeit wurden die Bauarbeiten unterbrochen?«

»Im Winter gibt es nie eine Nachtschicht. An diesem Abend verließen die Arbeiter die Baustelle um 21 Uhr.«

»Damit bleiben nur zwei kurze Stunden. Das ist nichts.«

»Angesichts des Ausmaßes der Katastrophe ist es sogar unvorstellbar. Aber wir sollten Nachforschungen an den Überwachungskameras der Hauptstraßen anstellen können, um einen Bus, einen Transporter oder irgendetwas zu finden, das groß genug war, um all diese Leute hierherzubefördern.«

Sheridan nickte zustimmend. Er beugte sich auf den Boden herab, sah jedoch keine einzelnen Sohlenabdrücke, sondern eher einen langen Streifen, der tief in die Erde eingegraben war.

»Tatsächlich sind diese Menschen von diesem Punkt bis zur Grube, siebzig Meter weiter hinten, im Gänsemarsch hintereinanderher gegangen«, erklärte der Captain. »Das hat zur Folge, dass wir keine blasse Ahnung von der genauen Anzahl von Personen haben, die die vierundzwanzig begleitet haben! Es könnten zwei, fünfzehn oder dreißig gewesen sein, das würde nichts ändern. Die Abdrücke überlagern sich gegenseitig. Das macht es unmöglich, Schuhe zu identifizieren, die nicht zu unseren vierundzwanzig Leichen gehören. Eine erstaunliche Vorsicht.«

Sheridan verzog das Gesicht. Das war kein gutes Zeichen. Die beiden Männer folgten der Spur.

»In Basile Kings Labor«, sagte der Captain, »hat man Abgüsse von den Schuhen der vierundzwanzig angefertigt. Wir haben sie heute Morgen mit den Schuhabdrücken der Arbeiter verglichen, die gestern auf der Baustelle waren. Nach dieser Überprüfung sind wir sicher, dass kein einziges Opfer am Tatort herumgegangen ist. Diese Abdrücke hier …«

Er wies auf die gelben Pflöcke, die Sheridan bereits aufgefallen waren. … bringen nichts Neues. Man hat jedem eine Identität zugeordnet. Die vierundzwanzig sind von der Straße direkt und geordnet zur Grube gegangen, ohne das geringste Zögern. Um dort zu sterben.«

Sie erreichten den Rand der Grube und glitten unter die blaue Plane. Die Stelle, an der die vierundzwanzig Leichen aufgehäuft waren, war in der Mitte des vom Schnee befreiten Teils genau markiert. Ringsherum erkannte man deutlich die Fußabdrücke von Basile King und seinem Assistenten sowie von all denjenigen, die sich den Toten genähert hatten, um sie aus dem Loch zu heben.

»Auch dort keine anderen Abdrücke?«

»Nein. Nur die vierundzwanzig. Wie außerhalb der Grube.«

Sheridan bemerkte, dass der Streifen aus Fußabdrücken um den markierten Kreis herumführte.

»Es scheint, als hätten sie oben gestanden, und dann stieg jeder der Reihe nach hinab, um sich töten zu lassen. Vor den

Augen der anderen. Was den Mörder angeht, so kann man annehmen, dass er ungefähr die gleiche Position einnahm wie wir jetzt gerade; die Ballistik wird das bestätigen.«

Sheridan malte sich die Szene aus. Das Schauspiel eines blutigen Rituals. Eiskalt durchgezogen.

»Hinter dem Drama dieser Nacht steckt eine verdammt gute Organisation«, sagte der Captain. »Eine solche Geschichte kann man nicht einfach improvisieren. Man muss die Örtlichkeiten und die Arbeitszeiten auf der Baustelle kennen und um alle Indizienfaktoren wissen, die einem die Polizei auf den Hals jagen könnten. Sich unsichtbar machen, sozusagen. In dieser Größenordnung schafft das nicht jeder.«

Sheridan stimmte zu. Für einen Ermittler gab es nichts Schlimmeres als einen derart weitläufigen Tatort ... der nichts verriet! Oder aber der nur das sagte, was die Mörder preisgeben wollten.

Das Handy an seinem Gürtel läutete; eine SMS seiner Sekretärin. Die FBI-Agenten Melanchthon, O'Rourke und Colby waren soeben im Hayes Building eingetroffen.

»Ich geh dann mal«, sagte er zu dem Captain.

Er eilte zu seinem Auto. Jetzt, da die Bundesbeamten angekommen waren, würde er endlich begreifen, was los war!

Auf dem Polizeihauptquartier traf er auf eine Bohnenstange in eng sitzendem Kostüm und zwei ziemlich mürrische Typen. Patricia Melanchthon bestand sogleich darauf, dass die Abteilungsversammlung auf so wenige Teilnehmer wie möglich beschränkt wurde. Die Frau wirkte unsympathisch auf ihn, doch er erhob keine Einwände, denn er wartete ungeduldig darauf, etwas von ihr über den Fall zu hören.

Die Zusammenkunft verlief unerfreulich. Eine Stunde lang weigerte sich Patricia Melanchthon trotz Sheridans beharrlichem Nachfragen, ihre Anwesenheit zu erklären. Sie kündigte nur die Ankunft von etwa dreißig Agenten an, die den Wald von Farthview Woods von Grund auf durchsuchen sollten, und betonte nachdrücklich, wie wichtig es sei, die Nachrichtensperre so lange wie möglich aufrechtzuerhalten. Das schloss sogar die Familien der Opfer ein, die fürs Erste nichts von den entdeckten Leichen erfahren sollten!

Sheridan tobte und drohte. Der Gipfel war erreicht, als Melanchthon ihn aufforderte, er solle ihr entgegen dem üblichen Verfahren auf der Stelle alle Ergebnisse seiner Ermittlungen zur Verfügung stellen.

Die Regelung mit dem FBI war einfach: Solange die Aspekte eines Verbrechens einen einzigen Staat betrafen, lag der Fall ausschließlich in den Händen der betreffenden Polizeibehörde und das FBI leistete nur unterstützende Hilfsdienste. Entstand über den mutmaßlichen Mörder oder eines der Opfer jedoch eine Verbindung zu einem weiteren Bundesstaat, dann wurde daraus ein Verbrechen auf Bundesebene und das FBI übernahm den Fall komplett. Die Schlüsselrollen wurden vertauscht und die Cops vor Ort wurden Hilfstruppen. Anders gesagt, bedeutungslos.

Melanchthon wollte sich darüber hinwegsetzen und den Fall sofort übernehmen. Sie legte noch eins drauf, indem sie Sheridan kritisierte, weil er die Anforderung der D-MORT nicht zurückgezogen hatte, nachdem er über die vom FBI verlangte Nachrichtensperre informiert worden war.

Sheridan wetterte lauthals und weigerte sich, unter diesen Bedingungen zu kooperieren.

Am Ende der Versammlung blieb er alleine mit Amos Garcia im Raum zurück.

»Kein Zweifel, in ein paar Stunden werden die Namen der vierundzwanzig bekannt sein, und sie wird mit den erforderlichen Genehmigungen wedeln, um die gesamte Untersuchung an sich zu reißen. Wir haben nur eine Gnadenfrist, Garcia.«

Er klopfte nervös auf den Tisch.

»Dabei bin ich überzeugt, dass diese windigen Kerle vom FBI bislang genau so schlau sind wie wir! Sie wissen *nichts* über das, was heute Nacht passiert ist, oder wer diese Leichen sein könnten! Nur geben sie das wie gewöhnlich nicht zu. Sie tauchen in Scharen und unter großem Getöse mit ihren gut sitzenden Anzügen auf, und alles nur deshalb, weil man höheren Orts offenbar stark beunruhigt ist.«

»Vielleicht läuft bei denen ja gerade eine Untersuchung, die mit den Ereignissen dieser Nacht in Zusammenhang steht.«

Garcia sagte das sehr ruhig. Er fürchtete die Wutausbrüche seines Chefs.

»Das ist ein bisschen lächerlich als Vorwand, oder?«, empörte sich Sheridan prompt. »Warum sollten sie uns das verschweigen? Aber anscheinend ist die Nachrichtensperre nicht für die Presse, sie ist für uns bestimmt! Glaub mir, Amos, sie haben nicht die geringste Ahnung, was dahintersteckt. Und genau das bringt diese Bundesheinis zum Ausflippen! Vor allem, wenn es solche Dimensionen annimmt. Also werfen sie Nebelkerzen und sagen kein Wort.«

»Was machen wir nun?«

Sheridan zuckte die Schulter.

»Sie werden sich bald alles unter den Nagel reißen, die Leichen, die Berichte, die Probenbehälter! Bis die offiziellen Papiere abgestempelt sind, wird uns Patricia durch die Gegend hetzen: Die Straßenüberwachungskameras überprüfen, den Tatort abschirmen, Dementis für die Presse herausgeben, die Bevölkerung beruhigen … die üblichen Nichtigkeiten.«

Garcia schüttelte den Kopf.

»Es gibt eine vom Gouverneur gegengezeichnete Nachrichtensperre. Wenn wir uns darüber hinwegsetzen, dann könnte das als Behinderung einer bundespolizeilichen Ermittlung angesehen werden, und das ist für Cops wie uns ein Vergehen.«

Sheridan hatte bereits daran gedacht.

»Aus genau diesem Grund gehen wir ganz diskret vor, solange wir noch den Daumen auf den Teilen des Puzzles haben, und sei es nur für wenige Stunden!«

Am Nachmittag waren die Blicke aller an diesem Fall Beteiligten auf das Fax von Doktor Basile King aus der Leichenhalle gerichtet. Doch das Justizministerium hatte keine einzige Identifizierung auf der Basis der DNA-Proben geliefert.

Gegen 20 Uhr abends konnte Sheridan endlich nach Hause fahre. Er wohnte in einem luxuriösen Haus an der Auburn Street, einem exklusiven Viertel im Osten von Concord, am Hang eines Hügels, der die Stadt und den Merrimack dominierte. Neben der Fahrbahn hatte sich auf dem Rasen vor dem Haus eine ordentliche Menge Schnee angesammelt. Die Straße entlang ragte kein Mülleimer und kein Ast mehr daraus hervor.

Die Schneefälle hatten wieder eingesetzt und der Polizist kam völlig durchfroren zu Hause an. Er nahm eine lange heiße Dusche. Er war froh, endlich wieder bei seiner Familie zu sein. In dem großen Wohnzimmer traf er auf seine Frau und ihre fünf Kinder.

Es war abgemacht, dass Sheridan in der Familie nie über seine Ermittlungen sprach. Seine Frau wurde aus allem herausgehalten.

Ohne seinen Fall zu erwähnen, schaltete Sheridan im Fernsehapparat im Wohnzimmer die Lokalnachrichten ein. Er wusste, dass die Medien in den Köpfen der Leute allmächtig waren. Wenn etwas Ungewöhnliches in ihrem Leben oder in der Nachbarschaft vorfiel oder sie ein Gerücht hörten, dann galt der erste Telefonanruf wohl der Polizei, der zweite allerdings mit Sicherheit unverzüglich dem Fernsehen oder dem Radio, vor allem, wenn es sich um das Verschwinden einer Person handelte. Eine Oma, die nicht nach Hause kam, konnte sicher sein, dass sie am nächsten Tag ihr Konterfei im Fernsehen sehen würde, verbunden mit wiederholten Suchmeldungen und einem Aufruf an etwaige Zeugen, sich zu melden. Sheridan hoffte auf Neuigkeiten über seine Vierundzwanzig.

Den ganzen Tag über hatte er bei den Notrufzentralen der Polizei im ganzen Bundesstaat nachfragen lassen. Aber kein Mensch hatte sich gemeldet. Keine Eltern, kein Freund, kein Kollege, kein Nachbar. Niemand.

»Wer sind diese Leute nur?«

Im Fernsehen wirkte die Nachrichtensperre. Nichts über die makabre Szenerie der vergangenen Nacht.

Sheridan setzte sich mit seiner Frau und den Kindern im

Esszimmer zum Abendessen. Die Gespräche drehten sich um die sportlichen Leistungen des Ältesten, ein Gerücht im Viertel über die neuen Nachbarn und die Enttäuschungen des Jüngsten, der mit gerade einmal fünf Jahren seinen ersten Liebeskummer erlebte.

Sheridan antwortete zerstreut, er war mit den Gedanken woanders.

Nach der Mahlzeit schloss er sich in seinem Büro im ersten Stock ein und rief Gardner und Tajar an. Die Sekten und die Selbstmörderklubs.

Gardner hatte während des Tages alle Überwachungsberichte über die okkulten Gruppen des Landes studiert. Kein Kommentar über die Ereignisse der letzten Nacht war aufgetaucht. Was die wilde Geburt oder die Verbrennungen des Jungen anging, so erinnerte er daran, dass Verstümmelungen bei bestimmten Sekten, nämlich bei den sogenannten Millenaristen, gang und gäbe waren. Die Geburt konnte Folge eines Gesetzes sein, das die Anhänger zu einer vollständigen Rückkehr zur Natur und in die Vorzeit zwang.

Tajar wiederum erklärte, dass nach einem assistierten Selbstmord häufig in entsprechenden Internetforen Glückwünsche und Ermutigungen für die anderen auftauchten. Das war bisher nicht der Fall gewesen.

Gegen Mitternacht ging Sheridan mit dem Gedanken zu Bett, dass ihm noch ein oder zwei Tage blieben, um weiterzukommen.

Doch um ein Uhr morgens schrillte sein Telefon.

Wieder war Lieutenant Garcia am Apparat.

»Drei Leichen in der Leichenhalle wurden identifiziert.«

»Ausgezeichnet!«

Sheridan richtete sich auf. Er war hellwach.

»Das kommt darauf an«, antwortete ihm der Lieutenant. »Nur eine einzige der drei Leichen stammt aus unserer Gegend. Die zwei anderen kommen aus Idaho und Vermont. Während ich mit Ihnen spreche, ist das FBI schon dabei, alles einzupacken. Kings Labors werden versiegelt, die ersten Kühlwägen treffen ein, und die Agenten durchkämmen unsere Büros, um die Karteien unter die Lupe zu nehmen. In weniger als einer Stunde wird alles verschwunden sein, Chef.«

6

Am Morgen nach seinem ersten Tag in Durrisdeer parkte gegen acht Uhr ein schwarzes BMW-Coupé vor dem Haus von Frank Franklin. Die Tochter der Emersons kam, um ihm die Ländereien der Universität zu zeigen. Den Vortag hatte Frank damit zugebracht, seine Umzugsprobleme zu regeln, in Concord alles Lebensnotwendige einzukaufen und gewisse Nahrungsmittelreserven anzulegen. Einige Professoren waren vorbeigekommen, um sich vorzustellen. Franklin musste stundenlange nichtssagende Unterhaltungen über sich ergehen lassen und Litaneien von Ratschlägen anhören, auf die er gut hätte verzichten können. Danach wusste er noch immer nichts über die Räumlichkeiten, in denen er unterrichten sollte. Mit wachsendem Erstaunen sah er die Tochter des Dekans näher kommen. Er fand sie wundervoll. Sie war eine strahlende, großgewachsene Frau von etwa zwanzig Jahren und vollkommen weiß gekleidet, Dreiviertelmantel, Kappe, Schal, Handschuhe und gefütterte Stiefeletten, dazu dezent geschminkt und ihre blonden Locken lagen auf einem Kragen aus Kunstzobel. Die blauen Augen waren der einzige Farbfleck an ihrer Person.

Sie begrüßten sich, jeder ein wenig eingeschüchtert vom anderen, dann stieg Frank in den BMW ein.

Nachdem sie das Dorf der Professoren verlassen hatten, stellte Frank überrascht fest, dass sie sich wieder vor einem ferngesteuerten Tor befanden. Dieses hier war moderner als die verschnörkelten Eisengitter des Südeingangs. Anstatt wie Higgins eine Fernbedienung zu benutzen, drückte Mary auf einen Knopf über ihrem Rückspiegel. Das Tor öffnete sich.

Franklin betrachtete den Wald, der an dieser Stelle weniger dicht war. Im Park taten sich weite Rasenflächen auf, die von Bächen und Teichen gesäumt und unter einer unbeweglichen Nebeldecke verborgen waren. Holzboote lagen verlassen an den Ufern. Der Schnee deckte alles zu. Eine Hirschkuh und ihr Kitz flohen beim Nahen des BMW, ebenso wie eine Schar Krähen dicht über den weißen Tannen und Birken.

Im Herzen dieser Landschaft tauchte schließlich am Ende einer fürstlichen Allee das Schloss auf. Monumental groß und fünf Stockwerke hoch, mit hohen Ecktürmen und einer Steinfassade mit neugotischen Skulpturen, ganz nach Art dieser Besessenen im 19. Jahrhundert, die alle Stilrichtungen kopierten, um so zu tun, als besäßen sie selbst einen. Franklin sah wie gebannt zu, wie das Gebäude vor ihm größer wurde.

»Das ist das Wohnhaus von Ian E. Iacobs«, sagte Mary. »Er hat dort einen großen Teil seines Lebens verbracht. Heute beherbergt es den Verwaltungstrakt der Universität. Ich gebe zu, es wirkt mehr wie ein verwunschenes Museum. Es ist so protzig wie nur möglich und nicht zu heizen. Aber es ist eben Durrisdeer!«

Sie parkte nicht auf dem großen ovalen Vorplatz, den ein im Augenblick abgestellter Brunnen zierte, sondern wandte sich nach rechts und drückte auf einen zweiten Knopf über ihrem Armaturenbrett. Eine elektrische Tür am unteren Ende einer Rampe rollte hoch und gab die Zufahrt zu einer Parkgarage frei.

»Der Verwaltungschef, der zwischen 1970 und 1978 hier tätig war, fand den Anblick der Autos, die vor dem Schloss parkten, abstoßend. Er war der Ansicht, sie würden die Wirkung des Orts schmälern. Seitdem darf man sein Auto nicht mehr draußen stehen lassen. Im Winter ist das allerdings sehr praktisch.«

»Es gibt eine Menge Geld hier …«

»Ja. Spenden. Vor allem aber Ländereien. Es genügt, ein paar Hektar an Baufirmen zu verkaufen, um die Kasse wieder zu füllen. Man verkauft die Fläche eines Golfplatzes und die Universität hat zehn Jahre lang ihre Ruhe.«

Von der Parkgarage stiegen sie eine Eisentreppe hinauf und gelangten in der Nähe des Gebäudes wieder ins Freie.

Es herrschte bittere Kälte. Frank beobachtete Mary und ihre Stiefeletten, die im Schnee versanken; sie ging mit leicht vorgebeugtem Oberkörper. Sie hatten beide die gleichen lockigen blonden Haare. Er dachte, dass sie auch andere Gemeinsamkeiten hatten: Sie waren beide Kinder von Professoren und waren in oder in der Nähe einer Universität aufgewachsen. Die gleichen Bezugspunkte, die gleichen Arten von Freunden, der gleiche, von den Studiensemestern vorgegebene Jahresrhythmus und so weiter.

»Wir werden zuerst alle Einrichtungen besichtigen«, sagte sie zu ihm. »Anschließend kommen wir hierher zurück. Ihr Treffen mit meinem Vater findet in seinem Büro im dritten Stock statt. Macht es Ihnen etwas aus, ein wenig zu Fuß zu gehen bei dieser Kälte?«

»Ich folge Ihnen.«

Die gegenüberliegende Fassade des Schlosses wurde von einer großen, leicht abfallenden Wiese mit markanten Konturen beherrscht. An ihren Seiten am Waldrand erkannte Frank mehrere Häuser verschiedener Größe und in verschiedenen architektonischen Stilrichtungen.

»Hier befindet sich alles«, erklärte Mary. »Jeder Fachbereich hat seinen Platz, aber sie liegen sich alle gegenüber.«

Sie bog in einen Weg rechter Hand ein, der zwischen den Bäumen hindurchführte.

»Hierherum, so kommen wir schneller in Ihre Klasse. Tut mir leid, aber für die Reihenfolge der Sehenswürdigkeiten kann ich nichts.«

»Warum sagen Sie das?«

Sie machte eine Kopfbewegung und lächelte. Wenig später erreichten sie einen alten Friedhof.

»In der Tat …«

Der Friedhof nahm eine regenbogenförmige freie Fläche ein und war von einem schwarzen Gittertor verschlossen. Franklin zählte etwa ein Dutzend alte, bröcklige Grabsteine, manche davon schief, deren Sockel von Unkraut umwuchert waren.

»Das ist der Friedhof der Iacobs«, sagte Emersons Tochter.

Er näherte sich der Umfriedung, um die Grabinschriften zu lesen, und erblickte beinahe sofort eine Vielzahl von Ian Iacobs. Die älteste Grabinschrift trug das Beisetzungsdatum von Ian A. Iacobs. Es folgten Ian B., Ian C. und Ian E., der Gründer der Universität. In anderen Gräbern ruhten die Ehefrauen und unbekannte Persönlichkeiten.

»War dieses Haus schon lange Stammsitz der Iacobs?«

»Nein, tatsächlich erwarb Ian E. es im Jahr 1874. Er ließ anschließend seine ganze Familie auf diesem Friedhof bestatten, wobei er genau bestimmte, wer wo begraben wurde. Es heißt, er hätte einige schwarze Schafe unter seinen Verwandten ausgeschlossen. Er war der letzte der Familie, der sich 1905 hier bestatten ließ.«

Doch inmitten dieser Gräber erblickte Franklin plötzlich eine nagelneue, frisch gravierte weiße Grabplatte. Die Grabplatte von Mycroft Doyle, 1929–2006!

»Ja«, meinte Mary lächelnd. »Dem alten Mycroft wurde eine Vorzugsbehandlung zuteil! Er lebte mehr als vierzig Jahre hier. Es war sein Wunsch, hier in Frieden zu ruhen. Die Beerdigung war sehr bewegend.«

Franklin entzifferte: *Und jeder sei verflucht, der meine Gebeine stört.* Berühmt. Es war die Inschrift auf Shakespeares Grab.

»Bescheiden, der Meister …«

Etwas weiter entfernt, noch immer im Wald, entdeckte Franklin ein Häuschen, das von einem kleinen Garten umgeben war.

»Das ist Doyles Pavillon. Das Klassenzimmer der Studenten für Kreatives Schreiben und englische Literatur. Ihre Klasse.«

»Sie scherzen wohl?«

Das schräge Dach war bis auf den Boden herabgezogen, die Mauern waren aus alten Steinen und zum Teil mit Efeu überwuchert, der im Augenblick nur dürre Ranken besaß. Ein trostloser Anblick. Die Fenster waren klein, die Tür aus verwittertem Holz. Mary holte einen Schlüsselbund hervor.

Sie drückte auf einen Schalter, der an einem Elektrokabel hing, und fünf Lampen gingen zusammen an. Sie verbreiteten ein behagliches Licht, das von dicken Lampenschirmen gedämpft wurde. Entgegen den Erwartungen, die das Äußere geweckt hatte, roch Franklin weder Schimmel noch verfingen sich seine Haare in Spinnweben. Der Raum war ganz passabel als Klassenzimmer; ein Dutzend Tische waren um einen zentralen Schreibtisch, den Platz des Professors, angeordnet. Regale voller Enzyklopädien, Lexika und Handbücher aller Art bedeckten die Wände. Rechts von der Tür waren Korbmöbel lose aufeinandergestapelt. Franklin vermutete, dass der Unterricht bei schönem Wetter im Garten des Pavillons stattgefunden haben musste.

»Doyle arbeitete nicht wirklich hier, sondern im Obergeschoss«, sagte Mary.

Dort oben bot sich ihm wieder ein anderes Bild. Der Raum hatte nichts mit einem Klassenzimmer zu tun, sondern glich vielmehr einem englischen Literaturklub oder einem Rückzugsort schöngeistiger Studenten. Das Mansardenzimmer war über eine besonders halsbrecherische Treppe zugänglich. Sofas und Diwane mit ausgeleierten Rücken- und Armlehnen bildeten einen Halbkreis vor einer Feuerstelle voller Asche. Hocker in ausgeblichenen Farben dienten als Beistelltischchen und Fußstützen. Die Wände bedeckte eine Tapete mit Feuchtigkeitsflecken und wo nicht, da brachen sie auch hier unter der Last von Büchern zusammen. Ein Schreibtisch im Hintergrund musste wohl Mycroft gehört haben. Franklin erblickte weiter eine Kommode mit einer Kaffeekanne, Teebeutel und Kräutermischungen, einen Samowar, Gläser und sogar eine angebrochene Flasche

Bourbon. Hinter dem Schreibtisch thronte das Skelett einer Katze im Sprung und ein menschliches Gehirn, das in einer Chloroformlösung in einem mit Fingerabdrücken übersäten Einmachglas lag.

»Hier arbeitete er mit seinen Schülern. Nie mehr als etwa zehn pro Kurs.«

Frank hatte kaum den Fuß in dieses Chaos gesetzt, da war er schon fest entschlossen, *niemals* Kurse in dieser pompösen Baracke abzuhalten. Er musterte die Regalreihen: Arabische Klassiker aus dem 11. und 12. Jahrhundert, viele Griechen im Original, französische und deutsche Autoren in Übersetzungen.

»Haben Sie hier studiert?«, fragte er Mary.

»Nein. Ich habe Kurse in Geschichte und Zeichnen belegt. Ich mochte Doyle überhaupt nicht. Er machte mir Angst, dieser Typ.«

»Dieser Raum ähnelt mehr dem Versteck einer Gruppe von Aktivisten als einem Klassenzimmer von Englischstudenten ...«

Mary lächelte.

»Da ist ein bisschen was dran. Jedenfalls können Sie damit machen, was Sie wollen. Sie sind jetzt der Professor.«

Weiter weg, hinter dem Pavillon, erblickte Frank drei Schilder, die auf mehrere Wege in den Wald hinwiesen: das Schachbrett, der Rosengarten und Theseus' Labyrinth.

»Das sind allegorische Gärten, die vor etwa zwanzig Jahren angelegt wurden«, erklärte Mary. »Das Labyrinth aus Buchsbaumhecken erinnert an die Legende vom Minotaurus, die Wand aus Rosen spielt auf die Blumenmauer des

Roman de la Rose an und das Schachbrett mit mannshohen Figuren zitiert die Welt der Literatur, denn jede Figur stellt einen anderen berühmten Schriftsteller dar. Aischylos, Cervantes, Shakespeare, Byron, sie sind alle vertreten. Hinter diesen Projekten steckt natürlich Doyle. Im Augenblick ist allerdings nichts davon zu sehen. Alles ist bis zum Frühling eingelagert.«

Franklin lächelte. In Chicago beschränkte sich die Besichtigung der Universität auf den Basketballplatz, die Tennisanlage und die Eissporthalle. Der ganze Stolz des Dekans war sein olympisches Schwimmbad!

Das folgende Gebäude war imposanter als der Literaturpavillon. Es handelte sich um die ehemaligen Stallungen von Iacobs. Diese Holzgebäude waren überholt worden und dienten nun als Schlafräume für die Schüler. Mittlerweile waren sie umgeben von kleinen Häuschen im viktorianischen Stil, die die Studenten des Abschlussjahrgangs beherbergten. Franklin besichtigte eines davon. Ihm fielen die erstaunliche Sauberkeit und die gehobene Ausstattung auf. Das Ganze erinnerte eher an ein englisches Bed & Breakfast als an eine Studentenbude. Das Badezimmer war hell und geräumig.

»Die Schüler kümmern sich selbst um ihre Unterkünfte«, erklärte Mary. »Es gibt nur eine einzige Haushälterin für alle Gebäude und Internatsschüler.«

Franklin wusste aus seinen zahlreichen Telefongesprächen mit Lewis Emerson, dass Durrisdeer nur Internatsschüler hatte. Kein Student durfte außerhalb des Campus wohnen.

»Sagen Sie«, fragte Frank, nachdem er das Haus verlassen hatte, »ich habe noch keinen einzigen Schüler heute morgen gesehen. Dabei ist es doch nicht mehr so früh?«

»Sie laufen.«

»Alle?«

»Die Schule ist nicht sehr aktiv in Sachen Sport. Es gibt keine einzige Sportmannschaft, die Durrisdeer vertritt! Keine Turnhalle, abgesehen von einem alten Saal mit Geräten vom Beginn des 20. Jahrhunderts. Dafür ist der Langstreckenlauf morgens vor Unterrichtsbeginn für alle Pflicht. Seit der Gründung der Universität füllen die Studenten ihre Lungen eine Stunde lang im Wald mit Luft, von 7 Uhr 45 bis 8 Uhr 45. Dem entgeht keiner.«

Franklin schüttelte den Kopf.

»Ohne Mannschaftssport schaffen Sie weniger Teamgeist«, sagte er.

»Das weiß ich nicht. Aber eine Mannschaft haben wir trotzdem auf dem Campus«, protestierte Mary. »Sie ist Meister im Go-Spiel.«

Sie lachten beide darüber.

Am Ende der Wiese gegenüber dem Schloss erhoben sich drei besondere Gebäude: die Bibliothek, eine Sternwarte und ein Logentheater im italienischen Renaissancestil.

»Das Theater stammt aus Iacobs Zeit. Es hat dreihundert Plätze. Sein Fassungsvermögen war ausschlaggebend für die Studentenzahl, die der Gründer an seiner Universität aufnehmen wollte. Er forderte, dass alle für Zusammenkünfte und Reden in seinem Theater Platz finden müssten. In mehr als einem Jahrhundert hat diese Zahl sich nie geändert.«

Das Observatorium war großartig.

»Das Geschenk eines ehemaligen Schülers, der ein Vermögen mit astronomischen Gläsern gemacht hat«, erzählte Mary.

Die Bibliothek bot einen weniger erfreulichen Anblick. Ein großer, moderner Klotz. Dagegen überstieg das Innere alle Erwartungen: Dutzende von Computern, großzügige und beleuchtete Bücherregale.

Auf dem Rückweg zum Schloss besichtigte Franklin endlich das Unterrichtsgebäude. Etwa zwanzig Räume mit je fünfzehn Tischen sowie zwei Hörsäle und Lesesäle.

Zurück auf dem Vorplatz des Schlosses kreuzten die ersten drei Studenten von Durrisdeer Franks Weg.

»Sie haben Glück«, sagte Mary zu ihm, »hier sehen Sie drei Vertreter, die Ihnen in Ihren Schreibkursen wieder begegnen werden.«

Franklin hatte sich auch ohne ihre Erklärung bereits gedacht, dass dieses Jungentrio aus eingefleischten Schöngeistern bestand. Langer Schal, Mütze, Cordhose, gewagte Farbkombinationen, schlecht rasiert, selbstgefällige Mienen und ein übertriebener New Yorker oder englischer Akzent. Einer von ihnen hielt eine kalte Pfeife in der Hand.

Sie begrüßten einander.

»Lauft ihr nicht?«, fragte Franklin sie.

»Wir laufen früher. Bevor die Sonne aufgeht. Heute Morgen müssen wir noch eine dringende Arbeit für das *Durrisdeer Journal* erledigen.«

»Ach du je!«, dachte ein amüsierter Franklin bei sich. »Das wird ja immer schlimmer.«

Die Studenten für Literatur und kreatives Schreiben bildeten in den meisten Universitäten eine Clique für sich, aber diejenigen, die für die Redaktion der Universitätszeitung verantwortlich waren, wurden ihrerseits zu einer Clique innerhalb der Clique. Ein regelrechter Klüngel.

Der Junge zeigte auf zwei Autos, die auf dem Vorplatz des Schlosses geparkt waren.

Polizeifahrzeuge aus Concord.

»Interessant, nicht wahr?«, fuhr der Student fort. »Obendrein haben wir heute Nacht einen Polizeihubschrauber gehört, der den Wald überflog. Wir wissen nicht, was passiert ist, aber das kann einen netten Artikel geben.«

»Wann beginnen Ihre Kurse?«, fragte ein anderer Junge.

»Morgen, denke ich. Sobald ich ein paar Details geregelt und mich mit euren Unterlagen vertraut gemacht habe.«

Nachdem er sich noch einige Bemerkungen über die Qualitäten seines Buchs angehört hatte, folgte Frank Mary ins Schloss. Die Eingangshalle war mit Marmor ausgelegt und erhob sich zu einer Art Kirchenschiff. Gegenüber der Eingangstür schwang sich eine hufeisenförmige Doppeltreppe hinauf und führte in ein Obergeschoss, das offen zu sein schien und von verzierten Pfeilern getragen wurde. Ein Ballsaal vermutlich. Jeden freien Zentimeter Wand nahmen imposant gerahmte Porträts ehemaliger Würdenträger der Universität ein. Alle in ernsten Posen. Abgesehen von Ian E. Iacobs. Frank erkannte ihn aufgrund des Bilds, das er bei den Emersons gesehen hatte. Dieses Gemälde hing in der Mitte der Treppenrundung und war größer. Iacobs trug darauf ein Jagdkostüm, doch sein schelmisches Aussehen und der strahlende Blick unterschied ihn von seinen Rahmennachbarn.

Vor dem Gemälde ruhte auf einem Lesepult eine Art Zauberbuch.

»Die Charta von Durrisdeer«, erklärte Mary. »Mein Vater hat Ihnen bestimmt davon erzählt. Er wird Ihnen sicher ein

Exemplar geben. Sie wird jedes Jahr zu Beginn des Unterrichts verlesen. Im Theater des Gründers mit den dreihundert Studenten. Eine sehr feierliche Angelegenheit.«

Die Stufen führten wirklich in einen Festsaal. Das kostbare Holzparkett glänzte. Mary zeigte ihm die Etage mit den Verwaltungsbüros und der großen Tür am Ende des Flurs, die zum Zimmer ihres Vaters führte. Anschließend stiegen sie ins Untergeschoss hinab, wo ein riesiger Gewölbesaal aus alten Steinen als Speisesaal für die gesamte Universität diente.

Im rechten Flügel des Gebäudes besichtigte Frank die persönlichen Büros der Professoren. Jeder verfügte über ein Zimmer für seine Arbeit.

Erneut trat Frank in die Fußstapfen von Mycroft Doyle. Der Raum, den man ihm zugewiesen hatte, hatte ein Fenster auf den ovalen Hof. Beim Eintreten warf er einen Blick hinaus: Ein drittes Polizeiauto stand nun dort geparkt.

»Es gibt noch mehr zu besichtigen«, sagte Mary, »aber wir haben keine Zeit mehr. Und außerdem muss man sich ein paar Überraschungen für später aufheben.«

»Ich danke Ihnen. Das war schon nicht schlecht in puncto Überraschungen …«

Mary hatte ihren Mantel geöffnet und lehnte sich an eine Wand. Sie hatten sich im Lehrerzimmer einen Kaffee gemacht.

»Warum haben Sie sich für Durrisdeer entschieden?«

Frank zuckte die Schultern.

»Der Lehrstuhl kam für mein Alter unverhofft und die Bezahlung ist deutlich besser als bei allen anderen Angeboten.«

»Sie sind ehrlich.«

Es störte ihn, dass sie sich siezten. Sie war so alt wie seine Studenten, kaum sechs oder sieben Jahre jünger als er.

»Und Sie?«, fragte er. »Studieren Sie noch?«

»Keineswegs. Ich habe mein Studium abgebrochen.«

»Oh! Eine Majestätsbeleidigung!«, kommentierte Frank, der sich das Gesicht seiner Mutter vorstellte, wenn er ihr eine derartige Entscheidung mitgeteilt hätte. »Was haben Sie vor?«

»Ich stelle meine Mappe zusammen, um an einer Modeschule in New York aufgenommen zu werden.«

»Gut. Wollen Sie Model werden?«

Sie erstarrte.

»Nein. Ich will Modedesignerin werden.«

»Oh! Verzeihung. Natürlich … ich habe nicht daran gedacht …«

Sie lächelte ihn freundlich an.

»Meine Eltern auch nicht. Stellen Sie sich das vor, für Christen, Puritaner und Lehrer wie sie … die Welt der Mode. Drogensüchtige, Schwule und Idioten. Nicht dass sie ganz Unrecht damit hätten, aber das ist nicht alles.«

»Das bezweifle ich nicht.«

Sie sah auf ihre Uhr.

»Schon fast zehn Uhr. Ich werde Sie ins Büro meines Vaters bringen. Ich habe Ihr Buch noch gar nicht gelesen, aber man hat mir viel Gutes darüber erzählt. Es geht über Romanschriftsteller, nicht wahr?«

»Ja. Komische Vögel.«

»Nun, da sind Sie in Durrisdeer gut bedient. Mit den Schülern von Mycroft Doyle. Sie werden ja sehen … Komische Vögel, zweifellos.«

Um zehn Uhr traf Franklin zu seiner Verabredung im Büro von Louis Emerson ein. Er wartete zwanzig Minuten vor der Tür. Dann sah er zwei Polizeibeamte und einen Lieutenant herauskommen.

»Entschuldigen Sie die Verspätung«, sagte der Dekan, als er ihn hereinbat.

»Nichts Ernstes mit den Polizisten, hoffe ich?«, erkundigte sich Frank.

»Nein. Ich denke nicht. Lieutenant Amos Garcia von der Staatspolizei bat mich um die Erlaubnis, einen Teil unserer Wälder zu durchsuchen. Sie werden alles durchkämmen, so scheint es.«

»Suchen sie jemanden?«

»Nicht genau. Ich habe ihre Erklärungen nicht ganz verstanden. Sie wollen einen Sicherheitsgürtel einrichten. Nun ja, abgesehen von der Begegnung mit wilden Tieren riskiert man in diesem Waldgelände nichts, es ist vollkommen gottverlassen. Geradezu undurchdringlich. Wir werden sehen. Hat die Besichtigung Ihnen gefallen?«

»Sie war jedenfalls frisch. Und sehr informativ. Alles höchst eindrucksvoll.«

»Nicht wahr? Wir haben hier ein großartiges Arbeitsumfeld.«

Emerson öffnete eine Schublade und holte einen Schlüsselbund und eine Fernbedienung daraus hervor.

»Das ist für Sie. Die Hauptschlüssel für alle Gebäude und die Fernbedienung für die Portale. Damit sind Sie von nun an hier zu Hause.«

Er reichte ihm mehrere Blatt Papier.

»Hier finden Sie Ihren Mietvertrag für das Haus mit der

exakten Anschrift für Ihre Post sowie die Unterlagen für Ihren Telefonvertrag.«

Er folgten die Akten über jeden Schüler, beginnend mit seiner Bewerbung, die Noten aus Doyles Kursen und die korrigierten schriftlichen Arbeiten eines jeden von ihnen. Das ganze Jahr seit Oktober war detailliert in einem dicken Aktenordner erfasst.

»Ich weiß, dass bei Ihrer Art von Unterricht alles sehr subjektiv ist«, sagte der Dekan. »Vor allem die Aufnahmekriterien. Man wählt Studenten für Kreatives Schreiben nicht so aus wie Naturwissenschaftler. Daher werden Sie bis zum nächsten Jahr gezwungenermaßen die Auswahl von Mycroft Doyle übernehmen müssen. Das zweite Semester beispielsweise ist der Novelle gewidmet. Er hat eine sehr spezielle Liste von Primär- und Sekundärliteratur erstellt, die zum Beginn des Jahres ausgeteilt wurde. Er hatte einen besonderen Typus von Studenten im Auge … Sie werden auf zukünftige Bewerber warten müssen, um Ihre eigene Klasse zusammenzustellen. Ich rate Ihnen, sich fürs Erste nicht zu weit von Doyle zu entfernen. Versuchen Sie, sich seine Gedanken zu eigen zu machen und zu verstehen, was er jedem seiner Schüler entsprechend seinem individuellen Temperament beibringen wollte. Alle frischgebackenen Professoren begehen den gleichen Irrtum und wollen den Dingen allzu früh ihren Stempel aufdrücken, oft auf brutale Weise. Lassen Sie sich Zeit.«

»Aber ich weiß nichts über diesen Doyle. Abgesehen von seinem Grab und seinem Klassenpavillon!«

Emerson lächelte. Er holte aus einem Regal ein Jahrbuch vom vergangenen Jahr. Auf den Seiten, die den Professoren von Durrisdeer gewidmet waren, gab es ein Foto von Doyle.

»So sah er aus!«

Das Gesicht war oval und ziemlich dick, die zerzausten grauen Haare gingen in einen ebenso grauen Bart über. Es war voller Runzeln, die Augen verschwanden in den Hautfältchen und Augenbrauen. Insgesamt sah der Mann so unangenehm wie nur möglich aus.

»Dabei bringt ihn das Foto gar nicht richtig zur Geltung«, fügte Emerson hinzu, »denn es ist eine Schwarzweißaufnahme. Der Teufelskerl hatte zudem zwei verschiedenfarbige Augen. Wenn er nachdachte, schloss er unweigerlich sein dunkles Auge und fixierte sein Gegenüber mit dem anderen. Er war ein Komödiant, aber wenn man nicht daran gewöhnt war, brachte es einen aus der Fassung. Er machte sich einen Spaß daraus. Das trug zur Legendenbildung und zur Verehrung seiner Schüler für ihn bei.«

Franklin lächelte innerlich. Mycroft Doyle war immer wieder Anlass für neue Überraschungen …

7

Stu Sheridan, Amos Garcia und der Gerichtsmediziner Basile King trafen sich zum Frühstück im *Old Man of the Mountain*, einem Schnellimbiss in Concord. Abgesehen vom Namen war der Ort vollkommen nichtssagend und so abgelegen, dass sie keine Gefahr liefen, anderen Cops zu begegnen.

Die drei Männer hatten einen verschlossenen Gesichtsausdruck aufgesetzt. In der Nacht hatte das FBI endgültig reinen Tisch gemacht.

Sheridan ergriff als Erster das Wort: »Ich habe heute Morgen um fünf Uhr einen Anruf von Ike Granwood erhalten!«

Granwood war der Leiter der Abteilung Norden des FBI. Ein hohes Tier, das felsenfest auf seinem Stuhl saß. Man erhielt nur selten einen Anruf von ihm.

»Er hat seine Begrüßung mit einem Vortrag über unsere Verpflichtung garniert, uns bis auf weitere Anweisungen aus dieser Sache herauszuhalten! Er hat nicht drumherum geredet: Wir sind nicht auf die Ersatzbank befördert worden, meine Freunde, Granwood hat uns schlicht und einfach aus dem Stadium gejagt!«

Der Lieutenant und der Mediziner hoben nicht einmal den Blick von ihren Kaffeetassen.

»Also stellen wir alle Ermittlungen ein?«, fragte Garcia.

Sheridan antwortete ihm mit tonloser Stimme.

»Bevor ich hierhergekommen bin, habe ich ein paar Nummern gewählt und zwei oder drei verlässliche Kontakte reaktiviert, um zu erfahren, ob die vom FBI abtransportierten Leichen wirklich im Labor der Zentrale in Quantico in Virginia eingetroffen sind, wohin die Bundespolizei sie gewöhnlich bringen lässt.«

»Und?«, sagte der Gerichtsmediziner.

»Die Leichen sind nicht dort eingetroffen. Vor allem aber werden sie dort überhaupt nicht erwartet. Die Lage der Dinge ist also folgendermaßen: Wir kennen nicht nur die Identität dieser Toten nicht, jetzt wissen wir nicht einmal mehr, wo sie sich befinden! Schwierig, unter diesen Bedingungen weiterzumachen, Garcia.«

Eine Kellnerin brachte ihnen ihr Essen. Ein langes Schweigen trat ein. Dann öffnete Basile King einen Ordner, den er auf den Knien hielt.

»Es entspricht zwar nicht ganz den Vorschriften, aber bevor sie alles in der Leichenhalle versiegelt haben, gelang es mir, die Daten über die drei Identifizierungen, die wir in der Nacht erhalten haben, auf die Schnelle zu kopieren. Die Männer von Patricia Melanchthon haben keine Ahnung davon, dass wir diese Duplikate besitzen.«

Er legte die Blätter auf den Tisch.

»Die Erste: Amy Austen, 29 Jahre, geboren in New Hampshire. Registriert als Prostituierte in Carson City, Nevada.«

»Nevada?«, rief Garcia aus. »Da hat sie aber einen weiten Weg zurückgelegt, um sich bei uns abmurksen zu lassen!«

»Diese Information der Polizei über ein Bordell in Carson stammt aus dem Jahr 1999. Seitdem gibt es nichts über sie.«

»Nichts?«, fragte Sheridan.

»Amy Austen steht seit sieben Jahren in der Vermisstenkartei.«

Sheridan und Garcia erstarrten.

»Sieben Jahre!«

»Ja.«

Der Gerichtsmediziner fuhr fort.

»Als Nächstes haben wir einen gewissen Doug Wilmer, 40 Jahre, aus Idaho, Gebrauchtwagenverkäufer, er wurde vor kurzem Vater einer Tochter. Auch er verschwand auf mysteriöse Weise von der Bildfläche. Wurde vor zweiundzwanzig Monaten von seiner Familie als vermisst gemeldet. Schließlich noch Lily Bonham, Vermont, 39 Jahre.«

Basile blickte zu Sheridan.

»Das ist die Frau, die Sie gestern gesehen haben, Chef, die mit der wilden Geburt. Verheiratet mit einem angesehenen Arzt. Verschwunden seit vier Jahren. Keine Kinder. Damals.«

Er schloss seinen Ordner.

»Soweit zu den Identifizierungen. Nur drei von vierundzwanzig. Gefaxt vom Justizministerium. Das FBI hat selbstredend sofort nach seiner Ankunft die Verbindung gekappt, um sicherzustellen, dass wir jetzt, wo uns der Fall offiziell entzogen wurde, keine weiteren Mitteilungen erhalten.«

Sheridan blieb stumm. Er rührte keinen Krümel seines Frühstücks mehr an.

Basile warf Garcia einen fragenden Blick zu, um herauszufinden, ob er fortfahren sollte. Der Lieutenant forderte ihn mit einer Kopfbewegung dazu auf.

»Ein weiterer wichtiger Punkt, der durch die ballistische Untersuchung gestern Abend wieder aufgeworfen wurde: Es steht jetzt einwandfrei fest, dass es nur eine einzige Waffe gab. Um alle vierundzwanzig zu töten. Eine Smith & Wesson, Kaliber 45. Wir wissen zweifelsfrei, dass keines der Opfer diese Waffe in Händen gehalten hat.«

Wieder senkte sich ein drückendes Schweigen über die Gruppe.

»Was sonst noch?«, stieß Sheridan hervor.

Der Gerichtsmediziner antwortete: »Zunächst die Untersuchung der Kleidung der Leichen. Seit gestern Abend haben wir bereits eine Fülle von Indizien gesammelt. Fasern, Haare, Fettsäuren, was Sie nur wollen, alles, wovon man in unserem bekloppten Beruf nur träumen kann ...«

»Das ist doch recht ermutigend«, sagte Sheridan.

»Das sagen Sie. Wenn das FBI darauf hofft, dann hat es sich aber gehörig geschnitten, darauf können Sie Gift nehmen.«

Der Gerichtsmediziner zeigte ihnen zwei Fotos von Mänteln. Auf den Abzügen waren die Etiketten mit den Markennamen zu sehen.

»Alle Kleidungsstücke der vierundzwanzig sind neu und stammen aus diesem Geschäft.«

Basile King nannte die Marke. Sie gehörte zu einer großen Textilladenkette, die Billigwaren verkaufte. Riesige Ramschläden, die es im ganzen Land gab.

»Mäntel, Pullover, Hosen, Socken, Handschuhe, alles wurde erst vor kurzem gekauft. Vielleicht sogar erst am Tag des Dramas. Nur gibt es in diesen großen Geschäften eine gigantische Zahl von Kunden, die kommen und gehen, Sachen in die Hand nehmen und wieder weglegen, sie schnell anprobieren und von einem zum nächsten reichen.

Die Kleidungsstücke vermischen sich in den Wühlkörben der Sonderangebote, in den Einkaufswagen, manche liegen auf dem Boden herum und so weiter. Wir haben Dutzende und Aberdutzende von Spuren an jedem gefunden … aber mit Sicherheit umsonst. Es wird die Hölle werden, das alles zu untersuchen. Der Saum der Mäntel ist sogar noch mit Ammoniak behaftet!«

»Ammoniak?«

»Die Dämpfe des Reinigungsmittels, das zum Putzen der Böden des Geschäfts verwendet wird. Das ist ein untrügliches Zeichen. Die Kleidungsstücke sind neu. Selbst wenn man herausfände, wo sie gekauft wurden, würde das fast nichts bringen.«

Er schüttelte den Kopf.

»Die vierundzwanzig hatten keine Schusswaffe in der Hand, der Tatort hat keinen einzigen verdächtigen Abdruck erbracht, und nun liefern auch die Fasern der Kleidungsstücke keinen Hinweis auf die Orte, an denen sie gewesen sein könnten, oder auf das Fahrzeug, das sie benutzt haben könnten, um auf die Baustelle zu kommen. Wenn man jetzt noch an der perfekten Organisation durch die Urheber dieses Massakers zweifelt, dann muss man den Beruf wechseln.«

Garcia lächelte. Aber Sheridan nicht.

»Sie wollen uns also damit sagen, dass diese Spuren nirgendwohin führen!«

»Nicht ganz, Chef«, antwortete Basile. »Tatsächlich hat die Arbeit an der Kleidung mich gestern auf eine andere Frage gebracht, nämlich nach dem Grad der ›Nähe‹ zwischen den vierundzwanzig. Ich wollte herausfinden, wer sich kannte, vielleicht sogar genaue Gruppen zwischen diesen Personen herausarbeiten. Zogen sie sich am gleichen Ort an, aßen sie die gleichen Dinge? Ich habe eine Untersuchung des Magen- und Darminhalts der Verstorbenen angefordert. Die Anwesenheit der D-MORT in der Leichenhalle war entscheidend dafür verantwortlich, dass wir binnen weniger Stunden ein Ergebnis hatten, und das ist eindeutig: identische Ernährungsweise. Die vierundzwanzig nahmen die gleichen Sachen zu sich. Und zwar nicht erst seit gestern! Eine ziemlich monotone und armselige Diät. Reis, Milch, Kohl. Niemals Alkohol. Sie weisen die gleichen Nahrungsdefizite auf. Und ihre letzte Mahlzeit? Nicht mal ein kleines Festessen. Alltagskost. Plus Bananen. Amy Austen, Doug Wilmer und Lily Bonham mögen im Abstand von Jahren verschwunden sein, jetzt *lebten* sie zusammen, mit den einundzwanzig anderen.«

Ein drittes langes Schweigen entstand, das schließlich von Amos Garcia gebrochen wurde.

»Ich wiederhole meine Frage, Chef: Stellen wir die Ermittlungen ein?«

Sheridan atmete tief ein. Vom Fenster des Schnellimbisses aus betrachtete er die Straße. Basile King räumte seine Blätter ein und wartete auf die Antwort des Chefs.

Dieser sagte: »Uns bleibt keine andere Wahl.«

Die beiden Männer waren bestürzt.

»Wir bräuchten eine Sonderermächtigung des Gouverneurs, um die Ermittlungen fortzusetzen«, fuhr Sheridan fort, »und die erteilt er uns nie, davon bin ich überzeugt. Wenn das FBI so Himmel und Hölle in Bewegung setzt, dann legt das zwei Schlussfolgerungen nahe: Entweder seine eigenen Dienste oder eine andere Regierungsbehörde gleichen Rangs haben einen gewaltigen Schnitzer begangen und versuchen nun, ihn zu vertuschen; oder es handelt sich wirklich um eine obskure Sektenangelegenheit, in die jedoch bekannte Persönlichkeiten verwickelt sind, und die führenden Köpfe Washingtons machen mobil aus Angst, deren Namen könnten publik werden. So was hat es schon gegeben. In beiden Fällen bewegen wir uns auf vermintem Terrain. Ike Granwood hebt nicht den Hörer ab für Leute, die seit Jahren verschwunden sind, im Gleichtakt Reis essen und dabei den schwachsinnigen Reden eines Gurus lauschen! Sich in sein Revier einzumischen, das ist der sichere Untergang! Und außerdem, was haben wir schon in der Hand? Doktor, haben Sie noch DNA-Stichproben oder Fingerabdrücke der Toten? Irgendetwas, das uns bei der Weiterarbeit helfen könnte?«

King verneinte mit einer Kopfbewegung und sagte: »Sie haben alles eingepackt, Chef. Sie haben sogar den Boden in den Labors gewischt, bevor sie das Feld geräumt haben.«

Sheridan schüttelte den Kopf und wiederholte: »Da haben wir es. Wir hören auf, Garcia. Nicht mangels Kämpfern, sondern mangels Munition. Pech gehabt.«

8

»Damit wir uns recht verstehen: Ich bin Ihr Englischprofessor, Ihr Lehrer für Kreatives Schreiben. Ich bin nicht Ihr *Lebensratgeber*!«

Frank Franklin stand mit den Händen in den Taschen vor seinen fünfzehn Studenten. Es war ihre erste gemeinsame Unterrichtsstunde.

»Ich bin in Durrisdeer, damit Sie zum Jahresende Ihren Magister der Philosophie erwerben und Ihr schriftstellerisches Talent einem literarischen Agenten oder einer Zeitungsredaktion anbieten oder gar direkt in eine Karriere als Romanschriftsteller oder Novellist einsteigen können. Mehr nicht. Zählen Sie nicht auf mich, um Ihre Allgemeinbildung, Ihre Interpretation der Welt oder Ihre Ansichten zum Leben an sich zu vervollständigen. Ich bin kein Psychiater und noch weniger Therapeut. Ich weiß wohl, dass man in der Kategorie von Literaturprofessoren, zu der ich gehöre, häufig Persönlichkeiten findet, die sich allmählich für Führer, Vorbilder und spirituelle Autoritäten halten. Ich kannte meinen Vorgänger nicht, aber was mich betrifft, so ist der Typ Professor John Keating aus *Der Club der toten Dichter* überhaupt nicht meine Kragenweite …«

Die Stunde fand nicht in dem ländlichen Pavillon von

Mycroft Doyle statt. Als die Studenten an diesem Morgen eingetroffen waren, hatten sie eine von Franklin an die Tür geheftete Notiz vorgefunden, in der er sie in einen der Räume des Unterrichtstrakts bestellte. Das war schlecht angekommen, und viele hatten sich mit dem Weg Zeit gelassen.

Als Frank sie eintreten sah, bemerkte er die verkniffenen Mienen der Jungen und das eher ermutigende Lächeln der Mädchen. Wie schon bei seiner Ankunft in Chicago gefiel er zuerst den jungen Damen.

Seine Einleitung zu Beginn des Kurses löste keinerlei Reaktion aus.

»Schön.«

Anschließend schilderte er im Einzelnen seine Universitätslaufbahn und die verschiedenen Tätigkeiten, die er während der drei vergangenen Jahre in Chicago ausgeübt hatte.

Nach ihm stellte sich jeder Schüler der Reihe nach vor. Frank erkannte die drei Jungen wieder, denen er am Vortag morgens vor dem Schloss begegnet war. Oscar Stapleton, Jonathan Marlowe und Daniel Liebermann. Die Jungs von der Zeitung von Durrisdeer.

Um Ende dieser freien Stunde sagte er zu ihnen: »Schreiben Sie mir bis morgen einen Text. Einen Originaltext. Zum Beweis dafür möchte ich, dass er ein Ereignis aus der *jüngsten* Vergangenheit behandelt. Als ich Student war, schob ich meinen neuen Lehrern immer meinen besten Text, wohlgemerkt immer denselben, unter die Nase. Ich möchte nicht, dass mir als Lehrer das Gleiche widerfährt. Zweitausend Worte mindestens, bitte.«

Eine gewisse Überraschung und Unruhe machten sich im Raum breit.

»Der Unterricht ist für heute beendet. Sie haben den Tag über Zeit, um zu schreiben und mir Ihre Arbeit morgen abzugeben. Und bitte überraschen Sie mich!«

Frank kehrte in seine Behausung zurück.

Gestern hatte er nach dem vom Dekan und allen Professoren organisierten Begrüßungsumtrunk zu seiner Überraschung gesehen, wie der Umzugswagen ohne Vorankündigung auftauchte. Den restlichen Nachmittag hatte er damit zugebracht, die einstige Bleibe von Mycroft Doyle neu einzurichten. Ein paar Kollegen, Norris und sogar die Frau des Dekans hatten ihm dabei ihre Hilfe angeboten. So kam es, dass Frank eine zahlreiche Helferschaft dirigierte und dem einen zeigte, wohin die Plattensammlung sollte, und dem anderen, wohin er ein Beistelltischchen stellen sollte, dessen Glasplatte nicht auffindbar war.

Es war eine seltsame Erfahrung für ihn. Geradezu peinlich. Frank beobachtete, wie diese Fremden seine Pakete aufschlitzten, seine persönlichen Dinge weiterreichten, Kommentare abgaben und versuchten, anhand seiner Möbel, Bücher oder Videokassetten seine Persönlichkeit zu durchschauen. Gewiss, das geschah aus Solidarität, aber er war sich nicht sicher, ob es ihm gefiel.

Das einzig Gute daran war die Anwesenheit von Mary Emerson gewesen. Sie war bis zum Abend bei ihm geblieben.

Heute blieben ihm noch Stapel voller Wäsche einzuräumen und die letzten Kartons zu leeren. Einen davon hatte er sich bis ganz zum Schluss aufgehoben. Er hatte den Professoren verboten, daran zu rühren.

Es war sein Karton mit Manuskripten.

Er holte den Stapel Blätter hervor, die mit Notizen für einen zukünftigen Roman bedeckt waren, und legte sie im Arbeitszimmer im ersten Stock auf seinem Arbeitstisch neben der Schreibmaschine ab.

Symbolisch ließ er ein Blatt Papier in die Walze der Maschine gleiten.

»Vielleicht kann ich hier endlich gut schreiben …«

Er lächelte. Zwar konnte er jedem, der sein Glück in der schreibenden Zunft versuchen wollte, erzählen, was dazu notwendig war, er selbst aber war blockiert, sowie er seine eigenen Ratschläge befolgen wollte. Er war unfähig, etwas zustande zu bringen, das ihm gefiel.

Franklin kannte sein Problem, wenn er vor der Schreibmaschine saß: Er konnte sich noch so sehr den Kopf zerbrechen, er fand kein *Thema*. Ideen, ja, haufenweise. Aber ein Thema! Etwas, das einen an das jungfräuliche Papier fesselte und nicht mehr losließ …

An diesem Tag jedenfalls verschob er sein Werk wieder einmal auf später und verbrachte die restliche Zeit mit der Vorbereitung seiner Kurswoche.

Als er am nächsten Morgen seinen Kaffee am Küchenfenster trank, sah er, wie der Postbote vor seinem Briefkasten haltmachte und einen Umschlag einwarf.

»So früh?«

Er zog sich etwas über und ging nachsehen.

Es war ein Brief seiner Mutter.

»Drei Tage ohne ein Lebenszeichen von mir, und schon schickt sie besorgte Rauchzeichen ab.«

Aber das war nicht alles. Unten im Briefkasten entdeckte er einen dicken blauen Umschlag. Ohne Briefmarken. Nur: Für Frank Franklin.

Er kehrte ins Haus zurück. Im Innern des Umschlags befand sich ein etwa zehn Seiten langes Manuskript. Von einem gewissen Ross Kellermann, einem seiner Schüler.

Hier die Arbeit, um die Sie uns gestern gebeten haben. Ich ziehe es vor, sie Ihnen auf diese Weise und nicht vor aller Augen zukommen zu lassen. Seien Sie bitte diskret.

Frank schlug die erste Seite des Manuskripts auf und las den Titel:

DIE ERMORDUNG VON MYCROFT DOYLE

Frank lächelte. Er hatte um eine Überraschung gebeten … Das war gelungen! Er las die ersten Zeilen durch.

Sein Lächeln verschwand und kehrte während der gesamten Lektüre nicht wieder zurück.

»Was ist das für eine Geschichte?«

Frank Franklin legte das Manuskript auf den Schreibtisch von Dekan Emerson. Dieser las:

DIE ERMORDUNG VON MYCROFT DOYLE

Er seufzte kopfschüttelnd.

»Anfänglich glaubte ich an eine amüsante Fiktion«, sagte Franklin, »eine Schülerposse. Ich hatte sie um eine Originalarbeit für unseren ersten Kurs gebeten. Und Ross Kellermann legt mir dieses Ei ins Nest!«

»Und weiter?«

»Und weiter behauptet er ausdrücklich, dass der alte Doyle

nicht an einem Aneurysma starb, sondern an einer echten Vergiftung, begangen von einer Handvoll seiner Schüler. Alles sehr romanhaft, das gebe ich zu, abgesehen davon, dass der Verfasser dieser Seiten mir zu verstehen gibt, wo ich die *Beweise* für seine Behauptungen finde!«

»Beweise?«

Emerson verschränkte die Arme. Franklin blieb stehen und schritt in dessen Büro auf und ab.

»Doyle wurde mit einer Mischung aus Nikotin und Dypax vergiftet. Eine bei alten Rauchern wie Doyle praktisch nicht nachweisbare Mixtur. Ich gehe zur Krankenstation, und siehe da, Miss Dairy stellt auf mein Nachfragen hin fest, dass das einzige Fläschchen Dypax, das sie besitzt, tatsächlich verschwunden ist, wie es in dem Text heißt. Auf Seite vier ist davon die Rede, dass Doyle an einem bestimmten Ort im Wald gefoltert worden sei. Ich gehe dort hin und finde alles so vor wie geschildert, bis zu den Bluttropfen auf dem Baumstamm, an den er gefesselt war!«

Frank holte aus seiner Tasche ein Plastiksäckchen hervor, das ein Stück Baumrinde enthielt, und warf es vor Emerson hin.

»Der Knebel, mit dem man ihn zum Schweigen brachte? Seine blutbefleckten Kleider? Ich habe auch die Blechtonne gefunden, in der sie verbrannt wurden! Es sind noch identifizierbare Fetzen übrig!«

»Kellermann schreibt das alles?«

»Ja. Alle Indizien, von denen er spricht, wurden von den Mördern sorgsam verborgen. Ohne seinen Text wäre es ganz einfach unmöglich gewesen, ihrer habhaft zu werden! Aber der Junge bleibt vorsichtig, er will nicht das gleiche Schicksal erleiden wie der Alte. Er hat mir unumwunden gestanden, dass er an der Sache beteiligt war! Das ist eine Schule von Übergeschnappten, die Sie hier haben, Emerson! Seien Sie doch bitte so nett, das Telefon abzuheben und auf der Stelle die Polizei zu verständigen!«

Der Dekan rührte sich nicht. Er hatte keine Miene verzogen während Franklins Tiraden.

»Haben Sie gehört, was ich gesagt habe?«, setzte der Professor nach. »Lesen Sie! Doyle war ein Irrer, der mit seinen Schülern Drogen nahm und abartige Sitzungen in Schwarzer Magie abhielt … Er benahm sich wie ein Guru! Gott weiß, was Kellermann in seinem Text verschweigt! Der Junge ist der Jüngste in der Klasse, er ist entsetzt über das, was er getan hat …«

»Das kann ich mir gut vorstellen …«

»Was? Was können Sie sich vorstellen? Ist das alles, was Sie dazu zu sagen haben?«

»Ja.«

Emerson blickte mit der gleichgültigsten Miene der Welt zur Decke.

»Dabei habe ich sie doch gebeten, Sie in Frieden zu lassen. Wenigstens dieses eine Mal.«

»Mich? Wovon sprechen Sie?«

Emerson lächelte.

»Von einer kleinen Gruppe von Schülern, Unverbesserlichen, die wir den Klub der Schreiber nennen.«

»Den was?«

Emerson ermahnte Frank sich zu beruhigen und Platz zu nehmen.

»Das ist eine weit zurückreichende Tradition in Durrisdeer, ein sehr exklusiver Literatenkreis. Fragen Sie mich nicht, wer dazu gehört, die Verantwortlichen der Universität wissen es nie. Es handelt sich um eine verschworene Gemeinschaft, die seit Gründung der Universität durch Iacobs besteht.«

»Was hat das mit mir zu tun? Was hat das damit zu tun?« Frank zeigte auf das Manuskript.

»Sie sollten einmal in Erwägung ziehen, dass man sich einen klassischen Begrüßungsscherz mit Ihnen erlaubt«, sagte der Dekan.

»Einen Begrüßungsscherz?«

»Ursprünglich verfolgte der Klub der Schreiber das Ziel, bestimmte große Kapitel der Literatur zu ›überprüfen‹.«

Franklin schüttelte den Kopf.

»Ich verstehe nicht.«

»Warten Sie«, erwiderte Emerson. »Die Mitglieder des Klubs der Schreiber spielen bestimmte Szenen aus berühmten Romanen nach, um zu sehen, ob sie glaubwürdig sind. Es ist wie ein Spiel. In Lebensgröße. Sie wenden viel Zeit und Mühen auf, um alles identisch nachzustellen: den scheinbaren Tod des *Erben von Ballantrae* von Stevenson, die Szene mit den mit Blut gefüllten Schläuchen aus den *Metamorphosen* des Lucius Apuleius … Wie es heißt, soll es einem Schüler sogar gelungen sein durch seine perfekte Verkörperung des *Bartleby* von Melville einem Notar aus Concord das Leben zur Hölle zu machen.«

»Und niemand weiß, wer sie sind?«

»Die Professoren? Das Rektorat? Nein, niemals. Die Mitglieder wählen sich gemeinsam von einem Jahr zum nächsten. Ich schwöre Ihnen, dass ich heute nicht in der Lage wäre, einen einzigen Schüler mit Bestimmtheit zu nennen. Wie dem auch sei, Sie sind beileibe nicht der Erste, der Opfer einer ihrer Willkommenspossen wird. Der arme Joseph Atchue, ein Griechischlehrer, wurde mit der furchterregenden Vortäuschung eines Spukhauses empfangen. Er war überzeugt, dass die Seele des großen William Blake, eines Freundes der Familie Iacob, unter seinem Dach spukte! Für Sie führen sie das Theaterstück des von seinen Schülern ermordeten Vorgängers auf. Das ist originell. Aber das alles ist einzig eine Sache der Tradition. Ich habe gehört, dass die Militärs an der Akademie von Westpoint mit ihren neuen Rekruten das Gleiche machen: Fehlalarme, bizarre Ausrückbefehle, gefälschte Pentagonberichte und so weiter. Ich muss hoffentlich nicht bis zu den Saturnalien zurückgehen, damit Sie begreifen!«

Doch Frank Franklin wirkte nicht überzeugt. Immerhin lag die blutdurchtränkte Rinde auf dem Tisch, und Kellermanns Verzweiflung war offenkundig.

»Sie glauben mir nicht?«, fragte der Dekan. »Nun, gehen Sie ruhig zur Polizei, ich halte Sie nicht auf. Sie werden dann mit Sicherheit sehen, dass dieses Blut von einem Tier aus der Gegend stammt, dass die Kleidungsstücke nichts mit Doyle zu tun haben und was weiß ich sonst noch alles! Kurz, machen Sie genau das, was der Klub von Ihnen erwartet, und verhelfen Sie ihnen zu einem triumphalen Erfolg!«

Emerson brach in Gelächter aus. Er fügte hinzu: »Dabei habe ich vor Ihrer Ankunft alle Schüler darauf hingewiesen, dass ich keine derartigen Geschichten mit Ihnen wünsche. Wir sind bereits im Verzug mit dem Semester und dürfen keine Zeit mit diesen Albernheiten verlieren. Wenn ich Ihr

Gesicht heute so vor mir sehe, dann haben sie wohl nicht auf mich gehört!«

Franklin war sich nicht sicher, ob er das Ganze ebenso erheiternd fand wie der Dekan.

Ihm fiel vor allem auf, von welch schrecklich schlechtem Geschmack die Sache zeugte.

»Das sind doch Idioten!«, rief er aus.

»Wenn Sie so wollen …«

»Ich werde herausfinden, wer sie sind.«

»Vergeuden Sie nicht Ihre Zeit damit. Niemandem ist das je gelungen. Regen Sie sich nicht auf! Sagen Sie Kellermann, dass ich Ihnen alles gestanden hätte und dass die Sache nun ein Ende hätte. Sie werden herzhaft darüber lachen.«

Der Club der Schreiber?

Franklin war verärgert. Verärgert, weil er so blauäugig auf die Inszenierung hereingefallen war. Verärgert, weil er auch nur einen Moment lang geglaubt hatte, diese Geschichte vom Mord an dem Professor könnte ihm einen hervorragenden Stoff für seinen ersten Roman liefern!

»Vergessen Sie das«, beharrte Emerson. »Ich verspreche Ihnen, der Rest des Jahres wird friedlich verlaufen. Sie werden keine weiteren Überraschungen erleben.«

Ein ruhiges Jahr. Ein ruhiges Jahr war definitiv alles, was der junge Frank Franklin brauchte, um seinen Platz in Durrisdeer zu finden.

Er verließ das Büro und ließ seine »Beweise« für den Mord an Mycroft Doyle dort zurück.

Kurz darauf bestätigte Kellermann die Behauptungen des Dekans, nicht ohne offen zu bedauern, dass die Farce nicht weitergetrieben wurde.

»Du gehörst also zum Klub?«, fragte ihn Franklin.

»Ich nicht. Ich gehöre zu den Ausführenden. Ich erhalte die Anweisungen scheibchenweise. Aber ich bin nicht eines der ›Gehirne‹. Im Übrigen weiß ich nicht einmal, wer sie sind …«

Emerson sagte also die Wahrheit.

Am nächsten Morgen hatte jemand, der Bescheid wusste, im ersten Kurs mit Kreide an die Tafel geschrieben: »Literatur: Realität oder Fiktion? Was soll man *glauben*, Herr Professor?«

Frank lachte mit seinen Schülern darüber und wischte den Satz mit dem Schwamm weg, ohne darauf einzugehen.

»Machen wir uns an die Arbeit …«

In seinem Innersten aber schwor er sich, die kleinen Schlauberger des Klubs noch in die Finger zu bekommen.

»Wissen Sie, sie sind vollkommen harmlos!«, hatte Louis Emerson ihm noch eingetrichtert.

Drei der dreißig FBI-Agenten, die nach der Entdeckung der vierundzwanzig Leichen in New Hampshire aufgekreuzt waren, durchkämmten den Wald auf dem Gelände der Universität von Durrisdeer. Sie waren vollkommen ausgelaugt. In vier Tagen hatten sie zwischen den Bäumen kein einziges Indiz in Zusammenhang mit den vierundzwanzig Toten gefunden.

»Wenn Melanchthon könnte, würde sie uns sogar den Meeresgrund durchwühlen lassen!«, sagte Agent Nummer eins.

»Wenn ich in die Zentrale zurückkomme, dann verlange

ich einen Überstundenausgleich«, knurrte Agent Nummer zwei, »und ich nehme das erste Flugzeug und lasse mir in Florida die Sonne auf den Pelz brennen.«

»Es wird wieder schneien! Ihr werdet sehen, dass es noch mehr schneien wird!«, jammerte Nummer drei mit Blick auf den Himmel.

Der Wald von Durrisdeer verfügte über ein stattliches Netz von kleinen Wegen, Forststraßen oder Jägerpfaden. Nur wenige davon waren mit einem Fahrzeug passierbar.

»Seht ihr das? Die Äste dort?«

Es war eine frisch geschlagene Schneise. Die trockenen Zweige waren zerbrochen oder verbogen. Etwas weiter entfernt war das Gebüsch deutlich niedergedrückt.

»Das kann ein Tier sein.«

Nummer eins holte den Katasterplan hervor. Sie befanden sich neun Kilometer östlich der Baustelle, auf der der Berg mit den vierundzwanzig Leichen gefunden worden war. Und genau auf halbem Weg zu den ersten Gebäuden der Universität.

Nummer drei machte Fotos.

»Sehen wir nach.«

Sie schlugen den Pfad ein. Nach Ablauf der folgenden Viertelstunde legten sie etwas frei, das stark nach einem *fünfundzwanzigsten* Opfer aussah.

Erstarrt, gefroren, beinahe versteinert. Ein Blick genügte, um seine ganze Geschichte zu verstehen: Ein junger Typ, der lange Zeit gerannt war, seine Hose war bis zu den Knien zerrissen, seine Schnürsenkel hatten sich gelöst. Er war geschlagen worden, sein Gesicht war schwarz vor Schlägen, und um seinen Hals hing eine Schlinge. Man hatte außerdem Blätter und Kiefernnadeln auf ihn gehäuft, um ihn zu verstecken.

»Zehn Kilometer. Wenn er von der Baustelle kommt, ist er zehn Kilometer gelaufen.«

»Hat er etwas geschrieben? Die Typen, die im Sterben liegen, schreiben immer einen Haufen Zeug für die Polizei auf. Sie hinterlassen Hinweise!«

Doch in seiner Nähe war nichts zu erkennen. Nichts Sichtbares jedenfalls. Man musste zuerst den Schnee und alles, was ihn bedeckte, entfernen.

Per Funk wurde die Personenbeschreibung an die örtliche FBI-Einsatzzentrale weitergeleitet. Eine halbe Stunde später trafen die Experten des Büros am Tatort ein.

9

Drei Wochen später versammelte Colonel Stu Sheridan seine Männer vom Hayes Building im Ehrenhof.

Es war der Tag der Belobigungen und Auszeichnungen. Sheridan sprach offiziell Beförderungen und Pensionierungen aus und empfing die frisch Eingestellten.

Eine eisige Kälte hielt die Beamten im Griff, und alle hofften, dass der Chef sich kurz fassen würde.

Zuerst verlieh er Captain Yoyo Ming einen Orden für die Rettung eines Kindes aus dem Merrimack und Lieutenant Sarah Mornay für die Befreiung einer Autofahrerin aus ihrem brennenden Auto nach einem Unfall. Er beglückwünschte außerdem Sergeant William Davenant, der die Polizei von New Hampshire verließ, um sich der New Yorker anzuschließen.

Dann aber trat ein Sergeant aus dem Hauptgebäude zu Sheridan und beugte sich an das Ohr des Colonels.

»Ein Anruf von Lieutenant Garcia«, sagte er zu ihm. »Er schickt voraus, dass es sich um eine ›gewaltige Schweinerei‹ handelt. Das sind seine eigenen Worte.«

»Ja. Ich kenne sie.«

Sheridan drückte ihm seine Papiere in die Hand.

»Bringen Sie das an meiner Stelle zu Ende.«

Und er ließ den armen Mann und all seine Einheiten einfach stehen.

Amos Garcia hatte Concord an diesem Morgen bei Tagesanbruch verlassen. Am Tag davor war ein Brand in einem stillgelegten Elektrizitätswerk in Tuftonboro, fünfundneunzig Kilometer nordöstlich der Hauptstadt, gelöscht worden. Kurz darauf hatte der Sheriff mysteriöserweise die Unterstützung der kriminaltechnischen Abteilung der Staatspolizei angefordert. Amos Garcia hatte sich mit Basile King und seinen Experten auf den Weg gemacht.

»Ich höre, Garcia«, sagte Sheridan, während er den Hörer ergriff. »Was ist passiert?«

Fünf Minuten später fuhr ein Fahrer ihn zum Flughafen der Militärbasis von Sheffield. Dort bestieg er einen Hubschrauber, der ihn nach Tuftonboro im Bezirk Carroll brachte. Es regnete in Strömen. Unmengen geschmolzener Schnee. Die Landung war denkwürdig.

Garcia holte ihn mit dem Wagen des Sheriffs ab.

Das Kraftwerk von Tuftonboro war seit der Inbetriebnahme des Atomreaktors von Seabrook in der Nähe von Portsmouth 1990 stillgelegt, doch das Netz der gespannten Kabeln war noch immer beeindruckend und die Bausubstanz konnte noch zwanzig Jahre ohne Risse überdauern.

»Ist es die Zentraleinheit, die verbrannt ist?«, fragte Sheridan.

»Ja. Aber der Brand wurde ziemlich schnell entdeckt. Dank einem Segelflughafen weiter nördlich. Piloten haben den Rauch entdeckt. Dann hat einer telefonisch Alarm geschlagen. Der Brand war rasch unter Kontrolle. Die materiellen Schäden sind gering.«

Bei seiner Ankunft bemerkte Sheridan, dass die Eingangstür gepanzert war. Überall hingen Warnschilder, auf denen TODESGEFAHR stand und menschliche Gestalten zu sehen waren, die einen Stromschlag erlitten. Ziemlich überzeugend.

In dem großen Raum standen keine einzige Maschine und keine Geräte mehr. An der Stelle der Generatoren bemerkte Sheridan eine Reihe von hermetisch geschlossenen Blöcken aus Leichtbetonstein mit fensterlosen Eisentüren. Wie Kerker.

»Es sind achtundzwanzig«, sagte Garcia.

Sheridan trat näher. Zellen.

Diese Verliese hatten wirklich und wahrhaftig dazu gedient, Menschen einzusperren. Er entdeckte Urin- und Fäkalienflecken, Blechnäpfe sowie Blutspuren auf dem Zementboden.

Etwas weiter weg entnahm Basile King, mit einer Augenbrauenpinzette und eine Lupe bewaffnet, Proben, die er in eine Plastiktüte gleiten ließ.

Lieutenant Garcia zog Sheridan zu einem Kontrollpult. Früher hatte es als Schalttafel für die Aktivitäten der Zentrale gedient. Die ursprünglichen Geräte waren durch eine Wand aus Monitoren mit geschlossenem Stromkreis und eine Batterie von Videorecordern ersetzt worden.

»Um was handelt es sich?«, fragte der Colonel.

Garcia wies auf ein Gewirr nachträglich angebrachter Videokabel, die in die Verliese hinabhingen.

»Die Zellen sind alle durch kleine Kameras hier angeschlossen. Die Bilder wurden auf diese Monitore übertragen und aufgenommen.«

»Was? Die Gefangenen wurden *gefilmt*?«

Sheridans Blick fiel auf eine Reihe leerer Regale. Ein vom Schmutz verschonter Streifen an der Wand deutete darauf hin, dass man hier erst vor kurzem Videobänder oder Dokumentenkästen entfernt hatte.

»Wir stehen hier in einem Geheimgefängnis, Chef. Das alles ist recht provisorisch, aber es funktioniert. Selbst der elektrische Strom. Sie haben illegal ein Kabel etwas weiter weg im Wald angezapft, um sich mit Strom zu versorgen.«

»Wo ist das Feuer gelegt worden?«

»Am Ende des Gebäudes. Aber einige Sprengladungen sind nicht hochgegangen. Meiner Meinung nach war es dilettantisch gemacht.«

Vom Kontrollpult aus überblickte Sheridan die Gesamtheit der Kerker zu seinen Füßen.

Er stieg wieder hinab und schritt an den Einbauten entlang. Er besichtigte jede Zelle. Sie waren alle isoliert und zur Lärmdämmung ausgepolstert. Jedes Mal musterte er die kleine Überwachungskamera oben, die durch ein Gitter oder ein Plexiglas geschützt war.

In einer Ecke des Gebäudes stieß er auf eine Art Vorratslager. Berge von kohlenhydratreichen Lebensmitteln türmten sich an der Mauer auf. Dort stand Basile King und füllte ein kleines Notizbuch mit Notizen. Er wandte sich mit glänzenden Augen an den Colonel.

»Tag, Chef«, begrüßte er ihn. »Wir schwimmen in jeder Menge Spuren: Haare, Schweiß, Exkremente, Fingerabdrücke. Es ist nicht lange her, dass diese Zellen belegt waren.«

Er wies auf das Vorratslager.

»Diese Nahrungsmittel entsprechen exakt dem Mageninhalt der vierundzwanzig Leichen vom 3. Februar. Kein Irrtum möglich.«

Sheridan schüttelte den Kopf.

»Nun preschen Sie nicht gleich so vor, Doktor.«

»Ich soll nicht so vorpreschen? Kommen Sie mal lieber mit.«

Er führte ihn mit Garcia in einen anderen Teil des Kraftwerks. In der Nähe eines alten Transformators war ein größerer Raum gebaut worden.

In seiner Mitte entdeckte Sheridan einen elektrischen Stuhl, der direkt auf dem Boden festgeschraubt war. King beugte sich vor und schnupperte am dunklen Holz der Rückenlehne.

»Riechen Sie selbst, er war in Betrieb. Das stinkt bestialisch, verbranntes Fleisch! Erinnern Sie sich an den Jungen in der Leichenhalle mit den Brandnarben auf Stirn und Handgelenken? Da haben wir es. Wir haben es wieder mit der gleichen Geschichte zu tun. Wenn die Spuren sich als identisch mit denen der Opfer von der Baustelle an der 393 erweisen, dann bekommen wir alle DNA-Indizien wieder in die Hand, die das FBI uns entzogen hat. Wenn ich hier ein Beweisstück finde, das mit einer der drei identifizierten Personen übereinstimmt und wenn Sie mir die Anweisung dazu erteilen, dann kann ich die Identität der anderen Toten zurückverfolgen. Alles von Anfang an noch einmal überprüfen!«

Der Gerichtsmediziner hüpfte vor Aufregung. Garcia neben ihm ebenfalls. Sheridan bedeutete ihnen mit einem Finger auf dem Mund, sie sollten leiser sprechen.

»Bei einem Verbrechen verrät der vom Mörder gewählte Tatort dem Ermittler oft mehr als das Opfer selbst. Der Tatort auf der Baustelle an der Autobahn, in dieser Baugrube des Stützpfeilers, verriet absolut nichts ….«

Er wandte sich den Zellen zu.

»… und der hier sagt zu viel. Wir müssen unbedingt vorsichtig sein.«

Er ging geradewegs zum Sheriff des Bezirks Carroll und befahl ihm, seine anwesenden Männer zur Verschwiegenheit anzuhalten und keine Pressemitteilung herauszugeben, ausgenommen eine kurze Notiz über eine versuchte Brandstiftung, die wohl das Werk von Jugendlichen gewesen sei.

»Bis auf Weiteres kein Wort über die Zellen, das Blut, die Kameras, das Essen oder den elektrischen Stuhl … Kapiert?«

Vom Pflichtbewusstsein durchdrungen gab der Bezirkssheriff von Carroll ein knappes »Kapiert!« zurück.

Es ging wieder los.

Am Abend fand sich Garcia im Büro des Colonels ein.

»Die Karten sind neu gemischt, und zwar zu unserem Vorteil«, sagte Sheridan zu ihm. »Wir haben jetzt ein Mittel, um den Fall der vierundzwanzig wieder aufzugreifen, ohne dass es so aussieht, als würden wir die Nachrichtensperre allzu sehr verletzen. Wir leiten einfach eine Untersuchung über die Zellen ein, unabhängig von den Ereignissen des 3. Februar … Das ist ein bisschen faul, aber wir werden sehen, wie lange es funktioniert.«

Garcia war entzückt.

»Aber Achtung«, warnte Sheridan, »wir werden diese Geschichte sachte angehen. Nur Sie und ich, Basile King plus ein oder zwei Experten. Niemand sonst. Ich will, dass wir so vorsichtig wie noch nie vorgehen. Die Baustelle, das Kraftwerk, das alles geschieht auf unserem Land. Da steckt etwas dahinter. Ich will herausfinden, was.«

Der Lieutenant stimmte zu.

»Ich habe heute Morgen schon mal angefangen«, sagte er. »Bis Basile King neue Namen herausfindet, habe ich mir die drei noch einmal vorgenommen, auf die wir schon gestoßen sind, bevor das FBI alles einkassiert hat. Ich habe mich vorrangig auf die einzige Person konzentriert, die aus New Hampshire stammt. Diese junge Frau ist eine gewisse Amy Austen. Neunundzwanzig Jahre alt. Sie wird seit sieben Jahren in der nationalen Vermisstenkartei geführt. Das Justizministerium hat nicht viel über sie. In dem Fax an die Leichenhalle wird nur eine Strafsache ohne Verurteilung 1999 erwähnt.«

»Und wo wurde diese Strafsache noch gleich gemeldet?«

»In Nevada.«

»In Nevada? Ist es die Prostituierte?«

»Ja. Den Papieren zufolge, die sie am Tag ihrer Festnahme 1999 bei sich trug, wurde sie 1978 in Portsmouth, New Hampshire, geboren. Eine Prostituierte. Als ich heute Morgen mit King darüber sprach, wirkte er sehr überrascht.«

»Warum?«

»Seiner Ansicht nach – und er hat die neun Frauen unter den vierundzwanzig auf der Suche nach Hinweisen auf einen sexuellen Missbrauch untersucht – hat Amy offenbar seit langer Zeit keine sexuellen Beziehungen mehr gehabt. Sogar seit sehr langer Zeit …«

»Sie soll aufgehört haben?«

»Die Nutte war sogar vollkommen enthaltsam. Eine echte Karmeliterin.«

»Wenn Amy Austen in der Vermisstenkartei erfasst war, hat man dann den Namen desjenigen, der sie als vermisst gemeldet hat?«

»Nicht in der Akte des Justizministeriums. Die ist unvollständig … Daher habe ich heute Morgen meine eigenen Nachforschungen angestellt. Verwaltungstechnisch gesehen existiert Amy Austen, die 1978 in Portsmouth geboren wurde, überhaupt nicht. Nur ist auf die Informationen, die die Behörden zusammengetragen haben, wie bei den meisten Prostituierten kein Verlass: Diese Mädchen wechseln häufig die Adresse und den Namen und ziehen auf der Jagd nach jenem kurzen lukrativen Moment, wo sie die »Neuen« im Viertel sind, von einem Bundesstaat in den nächsten. Es ist nicht selten, dass eine Nutte im Lauf ihrer zehn oder zwölf goldenen Jahre mehrere Male das Land durchquert und je nach der Konkurrenz, oder um die Launen eines Zuhälters zu befriedigen, ihr Aussehen und ihren Beinamen ändert. Manche haben einen so chaotischen Lebenslauf, dass sie sich am Ende falsche Papiere beschaffen, um sich der Vielzahl von Vorstrafen und Verfahren zu entziehen. So war es wohl auch bei Austen. Allerdings, das habe ich überprüft, liegt sehr wohl eine sieben Jahre alte Vermisstenmeldung auf diesen Namen vor. Von einer gewissen Sonia Barisonek.«

Garcia reichte das Dokument seinem Chef.

»Sesshaft 9408 Broadpeak Drive in Stewartstown, eine Stadt im Norden, direkt an der kanadischen Grenze«, fügte er hinzu.

Garcia hatte bereits überprüft, dass die Betreffende noch immer unter dieser Adresse wohnte. Er hatte außerdem vom Kommissariat der Stadt erfahren, dass sie 69 Jahre alt und geschieden war, einen Sohn hatte und ihre Eltern und ihre Schwester vor langer Zeit verstorben waren. Barisonek war heute pensioniert, nachdem sie dreißig Jahre in einer Apotheke im Zentrum gearbeitet hatte.

»Wer ist diese Frau?«

»Keine Ahnung«, meinte Garcia.

»Stewartstown … Das ist mindestens eineinhalb Stunden entfernt. Wir fahren hin.«

Garcia stand auf.

»Aber nicht heute«, betonte der Colonel. »Ich will nicht, dass unsere Machenschaften in unseren Kalendern auftauchen. Wir fahren am Wochenende, außer Dienst.«

10

Am folgenden Sonntag fuhren Sheridan und Garcia im Privatwagen des Lieutenants auf der A 195 direkt nach Norden. Auf der Autobahn war nur eine Spur für den Verkehr geöffnet, während der Rest darauf wartete, eingeschneit zu werden.

Auf der Fahrt nach Stewartstown kontaktierte Basile King Sheridan auf seinem Mobiltelefon.

»Ich habe zwei neue Identifizierungen. Asia Mooney, 24 Jahre, Arizona. Vor sechs Jahren als vermisst gemeldet. Und Jessica March, 19 Jahre. Das ist das junge Mädchen, das eine Kugel in den Rücken bekam, Chef.«

»Ich erinnere mich.

»Wir haben ihre Adresse, alles. Tochter eines pensionierten Navy-Admirals in Maryland. Jessicas Fall ist nicht nur wegen der zwei Kugeln auffällig, sondern auch wegen des Verlaufs. Wie alle anderen Opfer verschwand auch sie und wurde als vermisst gemeldet. Nur ist sie erst vor sechs Monaten von der Bildfläche verschwunden!«

»Die Sache rückt näher.«

»Von sieben Jahren bis zu ein paar Wochen! Sie sind nicht zusammen verschwunden und auch nicht am selben Ort, aber sie tauchen alle in derselben Nacht wieder auf. Kompliziert ...«

»Wie viel Zeit werden Sie Ihrer Ansicht nach brauchen, um die Identität der anderen zu klären?«

»Ich schätze drei oder vier Wochen. Minimum. Es ist eine heikle Sache, im Geheimen zu arbeiten!«

Nach ihrer Ankunft in Stewartstown bat Sheridan seinen Stellvertreter, im Auto zu warten. Er wollte die alte Dame nicht durch ihr massives Auftreten erschrecken.

Sonia Barisonek war ungeachtet ihrer siebzig Jahre minus zwei Monate groß und hielt sich sehr aufrecht. Sie hatte makellos weiße Haare, blaue Augen und trug einen dicken roten Pullover und einen weißen Schal. Sie lächelte mechanisch, als sie den Colonel hinter ihrer Tür erblickte. Sheridan wies sich mit seiner Marke aus.

»Guten Tag, Madam, ich komme wegen einer Vermisstenmeldung, die Sie vor sieben Jahren gemacht haben. Das Verschwinden von Amy Austen.«

Sonia Barisonek lächelte weiter, doch ihre Augen leuchteten beunruhigt auf.

»Gibt es etwas Neues, Officer?«

Da begriff Sheridan, dass die Nachrichtensperre des FBIs noch immer Bestand hatte. Drei Wochen nach den Ereignissen waren die Familien noch immer nicht informiert worden! Den Bruchteil einer Sekunde lang hätte er ihr beinahe die Wahrheit offenbart: Das Mädchen war seit drei Wochen tot, in einer gottverlassenen Grube aus Sand und Erde mitten im Wald gefunden worden, und zuvor hatte sie in einem stillgelegten E-Werk in New Hampshire bestimmt Furchtbares durchgemacht! Wo sie heute war? Nicht die blasseste Ahnung! Aber mit Sicherheit in bester Gesellschaft!

Stattdessen tischte Sheridan ihr die abgedroschenste und verlogenste Geschichte auf, die Polizisten schon tausendfach vorgeschützt hatten, wenn sie in einem Fall herumstochern wollten, der sie eigentlich nichts anging.

»Wir versuchen Beziehungen zwischen verschiedenen Fällen herzustellen. Grob gesagt, gehen Polizeibeamte unerledigte Akten durch und suchen nach Querverbindungen zu Erkenntnissen aus den letzten Monaten. Das sind oft Polizeibeamte, die ursprünglich nicht mit dem Fall vertraut waren. Wie ich. Darf ich?«

Sonia Barisonek erschrak.

»Auf der Basis solcher Berichte werden die Akten am Ende geschlossen, nicht wahr?«

»Nein, Ma'am. Vermisstenfälle werden nie abgeschlossen.«

Das schien sie zu beruhigen. Sie machte einen Schritt zurück, gab die Tür frei und ließ ihn eintreten.

Das Wohnzimmer war tipptopp aufgeräumt, sehr hell und verschwenderisch mit Spitzenvorhängen und Spitzentischdeckchen dekoriert. Das Ganze wurde vervollständigt durch billige Gemälde und Eulenfiguren in allen Größen.

Die Dame ging in die Küche und kehrte mit einem Kaffee für Sheridan und einer Dose Kekse zurück.

Der Beamte fragte: »In welcher Verbindung standen Sie zur Vermissten?«

Sonia runzelte die Stirn.

»Wie? Nicht einmal das wissen Sie?«

Sheridan lächelte.

»Ich habe es Ihnen schon gesagt, ich rolle alles komplett von vorne auf.«

Sonia Barisonek schüttelte den Kopf.

»Ist das wirklich notwendig? Nach all der Zeit? Ich habe ihre Geschichte schon so oft erzählt.«

»Es ist notwendig, Madam. Das können Sie mir glauben.«

Die Frau atmete tief ein und nahm auf einem Sessel neben Sheridan Platz. Sie sah geradeaus, sodass der Polizist ihr Gesicht und ihre Miene nur schwer ausmachen konnte.

»Amy. Das ist meine Nichte. Die Tochter meiner Schwester. Jackie ist gestorben, als Amy elf Jahre alt war. Kurz darauf habe ich sie zu mir genommen. Mein Mann hatte mich bereits verlassen und mein Sohn begann an der Universität von Oregon zu studieren. Emily war ein reizendes Kind, aber sehr verschlossen. Sie las viel. Nachdem sie hier eingezogen war, wollte sie Amy Austen genannt werden, nach ihrer Lieblingsschriftstellerin.«

»Austen. Das Zentralregister der Polizei beweist aber, dass Amy einen Ausweis auf diesen Namen besaß. Er war offenbar eine Fälschung. Hatte sie zuvor einen Antrag auf Namensänderung gestellt?«

Sonia Barisonek schüttelte den Kopf.

»Nein, als ich sie 1994 zum letzten Mal gesehen habe, nannte sie sich immer noch Emily Roast, wie meine Schwester und ich. Austen war ihr Wahlname, das ist alles. Aber ich hielt es für besser, diesen Namen zu benutzen, als ich sie im Kommissariat als vermisst gemeldet habe.«

Sheridan schrieb in sein Notizbuch: Emily Roast. 1994.

»1994, sind Sie sicher? Aber da war Amy erst sechzehn.«

»Sie war bereits mündig. Sie hat mich dazu gedrängt, in die Erklärung der vorzeitigen Mündigkeit einzuwilligen. Mit sechzehn konnte sie schon tun und lassen, was sie wollte.«

»Solche Verfahren sind ziemlich selten«, sagte Sheridan. »Was ist passiert?«

»Dass sie schon so jung diese fixe Idee hatte, ihren Namen zu wechseln, war Vorbote einer Identitätssuche, die mit der Pubertät ... wie soll ich sagen? ... regelrecht explodierte. Amy hat ihren Vater nie gekannt. Sie war besessen von der Idee, diesen Mann zu finden. Vor allem nach dem Selbstmord ihrer Mutter. Dieser Teil ihrer Familie war ihr vollkommen fremd ...«

Sie blickte Sheridan an.

»Trinken Sie Ihren Kaffee nicht? Er wird kalt werden.«

»Doch, natürlich.«

Er folgte rasch ihrer Aufforderung. Indessen erhob sich Sonia Barisonek, um eine Kerze auf dem Kamin anzuzünden. Dann ergriff sie einen Aschenbecher und stellte ihn auf der Lehne ihres Sessels ab. Sie nahm wieder Platz und zündete sich eine Zigarette an.

»Meine Schwester Jackie war ein bisschen flatterhaft«, sagte sie. »Sehr, um die Wahrheit zu sagen. Die Männer, das überkam sie wie der Durst. Amy hoffte, dass ihr Vater, wer es auch sein mochte, noch am Leben war. Aber ich konnte ihr nicht im Geringsten helfen. Jackie hatte mir nie etwas über ihn erzählt. Das Mädchen war übrigens sehr böse auf seine Mutter, weil sie sich umgebracht hatte, ohne ein Wort oder einen Hinweis für sie zu hinterlassen.«

»Das muss schwer gewesen sein für sie.«

»Für alle, Officer. Amy war nicht einfach. Die Frage nach ihrer Herkunft ist zu einer regelrechten Besessenheit geworden, und am Ende hat die Sache ... jeden vernünftigen Rahmen gesprengt.«

Damit drückte sie ihre Zigarette aus. Wie viele alte Menschen hatte sie kaum daran gezogen.

»Ich habe Ihnen schon gesagt, dass Amy sehr viel las. Das hat ihr eine überbordende Fantasie beschert, um es einmal so auszudrücken. Und für manche Menschen kann eine allzu große Vorstellungskraft direkt gefährlich werden … Kommen Sie, sehen Sie selbst.«

Die alte Dame erhob sich mühsam und führte Sheridan in den ersten Stock. Während der Duft der Kerze hinter dem Polizisten zurückblieb, erkannte er im Hinaufgehen den diffusen Geruch von Weihrauch. Reinem Weihrauch wie in der Kirche, nicht wie von Räucherstäbchen. Je mehr er sich Amys Tür näherte, umso unverkennbarer wurde der Geruch. Angesichts dieses Vorzeichens stellte er sich auf eine Unmenge von religiösen Reliquien, Kruzifixen und Kerzen ums Bett ein. Das Mädchen, das bald verschwinden sollte, um am Ende in Nevada auf dem Strich zu landen, hatte wohl eine mystische Krise durchgemacht, wie sie für Heranwachsende mit übermächtigem Weltschmerz typisch war. Für Mädchen, die an ihrem Vater, an den Männern litten. In solchen Phasen war Jesus Christus ein perfekter Ersatz.

Aber das war nicht der Fall.

»Ich habe ihr Zimmer nicht angerührt«, bemerkte Sonia. »Nach all der Zeit sieht es noch so aus, als hätte sie es gestern erst verlassen.«

Sheridan erblickte rosa Kissen, Puppen und Fotos von Schauspielern. Nichts als völlig banale Dinge für eine Heranwachsende. Dann weitere Fotos, Figuren, Teile von Federschmuck, alte Karten, Quilts in leuchtenden Farben … Absolut alles war von der Geschichte der indianischen Ureinwohner inspiriert. Von ihrer großen Blütezeit. Es war kitschig bis zum Anschlag. Doch Sheridan hatte schon Zimmer mit Reggae, Hippie, Punk oder Gothic Styling gesehen. Warum also nicht die amerikanischen Ureinwohner?

Den Rest der Wände nahm eine Unmenge von Büchern ein.

»Etwa mit dreizehn Jahren«, fuhr die Tante fort, »versuchte Amy in ihrem Gesicht die Züge, die sie von ihrer Mutter hatte, und die, die zwangsläufig von ihrem Vater stammen mussten, zu unterscheiden. Sie wollte anhand ihres eigenen Gesichts eine Art »Phantombild« dieses Mannes rekonstruieren.«

Sheridans Blick fiel auf ein gerahmtes Foto.

»Ist sie das?«

»Ja. Sie sieht großartig aus, finden Sie nicht?«

Es traf zu. Bis jetzt hatte er immer nur Fotos ihres Leichnams gesehen. Die braune, schimmernde Haut, die langen schwarzen Wimpern und der volle Mund waren verschwunden hinter der grünlich marmorierten Haut, den bereits milchweißen Augenhöhlen und der Haut, die schon auf der Schädeldecke zu schrumpfen begann … Das Porträt einer Circe, das waren Sheridans Gedanken, als er Amy Austen sah.

»Wie Sie auf dem Foto erkennen können«, sagte die Tante, »hatte sie eine dunkle Hautfarbe, eine gerade Nase und Stirn und pechschwarze Haare. Ich weiß nicht, wer ihr diesen Floh ins Ohr gesetzt hat, aber sie war schließlich davon überzeugt, dass sie indianisches Blut hatte. Anfangs war das noch unterhaltsam, dann aber geriet diese fixe Idee außer Kontrolle. Sie wollte ihren Stamm wiederfinden, sich »den

Ihren« anschließen. Ihre Stimmung schwankte von Monat zu Monat. Ich erkannte sie nicht wieder.«

»Sie nahm Drogen«, dachte Sheridan.

Die Frau war den Tränen nahe. Stuart reichte ihr ein Taschentuch.

Dann inspizierte er schweigend die Einrichtung des Zimmers. Er war keineswegs unglücklich darüber, die vielen Bücher darin zu sehen. Das kam in seiner Arbeit immer seltener vor. Ermittlungen in den Zimmern von Jugendlichen bestanden in erster Linie darin, die Hüllen von CDs, DVDs oder Videospielen zu erfassen. Es waren immer die gleichen. Sie verrieten nichts oder sehr wenig über die Persönlichkeit ihrer Besitzer. Aber eine Bibliothek! Das war ein echter Spiegel. Und einer, der nur selten log.

»Bestand denn wenigstens eine Chance?«, fragte er. »Ich meine … Konnte der Vater indianisches Blut haben?«

Sonia Barisonek zuckte mit den Schultern.

»Ich habe es Ihnen ja schon gesagt, bei Jackie war alles möglich. Amy hat wie verrückt Nachforschungen über die Indianer angestellt. Sehen Sie selbst, die Bücher an den Wänden haben nur ein Thema! In allen Schulferien musste ich mit ihr die Reservate der Region besichtigen, die der Abenaki, der Micmacs, der Penobscot, und bald ging es nach Dakota, Florida, Neu-Mexiko. Es nahm kein Ende. Bis zu dem Tag, da ich in ihre Idee mit der Mündigkeitserklärung einwilligte. Ehrlich gesagt, war ich nicht sonderlich traurig darüber, sie ziehen zu lassen. Aber dann ist sie nie zurückgekommen. Und jetzt weiß ich nicht, ob das eine gute Idee war, solange ich kein Lebenszeichen von ihr erhalte. Ich hoffe nur, dass sie wenigstens glücklich ist.«

Sheridan brachte es nicht über sich, ihr zu erzählen, dass ihre Nichte weggegangen war, um in Nevada die Beine breit zu machen.

»Nach sechs Jahren ohne Nachricht von ihr«, fuhr die Frau fort, »habe ich dann doch eine Vermisstenmeldung erstattet. Es gab eine Untersuchung, nicht sehr gründlich zwar, doch konnte man immerhin ihre ersten Schritte rekonstruieren. Mit Amys Foto bewaffnet suchten die Kriminalbeamten Indianerreservate auf. In manchen erkannte man sie wieder. Offenbar war sie bei den Stämmen nicht sehr gerne gesehen, sie wollte zu sehr »in ihnen aufgehen«, sie stellte eine Menge Fragen, sie nervte. Darin erkenne ich meine Amy aus dieser Zeit bestens wieder. Dann, nach zwei Jahren, verliert sich ihre Spur. Seitdem weiß man nichts mehr.«

Sheridan notierte das, gab aber keinen Kommentar ab. Der Colonel fühlte sich unbehaglich in seiner Haut. Die arme Frau würde ihn verabscheuen und verfluchen, sobald sie erfuhr, dass ihre Nichte tot war und dass der liebenswürdige Colonel bereits davon wusste, während er ihr rätselhafte Fragen stellte und zuhörte, wie sie ihr Unglück vor ihm ausbreitete.

»Und?«, machte Garcia, als Sheridan ins Auto stieg.

»Diese Austen lebte in einer Fantasiewelt ... Sie war total von der Rolle. Wir müssen mehr über ihr Leben in Nevada herausfinden.«

»Ich kümmere mich darum. Ich war in der Zwischenzeit schnell beim Kommissariat um die Ecke, um zu erfahren, ob sich viele Zeugen zum Verschwinden von Amy Austen gemeldet haben.«

»Und?«

»Fast niemand. In sieben Jahren nichts als falsche Fährten.«

Er startete den Motor. Sheridan verstaute seinen Fotoapparat und sein Notizbuch in einem Ordner mit der Aufschrift Austen, der für die Spezialisten bestimmt war.

»Eine Durchgeknallte, sagen Sie?«, fragte Garcia. »Das passt recht gut zur Idee einer Sekte, stimmt's?«

»Ja, sie passt gut. Aber warten wir ab, wie es weitergeht.«

11

Sheridans erste Amtshandlung nach seiner Ernennung zum Chef der Staatspolizei vor fünf Jahren war die Beantragung von Krediten gewesen, mit deren Hilfe die gesamten Papierarchive der Polizei digitalisiert werden konnten. Riesenberge von Blättern und Kartons vermoderten seit Jahrzehnten in den Metallschränken. Man engagierte ein Dutzend Informatiker, um das gesamte gelagerte Wissen der Polizei durchzugehen und die Informationen in einen Computer einzugeben. Eine Akte nach der anderen.

Zusätzlich zu Basile King und Amos Garcia hatte Sheridan zwei dieser Experten für seine geheimen Nachforschungen über die vierundzwanzig hinzugezogen. Wenn der Gerichtsmediziner die Identität einer der vom FBI mitgenommenen Leichen feststellte, wenn Garcia im ganzen Land in ihrer Vergangenheit nachforschte und ihre Lebensläufe rekonstruierte, wenn er Verwandte suchte und Details aller Art sammelte, dann gab Sheridan diese an die zwei Informatiker weiter, damit sie sie in den Computer eingaben und verglichen.

Abigail Burroughs, eine der Expertinnen, hatte ihm erklärt: »Wenn die Informationen digitalisiert sind, kann unser Programm jedes beliebige Detail einer Ermittlung als

Ausgangspunkt nehmen und einen Datenabgleich damit durchführen. Das kann der Name des Opfers sein, die Straße, in der die Tat geschah, seine Automarke, die Anzahl der Buchstaben seines Namens und so weiter. Alles kann aus Tausenden von Informationen herausgefiltert werden. Vierzig menschliche Gehirne könnten das in fünfzehn Jahren ununterbrochener Arbeit nicht schaffen.«

Sheridan hatte grünes Licht für die geheime Verwendung des Programms gegeben. Doch nach drei Wochen Einsatz und mit nunmehr dreizehn gesicherten Identitäten der vierundzwanzig hatte der Computer nur eine einzige Information ausgespuckt. Die Programmiererin war über diesen Mangel an Ergebnissen äußerst erstaunt.

»Unsere einzige Überschneidung ist im Augenblick ein Roman«, sagte sie zu ihm.

»Ein Roman?«

»Ja. So erstaunlich das klingen mag. Sie haben ihn nach Ihrer Fahrt nach Stewartstown, als Sie die Tante von Amy Austen befragten, in Ihrem Bericht erwähnt. Es ist eines der Bücher im Zimmer des Mädchens.«

Sheridan hatte nicht besonders darauf geachtet.

»Ihr Lieblingsbuch, wie es scheint. Das mit den meisten Eselsohren und den meisten Anmerkungen. *Heilige Asche* von Ben O. Boz.«

»Ich kann mich nicht erinnern.«

»Aber der Computer kann es. Ganz genau. Sie hatten es in ihrem Zimmer fotografiert.«

»Und wo ist der Zusammenhang mit den dreiundzwanzig anderen?«

»Nun, das Programm zeigt, dass diese Dame hier …«

Sie holte ein Foto hervor und zeigte auf Lily Bonham, die Frau, die ganz alleine ein Kind zur Welt gebracht hatte.

»… diese Dame leitete in ihrer Heimatstadt Preston einen Lesezirkel, einen Kreis, der bei den Wohlstandsbürgern in dieser Ecke von Vermont regen Zulauf fand. Ben O. Boz, der Autor, war fünf Monate vor ihrem Verschwinden zu einem Gespräch mit den Mitgliedern des Vereins eingeladen worden.«

Sie fuhr fort mit einem gewissen Tom Woodward, einem etwa fünfzigjährigen Mann, einem der Letzten, dessen Identität Basile King festgestellt hatte.

»Dieser Herr hier besaß zwei handsignierte Ausgaben von Boz' Buch. Von den Signierstunden, die die Buchhandlung seines Viertels in Sacramento organisiert hatte.«

Abigail Burroughs zeigte auf eine andere junge Frau. Maud Putch.

»Dank der Mitgliedschaft in der Stadtbibliothek dieser eifrigen Leserin wissen wir, dass sie Boz' Werk verfolgte, vielleicht sogar ein Fan von ihm war. Steve Bean, dieser junge Mann hier, hatte in seinen Schubläden einen Brief mit der Bitte um Tipps zum Schreiben, den er an verschiedene Romanschriftsteller verschicken wollte. Darunter Boz. Die Kenheads schließlich, das alte Paar, verbrachten ihren Ruhestand mit dem Schreiben von Manuskripten, die den Werken von Boz sehr ähneln … Einer ihrer Titel ist ihm sogar gewidmet.«

Sheridan fuhr sich mit der Hand durch die Haare.

»Schön«, brummte er. »Warum nicht. Aber das ist ziemlich mager, summa summarum. Das sind nichts weiter als Bücher. Ihr Computer dreht vielleicht durch vor lauter Einzelheiten? Überdies sind das nicht viele Verbindungen bei vierundzwanzig Toten.«

»Sieben.«

»Und dieser Boz? Können Sie etwas über ihn in unseren Karteien finden?«

»Nichts. Aber das muss ein Pseudonym sein. Man müsste seinen richtigen Namen herausfinden. Und ein paar zusätzliche Fakten in die Hand bekommen, um damit arbeiten zu können.«

Sheridan nickte zustimmend.

»Ich werde Garcia darauf ansetzen«, sagte er. »Dann sehen wir weiter.«

Er lächelte ihr zu.

»Miss Burroughs, auch wenn Ihr Computer nicht sehr mitteilsam ist, können Sie ihm meinen Dank aussprechen!«

Abigail schüttelte den Kopf.

»Nicht mitteilsam? Hoffen Sie, dass er es nicht noch wird, denn dann wissen Sie nicht mehr, was Sie überhaupt noch denken sollen! Er hört nie auf zu überlegen!«

An diesem Tag kam die ganze Untersuchung über die vierundzwanzig unmerklich an einen radikalen Wendepunkt. Sie sollte nie wieder die geringste Ähnlichkeit mit Sheridans bisherigen Annahmen aufweisen.

Nie wieder.

TEIL ZWEI

1

Zwei Monate später

Stu Sheridan rollte gemächlich nordöstlich von Concord dahin. In seinem Privatwagen, einem eisengrauen Oldtimer, fuhr er mitten im Wald von Farthview Woods dicht am Lake Humboldt entlang. Beinahe überall war der auf den Ästen liegende Schnee geschmolzen. Die Aprilstrahlen zeichneten ein neues Bild der Landschaft.

Im Wageninnern spielte das Radio einen Country-Song. Der Sänger aus Chattanooga in Tennessee wiederholte darin mit heißblütiger Stimme, dass die »Wahrheit« immer hinter der nächsten Kurve liegt. Seiner Ansicht nach genügte es, nie den Fuß vom Gas zu nehmen und die Augen offen zu halten.

Für den Polizeichef von New Hampshire war die »nächste Kurve« schlicht und einfach das Portal von Durrisdeer. Und er war nicht so sehr auf der Suche nach der Wahrheit als auf der nach einem Schuldigen.

Am Rand der Fahrbahn erkannte er das Holzschild, das Durrisdeer ankündigte. Sheridan kannte den Ruf der Einrichtung. Ein elitärer Verein für Gutbetuchte, der sich mit seiner klassischen altphilologischen Bildung brüstete. Schon mehrmals hatte er sich gegen die Absicht seiner Frau und ihre Idee gestellt, eines ihrer fünf Kinder könnte diese Schule besuchen. Eine Frage des Prinzips: Er mochte weder die Atmosphäre noch die Bewohner dieses Orts.

Über Durrisdeer waren nicht wenige Geschichten in Umlauf. Sheridan wusste, dass Polizisten seiner Abteilung sich hatten schmieren lassen, um den untadeligen Ruf der Einrichtung zu bewahren. Es waren nicht die Familien der betroffenen Studenten, die die Kuverts gefüllt hatten, sondern der Verwaltungsrat. Durrisdeer war der größte Steuerzahler der Region, die jüngste Tochter des Gouverneurs war dort eingeschrieben, und die Mehrheit der Baufirmen des Staates schielte auf die Baugrundstücke des weitläufigen Anwesens. Man scherzte nicht mit Durrisdeer in New Hampshire.

Es war das erste Mal, dass Sheridan dorthin fuhr. Er kam vor dem imposanten gusseisernen Portal an. Er stellte sich über die Sprechanlage vor und sagte, er habe eine Verabredung mit einem der Professoren. Nach einem Augenblick des Schweigens am anderen Ende der Leitung erklärte ihm eine Frau an der Vermittlung den Weg zum Schloss.

Der Oldtimer rollte die von Rasenflächen und Laternen gesäumte Allee entlang. Ein Dutzend Gärtner waren bereits bei der Arbeit, um Laub zu sammeln, die Erde in den Blumenkübeln zu wässern und den Kies auf den Wegen zu glätten, die sich in den Waldstücken verloren. Die stilvolle Kleidung der Gärtner mit olivgrüner Schürze, weißem Hemd und breitkrempigem Hut verkündete unmissverständlich, dass man sich hier nicht an einem x-beliebigen Ort befand.

Obwohl Sheridan das ehemalige Schloss von Ian E. Iacobs bereits von Fotos her kannte, erschien es ihm nun massiver als in seiner Erinnerung. Architektonisch wertvoll oder nicht, es war vor allem eigenartig. Die Zeit hatte die Zwischenräume geschwärzt und die Flächen hervortreten lassen. Was früher einmal heiter und grandios gewirkt haben mochte, machte nun einen düsteren Eindruck.

Sheridan parkte seinen Wagen in dem runden Hof, den das Schloss überragte. In seiner Mitte hatten sich einige Schüler bei Norris Higgins um den Brunnen versammelt. Der technische Verwalter ließ eine mannsgroße Kurbel einrasten, drehte daran, und ein gewaltiger Wasserstrahl schoss in die Luft. Die Studenten klatschten Beifall. Damit war die Rückkehr der schönen Jahreszeit in Durrisdeer eingeläutet.

Sheridan hatte mit all dieser guten Laune nichts am Hut. Er ergriff eine Mappe aus Karton und eine Papiertüte, stieg aus dem Auto und ging auf den Vorplatz des Schlosses zu. Der Colonel war nicht im Dienst, er trug Zivilkleidung. Niemand achtete auf ihn. Mit seinem makellos sitzenden, knapp knielangen Mantel und dem marineblauen Hut ähnelte er nicht im Geringsten einem Elitepolizisten, sondern ganz und gar dem Vater eines Schülers.

Er betrat die Eingangshalle. Auch dort gab es einiges zu bestaunen: die riesige Treppe, die Galerien rechts und links, den Marmorboden und die Porträts in den massiven Rahmen. Graublaue Schichten, eine Mischung aus Staub und abgestandener Luft, schwebten in der Leere des Raums.

Sheridan gegenüber erschien am oberen Ende der großen Treppe ein Mann und eilte herab, um ihn zu begrüßen.

»Mr. Sheridan?«

»Ich sollte mich bei …«

»Ich bin Louis Emerson, der Dekan der Universität.« Er reichte ihm mit kräftigem Druck die Hand.

»Sehr erfreut, Mr. Emerson. Ich habe nicht erwartet, dass Sie …«

»Sheridan? Sheridan? Warten Sie, haben wir einen Schüler mit diesem Namen bei uns?«

Emerson, dessen Hand noch immer in der Sheridans lag, runzelte die Stirn.

»Für gewöhnlich erinnere ich mich an alle, die bei uns immatrikuliert sind, aber jetzt …«, murmelte er.

Der Colonel hatte sich am Portal vorgestellt. Entweder war der Dekan schlecht informiert und hielt ihn wirklich für den Vater eines Schülers, oder er stellte sich dumm.

»Ich bin *Colonel* Stuart Sheridan von der Staatspolizei«, knarrte er.

Ein flüchtiger, aber unübersehbarer Ausdruck der Beunruhigung huschte über das Gesicht des Dekans. Sheridan spürte, wie die Hand des Mannes zwischen seinen Fingern auf der Stelle schlaff wurde und beinahe alle Festigkeit verlor. Der Cop zeigte die Marke der Polizei von New Hampshire in ihrem klappbaren Etui vor.

»Stimmt etwas nicht, Colonel?«, fragte der Dekan ungehalten. »Ich meine … Hier, in meiner Universität?«

»Ich würde mich gerne mit Mr. … Warten Sie.«

Sheridan holte ein extra flaches Notizbuch aus der Manteltasche. Ein vielfach bewährter Trick: die schweigende Kunstpause des Polizeibeamten. Wie kurz sie auch war, sie reichte, damit sich jedem Gesprächspartner die Haare sträubten und er daran erinnert wurde, wer im Augenblick das Sagen hatte.

»Frank Franklin«, sagte er zu ihm. »Er arbeitet hier als Professor, nicht wahr?«

Auf dem Gesicht des Dekans spiegelte sich Verblüffung bei der Nennung dieses Namens.

»Gewiss. Gewiss!«, stieß er hastig hervor. »Frank ist seit bald drei Monaten hier bei uns in Durrisdeer. Wir sind mit seiner Arbeit zufrieden. Aber … hat er Probleme?«

Sheridan begnügte sich mit einer erneuten Frage.

»Kann ich ihn sehen? Hält er nicht Unterricht um diese Zeit?«

Der Dekan warf einen Blick auf die große Standuhr, die rechts von der Eingangstür thronte.

»Nein«, antwortete er. »Weiß er wenigstens über Ihr Kommen Bescheid?«

Der Dekan wirkte aus einer ganzen Reihe von Gründen sorgenvoll. Er fühlte, wie der Wind sich drehte, und war bereits überzeugt, dass ein schrecklicher Skandal über Durrisdeer hereinbrechen würde.

»Er weiß Bescheid«, antwortete Sheridan trocken. »Jedenfalls habe ich ihm heute Morgen eine Nachricht hinterlassen. Er hat sich nicht bei mir gemeldet seitdem.«

»Ich verstehe.«

Ein Schweigen senkte sich zwischen die beiden Männer. Der Blick des Dekans sagte: »So leicht lasse ich mich nicht über den Tisch ziehen.« Der des Polizisten antwortete: »Beeilen wir uns!«

Es war der Dekan, der nachgab.

»Folgen Sie mir, Colonel.«

Er ging voraus und stieg die Treppe hoch, dabei holte er eine Zigarette aus einem zerknitterten Päckchen Pall Mall hervor. Als er an der letzten Stufe ankam, hatte er sie bereits mit einem einzigen Zug stark schrumpfen lassen.

Der Dekan führte Sheridan in das Stockwerk mit den Büros der Professoren. Sie begegneten der jungen Mary Emerson, die überrascht die verstimmte Miene ihres Vaters sah, jedoch nichts dazu sagte.

Hinter der Tür mit seinem Namensschild saß Frank, über die Arbeiten seiner Studenten gebeugt, an seinem Arbeitstisch. Der junge Mann setzte ungefähr die gleiche verblüffte Miene wie der Dekan auf, als er von der Anwesenheit des Polizeibeamtem erfuhr, und seine Verblüffung wurde noch größer, als Emerson ihm mitteilte, dass dieser vor allem gekommen sei, um mit ihm zu sprechen.

Er hatte Sheridans telefonische Nachricht nicht erhalten.

Instinktiv ging er in Deckung.

»Ich lasse Sie jetzt allein«, murmelte der Dekan leicht bedauernd. »Sagen Sie mir, dass ich keinen Grund zur Sorge habe, Frank, alles in Ordnung?«

»Äh … ja, alles in Ordnung. Herr Dekan. Jedenfalls soweit ich weiß.«

Der Professor blieb verlegen stehen, nachdem der Dekan das Zimmer verlassen hatte. Er wusste nicht, wie er sich verhalten sollte. Er musterte Sheridan: seine beeindruckende Größe, seine Narben im Gesicht, seine natürliche Autorität und diesen Mantel, der seine Gestalt noch größer wirken ließ. Er hatte die Schultern eines Hafenarbeiters oder eines Harpuniers aus Nantucket. Dieser Typ musste je nach Situation entweder ein unglaubliches Gefühl von Sicherheit oder eine unerträgliche Angst einflößen.

Der Cop wiederum hatte sich bereits eine Meinung über den Professor gebildet. Franklin trug eine helle Jeans und einen bordeauxroten Rollkragenpullover, die Ärmel waren hochgeschoben und an den Ellbogen mit Lederflecken verstärkt. Die Brille und der ein paar Stunden alte Bart machten ihn kaum älter. Sein blonder Lockenkopf verlieh ihm das zarte Antlitz eines Engels. Der Polizist hielt ihn für intelligent, mit Sicherheit gewitzt, wenn er das Gefühl hatte, sich verteidigen zu müssen, zugleich aber auch neugierig und aufmerksam, was ein gutes Zeichen war. Das Zimmer war penibel und methodisch aufgeräumt. Auch das gefiel ihm.

Der Colonel stellte seine Tüte auf den Boden und setzte sich, ohne dazu aufgefordert worden zu sein. Der Professor tat es ihm nach.

»Mein Kommen beunruhigt Sie, Franklin …«

Der Professor zögerte halb überrascht, zum Teil um zu überlegen, ob das eine Frage war, zum Teil um abzuwägen, ob hinter dem Satz eine Falle stecken konnte. Dann schüttelte er den Kopf, ohne jedoch offen zu antworten. Sheridan lächelte über die Vorsicht des jungen Mannes.

»Es wird nicht lange dauern«, versprach er ihm.

Frank zeigte auf den Stapel mit Arbeiten.

»Ich habe gerade einige Textinterpretationen korrigiert. Es ist ziemlich dringend, aber ich kann natürlich eine Pause machen für … für die Polizei. Allerdings habe ich einen Kurs, der in zwanzig Minuten beginnt. Deshalb … ich höre.«

Sheridan nickte. Er holte sein Notizbuch und einen Kugelschreiber hervor.

»Ich möchte Sie um ein paar Erklärungen bitten, Professor.«

»Mich?«

Franklin hatte zuerst gedacht, dass die Polizei wegen einer Affäre des ominösen Klubs der Schreiber in der Schule auftauchte. Vielleicht war das aber gar nicht der Fall.

»Nehmen Sie bitte zur Kenntnis«, verkündete Sheridan, »dass ich hier nicht meine Uniform trage. Ich sitze vor Ihnen wegen einer Untersuchung, die ich allein durchführe. In meiner freien Zeit.«

Franklin hatte vor allem gesehen, dass der Typ vor ihm der ranghöchste und mächtigste Polizist des Staates war; und ob er nun in Uniform oder im Bademantel auftrat, war absolut zweitrangig.

»Ich habe sehr viel über die Akte eines, wie soll ich sagen, mysteriösen Falls nachgegrübelt. Und ich habe dabei beträchtliche Fortschritte gemacht. Ich brauche nun einige zusätzliche Elemente, um weiterzukommen … und dazu wollte ich Sie um Rat fragen.«

Sheridan sagte die Wahrheit. Seit mehr als zwei Monaten hatte ihn das Rätsel der vierundzwanzig Leichen von Concord keinen Tag losgelassen. Zusammen mit Amos Garcia war er in dieser endlosen Ermittlung regelrecht aufgegangen und von ihren Verwicklungen besessen. Er wusste alles über die Opfer, Indizien und Beweisstücke sowie über die Abgleiche mit den Personenregistern. Er verfolgte mehrere Spuren, hatte viele feste Annahmen und noch mehr Zweifel. Einen Tag glaubte er, etwas Neues zu erfahren und freute sich darüber, und am nächsten verlor er den Mut und war bereit, das Handtuch zu werfen. Der hartnäckige Cop, der er einmal war, wurde zum Gefangenen von Ideen, die an einem einzigen Abend entstehen und wieder vergehen konnten.

»Handelt es sich um eine Mordsache, Colonel?«

»Ja.«

Sheridans Tonfall war barsch, beinahe provozierend.

Franklin versteifte sich. Wenn erst einmal das Wort »Tod« im Raum stand, war alles möglich.

»Ich verfolge im Augenblick mehrere Theorien, um dieses Rätsel aufzuklären«, sagte Sheridan. »Darunter eine, die Ihnen sicher gewagt erscheinen wird, die ich aber trotzdem mit der gebotenen Vorsicht vertiefen möchte. Und dazu brauche ich jemanden wie Sie.«

Sheridan holte ein Buch aus seiner Kartonmappe hervor. Es war Franklins Werk über die Romanschriftsteller. *Die Versuchung des Schreibens oder Schriftsteller bei der Arbeit.*

»Interessant. Sehr interessant«, sagte Sheridan, während er das dünne Werk in der Hand wog. »Sogar für das, womit ich mich zurzeit beschäftige.«

Franklin wollte lächeln, aber seine Kiefer und Lippen waren so versiegelt, dass es beinahe schmerzte.

»Ich kann mir schlecht vorstellen, inwiefern ein literarischer Essay einem Polizeibeamten bei seinen Ermittlungen helfen kann«, meinte er.

Sheridan schlug das Buch auf und suchte nach einer Seite, die er markiert, und einer Stelle, die er unterstrichen hatte. Er las vor:

Graf Leon Tolstoi lebte wie die Leibeigenen seines Guts, um die Lebensbedingungen der armen Teufel in seinem Land besser beschreiben zu können; Gustave Flaubert nahm eine geringe Dosis Arsen, um den Geschmack des Giftes beim Selbstmord der Bovary exakt wiederzugeben; Émile Zola scheute nicht davor zurück, die Spelunken und Kohlegruben seiner Romanfiguren zu besichtigen; Jack London und Joseph Conrad bezogen ihre Inspiration aus ihrer Jugend als Trapper und Seeleute …

Bei manchen Romanautoren findet man ein Bedürfnis nach

genauer Kenntnis, nach fassbarer Wahrheit, das vor nichts zurückschreckt. Sie wollen wissen, *um zu erfinden.*

Und das Paradoxe an diesen großen Schriftstellern ist, dass sie zudem noch mit einer unerhörten Fantasie begabt sind. Aber sie reicht ihnen nie.«

Franklin nickte zustimmend, noch ratloser hinsichtlich des Grunds für Sheridans Besuch als zuvor. Dieser überflog etwa dreißig Seiten und hielt dann an einer zweiten markierten Stelle des Buchs inne. Dann lächelte er, legte das aufgeschlagene Buch auf seine Knie und blickte Franklin an.

»Kennen Sie einen Schriftsteller namens Ben O. Boz?«

Der Professor dachte nach.

»Ben O. Boz? Das erinnert mich an etwas … Warten Sie, ich hab's: *Die Dreierregel.* Sein erster Erfolg, glaube ich. Und bedauerlicherweise auch sein einziger. Seit fünfzehn Jahren hört man nichts mehr von ihm. Dabei war das erste Buch wirklich gut geschrieben. Haben Sie es gelesen?«

»Ja.«

Sheridan holte sieben Bücher von Boz aus seiner Papiertüte und stapelte sie vor Franklin auf. Dann öffnete er seine Mappe aus Karton und holte sieben Ordner daraus hervor; Ordner, die den Stempel der Staatspolizei trugen.

»Um es kurz zu machen, Professor, sagen wir, dass das Zusammentreffen mehrerer Umstände in den letzten Wochen mich dazu geführt hat, dass ich mich für diesen unbedeutenden Autor interessiere. Zufällig war eines seiner Bücher das Lieblingsbuch eines der Opfer des Falles, mit dem ich mich augenblicklich befasse.«

»Eines *der* Opfer?«, fragte Frank beunruhigt.

Das Bisschen an Selbstsicherheit, das er in den letzten

Minuten wiedergewonnen hatte, schmolz in Sekundenschnelle dahin.

»Ja«, bestätigte der Polizist. »Der Opfer. Wir haben festgestellt, dass Boz' Werke merkwürdigerweise im Leben mehrerer anderer Gewaltopfer eine Rolle spielen. Aus Gründen, die uns vollkommen schleierhaft sind, taucht Boz in ihren Akten auf. Unsere Opfer kannten seine Bücher. Auf den ersten Blick kann es sich dabei natürlich um einen Zufall handeln. Wenn wir uns immer mit den Lesegewohnheiten unserer Opfer beschäftigen würden, kämen Leute wie Stevenson und Jules Verne wahrscheinlich immer in Verdacht. Trotzdem!«

Der Cop legte eine Hand auf die aufgestapelten Bücher.

»Ich habe hier sieben von Boz geschriebene Kriminalgeschichten. Als ich ein wenig darin herumstocherte, wurde mir klar, dass sie alle mit realen Fällen zu tun haben, die sich in Neuengland ereignet haben.«

Er legte seine andere Hand auf den Stapel mit Aktenordnern rechts.

»Nämlich mit diesen hier. Die Namen, Orte und Mordwerkzeuge mögen verändert sein, aber das Wesentliche ist absolut korrekt.«

Franklin streckte die Arme auf dem Tisch aus. Diesmal war seine Neugier wirklich geweckt. Sheridan fuhr fort.

»Ich habe nur fünfzehn Bücher von Boz gelesen, die er in den letzten neun Jahren veröffentlicht hat, eine Expertin aus unserer Abteilung hat den Rest durchgeackert. Wir konnten seine Werke nur mit den Polizeiarchiven unserer Region vergleichen. Im Augenblick ist es unmöglich, in anderen Gerichtsbezirken Nachforschungen anzustellen. Und trotzdem haben wir schon sieben Berührungspunkte.«

Er verschränkte mit starrem Blick die Arme. Bereit, die zweite Etappe seiner Demonstration anzugehen.

»Franklin, ich spreche hier nicht nur von schlichten zufälligen Übereinstimmungen. Es gibt hier in Boz' Werk Details, die unzweifelhaft authentisch und eng mit den fraglichen Fällen verbunden sind. Ich spreche von einer intimen Kenntnis der Fälle. Schlimmer noch, von einer *vorherigen* Kenntnis. Manche Geschichten scheinen von Boz geschrieben zu sein, bevor die Polizei sich überhaupt mit dem einen oder anderen Mord befasst hat. Können Sie mir folgen?«

Franklin nickte. Sheridan erhob sich und sah aus dem Fenster des kleinen Arbeitszimmers hinaus.

»Die Schriftsteller, das ist Ihr Fachgebiet! Sie wissen besser als ich, wie ihre Fantasie funktioniert, wie frei sie schreiben, wie die tatsächliche Arbeit des Romanciers aussieht. Was sie motiviert vor allem, sie zum Schreiben treibt ...«

Er machte kehrt und umklammerte mit den Händen die Lehne des Stuhls, auf dem er gesessen hatte.

»Hätten Sie die Güte, diese Romane und Akten zu lesen und mir dann zu sagen, ob dieser Typ eine unglückliche Fantasie hat? Erklären Sie mir, ob man das alles aus dem Nichts erfinden kann, hinter einem Schreibtisch sitzend, oder ob ich Grund zur Beunruhigung habe.«

Ein langes Schweigen folgte.

»Wenn ich Sie recht verstehe«, nahm Frank Franklin schließlich das Gespräch wieder auf, »verdächtigen Sie Ben O. Boz ...«

»... von der Realitätsnähe der Mörder, die er schildert, besessen zu sein, ja. Oder selbst der Mörder zu sein. Warum nicht?«

Er griff wieder nach Franklins Buch auf dem Tisch.

»Sie sprechen in diesem Kapitel über Leonardo da Vinci und Michelangelo, die für teures Geld noch warme Leichen kauften, um sie zu sezieren und ihre anatomischen Kenntnisse zu vervollständigen. Nicht um der Heilkunst willen, sondern nur, um ihre Skulpturen oder Zeichnungen des menschlichen Körpers zu perfektionieren. Ihre Kunst! Diese Art von Spinner meine ich. Die zu allem fähig sind. Professor, sagen Sie mir, ob auch dieser Ben O. Boz, von Beruf Krimiautor, sich *nicht mit seiner Fantasie begnügte*!«

Franklin betrachtete den Stapel Bücher und die sieben Aktenordner, dann wandte er sich wieder Sheridan zu.

»Das ist ein ziemlich … ungewöhnliches Ansinnen. Haben Sie wirklich Hinweise darauf, dass Boz …«

Sheridan zeigte auf die Akten.

»Irgendetwas da drin stimmt nicht. Sonst stünde ich nicht vor Ihnen.«

»Und Sie glauben, dass …«

»Ich glaube gar nichts. Es ist nicht meine Art, mich vorzuwagen. Ich bitte Sie um eine kompetente Meinung. Eine professionelle, literarische und nicht polizeiliche Lektüre. Sind Sie dazu bereit?«

Franklin schob seine Brille auf die Haare hoch.

»Warum wenden Sie sich an mich? Es gibt andere emeritierte Professoren, in diesem Staat oder anderswo, andere, besser qualifizierte Fachleute, so scheint mir. Und das FBI weiß sicherlich auch, wie man sich ihrer bei Bedarf bedienen kann.«

Sheridan hob wieder sein Buch hoch.

»Was ich von Ihnen in Bezug auf Boz erbitte, ist genau

das, was Sie bei Ihren klassischen Autoren versucht haben: sie durchschauen, aufzeigen, inwiefern ihr Werk ihr Alltagsleben widerspiegelt und umgekehrt. Unterschätzen Sie sich nicht, Franklin, ich habe Sie gelesen. Sie sind ein ausgezeichneter Profiler von Romanschriftstellern. Und genau auf diese Fähigkeit bin ich heute angewiesen.«

Franklin griff nach dem ersten Roman auf dem Stapel: *Die Leute von Portsmouth.*

»Und wie haben Sie mich gefunden?«, fragte er.

Sheridan legte eine Ausgabe des *Concord Globe* vom letzten Februar auf den Schreibtisch, in der die Ankunft des jungen Franklin in Durrisdeer angekündigt wurde, die gleiche, die Louis Emerson während des Frühstücks präsentiert hatte.

»Nichts als Lobeshymnen«, sagte der Cop zu ihm. »Also?«

»Also, ich verspreche Ihnen, das alles zu lesen, in Ordnung.«

»Mehr verlange ich nicht von Ihnen. Aber das alles muss unter uns bleiben!«

Der Professor trat aus dem Schloss, um seinen Kurs abzuhalten, und der Colonel verließ nachdenklich Durrisdeer. Er wusste, dass er über das Rätsel der vierundzwanzig Leichen im Dunkeln tappte. Seit Wochen schon. Aber er kam vorwärts. Nun bat er den Himmel, er möge sich nicht geirrt und nicht auf das falsche Pferd gesetzt haben.

2

»Was liest du da?«

Frank Franklin lag auf seinem Bett und Mary Emerson streckte sich nackt neben ihm aus. Sie lag auf dem Bauch und stützte sich, das Gesicht in die Hände gelegt, auf ihre Ellbogen auf. Ihre gekreuzten und angewinkelten Beine wippten über ihrem Po auf und ab. Die junge Blondine war unwiderstehlich.

Beide waren seit einigen Wochen heimlich ein Paar in Durrisdeer.

»Ich lese einen Krimi von Ben O. Boz«, antwortete Frank.

»Kenn ich nicht. Ist er gut?«

»Eher zäh. Zieht sich in die Länge.«

»Warum liest du dann weiter?«

Sie zerzauste seine Haare, um seine Aufmerksamkeit zu erregen.

»Ich suche nach etwas«, erklärte er ihr. »Für meine Kurse vielleicht …«

Auf seinem Nachtkästchen lagen die anderen Bücher von Boz und versteckt die sieben Ordner, die ihm Colonel Sheridan überreicht hatte. Ein Notizbuch und einen Bleistift stets zur Hand sah er sie der Reihe nach durch.

»Ich bin vorhin in deinem Büro vorbeigegangen«, fuhr

Mary fort, drehte sich auf dem Kopfkissen um und schob dabei eine Hand unter ihren Nacken. »Die Schreibmaschine hat noch immer keine neue Seite bedruckt. Du könntest sie ebenso gut unter der Abdeckhaube verstecken.«

Frank lächelte.

»Du redest ja wie meine Mutter.«

»Man muss dich wirklich aufrütteln, sonst fängst du deinen Roman nie an! Auch wenn das mit dir und mir einstweilen noch hypothetisch ist, ich stelle mir lieber vor, dass ich eine Beziehung zu einem Romanschriftsteller aufbaue als zu einem Universitätsprofessor! Ich habe die Nase gestrichen voll von diesen Leuten …«

Sie drehte sich auf die Seite und trommelte mit den Fingern auf Franks Rücken wie auf die Tasten eines Klaviers oder einer Schreibmaschine.

»Inspiriere ich dich nicht?«

Etwas an all dem störte ihn.

Frank verglich sorgfältig die von Sheridan markierten Romanpassagen und dann ihre Entsprechungen in den Ermittlungsakten der Polizei. Sicher, das Ganze war irritierend. Zu viele authentische Parallelen, Nebenaspekte, die sich wiederholten, Indizien, die »nicht erfunden sein konnten« …

Bei *Der Würger* war es ein Doppelmord mit einer Klaviersaite in Idaho; bei *Die Dämmerung der Herren* eine Gefangenschaft in einem noch im Bau befindlichen Hochhaus in Dakota; bei *Absoluter Nullpunkt* ein Fetischist von Schönheitsflecken in Manhattan; bei *Lichtdouble* ein vorgetäuschter Selbstmord in Kalifornien. Alle diese Romane hatten ihre quasi exakten Entsprechungen in Fällen in Neuengland, wie die Akten des Cops bewiesen.

Und dennoch blieb Frank überzeugt, dass es Sheridan war, der in dieser Geschichte zu viel Fantasie bewies. Wenn Boz diese Menschen umgebracht hätte, wie in seinen Romanen beschrieben, wäre er unweigerlich gefasst worden. Das Ganze war zu ungeheuerlich für einen einzelnen Mann. Einleuchtender erschien ihm die Idee, dass Boz ausgezeichnete Beziehungen zum Justizapparat Neuenglands unterhielt. Undichte Stellen gewissermaßen, Cops, die es ihm ermöglichten, bestimmte Fälle wie ein Journalist direkt zu recherchieren und seinen im Entstehen begriffenen Roman entsprechend zu entwerfen. Ermittlungen mitverfolgen, Spuren am Tatort untersuchen, sich Zugang zu Leichenhallen verschaffen und mit den Technikern auf Du und Du stehen – das alles war nicht unmöglich, insbesondere für einen Schriftsteller, der im Gegensatz zu den Vertretern der Presse nie heiße Spuren veröffentlicht und damit die Arbeit der Ermittler nicht gefährden kann. Das ergab Sinn. Was aber, wenn der Zeitpunkt der Veröffentlichung und der der Ermittlungen nicht zusammenpassten? Wenn die Romane schon geschrieben waren, bevor die Polizei die Opfer entdeckt hatte? Man musste sich wohl damit abfinden, dass Boz sich von anderen, ähnlich gelagerten Fällen hatte inspirieren lassen, von denen Sheridan nichts wusste. Schließlich hatte dieser zugegeben, dass er nur zu den Fällen in seinem Amtsbereich Zugang hatte.

»Meine Güte, man muss doch nur einmal mit diesem Typen reden, und der Fall ist erledigt!«

Frank stieg aus dem Bett. Mary war eingeschlafen. In ein paar Stunden würde er sie wecken müssen, damit sie unauffällig zu ihren Eltern zurückkehrte. Nach nur elfwöchiger Dienstzeit in Durrisdeer wäre es ein wenig forsch gewesen, vor aller Welt hinauszuposaunen, dass er schon die Tochter des Dekans vernaschte.

Er ging in die Küche hinunter. Nackt stand er in dem wenig schmeichelhaften Kühlschranklicht und öffnete ein Bier. Er gestand es sich noch nicht ein, aber diese Geschichte mit Boz reizte ihn durchaus und im Augenblick hielt sie ihn richtig wach.

Die *Details.* Das war es, was ihn irritierte.

Boz' Romane krankten an einer Detailbesessenheit, die seine Erzählungen unlesbar machten. Alles war pingelig bis ins Kleinste geschildert, um authentisch zu wirken. Das führte dazu, dass die Ermittlungen sich in ärztliche Gesundheitsbulletins, Amputationsschilderungen oder in das Protokoll des *Deliriums* eines Mörders verwandelten, der seine Opfer zu endlosen Hypnosesitzungen zwingt. Alles war perfekt belegt. Manchmal wiederholte sich Boz. Oder vielmehr er überarbeitete, was er bereits geschrieben hatte. Beispielsweise diese schwangere Frau in dem Roman *Die Leute von Portsmouth*, die von ihrem blutrünstigen Ehemann verfolgt wird. Ihre Flucht endet im Wald, wo sie ganz alleine eine Tochter zur Welt bringt, während der Wahnsinnige nicht weit entfernt auf der Suche nach ihr herumstreicht. Der erste Schrei des Neugeborenen bedeutet für Mutter und Kind das Ende. So stand es in einem Buch aus dem Jahr 1995. Die Episode mit der Geburt machte dort nur wenige Absätze aus, alles wurde aus der Sicht des Mörders dargestellt. Vier Jahre später griff Boz die gleiche Story von der einsamen Frau in den Wehen wieder auf, doch dieses Mal wurde die Geburt zum Herzstück des Kapitels, chirurgisch in jeder Bedeutung des Worts. Mehr als acht Seiten Schilderungen! Keine Blutung, keine Kontraktion, keine Träne wurden dem Leser erspart. Der Text wirkte so gründlich recherchiert, dass man hätte glauben können, er sei Wort für Wort aus einer Arbeit der medizinischen Fakultät abgeschrieben.

Die einzigen Darstellungen, in denen Franklin auf eine ebensolche Fülle von Details stieß, waren die Polizeiberichte, die Sheridan ihm dagelassen hatte. Auch darin stützte sich alles auf winzige Indizien.

Aber musste dieser Schriftsteller ein Verrückter sein, damit das Ganze einen Sinn ergab? Frank las auf den Buchumschlägen, dass der Mann seit nunmehr fünfzehn Jahren mühelos zwei Bücher pro Jahr verfasste, die von einer wachsenden Zahl verschiedener Verlage publiziert wurden. Was würde aber Colonel Sheridan daraus schließen? Dreißig Bluttaten? Frank wusste aus eigener Berufserfahrung, dass die Inspiration der Schriftsteller – jedenfalls die, die machtvoll genug war, um Anstoß zu einem Roman oder gar zu einem ganzen Werk zu geben – sich auch aus vielen anderen Quellen als dem von Sheridan anderntags erwähnten »Erlebten« speiste: ein Zeitungsartikel, das Geständnis eines engen Vertrauten, ein außergewöhnlicher Traum, die Idee für einen Titel oder den Namen einer Figur, der verblüffende Beruf eines im Fernsehen vorgestellten Unbekannten, das Thema einer im Zug mitgehörten Unterhaltung, manchmal sogar nur die schlichte Tatsache, dass man sich ans Schreiben machte, ohne zu wissen, wohin es führen mochte – das alles genügte, um die ganze Kriegsmaschinerie des Romanciers in Gang zu setzen. Es war nicht nötig, Gedärme zu untersuchen wie Michelangelo oder Weltreisen zu unternehmen wie Joseph Conrad.

Franklin leerte lustlos sein Bier.

»Das ist alles Quatsch!«

Er ging wieder in sein Schlafzimmer hinauf.

Die Einrichtung des Hauses war beinahe vollständig. Im Lauf der letzten zwei Monate hatte Franklin einige Antiquariate und Flohmärkte der Region besucht. Seine eigenen Vorlieben in Verbindung mit denen Marys hatten eine rustikal-moderne Mischung hervorgebracht, die mit Sicherheit nicht nach dem Geschmack des alten Mycroft Doyle gewesen wäre. An dem Abend, als sie sich zum ersten Mal unter diesem Dach liebten, bemerkte Mary allerdings, dass dieses Haus noch eine weitere Revolution erlebte, denn Doyle war ein Leben lang Junggeselle geblieben und die Wände seines Zimmers hatten mindestens seit der zweiten Amtszeit von Dwight Eisenhower keine weibliche Stimme mehr vernommen!

Im ersten Stock sah Franklin im blauen Lichtschein des verglasten Erkers seine Schreibmaschine, die wie ein Kultgegenstand auf dem Schreibtisch seines Arbeitszimmers stand. Mary hatte auch in diesem Punkt recht gehabt: Er hatte keine Zeile geschrieben, seitdem er in Durrisdeer eingezogen war.

Aber jetzt …?

Frank ging nicht ins Schlafzimmer. Er setzte sich an die Remington 3B, seinen antiken Sammlertraum. Das zerborstene Korbgeflecht hinterließ einen schmerzhaften Abdruck auf seinem nackten Hinterteil, doch er achtete nicht darauf.

Er schob ein weißes Blatt Papier in die Walze und überprüfte die Qualität seines Farbbands.

Soeben war ihm eine ausgezeichnete Idee gekommen.

3

Vier Tage später nutzte Franklin das Osterwochenende und einen Donnerstag und Freitag, an dem seine Studenten mit Prüfungen in ihren anderen Fächern beschäftigt waren, um nach New York zu fahren, seinen Verleger aufzusuchen und wieder einmal andere Luft zu schnuppern. Seit Wochen hatte er die Mauern von Durrisdeer nicht länger als für ein paar Stunden verlassen.

Er hatte Mary auf diese Reise »im Schlepptau« mitgenommen. Die Tochter des Dekans hatte ihre Abreise ihren Eltern gegenüber mit dem Argument gerechtfertigt, sie wolle versuchen, sich an einer Modeschule in Manhattan einzuschreiben. Noch wusste niemand über das heimliche Pärchen Bescheid. Es war ihr erstes gemeinsames Wochenende. Dass es geheim war, verleih dem Unterfangen eine besondere Würze.

Sie trafen sich am Bahnhof von Concord, um nach Boston zu fahren und von dort weiter nach New York.

Franklin kannte von New York nicht mehr als den Central Park, die zwei Mets und einige rein touristische Sightseeingklischees. Er hatte fast nie einen Fuß dorthin gesetzt. Seine Mutter verabscheute diese Insel auf Stelzen.

Mary jedoch kannte alles und, so schien es ihrem Freund,

alle Welt. Auf diversen Touren lernte der junge Mann eine vollkommen neue Seite der Stadt kennen: verqualmte Bars im besten Bukowski-Stil oder auch à la Fitzgerald, die sich nicht an Rauchverbote hielten, mit abgewetztem Leder, lackiertem Holz und italienischen Glaslampen, und mit der besten Auswahl an Single-Malt-Whiskys im Angebot, die man in diesem Landesteil finden konnte. Daneben erlebte er Viertel, die verblüffend grün waren, Erstickungsanfälle in Jazzklubs, in denen auf zeitgenössischen Instrumenten swingender *Bop for the People* aus den 40er Jahren gespielt wurde, und sogar *House*-Clubs in Gesellschaft von Spinnern und Verrückten jener Modebranche, an der Marys Herz so hing. Das Paar wohnte in New Jersey, im winzigen Apartment einer Freundin Marys von der Modeschule, das vom Fußboden bis zu Decke ganz in Rosa gestrichen war. Dort liebten sie sich ausgiebig und redeten stundenlang, ebenfalls höchst vergnüglich, miteinander.

Am Freitag fuhr Frank am Spätnachmittag zur Kreuzung der 52. Straße mit der Avenue of the Americas, um seinen Verleger zu treffen. Dessen Büro befand sich auf halber Höhe eines Wolkenkratzers, in dem gut dreißig weitere Verlagshäuser ihren Sitz hatten.

Benchmark Altaï Publishing wurde von Albert Dorffmann geleitet, dem glücklichen Herausgeber von *Die Versuchung des Schreibens*, der außerdem ganze Regalreihen voll rein akademischer oder für Akademiker und Studenten bestimmter Werke veröffentlicht hatte. Der Verlag lebte nicht von seinem Verkauf in Buchhandlungen, sondern von den Bibliothekseinkäufen Hunderter von Hochschulzentren im ganzen Land. Dieser Parallelmarkt war völlig risikolos, man wusste auf zwanzig oder dreißig Exemplare genau, wie hoch die Verkaufszahlen ausfallen würden. Das Thema des Buches spielte praktisch keine Rolle dabei. Maßgeblich waren einzig die akademische Vernetzung des Autors, sein Einfluss und sein Dienstalter. Der Verfasser warb auf Kongressen für sein Werk, leitete ein paar Konferenzen zu dem Thema seiner Veröffentlichung, und die Bestellungen gingen reihenweise ein. Dieser Verlagskreislauf garantierte einen gleichmäßigen und verlässlichen Gang der Geschäfte. Zudem stach von Zeit zu Zeit ein Buch aus der Menge hervor und fand ein größeres Publikum. So war es in Franklins Fall gewesen.

»Wie geht es Ihnen, mein junger Freund?«

»Sehr gut, Mr. Dorffmann«, antwortete Frank, während er das Büro des Verlegers betrat.

Es war ein ringsum verglaster Eckraum, großzügig bemessen und peinlich genau aufgeräumt. Eine Ordnung, die nicht zu den übrigen Büros und Abteilungen passte, in denen sich Manuskripte, Fahnenabzüge, gestrandete Unterlagen und Bücher von Kollegen neben Postpaketen türmten, die für die universitäre Presse an beiden Küsten des Landes bestimmt waren.

»Wie viel Zeit ist seit unserem letzten Treffen vergangen?«

»Beinahe sechs Monate«, antwortete Franklin.

»Ts, ts, ts. Ich sehe meine Autoren nicht oft genug. Ich sollte mehr reisen. Wissen Sie, ich erfahre mehr Neues von unserer lieben Eda als von Ihnen!«

»Von meiner Mutter?«

Der Verleger, ein kleiner, rundlicher Mann mit Vollglatze, jovial, aber gerissen, gebildet, aber mit einer Buchhalterseele, lächelte dem jungen Mann zu, während er auf seinem Sessel Platz nahm.

»Sie scheint sich auf ein Unterfangen eingelassen zu haben, das mit Honoré de Balzac zu tun hat«, sagte er.

»Wirklich? Das hat sie mir noch gar nicht gestanden.«

Dorffmann streckte die Hände zum Himmel.

»Aus Angst, Sie könnten es ihr ausreden! Etwas, das mir nicht gelingt, trotz meiner wiederholten Anläufe. Stellen Sie sich nur vor, sie hat sich in den Kopf gesetzt, alle Romane von Balzac Wort für Wort zu analysieren!«

Der Verleger nickte nachdrücklich, als wäre Franklin angesichts dieser Enthüllung aufgesprungen und in Entsetzensschreie ausgebrochen.

»Da hat sie was zu tun!«, sagte der junge Mann.

»Sie denken das Gleiche wie ich. Es ist Wahnsinn.«

Franklin erkannte seine Mutter darin nur zu gut wieder. Es kam nicht infrage für ihn, sie von ihrer Meinung abzubringen. Eda Franklin machte ihre Absichten nie publik, ohne sich die Sache zuvor gründlich überlegt zu haben.

»Und Sie, Frank?«, fragte der Verleger. »Ich will ja nicht ungeduldig sein, aber Sie wissen selbst, dass wir die bemerkenswert positive Aufnahme Ihres Essays ausnutzen sollten. Das Feuer darf nicht zusammenfallen. Haben Sie ein Projekt?«

Bei seinen letzten Worten hatte der Verleger seinen Sessel kippen lassen und versucht, seine in englischen Schuhen steckenden Füße auf den Schreibtisch zu legen, um sich das Flair eines Kinoproduzenten zu geben, doch sein runder Bauch hatte ihn daran gehindert. Bescheiden geworden zupfte er an seiner Strickkrawatte und legte die Hände auf seinen Wanst.

»Ja«, erwiderte Frank, »ich habe ein Projekt. Ganz frisch.«

»Ausgezeichnet! Was wird es sein? Ein Essay?«

»Nein, ein Roman.«

Dorffmann runzelte die Augenbrauen.

»Ach ja?«

Er hüllte sich in Schweigen. Diese Sparte lag ihm nicht. Bei Benchmark Altaï Publishing war man am »Romangenre« nicht sehr interessiert.

»Wirklich?«, fuhr er fort. »Welche Art von Roman?«

»Ich möchte Ihnen im Augenblick nichts verraten. Die Sache ist noch zu unausgegoren. Lassen Sie mich die Geschichte erst vertiefen. Dann sehen wir weiter.«

»Schön, schön. Ich respektiere das.«

Allerdings erklärte ihm der Verleger vorsichtig, dass Frank, nachdem er seine Ansichten über die großen Romanschriftsteller der Vergangenheit dargelegt hatte, Gefahr lief, die Messlatte zu hoch zu hängen und daran zu scheitern, wenn sein Werk nicht dem Niveau seiner Kritiken an Tolstoi oder Kafka entsprach.

Aber das überzeugte den jungen Mann nicht.

»Wie die Mutter, so der Sohn!«, seufzte Dorffmann. »Ich möchte einen Autor wie Sie jedenfalls nicht verlieren. Nicht so schnell. Haben Sie wenigstens einen Titel für Ihren Roman?«

Frank verschlug es die Sprache. Er hatte noch gar nicht daran gedacht. Trotzdem kam ihm eine Idee. Auf der Stelle.

»*Der Schriftsteller*«, sagte er.

Dorffmann notierte das auf einer abgelaufenen Seite seines Kalenders.

»Noch gewagter«, murmelte er mit ausdruckloser Miene. »Zeitgenössisch?«

»Zeitgenössisch. Geradezu unmittelbar.«

Frank verschwieg seinem Verleger, dass das Aufregende an seinem Vorhaben darin bestand, dass er dabei eine Position einnahm, um die er manche Schriftsteller, insbesondere Kriminalautoren, oft beneidet hatte. Viele von ihnen kannten Journalisten, Polizisten, Privatdetektive, Kriminologieprofessoren, Laboranten in der Gerichtsmedizin oder ehemalige FBI-Führungskräfte, die sie mit Tipps bezüglich Morden, Persönlichkeiten oder auch technischen Errungenschaften, die in der Öffentlichkeit kaum bekannt waren, versorgen konnten. Franklin war durch Zufall in den Dunstkreis des Chefs der Staatspolizei von New Hampshire geraten! Er würde Zeuge einer *echten* Ermittlung werden, und wenn er die Augen offen hielt, konnte er den Rohstoff für einen Roman direkt von der Quelle beziehen. Im Augenblick erschien ihm der Fall des »Mörder-Schriftstellers« Boz, dem Sheridans Aufmerksamkeit galt, in der Realität zwar nicht stichhaltig, als Fiktion aber vielversprechend ... Seit Jahren suchte er nach einem brauchbaren Thema, um wieder loszulegen, und nun hatte das Thema sich selbst in seinem Büro in Durrisdeer präsentiert!

»Schon gut«, beschwichtigte der Verleger. »Wir werden einen Vertrag aufsetzen. Aber seien Sie nicht gierig bezüglich des Vorschusses, ja? Wenn Sie mir einen Essay vom gleichen Typ wie die *Versuchung* angekündigt hätten, würde ich nichts sagen, aber ein Roman jetzt ... das ist unbekanntes Terrain, Sie verstehen!«

Im Hinausgehen wettete Franklin im Stillen, dass ihm der umgekehrte Vortrag vorgesetzt worden wäre, wenn er einen Essay vorgeschlagen hätte. Er betrat den Aufzug mit seiner

Vertragskopie unter dem Arm und einem Scheck über dreitausend Dollar. Dorffmann hatte ihm eine Frist von acht bis zehn Monaten auferlegt.

In der Fahrstuhlkabine befanden sich bereits drei Personen, darunter zwei Frauen. Eine von ihnen, eine attraktive Vierzigjährige, begann den blonden jungen Mann mit den Augen zu verschlingen. Frank wich ihrem Blick aus. Während er die senkrechte Doppelreihe der Etagennummern betrachtete, kam ihm eine Idee. Er erreichte das Erdgeschoss und die verglaste Eingangshalle, wo er nach der Namenstafel der verschiedenen Firmen unter dieser Adresse und ihrer Verteilung auf die einzelnen Stockwerke suchte. Wie er bereits wusste, waren es fast ausnahmslos Verlage.

Einer von ihnen zog seinen Blick auf sich. Paquito & Saunday Books. Franklin war sicher, dass eines der Bücher von Ben O. Boz, die ihm Sheridan gegeben hatte, dort erschienen war. Er erinnerte sich sogar an den Titel und an das Thema: *Lichtdouble*, der als Selbstmord getarnte Mord an einem *booty hunter* einem sexhungrigen Frischfleischjäger aus Los Angeles, der in der Filmindustrie tätig ist.

Franklin begab sich in den zwanzigsten Stock zum Empfangspult von Paquito & Saunday Books. Aber es war niemand zu sehen. Und wie ihm schien, war der Platz seit vielen Monaten verwaist. Selbst das Telefon war verschwunden. So drang er ein wenig weiter in den einzigen angrenzenden Bürogang vor. Auch dort war niemand zu sehen. Plakate von Romaneinbänden schmückten die Wände. Keiner war von Boz.

Paquito & Saunday Books war offenbar ein sinkendes Schiff. Höchstens ein Gebäudereiniger kam hier abends noch zum Staubwischen.

»Hallo?«, rief er.

Hinter einem Dokumentenschrank, der unter Manuskripten zusammenbrach, tauchte ein Mann auf.

»Ja«, sagte er. »Ich bin Paul Saunday. Sie wünschen?«

Der alte Mann, der sich so vorsichtig näherte, als erwarte er den Überfall eines Gerichtsvollziehers, trug einen langen Übergangsmantel, einen gestreiften Anzug und in der Hand einen weichen Hut. Er hatte einen üppigen Schnurrbart und trug eine geblümte Fliege. Offenbar war er gerade im Begriff, die Räumlichkeiten zu verlassen.

»Ich heiße Frank Franklin«, stellte der junge Mann sich vor. »Ich veröffentliche bei Benchmark …«

»Ach! Franklin, ja. Dorffmann ist ein alter Freund von mir. Er hat mir von Ihnen erzählt. Sie sind seine letzte Rettung! Was führt Sie in meine Höhle? Haben Sie sich verirrt?«

»Nein, im Gegenteil.«

Saundays Interesse war plötzlich geweckt.

»Ach ja?«

Doch seine Neugier verflog, sobald Franklin den Namen von Ben O. Boz aussprach.

»Was wollen Sie denn von dem? Das ist ein fieser Typ, lassen Sie sich das gesagt sein.«

»Ich studiere seine Bücher und …«

»Sie studieren seine Bücher? Wozu? Ich habe schon seit sehr langer Zeit nichts mehr mit diesem Kerl zu tun. Wie alle anderen. Es kommt unweigerlich so, er zerstreitet sich mit all seinen Verlegern. Und abgesehen von seinen Romanen, die miserabel sind, ist er auch noch ein Betrüger!«

Franklin hoffte noch mehr zu erfahren.

»Ein Betrüger?«, bohrte er nach.

»Es ist ganz einfach, dieser Mann ist sehr reich. Fragen Sie mich nicht, woher oder warum, das weiß ich nicht. Tatsächlich kauft er die Veröffentlichung seiner Bücher. Er ›finanziert‹ sie, wenn Ihnen das lieber ist. Aber er versteht es immer, die Abschlusszahlung nicht zu leisten! Ich kenne eine Menge Kollegen, die sich deswegen herumgestritten haben.«

Saunday drückte sich den Hut auf den Kopf zum Zeichen dafür, dass er nun genug hatte.

»Wissen Sie, wo ich ihn finden kann?«, fragte Franklin trotzdem.

»Keine Ahnung. Ich weiß nicht, ob er überhaupt noch schreibt.«

»Das kann ich Ihnen versichern.«

»Nun, dann tun mir seine Verleger leid. Pech für sie. Auf Wiedersehen, Mr. Franklin. Erfreut, Ihre Bekanntschaft gemacht zu haben.«

Und damit löschte Saunday die Lichter und schloss die Tür hinter seinen Büros. Franklin fragte sich, ob die Erwähnung von Boz' Namen an seiner üblen Laune schuld war oder der katatonische Zustand seines Verlags. Paul Saunday begab sich in Gesellschaft von Frank und vier Unbekannten in den Fahrstuhl. Doch die beiden Männer wechselten kein Wort mehr miteinander.

Nachdenklich traf sich Frank in einer Kneipe in Soho wieder mit Mary. Sie wartete mit mehreren Freundinnen auf ihn. Als sie Dorffmanns Vertrag entdeckte, sprang sie ihm an den Hals. Er versprach ihr, sie zur Feier des Tages zum Abendessen auszuführen.

Er bestellte ein Bier. Noch immer in Gedanken versunken nahm er das Geplapper seiner Tischnachbarn kaum wahr. Er führte sein eiskaltes Glas an die Lippen und wurde von einem plötzlichen Glücksgefühl übermannt. Das Geld hatte nichts damit zu tun. Er hatte nur noch einen Wunsch, nämlich dass Ben O. Boz der abscheuliche Mörder war, als den Sheridan ihn präsentiert hatte, dass er die Verdächtigungen des Cops sogar noch übertraf ... Ein wahres Monster, das Frank studieren und naturgetreu zu Papier bringen könnte.

Dieser Ausflug nach New York tat ihm über die Maßen gut. Erst jetzt erkannte er, wie abgeschottet die Welt von Durrisdeer war. Man kam nie heraus, es gab keinerlei Besuche von außerhalb, und die beschränkte Studentenzahl führte dazu, dass alle sich kannten wie in einem Dorf. Frank spürte, wie ungesund diese Abschirmung auf Dauer werden konnte. Schon nach so kurzer Zeit dort offenbarte Durrisdeer seine dunkle Seite ...

4

Während Frank in den rosafarbenen Laken des rosa Zimmers von Marys Freundin schlief, lag der Park von Durrisdeer an diesem Freitagmorgen begraben unter dichtem Nebel wie konturenlos da. Der Wald war verschwunden, das Schloss unsichtbar, die Morgendämmerung brach nur mühsam, diffus und bleich an. Das Gras war weiß mit Frost überzogen, die Vögel schwiegen.

Plötzlich schwoll auf einem von Bäumen gesäumten Weg unterhalb der langen Rasenfläche, die vom Schloss überragt wurde, ein grollendes Geräusch an. Je mehr es zunahm, umso deutlicher wurde es von rhythmischen Fußtritten auf der schweren und durchnässten Erde begleitet.

Eine menschliche Welle rollte an.

Es war 7 Uhr 15 am Morgen. Alle Schüler von Durrisdeer absolvierten ihr tägliches Jogging.

Der Rhythmus der Läufer war gleichmäßig. Die erste Läuferkolonne tauchte innerhalb von Sekunden aus dem Nebel auf und verschwand wieder darin. Einen Augenblick später folgte eine zweite, dann eine dritte Abteilung. Alle Studenten, Jungen wie Mädchen, trugen die gleiche Oberbekleidung: hellgraue Shorts und T-Shirt. Nur die Laufschuhe variierten je nach Marke und Logo. Manche Jogger hatten eine ebenfalls graue Mütze auf dem Kopf oder einen Schal um den Hals gewickelt oder einen Kopfhörer in den Ohren. Ihr Atem vermischte sich zu einer Dampfwolke, die mit dem Nebel verschmolz.

Drei Jungen der Spitzengruppe, die die Nachhut unter den besten Athleten bildeten, verlangsamten ihren Lauf und verließen plötzlich die Bahn, um sich seitlich in den Wald zu schlagen. Mit wenigen Schritten hatten sie sich der Sicht ihrer Gefährten entzogen.

Sie wechselten kein Wort miteinander und blickten sich kaum an. Sie sprangen über Zweige und umgestürzte Baumstämme, offenbar kannten sie den Weg. Vor einer von Menschenhand geschaffenen Lichtung zwischen vier massiven Baumstämmen machten sie Halt. Einer der Stämme war vom Blitz in der Mitte gespalten und umgestürzt. Überall rutschte man auf den halb verrotteten Trieben und der schweren Erde aus. Ein durchdringender Geruch nach Harz lag in der Luft.

Der erste Junge war nicht außer Atem, die beiden anderen hatten mehr Probleme. Einer stützte keuchend den Kopf auf seine Knie, der andere lehnte sich an einen Baum und hängte sich mit einem Arm an einem niedrigen Ast ein.

Der Erste schimpfte: »Zum Teufel, er ist noch nicht da!«

Mit der größten Selbstverständlichkeit holte er aus seinen Shorts ein Päckchen Benson & Hedges hervor. Er fingerte eine Zigarette heraus, steckte sie zwischen die Zähne und zündete sie mit einem Feuerzeug an. Mit einem tiefen Zug füllte er seine brennenden Lungen. Seine Haare waren schweißnass und klebten in dicken Strähnen an seiner Stirn. Mit einer Handbewegung schob er sie nach hinten und blickte sich dann um.

Durch den Nebel wirkten die Bäume sehr schwarz. Der Junge musterte die Umgebung, als warte er auf die Erscheinung eines Gespensts.

Kurz darauf ertönte ein Pfiff. Die beiden anderen Jungen richteten sich wachsam auf. Der Erste zuckte mit den Schultern und erwiderte den Pfiff mit einem weiteren Pfiff, aber ohne rechte Überzeugung. Dieses kleine Spiel dauerte einige Augenblicke. Bis die Silhouette eines vierten Joggers auftauchte.

Der Neuankömmling machte einen panischen Eindruck. Er keuchte heftig, sein T-Shirt hatte dunkle Schweißflecken, Wangen und Nase waren gerötet und seine roten Haare an den Spitzen mit Reif überzogen.

Ohne jene verachtungsvolle Miene abzulegen, die er für geboten hielt, streckte der erste der Gruppe ihm einen Arm entgegen, um ihm über einen am Boden liegenden Baumstamm hinwegzuhelfen.

»Habt ihr Wasser?«, flehte der Neue. »Etwas zu trinken?«

»Nichts«, antwortete der Erste. »Eine Kippe vielleicht?«

Angewidert von dieser Vorstellung wurde der Blick des Jungen leer. Er wollte sich setzen, doch der Erste, der noch immer seinen Arm gepackt hielt, zog ihn schonungslos wieder auf die Beine.

»Bleib stehen«, befahl er. »Geh ein bisschen herum, atme durch. Sonst wirst du uns überall hinkotzen.«

Der Junge gehorchte und rieb seinen mittlerweile schmerzenden Arm. Ein wenig aus dem Konzept gebracht durch den bejammernswerten Zustand des Neuen sahen sich die drei zuerst angekommenen an. Schließlich aber fasste sich der Neue wieder. Er musterte seine Nachbarn mit einem

Blick, der sagte: »Ihr seid das also!« Offensichtlich befand er sich ihnen gegenüber allerdings in einer heiklen, ja beinahe unterwürfigen Position.

»Ich dachte schon, ich würde nie hierherfinden«, gestand er ihnen. »Man kriegt ganz schön Schiss … so im Wald …«

»Bist du den Halstüchern gefolgt? Auf den Bäumen?«

»Ja, schon … aber im letzten Moment, jedes Mal … Dieser verdammte Nebel! Das trifft sich schlecht.«

»Nein«, versetzte der Erste, nachdem er mit seiner Benson einen Rauchkringel fabriziert hatte. »Ganz im Gegenteil, das trifft sich sehr gut …«

Die vier Jungen verharrten noch einen langen Moment schweigend. Ihre Schultern waren eiskalt. Die Kälte, die sie während des Laufens nicht gespürt hatten, setzte ihnen nun schmerzhaft zu.

Dann fragte der Neuankömmling: »Worauf warten wir eigentlich?«

»Auf das Protokoll.«

»Das Protokoll?«

»Ja, mein Lieber. Es ist immer das Gleiche, weißt du …«

In der Ferne blitzte ein Licht im Wald auf. Drei Lichtstrahlen durchdrangen in rascher Folge den Nebel. Eine Taschenlampe.

»Gut«, schloss der erste Jogger. »Alles ist bereit. Weißt du, wie man in den Klub der Schreiber aufgenommen wird?«

Der Neue machte eine unbestimmte Kopfbewegung.

»Es gibt zwei Zirkel«, fuhr der Chef fort. »Zum ersten gehören die wenigen Studenten von Durrisdeer, die wissen, wer wir sind, zum zweiten die Mitglieder, die voll an den Entscheidungen und Aktionen des Klubs beteiligt sind. Diese sind damit einverstanden, dass du dein Glück versuchst und dich direkt um die Aufnahme in letzteren Zirkel bewirbst.«

Der Junge lächelte, sichtlich geschmeichelt.

»Wie viele seid ihr insgesamt?«, fragte er.

»Sieben. Darunter drei Anführer.«

Diese Zahl schien ihn zu enttäuschen.

»Das ist alles?«

»Das genügt. Seit Iacobs Zeiten hat sich nichts daran geändert.«

Der Klub war auf den Neuen wegen seiner außergewöhnlichen Kenntnisse der römischen Spätantike aufmerksam geworden. Der Klub stellte hohe Erwartungen an seine Mitglieder. Jeder musste durch eine Besonderheit oder ein außerordentliches Talent hervorstechen und sich von den anderen abheben. Außerdem verlangte man einen gewissen Unternehmungsgeist und einen hemmungslosen Hang zum Spiel und zur Simulation.

»Wie du dir vorstellen kannst, gibt es ein Aufnahmeverfahren, um Zugang in den höchsten Zirkel zu finden«, erklärte der Jogger.

»Das dachte ich mir schon. Ein Ritual, sozusagen.«

»Ja. Aber du hast nichts zu befürchten …«

Er gab den beiden anderen ein Zeichen.

Diese rollten mit vereinten Kräften den Baumstamm beiseite, der dem Jungen bei seiner Ankunft den Weg versperrt hatte. Trotz seiner Größe ließ er sich ohne größere Schwierigkeiten einige Zentimeter verrücken.

Währenddessen zündete sich der Student Nummer eins eine weitere Zigarette an, direkt nachdem er die erste mit einem langen Funkenflug weggeschnippt hatte.

Unter dem Baum wurde eine Betonplatte sichtbar. Tatsächlich verbarg sich darunter ein Einstiegsloch wie bei einer Luke. Die beiden Jogger wichen zur Seite.

Der Erste winkte den Neuen heran.

»Du steigst da hinein, suchst deinen Weg und dann schlägst du dich durch«, befahl er.

»Was?«

Das gähnende Loch war vollkommen schwarz. Man konnte kaum die ersten Querseile einer Strickleiter erkennen.

»Was soll das heißen? Wohin führt dieser Gang?«

»Er wird dich zum Schloss zurückführen.«

»Ohne Wegweiser? Ohne Licht?«

»So lautet die Regel. Wir sind alle da durchgegangen. Weißt du, Iacobs hat fünf unterirdische Gänge rund um sein Schloss angelegt. Seitdem sind sie das Territorium des Klubs der Schreiber geworden. Du musst dich mit ihnen allein vertraut machen. Betrachte das als deine Taufe.«

»Und die Taschenlampe eben? Was hat sie bedeutet? Gibt es noch andere Typen da unten? Werde ich nicht allein sein unten in dem Loch?«

Der Erste machte eine gereizte Handbewegung.

»Beeil dich. Du wirst schon sehen. Du musst zum Frühstück im Speisesaal erscheinen. Das ist die Vorgabe. Und du bekommst keine zweite Chance in diesem Jahr.«

Der vierte Junge lächelte ungläubig.

»Ihr wollt mir Angst einjagen«, sagte er. »Ich werde die Geschichte durchziehen. Und zwar noch schneller als nötig!«

Er setzte einen Fuß auf die Leiter. Der erste Jogger setzte hinzu: »Vergiss nicht, wenn du es verpatzt, nimmst du die Sache auf deine Kappe. Du erklärst dem Dekan, du hättest dich beim Laufen verirrt, du wärst in ein Loch gefallen, was immer du willst, das ist deine Sache … aber du kennst uns nicht und du hast uns nie gesehen!«

»Ja, ja, ich weiß schon …«

Damit verschwand er.

»Verdammt, hier unten ist es noch kälter!« war sein letzter Satz, bevor die anderen die Platte fallen ließen und den Baumstamm wieder an seinen ursprünglichen Platz zurückrollten.

Nach einem Moment des Schweigens brachen die drei Studenten in Gelächter aus.

»Dem steht noch einiges bevor, dem Armen …«

Darauf setzten sie sich wieder in Bewegung und entschwanden wie ein Spuk in der Morgendämmerung …

5

Am Dienstag, einen Tag nach seiner Rückkehr aus New York, parkte Frank Franklin seinen Käfer vor dem Eigenheim von Stu Sheridan an der Auburn Street.

Es war 8 Uhr 40 morgens. Die beiden Männer hatten am Vortag telefonisch miteinander gesprochen.

»Wie weit sind Sie, Professor?«, hatte der Colonel gefragt, erfreut, zehn Tage nach ihrer Unterredung an der Universität von ihm zu hören.

»Ich weiß nicht recht, was ich von Ihrer Geschichte halten soll«, antwortete ihm Franklin, der fürs Erste kein Wort über sein Gespräch mit dem ehemaligen Verleger von Boz verlauten lassen wollte. »Ich habe alles genau unter die Lupe genommen. Manches spricht dafür, manches dagegen. Aber ich kann mich im Augenblick nicht eindeutig festlegen …«

Während des Telefonats saß Franklin an seinem Schreibtisch zu Hause. Er hatte Boz' Romane und die Akten sowie seine eigenen Notizen vor sich, und die Seiten häuften sich, seitdem er sich wieder an seine Schreibmaschine gesetzt hatte.

»Boz soll das alles *erfunden* haben?«, fragte der Colonel ungläubig.

»Alle Kriminalromane erfüllen bestimmte gemeinsame

Regeln: die juristischen Verfahren sind immer die gleichen, und je enger sich die Erzählung an die Realität anlehnt, umso besser kommt das im Text zur Geltung. Es kommt vor, dass Fiktion und Realität sich decken. An Boz' Eifer wäre nichts Verdächtiges, wenn er nicht so oft so nahe an die Wahrheit herankäme. (*Pause.*) Ich denke vor allem, dass Sie mir nicht alles über ihn gesagt haben. Sie fahren ganz schön heftige Geschütze gegen den Typen auf!«

Wieder trat eine Pause ein. Sheridan fuhr fort: »Vielleicht wäre es sinnvoll, dass wir uns wiedersehen, nachdem Sie nun seine Bücher und unsere Akten gelesen haben. Ich könnte Ihnen noch mehr zeigen.«

Frank ergriff die Gelegenheit beim Schopf.

»Einverstanden. Soll ich morgen in Ihrem Büro vorbeikommen?«

»Nein. Kommen Sie lieber zu mir nach Hause. Dort arbeite ich an der Sache. Ich habe es Ihnen ja gesagt: Das alles ist in keiner Weise offiziell.«

An der Auburn Street Nummer 55 öffnete Sheridan die Tür. Er sah ausgeruht aus, trug ein tadelloses Uniformhemd mit Krawatte und glänzend polierte Schuhe.

»Guten Tag, Professor. Treten Sie ein.«

»Entschuldigen Sie, ich habe mich etwas verspätet. Ich wurde in Durrisdeer aufgehalten.«

»Probleme in der Universität?«

»Vielleicht. Einer unserer Studenten fehlte beim Appell. Seine Eltern machen sich natürlich Sorgen. Alles ist in heller Aufregung. Vermutlich nichts Ernstes am Ende.«

Das Haus des Polizeichefs war sehr imposant und verschwenderisch eingerichtet. Ein Innenarchitekt mit einer ausgesprochenen Vorliebe für Mahagoni hatte überall seine Spuren hinterlassen. Offenbar bezog Sheridan ein hervorragendes Gehalt bei der Staatspolizei. Er führte Franklin in die geräumige, sehr moderne Küche. Frau und Kinder waren bereits gegangen. An einer großen Küchentheke war Frühstücksgeschirr für zwei Personen gedeckt. Der Colonel schenkte ihm eine Tasse Kaffee ein. Ein stumm geschalteter Fernsehapparat verkündete die Morgennachrichten.

»Sagen Sie mir, was Sie von meiner Geschichte halten?«, fragte Sheridan, während er Fruchtsäfte aus dem Kühlschrank holte.

Frank machte eine unbestimmte Handbewegung, die verdeutlichte, dass er sich ein wenig überfordert fühlte.

»Ich weiß es nicht«, antwortete er. »Das hängt davon ab, was Sie von mir erwarten. Wenn es sich darum handelt zu sagen: Ja, Boz ist ein entsetzlicher Mörder, oder nein, er ist nur ein sehr fantasievoller Schriftsteller, dann brauche ich mehr Informationen.«

»Das dachte ich mir schon.«

»Jedenfalls muss ich Ihnen ein Kompliment für die Genauigkeit Ihrer Nachforschungen über die Romane von Boz machen. Ich habe die Polizeiberichte studiert, die Sie mir anvertraut haben. Sie haben wirklich verblüffende und kaum erkennbare Details zutage gefördert!«

Lächelnd ahmte Sheridan die gleiche Armbewegung wie Franklin einen Augenblick zuvor nach.

»Lesen ist nicht mein Ding, wissen Sie! Ich hab nicht genug Zeit dafür. Dafür habe ich Experten in meinem Team, denen das in Fleisch und Blut übergegangen ist. Sie haben alle Bücher von Boz auf meine Bitte hin auseinandergenommen, und durch ihre Arbeit konnten wir die Ermittlungsfälle herausfiltern, die seinen Romanen ähnelten.«

Franklin schüttelte den Kopf.

»Das ist keine große Zauberei, wissen Sie«, fügte Sheridan hinzu und goss dabei Milch in seinen Kaffee. »Sie arbeiten im Archiv. Im Polizeiarchiv. Jede Woche gehen sie an die zwanzig alte Fälle durch, um sie im Computer zu digitalisieren. Diese Leute kommen heute dem am nächsten, was man als das ›lebende Gedächtnis‹ der Polizei bezeichnen könnte. Und sie können bis ins Jahr 1950 zurückgehen!«

Franklin sagte sich, dass dies ein faszinierender Posten sein musste. Auf Dauer allerdings deprimierend.

»Dank der Informatik konnten wir unsere alten Akten mit den Elementen der Romane abgleichen. So haben wir die auffälligen Übereinstimmungen entdeckt. Toasts oder Muffins?«

»Toasts, danke.«

Franklin strich Butter auf seine Scheiben.

»Ihre Verdächtigungen gegen diesen Schriftsteller sind sehr schwerwiegend«, wandte er sich an Sheridan. »Auch wenn Ihnen das heute in die Augen springt, darf man sich fragen, wie es möglich ist, dass in der Vergangenheit niemandem je das Geringste aufgefallen ist. Etwas Anormales an den Romanen. Eine Übereinstimmung. Den Beamten beispielsweise, die die Ermittlungen in den diversen Fällen geleitet haben, die Ähnlichkeit mit den Werken von Boz haben. Ihnen ist nichts aufgefallen?«

Sheridan lächelte.

»Ich muss noch einmal betonen, dass die Cops genauso

wie ich nicht viel lesen. Und wenn doch, dann sind es selten Krimis, die sie in die Hand nehmen. Die Wahrheit ist, dass auch wir es ohne diese verdammten neuen Computerprogramme bestimmt übersehen hätten. Dazu kommt, dass Boz nicht sehr bekannt ist. Seine Auflagen sind für einen exklusiven Kreis bestimmt. Vielleicht liegt dies ja in dem besonderen Wert seiner Werke begründet. Ist er ein guter Romanautor?«

Franklin zog eine Grimasse.

»Nicht nach meinen Kriterien. Boz ist sonderbar, er legt zu viel Wert auf Genauigkeit. Er muss seinem Leser unbedingt ständig beweisen, dass er sein Thema recherchiert hat, dass er genau weiß, wovon er spricht. Denken Sie nur an all diese Seiten, die er damit füllt, die Hierarchie des Polizeiapparats, die Zersetzungsphasen des menschlichen Körpers oder die Wirkungen einer bestimmten Kugel beim Aufprall auf ein bestimmtes Material zu schildern!«

»Das nimmt in der Tat kein Ende …«

»Nun, diese ›wahrheitsgetreuen‹ Einzelheiten zerstören den Rhythmus des Buchs! Auf Dauer werden sie zu fürchterlichen Plattheiten.«

Sheridan schien der Analyse des Professors zuzustimmen. Zumindest bis zu diesem Punkt war er mit ihm einer Meinung. Boz war ein Genauigkeitsfanatiker!

»Das ist in etwa alles, was ich Ihnen im Augenblick mitteilen kann«, fügte Franklin hinzu. »Zählen Sie nicht darauf, dass ich bezüglich der Theorie des ›Mörders, der sich hinter dem Schriftsteller verbirgt‹ weiter vorpresche! Ich weiß nichts über diesen Boz. Die Bücher sagen nicht alles. Was Sie tun müssen, ist ihn aufzusuchen. So einfach ist das, das ist Ihnen doch klar, oder?«

Sheridan lächelte. Franklin warf einen Blick auf den Fernseher. Eine Frau verfluchte einen Lastwagenfahrer, der ihren Mann mit seinem verchromten Kühlergrill platt gedrückt hatte.

»So einfach ist das nicht«, erwiderte Sheridan.

»Verzeihung?«

»Mit Boz. Es ist nicht so einfach. Stellen Sie sich nur vor, er hätte eine reale Verbindung zu den Morden, die wir zu seinen Romanen in Beziehung gesetzt haben. Ich behaupte gar nicht, dass er sie begangen hat, dafür habe ich keinerlei Beweis, aber er kann daran beteiligt gewesen sein oder die Täter kennen oder wichtige Verfahrensvorschriften verletzt haben, um an seine Informationen heranzukommen, Polizeibeamte oder sogar noch wichtigere Leute bestochen haben … Kurz, wenn ich meine Arbeit machen will, brauche ich handfeste Beweise oder Zeugen, um ihn in Schwierigkeiten zu bringen. Vielleicht müsste ich sogar eine Hausdurchsuchung bei ihm durchführen, um ihn zu verhören … dazu bräuchte ich eine richterliche Genehmigung. Und auf der Basis einfacher Zusammenfassungen von Romanen werde ich niemals die kleinste Genehmigung bekommen! Summa summarum habe ich Verdachtsmomente, aber nicht den geringsten handfesten Hinweis! Wenn ich ihn aufsuchen würde, wie Sie es vorschlagen, dann würde ich damit nur eines bewirken, nämlich dass seine Aufmerksamkeit geweckt wird. Er wüsste dann, wer ich bin und wonach ich suche. Ich würde sofort Verdacht erregen.«

Eine Pause trat ein. Franklin dachte, dass der Colonel das Szenario des Komplotts und des Verfolgungswahns ein wenig arg weit trieb. Doch Sheridan fixierte ihn. Eindringlich.

»Was? *Ich*?«, rief Franklin endlich aus.

Sheridan lächelte noch immer.

»Ich?«, wiederholte der junge Mann. »Sie wollen, dass ich Kontakt zu ihm aufnehme, dass ich Boz ausspioniere? Das hatten Sie schon im Hinterkopf, als Sie mein Büro betraten?«

»Exakt.«

Sheridan schenkte sich ungerührt eine weitere Tasse kochend heißen Kaffees ein und leerte sie, ohne das Gesicht zu verziehen, bevor er fortfuhr.

»Mehrere Punkte sprechen für Sie: Ihre Stellung als Professor in Durrisdeer, die Veröffentlichung Ihrer Untersuchung über Romanschriftsteller, die von den Kritikern positiv aufgenommen wurde. Boz wird keinen Verdacht schöpfen. Während bei einem einfachen Cop aus Concord die Chancen für Nachforschungen von vorneherein auf null sinken würden, hat ein anerkannter Literaturprofessor gute Erfolgsaussichten.«

Franklin schüttelte energisch den Kopf.

»Wir sprechen hier über einen Mann, der Ihrer Hypothese zufolge mordet oder an Morden beteiligt ist, um sie dann mit so vielen realistischen Details wie möglich zu Papier zu bringen. Er soll Verbrechen begehen, nur um sich zu inspirieren!«

Sheridan nickte.

»Das bedeutet«, fuhr Franklin eindringlich fort, »dass jeder, der sich dieser Person von nah oder ferne nähert, ein potenzielles Opfer im System dieses Wahnsinnigen ist. Wollen Sie, dass ich in seinem nächsten Roman ende?«

Sheridan lächelte eisern weiter.

»An Fantasie fehlt es Ihnen nicht«, sagte er. »Sie rechnen

sofort mit dem Schlimmsten, dem großen Blutbad! Erstens werden Sie nicht ganz schutzlos vor Boz stehen. Ein vorgewarnter Mann ist so viel wert wie zwei, wie es so zutreffend heißt. Und mit mir sind wir dann schon zu dritt.«

»Das ist nicht lustig.«

»Professor Franklin!«

Sheridans Ton wurde plötzlich erheblich schärfer. Mit einem Mal war keine Rede mehr von einem entspannten kleinen Frühstück, angerichtet von der Dame des Hauses auf der Küchentheke. Nun sprach der Polizeichef.

»Ich verlange von Ihnen nicht, einen Mörder zu entlarven, ihn mit Ihren unschuldigen kleinen Händen zu verhaften oder unter Blut, Geschrei und Tränen Ihr Leben zu riskieren wie in den Schlussszenen von Actionfilmen … sondern nur, einen Blick auf den Mann zu werfen, zu sehen, wie er lebt, wie er arbeitet, wer er ist. Ein schlichter Beobachtungsauftrag, den ich nicht an Ihrer Stelle durchführen kann.«

Franklin hob eine Hand und ließ sie kraftlos wieder fallen.

»Ein Beobachtungsauftrag … Schicken Sie doch einen Ihrer Männer! Einen echten Maulwurf. Einen Typ, der sich mit solchen Operationen auskennt!«

Sheridan schüttelte ablehnend den Kopf. Er war es müde, sich wiederholen zu müssen.

»Er könnte sich nie so gut einführen wie Sie. In Boz' Augen, meine ich. Sie wären ein ernsthafter Gesprächspartner für ihn. Das ist unbezahlbar.«

Sheridan ließ Franklin Zeit zum Nachdenken. Er stellte das Geschirr ins Spülbecken. Der junge Mann war ratlos und durcheinander.

»Aber warum sollte ich so etwas tun?«, brach es plötzlich

aus ihm hervor. »Weshalb sollte ich ein derartiges Risiko eingehen, um Ihre, Verzeihung, schlichtweg verquaste Theorie zu untermauern? Schließlich bin ich nur ein Akademiker!«

Sheridan zuckte mit den Schultern. Er war darauf gefasst gewesen, dass das Gespräch an diesem Morgen diesen Punkt erreichte.

»Ich kann es Ihnen in der Tat nicht befehlen.«

»Das glaube ich auch!«

Der Polizist trocknete sich ruhig die Hände an einem Tuch ab. »Aber ich kann versuchen, Sie davon zu überzeugen, dorthin zu gehen«, sagte er. »Kommen Sie mit. Sehen Sie selbst, und dann entscheiden Sie, ob es den Einsatz wert ist.«

Das Büro des Colonel im Obergeschoss war abgeschlossen. Seit mehreren Wochen hatten weder seine Frau noch seine Kinder das Recht, es zu betreten.

Auf dem Boden türmten sich Berge von umfangreichen Aktenordnern in aufgerissenen Kartons, Rollen von Kopien und Metallbehälter, gefüllt mit Dutzenden und Aberdutzenden von Kassetten. Dieses ganze heillose Durcheinander hatte die Einrichtung völlig überschwemmt; die Möbel, die Sessel und das niedrige Tischchen kippten halb darunter um.

Als Franklin das Zimmer betrat, lenkte sogleich eine Wandkarte der Vereinigten Staaten seine Aufmerksamkeit auf sich. Etwa zwanzig Reißnägel waren über das ganze Land verteilt darauf gesteckt.

Und dann die Fotos.

Ein Gemälde aus Fotografien.

Achtundvierzig insgesamt.

Vierundzwanzig Fotos von Leichen. Und daneben die

Fotos derselben Personen zu ihren Lebzeiten. Männer, Frauen, junge Leute, ein älteres Paar.

Sheridan räumte einen mit Papierkram übersäten Stuhl frei, damit der Professor sich darauf fallen lassen konnte. Der junge Mann war zutiefst verstört. Er starrte wie gebannt auf die Leichen …

»Was ich Ihnen hier mitteile, ist in höchstem Maße vertraulich«, warnte ihn Sheridan. »Sie sollen verstehen, dass Sie Boz nicht an meiner Stelle aufsuchen sollen, um mir zu helfen, sondern um diesen Menschen hier zu helfen! Damit wir endlich begreifen, was ihnen zugestoßen ist.«

Er wies auf die Fotos an der Wand.

»Diese vierundzwanzig Personen wurden in der Nacht vom 2. auf den 3. Februar tot auf der Baustelle der Autobahn 393 aufgefunden, wenige Schritte vom Gelände Ihrer Universität entfernt.«

Sheridan schilderte ihm den ganzen Fall von Anfang an in ruhigem Tonfall und mit überdeutlicher Aussprache. Franklin hörte zu, ohne einen Muskel zu bewegen.

»Dass Sie nie ein Wort über diese Geschichte gehört haben, liegt daran, dass das FBI die Leitung der Ermittlungen übernommen und beschlossen hat, nichts darüber verlauten zu lassen. Das beherrschen sie ausgezeichnet. Niemand wurde von der Existenz dieser Leichen unterrichtet. Nicht einmal deren Familien!«

Franklin fixierte das Foto eines Toten. Dann das Foto des Lebenden daneben. Eine Tote. Und die Lebende daneben. Es waren Gegenüberstellungen, die einem die Haare zu Berge stehen ließen. Unwillkürlich musste man an das eigene Ende denken.

»Ich habe Ihnen bereits mitgeteilt, dass ich an diesem Fall alleine arbeite«, sagte Sheridan. »Das FBI hat sehr früh alles beschlagnahmt, sogar die Leichen. Sie werden jetzt in dieser Militärkaserne in Virginia zurückgehalten.«

Er hielt das Foto einer Militärsiedlung hoch.

»Ich habe jeden Einzelnen von ihnen zurückverfolgt, ihre Namen, ihre Geschichten, ihre Berufe, ihre Familien, ihre Freunde! Vierundzwanzig! All diese Personen wurden in der nationalen Vermisstenkartei gemeldet; einige erst vor acht Monaten, andere schon vor mehr als elf Jahren. Alle sind spurlos verschwunden!«

Franklin schüttelte den Kopf, um zu zeigen, wie betroffen ihn die Unfassbarkeit des Falls machte.

»Und trotzdem«, warf der Cop ein, »kristallisiert sich aus dieser riesigen Menge an Informationen kein einziger anderer gemeinsamer Punkt heraus als dieser. Kein einziger!«

Sheridan blickte auf sein Schaubild.

»Rein statistisch gesehen würde ich wetten, dass man immer mehr finden würde, wenn man so viele Personen zufällig im ganzen Land auswählen und im gleichen Zimmer einsperren würde. Wenigstens eine oder zwei Übereinstimmungen. Das ist das Minimum. Hier gibt es nichts! Altersgruppe, soziale Schicht, geografische Herkunft und so weiter. Keinerlei Übereinstimmung. Als wäre es extra so gewollt!«

Franklin schüttelte abermals den Kopf. Dann stellte er eine Frage, die bewies, dass er die ganze Zeit über nachdachte und nicht in einem Dämmerzustand versunken war.

»Abgesehen von diesem Schriftsteller Ben O. Boz, wenn ich richtig verstehe, worauf Sie hinauswollen?«

Sheridan lächelte.

»Abgesehen von Boz, ja. Und mit ihr hat es angefangen!«

Er zeigte auf das Foto von Amy Austen.

»Das Lieblingsbuch dieses Mädchens war *Heilige Asche* von Boz, erschienen 1991. Es war der Ausgangspunkt, der uns auf seine Spur brachte. Später hat der Computer diese hier ausgesiebt …«

Er wies auf die strahlenden Gesichter von Lily Bonham, Tom Woodward, Maud Putch, Steve Bean und den Kenheads.

»Sie alle haben Verbindungen zu Boz oder zu seinen Werken. Bis jetzt gelang es mir erst bei elf von vierundzwanzig Opfern eine mehr oder minder enge Verbindung zu seinem Namen herzustellen. Das ist mager, einverstanden. Und es beweist nichts, ebenfalls einverstanden. Es ist indes das einzige Band, das man nach zwei Monaten intensiver Nachforschungen zwischen ihnen knüpfen kann. Das einzige. Wären wir auf nichts sonst gestoßen, hätte ich bestenfalls mit Boz sprechen und ihn fragen können, was er in der Nacht vom 2. auf den 3. Februar getan hat. Also ein bisschen nachbohren, ob seine Alibis nicht manipuliert sind oder ob er manche Opfer nicht doch besser kannte. Weiter wäre die Sache nicht gegangen. Dann aber …«

Er trat auf Franklin zu, noch immer artikulierte er seine Worte mit viel Nachdruck.

»Während ich mir die Tage und Nächte damit um die Ohren schlug, mich mit der Identität dieser Menschen vertraut zu machen, wurden uns allmählich Boz' Werke suspekt. Sie wissen, wie und warum.«

Er hob einen Finger.

»Nimmt man das als Ausgangspunkt, dann habe ich es nicht mehr mit einem schlichten Krimiautor zu tun, der von ein paar Opfern gelesen wurde, sondern mit einem obskuren, mysteriösen Typen, der sich seltsam gut auskennt mit Entführungen, Folter und Gewalt an Menschen!«

Hier unterbrach ihn Frank, der den Ausführungen interessiert folgte.

»Warten Sie! Er ist immerhin Kriminalschriftsteller. Es ist seine Aufgabe, solche Dinge zu wissen.«

Unwillkürlich dachte Franklin erneut, dass Sheridan sich in eine ausweglose Theorie verrannte. Offensichtlich steigerte er sich in den Fall seines Mörders hinein, um ihn dann überall zu sehen! Für diese Art von Wahnidee gab es eine griechische Bezeichnung, aber Franklin erinnerte sich nicht daran.

»Das sind zufällige Übereinstimmungen!«, beharrte er in jenem Ton, in dem man mit den verstocktesten Schülern spricht. »Ich glaube beinahe, dass so etwas permanent vorkommt. Nehmen Sie einen x-beliebigen Schriftsteller aus diesem Genre. Wenn Sie ein bisschen kratzen würden, ließen sich mit Sicherheit Entsprechungen zwischen seiner Fantasie und der Realität entdecken. Es ist nicht unwahrscheinlich, dass die Inspiration letztlich auf etwas Lebendiges stößt. Aber das ist dann Glück. Zufall.«

»Zufall?«

Sheridans Stimme war lauter geworden.

»Zufall«, wiederholte er. »Von mir aus. Aber ab wie vielen zufälligen Übereinstimmungen hört Ihrer Meinung nach der Zufall auf und die – nennen wir es – Manipulation beginnt?«

Franklin schüttelte wieder den Kopf. Dieser Einwand war nicht stichhaltig.

»Eine zufällige Übereinstimmung?«

Sheridan kehrte an seinen Schreibtisch zurück, griff nach einer abgewetzten Tasche aus Kalbsleder und öffnete sie.

»Die Polizei konnte nur zwei Hypothesen zum Massaker an den vierundzwanzig aufstellen«, führte er aus. »Erstens die Möglichkeit eines von einer Sekte durchgeführten Kollektivopfers. Zweitens ein ähnlicher Typ von Massenselbstmord, der jedoch in diesem Fall von Foren oder Vereinigungen im Internet organisiert wurde, die das Recht auf Selbstmord verteidigen. Und jetzt sagen Sie mir, welche Schlüsse Sie im Lichte dessen, was ich Ihnen beim letzten Mal in Ihrem Büro über Boz und heute Morgen über die sorgfältige Inszenierung der vierundzwanzig gesagt habe, aus dieser Tatsache hier ziehen?«

Er holte ein Papier hervor.

»Meine ›zufällige Übereinstimmung‹ veröffentlicht in knapp zwei Monaten einen Roman. Vergessen Sie nicht, dass er vielleicht seine eigenen Verbrechen zu Papier bringt, dass er aus diesen absichtlich begangenen Horrortaten einen *Roman* macht. Im Augenblick ist bedauerlicherweise nur der Titel des Buchs bekannt.«

Er reichte ihm den Zettel der Computerrecherche einer Buchhandlung in Concord.

Frank Franklin las:

Ben O. Boz
Der Kreis der Selbstmörder

»Da haben Sie's«, sagte Sheridan ohne Triumph.

6

Macaulay Hornbill, 19 Jahre alt, rothaarig, pfiffig und ideenreich, war der Student im zweiten Jahr Kreatives Schreiben, der am vergangenen Freitag während des morgendlichen Jogginglaufs in Durrisdeer verschwunden war.

Am Spätnachmittag desselben Tags, nach den Zwischenprüfungen, leerte sich die Universität vor dem kommenden Osterwochenende. Der Junge tauchte erst am Dienstagmorgen wieder auf. Immer noch in Joggingkleidung, schlammbedeckt, mit einem gebrochenen Knöchel, dehydriert und erschöpft bis aufs Äußerste. Starr vor Entsetzen.

Der Einführungsritus des Klubs der Schreiber war restlos danebengegangen.

Als die drei Verschwörer sahen, dass ihr Kandidat seine Aufgabe nicht wie geplant bis zum Frühstück am Freitag erfüllte, waren sie zunächst nicht beunruhigt und machten sich nur bis zum Abend über ihn lustig. Erst bei Einbruch der Nacht begannen sie sich Sorgen zu machen. Sie verzichteten darauf, Durrisdeer zu verlassen, um ihre Familien zu besuchen, bewaffneten sich stattdessen mit Taschenlampen und verbrachten die Nacht damit, die unterirdischen Gänge bis in die hintersten Winkel des Geländes zu durchkämmen. Seit jeher kursierte das Gerücht, dass es rund um das Schloss von Iacobs mehr als zwei Kilometer verborgene Gänge gebe. Der größte Teil dieser Tunnel war das Werk von Generationen von Mitgliedern des Klubs der Schreiber, die das bescheidene ursprüngliche Netz erweitert hatten. Mittlerweile war daraus eine Regel geworden: Jeder Jahrgang musste neue Tunnel schaffen und sie mit einem selbst gewählten Motto, einer Lieblingsepoche oder dem Jahrgangssymbol verzieren.

Doch Hornbill blieb unauffindbar.

Verblüfft setzten die drei Jungs ihre Nachforschungen am Morgen des nächsten Tages im Wald und in jenen staubigen Sälen des Schlosses fort, die mit dem »Netz« verbunden waren. Ohne dabei erwischt zu werden oder Alarm zu schlagen.

Auch die zweite Nacht durchwachten sie in der gleichen fieberhaften Unruhe. Inzwischen war bekannt geworden, dass der Junge nicht bei seiner Familie in Kentucky angekommen war. Die Eltern hatten am Samstag angerufen, um ihr Erstaunen zu äußern; am Sonntagmorgen war es tiefe Besorgnis.

Lewis Emerson musste seinen Aufenthalt in Maine abbrechen und nach Durrisdeer zurückkehren, um die Krise zu meistern. Er erfuhr, dass Hornbill bei den Prüfungen am Freitag keine einzige Arbeit abgegeben hatte.

Die Schlinge um den Klub der Schreiber zog sich zu.

Am Montag, dem ersten Ferientag, beschloss der Student Oscar Stapleton, der Anführer des Klubs, sich gewaltsam Zutritt zu Iacobs Bibliothek im Schloss zu verschaffen. Der Einbruch mithilfe eines Reifenmontiereisens würde zwar Spuren hinterlassen, doch die Zeit und die Umstände drängten zur Eile. Dort wühlte Stapleton in den alten Bauplänen des Schlosses, in den Skizzen und exzentrischen Gestaltungswünschen, die Iacobs aufbewahrt hatte.

»Hornbill hat bestimmt einen unterirdischen Gang freigelegt, den wir nicht kennen!«, hatte er zu seinen Freunden gesagt. »Und dann hat er nicht mehr herausgefunden. Sonst wäre er längst wieder aufgetaucht.«

»Oder er nimmt uns auf den Arm«, schlug Jonathan Marlowe vor, der Zweite im Klub. »Manchmal glaubt man, dass man mit der Katze spielt, und in Wirklichkeit macht sie sich über einen lustig. Wenn es so ist, dann hat er uns jedenfalls ordentlich vorgeführt.«

»Er wäre geradezu ein Genie!«, rief Daniel Liebermann aus, der Dritte im Bunde.

Die Idee war so gut wie jede andere.

Aber Macaulay Hornbill war kein Genie.

Nur ein Junge, der Pech gehabt hatte. Oscar Stapleton lag mit seiner Vermutung richtig. Der junge Student hatte in seiner Verzweiflung mit der Faust gegen die Wände gehämmert und um Hilfe geschrien und dabei eine geheime Verbindungstür geöffnet, die noch aus Iacobs Zeiten stammte. Ein komplett neues Labyrinth, in dem er sich hoffnungslos verirrte.

Oscar Stapleton entdeckte diesen Abschnitt dank zweier nicht entschlüsselter Markierungen auf den vergilbten Plänen. Als die drei Mitglieder des Klubs Hornbill endlich fanden, lag er seitlich hingestreckt in völliger Dunkelheit auf dem Boden und leckte die Tropfen auf, die aus einem natürlichen Becken im Fels herabrannen. Er wurde auf der Stelle ohnmächtig, als sie ihn hochhoben.

Nun mussten sie sich nur noch eine Erklärung einfallen lassen.

Es galt schnell zu handeln. Im Schloss erwog man bereits

eine Anzeige bei der Polizei, die Familie wollte in Kürze eine Vermisstenmeldung herausgeben. Macaulay Hornbill verbrachte die Nacht von Montag auf Dienstag in der Obhut des Klubs. Halb besinnungslos versprach er ihnen, nichts zu verraten. Er schwor, das Geheimnis des Klubs zu bewahren.

Sollte Hornbill wirklich Wort halten, wurde ihm ein unantastbarer Ehrenplatz in den Reihen des Klubs der Schreiber in Aussicht gestellt.

So traf Hornbill denn am Dienstagmorgen gegen neun Uhr in erbärmlichem Zustand im Schloss ein. Seine Version der Tatsachen lautete, dass er sich am Freitag während des Joggens im Wald abgesondert habe, gestürzt sei und das Bewusstsein verloren habe. Anschließend sei er zwei Tage ohne Orientierung und ohne zu wissen, wohin, umhergeirrt.

Emerson zweifelte an dieser Geschichte.

Die Eltern ebenso.

Die Polizei ebenso.

Kurz nach seinem Wiederauftauchen musste Hornbill sich in der Krankenstation übergeben. Alles, was die drei Mitglieder des Klubs der Schreiber ihm während der Nacht zu essen verabreicht hatten, ergoss sich auf den Linoleumboden. Seine Glaubwürdigkeit war dahin.

Lieutenant Amos Garcia kam höchstpersönlich nach Durrisdeer, nachdem die Familie Anzeige gestellt hatte. Er nahm die Angelegenheit in die Hand.

Dekan Emerson hatte ihn unverzüglich hergebeten und in seinem Büro empfangen. Wie so oft besiegelte ein Umschlag mit grünen Scheinen den Gang der polizeilichen Ermittlungen. Emerson wollte nicht riskieren, dass der gute

Ruf seiner Einrichtung Schaden nahm. Er wollte verhindern, dass der Klub, die unterirdischen Gänge, die alten Marotten von Iacobs oder die Gefahren der Universität publik wurden.

Amos Garcia ließ sich bestechen, ohne nach einer Erklärung zu fragen. Es war nicht das erste Mal.

Der Lieutenant sprach mit Hornbill und sie einigten sich auf eine Version. Im Lauf des Tages verfasste er seinen Bericht. Spuren im Wald gefunden, kein Komplott, keine unterlassene Hilfeleistung. Fall abgeschlossen.

7

»Wie haben Sie seine Adresse aufgetrieben?«, fragte der junge Professor.

»Mühsam«, versetzte Stu Sheridan. »Ben O. Boz ist ein Pseudonym. Sein wahrer Name ist Clark Doornik.«

»Doornik? Klingt nicht so toll … Boz war das Pseudonym, das Charles Dickens anfänglich verwendete. Es gehört schon eine gewisse Unverfrorenheit dazu, es ihm zu klauen.«

»Jedenfalls, dieser Mann, Doornik, besitzt nichts auf seinen eigenen Namen, keine Kreditkarte, keinen Telefonvertrag, keinen Fahrzeugschein, keinen Führerschein, keine Abonnements bei Kabel oder Internetprovidern. Kein identifizierbares Bankkonto. Er ist weder Mitglied eines Rinderschutzvereins noch spendet er für Kriegsveteranen oder die republikanische Partei. Nichts. Diesen Dingen gehen wir in der Regel als Erstes nach, um einem Namen eine Adresse zuzuordnen. Den einfachsten Sachen. Aber hier, totale Pleite! Ich musste mir etwas einfallen lassen und nach einer anderen Lösung suchen, indem ich eine Bekannte um Hilfe bat, die beim Finanzamt arbeitet. Sie besorgte mir einen Auszug seiner Akte für das Steuerjahr 2005. Es war die Fotokopie des Schecks, den er letztes Jahr zur Begleichung seiner Steuerschulden unterzeichnet und abgeschickt hat. Auf dem

Scheck stand seine Adresse: 3193, Esquinade Street, Dovington, in Vermont.«

»Kennen Sie Dovington?«

»Ich habe den Namen dieses Nests in meinem ganzen Leben noch nicht gehört …«

Stu Sheridan und Frank Franklin waren im Oldtimer des Colonels unterwegs. Dovington war weniger als zwei Stunden von Concord entfernt. Der Polizist hatte den Professor am Samstagmorgen in Durrisdeer abgeholt. Beide Männer hatten an diesem Tag frei.

Am Abend zuvor hatte Frank schließlich nach fünftägiger Bedenkzeit Sheridans Angebot angenommen. Gut, er würde mit Ben O. Boz sprechen; ja, er würde sein Möglichstes tun, um den Wünschen des Cops zu entsprechen und ihm bei der Lösung des Rätsels der vierundzwanzig zu helfen, dann aber dürfte Sheridan ihm nichts verbergen. Franklin wollte über alles auf dem Laufenden gehalten werden. Wenn der Professor bei einer polizeilichen Ermittlung half, dann musste der Colonel seinerseits zum exklusiven Berater des jungen Schriftstellers werden. Franklin hatte sich in die Arbeit für das seinem Verleger versprochene Buch gestürzt. Sheridan, der den Deal für vorteilhaft hielt, war einverstanden gewesen.

Das Auto rollte auf der 110 nach Westen und erreichte die ersten Hügel der Appalachen. In New Hampshire nannte man dieses Gebiet die Schweiz Amerikas. Es war ein kühler, aber sonniger Tag. Franklin sah, wie die kahleren Berge der Green Mountains von Vermont ins Blickfeld kamen. Bei Springfield nahmen sie die Brücke über den Connecticut und überquerten die Staatsgrenze. Auf Nebenstraßen gelangten sie anschließend in Vermont von einer Schlucht zur nächsten, bis sie das gottverlassene Zentrum des Bezirks von Windsor erreichten.

Dovington. Eine Kleinstadt. Kaum dreitausend Einwohner. Ein Einkaufszentrum. Ein Kino. Ein Baseballfeld. Eine Bar. Eine Bank. Eine Bushaltestelle. Ein stillgelegter Bahnhof. Eine Paketannahmestelle von FedEx.

Aber auch *siebenundzwanzig* Kirchen …

Kongregationalisten, Baptisten, Evangelisten, Methodisten, Pfingstbewegung, Adventisten, Orthodoxe, Presbyterianer, alle Ismen und sonstigen christlichen Nebenströmungen waren in Dovington, Vermont vertreten. Ein isolierter, strenggläubiger, ländlicher Marktflecken, der einsam in seinem Tal lag.

Ein Schild verkündete gleich bei der Ankunft in der Stadt das Leitthema der Siedlung: *Willkommen ihr Männer des Glaubens.*

Jemand, der den Teufel im Leib trug, hatte mit rosa Sprayfarbe hinzugefügt: *Und ihr Frauen!*

Sheridan und Franklin erblickten verblüfft die vielen Kirchtürme, die auftauchten, als sie sich auf der bergigen Straße Dovington näherten. Beide hatten den gleichen Gedanken: »Wenn Boz von hier ist, dann müssen wir herausfinden, welcher Glaubensgemeinschaft er angehört.«

Trotz seiner Vermutungen in Bezug auf den Schriftsteller sah Stu Sheridan nach wie vor keinen Grund, die Sektenhypothese für die vierundzwanzig Leichen zu verwerfen, und eine christliche Sekte würde es ebenso tun wie jede andere.

»Es muss nicht unbedingt ein durchgeknallter Guru mit armseligen Anhängern in safrangelben Umhängen sein, die einen Gott namens Gnu oder Passacaglia anbeten«, sagte Franklin. »Jesus Christus taugt genauso gut dazu.«

Sheridan hatte sich an der ersten Tankstelle an der Rockingham Road einen Stadtplan besorgt. Sie suchten die Esquinade Street.

An der Hausnummer, die Ben O. Boz gehören sollte, sahen sie dann ein weißes Eingangsportal. Eine hohe und mächtige Mauer unterstrich die Größe des Anwesens. Und seinen Preis. Mit Sicherheit kilometerweit das wertvollste. In dieser Gegend sah man ansonsten nichts als vergitterte Einfriedungen, Farmgebäude, verlassene Häuser und Ähnliches. Ein Teil der Bevölkerung war ausgewandert, der andere gealtert.

Sheridan rollte langsam vor dem Tor zur Nummer 3193 vorbei. Er hatte eine Überwachungskamera entdeckt. Er fuhr an der Mauer entlang. Die Größe des Parks verwirrte ihn ein wenig.

»Wenn er hinter diesen Mauern lebt, hat Boz noch andere Einkünfte als die seiner Bücher«, stellte Sheridan fest.

Franklin erinnerte ihn an die Worte des Verlegers Paul Saunday in New York: Der Schriftsteller war stinkreich.

»Aber wie finden wir heraus, ob er wirklich hier lebt?«

»Ich habe da eine Idee«, antwortete der Professor.

Er bat Sheridan, ins Stadtzentrum zu fahren. Das Stadtzentrum von Dovington bestand aus einer Geschäftsstraße. Der Professor ließ Sheridan anhalten, als er ein Geschäft entdeckte, das unter anderem als Buchhandlung fungierte.

Drinnen steuerte er auf die Bücherabteilung zu. Beim Buchstaben B zeigte Frank auf die Gesamtausgabe von Boz' Werken auf dem Regal.

»Dieses Zeichen trügt nicht«, sagte er. »Boz verkauft fast

nichts, wissen Sie. Sie hätten die größten Schwierigkeiten, in den Buchhandlungen des Landes ein oder zwei Bücher aufzutreiben. Aber hier?«

Mehr als zwanzig Titel.

»So ist es immer, wenn ein Autor, eine Berühmtheit, in der Gegend wohnt. Die Bevölkerung ist stolz darauf. Ich möchte wetten, dass er die Bücher handschriftlich signiert hat.«

Er schlug ein Buch auf. Er hatte Recht gehabt.

»Boz lebt hier!«

»Gut erkannt, Franklin!«

Über dem Buchhändler-Krämer-Schlosser, der hinter der Kasse saß, kündigte ein schwarzes Schild die vor dem Sommer zu erwartenden Neuerscheinungen an. Franklin und Sheridan lasen in Großbuchstaben die Vorankündigung von Boz' neuem Roman: *Der Kreis der Selbstmörder.*

»Soll ich den Verkäufer fragen, ob er eine Idee hat, worum es in dem Roman geht?«, schlug der Professor vor. »Er kennt den Autor bestimmt.«

»Nein. Wir wollen nicht auffallen.«

Zwei Unbekannte konnten in Dovington nicht unbemerkt bleiben, und die Neuigkeit würde in diesem Kaff binnen weniger Minuten die Runde machen.

Sie verließen die Buchhandlung und hielten wie Touristen vor jeder Kirche an. Die meisten Gebäudeteile und Fassaden waren noch aus Holz, aber sorgfältig gepflegt und gestrichen. Dovingtons Attraktion. Franklin und Sheridan erfuhren durch Tafeln für die Besucher, dass mehrere Kirchengründer des 19. Jahrhunderts hier einen spirituellen Rückzugsort gesucht hatten. Das Tal war damals wegen seiner Abgeschiedenheit und seiner »göttlichen Ausstrahlung« sehr geschätzt gewesen. John Smith und Brigham Young hatten angeblich einen denkwürdigen Aufenthalt hier verbracht.

Franklin fühlte sich plötzlich sehr angespannt. Er war es gewohnt, sich Dinge beim Lesen oder Schreiben auszumalen, jetzt aber wurde das, was er in den letzten Stunden geträumt hatte, allmählich konkrete Realität. Es »trat« in sein Leben ein. Wie eine Romanfigur, die auf seltsame Weise mit der Wirklichkeit konfrontiert wird.

Die beiden Männer in ihrem Oldtimer hatten wieder in der Straße von Boz' Anwesen angehalten, nachdem sie sich vergewissert hatten, dass niemand sie beobachtete.

»Vergessen Sie nicht«, mahnte Sheridan, »ich bitte Sie nur, mir bei der Aufklärung des Rätsels der vierundzwanzig Toten zu helfen. Es ist nur ein Bestätigungsversuch. Sie hören auf, sobald Sie wollen.«

Franklin umklammerte einen Packpapierumschlag auf seinen Knien. Er trommelte nervös darauf herum.

Der Polizist öffnete seine Wagentür.

Sie näherten sich dem weißen Portal. Sheridan blieb etwa fünfzig Meter davor stehen.

»An der Mauer ist eine Kamera«, erinnerte er ihn. »Boz darf nichts von meiner Anwesenheit ahnen.«

Der Professor erreichte das Tor. Überrascht stellte er fest, dass es keine Sprechanlage und keine Klingel gab. Abgesehen von der Kamera, die der Colonel entdeckt hatte, gab es in der Mauer nur einen Schlitz für die Post. Franklin ließ den dicken Umschlag hineingleiten. Er warf noch einen Blick auf die Kamera, dann entfernte er sich.

»Bevor wir wieder nach Concord zurückfahren, sollten wir versuchen, einen Blick ins Innere zu werfen«, sagte er, nachdem er wieder zu Sheridan gestoßen war. »Und sei es nur ein flüchtiger.«

Der Polizist musterte die Mauer. Sie war ohne Leiter eindeutig unüberwindbar. Die Idee, herumzuspionieren, behagte ihm nicht sonderlich. Er wollte kein vorschnelles Risiko eingehen.

»Es ist zu früh«, sagte er.

»Wir könnten sie wenigstens abschreiten«, schlug Franklin vor. »Weiter weg reicht der Wald bis an die Einfassungsmauer heran. Vielleicht finden wir dort einen Erdhügel oder einen Baumstumpf, von dem aus wir in aller Sicherheit hineinsehen können.«

Sheridan stimmte einem Versuch zu. Es dauerte eine Weile, bis sie auf etwas stießen, das den Vorstellungen des Professors nahekam. Es war ein sehr steiler, bewaldeter Hang.

»Das müsste gehen«, behauptete Franklin. »Von dort aus können wir uns mit etwas Glück vielleicht ein Bild von Boz' Haus machen!«

Sheridan spähte lange in alle Richtungen. Sie waren allein. Die Gegend verriet deutlich, dass niemand sich hierhin verirrte. Er wollte hinaufklettern, doch der Professor war ihm schon zuvorgekommen. Franklin klammerte sich an niedrige Äste, krallte seine Hände in die Erde und stieß sich mit den Beinen ab. Auf dem kleinen Hügel angekommen hob er den Kopf bis dicht unter den Mauerrand, um nicht gesehen zu werden.

»Wie ich gesagt habe, Sheridan! … Das Haus! Ein Schlöss chen. Es steht sogar gerade ein großer Typ draußen herum. Der mit drei Hunden spielt.«

Sheridan ballte die Hände zu Fäusten.

»Ich gehe zum Wagen zurück«, rief er aus. »Ich habe ein Fernglas und einen Fotoapparat im Kofferraum. Bleiben Sie in Deckung!«

Abgesehen von dem Foto auf den Bucheinbänden seiner Romane, das seit fünfzehn Jahren unverändert war, wusste Sheridan nicht, wie Boz heute aussah.

Er stürmte davon und war noch keine zwanzig Schritte gelaufen, als er hinter sich Kampfgeräusche hörte.

Er drehte sich um und sah, wie Frank Franklin der Länge nach den Abhang hinabrollte. Ein gewaltiger Sturz. Sein Kopf knallte auf den Boden. Drei schwarz gekleidete Männer rannten ihm nach und packten ihn am Kragen. Franklin war bewusstlos.

Plötzlich näherte sich auf der Straße ein dunkler Van, der aus dem Nichts aufgetaucht schien, und hielt auf ihrer Höhe.

Das Ganze dauerte nur ein paar Sekunden. Der Van wendete und Sheridan stürzte auf das Fahrzeug zu, doch dann spürte er, wie eine Hand seinen Kiefer umklammerte und eine andere ihm den Arm auf den Rücken drehte. Trotz seiner physischen Kräfte gelang es ihm nicht, die Angreifer abzuschütteln, und er wurde, ohne den Boden zu berühren, von vier hünenhaften Gestalten weggetragen, deren Gesichter er nicht sehen konnte.

Einen Augenblick später fand auch er sich in der Dunkelheit des Vans wieder, halb besinnungslos, konfus und ohne zu wissen, wohin man ihn brachte.

Kurz darauf begann er mit Fäusten und Händen in der Dunkelheit zu trommeln. Seine Entführer antworteten mit keinem Wort und blieben im vorderen Teil des Fahrzeugs.

Sie fuhren sehr lange so weiter.

8

Ein glänzendes Schild mit der Reliefdarstellung eines Schwerts und einer vergoldeten Waage, darüber ein amerikanischer Adler mit weit ausgebreiteten Schwingen im Profil und mit der Inschrift DEPARTMENT OF JUSTICE auf der unteren Schildfläche wurde von einer Hand mit weißen Fingern gehalten und zog langsam unter Sheridans und Franklins Nase vorbei.

Die beiden Männer saßen auf billigen Plastikstühlen, ihre Knie waren unter einem leeren schwarzen Resopaltisch verborgen. Drei Personen standen ihnen gegenüber. Eine Frau und zwei Männer.

Sheridan verzog keine Miene. Franklins rechtes Schlüsselbein tat weh, er hatte sich noch nicht von der Entführung erholt und zappelte auf seinem Sitz herum. Mit schmerzverzerrtem Gesicht hielt er sich den Arm.

»Was haben Sie in Dovington getrieben?«, herrschte die Frau sie an. »Was für ein Spiel spielen Sie beide?«

»Was für ein Spiel spielen Sie selbst?«, meldete sich Franklin unvermittelt vor Sheridan zu Wort. »Wer sind Sie?«

Die Frau ließ ihre Marke in die Jacke ihres Kostüms gleiten und holte einen Lichtbildausweis hervor.

FBI.

»Special Agent Patricia Melanchthon, und neben mir …«

Sie machte eine Kinnbewegung, um auf zwei Kerle zu deuten, die nie von ihrer Seite wichen.

»… die Agenten Colby und O'Rourke. Sie werden in unserem Hauptquartier in Albany vernommen.«

Weder das strenge anthrazitgraue Kostüm, das ihre Formen betonte, noch ihre langbeinige Gestalt, ihre langen blonden Haare oder ihr sinnlicher Mund schienen die männlichen Kollegen von Special Agent Melanchthon irgendwie zu irritieren: Sie strahlte eine derartige Entschlossenheit und Kälte aus, dass selbst der Boss des FBI sich oft wie ein Nichts vorkam, wenn er sich mit ihr unterhielt.

Colby und O'Rourke waren zwei Kraftpakete in dunklen Anzügen. Zwei stumme Muskelprotze.

Sheridan lächelte.

»Patricia Melanchthon … Wir haben uns nicht mehr gesehen seit dieser stürmischen Besprechung vom 3. Februar.«

Er wandte sich an Franklin.

»Ich habe Ihnen von den dreien hier erzählt. Sie sind noch am Morgen der Entdeckung der vierundzwanzig Leichen am Militärflughafen von Sheffield aufgetaucht. Die Nachrichtensperre, die Informationssperre, der Abtransport der Leichen, das war ihr Werk.«

Sein Lächeln wurde noch ein wenig breiter.

»Wir müssen auf der richtigen Spur sein, wenn Sie auf diese Art wieder auftauchen!«

Die Frau machte langsam eine zustimmende Kopfbewegung.

»Sie sind ein hartnäckiger Ermittler, Sheridan. Und Sie haben Ergebnisse vorzuweisen.«

»Kennen Sie etwa meine dienstliche Beurteilung, wenn Sie das so unumwunden zugeben? Das sieht Ihren Kollegen vom Bureau aber gar nicht ähnlich.«

Sie stimmte ein zweites Mal durch Kopfnicken zu.

»Aber Colonel, wir sind immerhin seit zwei Monaten hinter Ihnen her. Meine Männer verfolgen Sie auf Schritt und Tritt, seitdem Sie die alte Tante von Amy Austen in Stewartstown ausgequetscht haben.«

Sheridans Lächeln erstarb und er riss die Augen auf. Nie hatte ihn auch nur der leiseste Verdacht einer Beschattung beschlichen. Im Gegenteil, er hatte geglaubt, *er* wäre dem FBI auf der Spur!

Melanchthon setzte sich ihm schräg gegenüber mit einer Pobacke auf dem Tisch. Sie verschränkte die Hände auf ihrem Schenkel.

»Dank Ihrer Hilfe haben wir ganz neue Fakten über die Identität der vierundzwanzig erfahren. Danke. Sie sind schnell und Sie können kombinieren. Sie sind ein hervorragender Profi. Allerdings sollten Sie sich vielleicht etwas mehr Gedanken darüber machen, wer Sie beschattet.«

Sie befanden sich in einem großen, aber schlecht beleuchteten Raum ohne jede Resonanz. Die Wände waren mit Teppichboden ausgekleidet und dämpften den Schall, um eine gute Qualität der Tonaufnahmen bei Verhören zu gewährleisten. Zwei Wände bestanden aus großen Spiegeln ohne Zinn. Einwegspiegel, hinter denen sich die Beobachter eines Verhörs verbergen konnten. Nur war jetzt die Beleuchtung der beiden rückwärtigen Zellen heller als die in dem großen Raum, so dass die Verspiegelung nicht mehr funktionierte. Franklin sah durch die Scheiben, dass die Räume dahinter leer waren. Niemand überwachte sie. Das augenblickliche Gespräch war exklusiv.

Letzten Endes war der Professor eher erleichtert darüber, dass er sich in der Gewalt des FBI befand. Er hatte zunächst befürchtet, er wäre den Schergen von Ben O. Boz in die Hände gefallen und ihm damit jetzt schon ausgeliefert.

»Jedenfalls hatten Sie Recht damit, dass Sie sich nicht von Ike Granwoods Palaver letzten Februar beeindrucken ließen. Wir haben alle davon profitiert.«

Sheridan zuckte die Schultern.

»Freut mich, dass ich Ihnen behilflich sein konnte … Jetzt sind Sie an der Reihe, stimmt's?«

Plötzlich hatte er einen aggressiven Ton angeschlagen, vermutlich war es ihm unangenehm, dass er dem FBI auf den Leim gegangen war.

»Was wird hier eigentlich gespielt?«, bohrte er nach. »Wozu solche Methoden? Sie hätten uns ernsthaft verletzen können.«

»Das scheint mir doch auf der Hand zu liegen: Sie mischen sich widerrechtlich in eine unserer Ermittlungen ein, Colonel.«

»Die vierundzwanzig Leichen von der Baustelle, meinen Sie das?«

Melanchthon hob die Augen zum Himmel und machte dazu eine Handbewegung, als wollte sie die Flut von Fragen eines Menschen zurückhalten, der vollkommen den Verstand verlor.

»Die vierundzwanzig?«, fragte sie. »Diese Opfer sind nichts weiter als eine Nebensächlichkeit für uns. Wir pfeifen darauf. Der Einzige, der uns interessiert, aber das wissen Sie ja bereits, ist Boz.«

Zu ihren besonderen Talenten gehörte es, Kunstpausen einzulegen. Ein bedeutungsschwangeres Schweigen lastete auf ihren Worten.

Der Colonel und die FBI-Frau beherrschten das Gespräch. Colby und O'Rourke blieben bloße Zuschauer, und der Literaturprofessor konnte nicht fassen, was er erlebte. Vor wenigen Tagen hatte er sich noch dazu beglückwünscht, dass er – vielleicht – Einblick in eine polizeiliche Ermittlung erhalten würde, und nun war er schon hier gelandet!

Patricia Melanchthon legte ein Blatt Papier vor die beiden Männer. Der junge Professor erkannte es sofort: Es war die Liste der meistgesuchten Verbrecher des Landes. Die *most wanted*, mit Namen, Foto, Personenbeschreibung, krimineller Karriere und der von der Regierung ausgesetzten Belohnung.

»Ich sage Ihnen damit nichts Neues«, sagte die Frau zu Sheridan, »Sie kennen diese weiße Liste des FBI.«

Sheridan nickte mechanisch.

»Es gibt aber noch eine zweite Liste. Auf dieser stehen andere Verbrecher, die wir mit der gleichen Entschlossenheit und Verbissenheit suchen, in diesem Fall allerdings ... wollen wir nicht, dass die Öffentlichkeit ihre Namen oder Gesichter kennt und noch weniger, dass die Betreffenden selbst wissen, dass wir hinter ihnen her sind! Diese Liste ist vertraulich. Wir nennen sie die schwarze Liste. Die mit den *most most wanted*, wenn Sie so wollen.«

Sie drehte das Papier auf dem Tisch um. Die Rückseite war vollkommen schwarz und trug nur die Fotos und Beschreibungen von drei Männern. Sie zeigte mit dem Finger auf eines davon. Es war Boz.

Sheridan antwortete nichts. Er wartete, dass die Frau fortfuhr. Franklin rückte seinen Stuhl mit einem kratzenden Geräusch näher, um die geheime Liste besser sehen zu können.

»Dieser Typ!«, stieß Melanchthon aus und ließ dabei Boz nicht aus den Augen. »Nun, seit zwölf Jahren sind wir hinter ihm her!«

Sie garnierte diesen Ausruf mit einer ihrer großartigen Kunstpausen. Frank und Sheridan sahen sich an. Der Augenblick der Wahrheit. Aus sehr unterschiedlichen Gründen waren beide glücklich, sie zu erfahren.

»Im Lauf dieser Zeit«, fuhr Melanchthon fort, »ist es ihm gelungen, sieben unserer Agenten zu liquidieren. Sieben!«

Der Blick der Frau drückte die Kälte und Starrheit aus, die ihren Ruf begründeten. Sie sagte mit Nachdruck: »Für uns im Büro ist dieser Mann … eine *persönliche* Angelegenheit! Sie kennen das, Colonel … Untersuchungen, die einem näher gehen als andere, die mehr wehtun. Nach dem Verlust von sieben Mitarbeitern hat das ganze FBI eine Rechnung mit diesem Kerl zu begleichen. Welcher Cop hat so etwas nicht erlebt? Sie allerdings, Sheridan, haben sich eines Bundesvergehens wegen widerrechtlicher Ermittlungen und möglicher Behinderung einer FBI-Untersuchung strafbar gemacht. Ich könnte Sie wegen Ihrer deplatzierten Neugier einbuchten lassen.«

Sie ergriff das Blatt Papier und warf einen letzten Blick auf Boz. Ob angewidert oder fasziniert konnte Franklin nicht feststellen.

»Dieser Mistkerl hat außerdem mehr als vierzig Unschuldige kaltgemacht, um Stoff für seine widerwärtigen Bücher zu haben.«

Sie ließ die schwarze Liste verschwinden.

»Aber in welcher Beziehung steht das zu den vierundzwanzig Leichen?«, warf der Colonel ein.

Patricia Melanchthon richtete sich auf und streckte ihren Männern die Hand entgegen. Colby stürzte herbei und reichte ihr eine Aktenmappe aus Karton und ein Tonbandgerät.

»Was Ihre vierundzwanzig Leichen angeht, Colonel Sheridan, so ist Boz weder Guru noch Anhänger einer Sekte und auch nicht der Webmaster eines abstrusen Internetforums, wie Sie zuerst gemutmaßt haben. Nein. Boz ist einfach ein *Kidnapper.*«

Sie öffnete die Aktenmappe, die mit anthropometrischen Aufnahmen von Leichen gefüllt war.

»Und diese vierundzwanzig Menschen, die unglücklicherweise in der Nähe Ihrer Stadt Concord zu Tode gekommen sind, waren weder Sektenbrüder noch Geiseln, sondern *Versuchskaninchen.*«

Sie präsentierte ihnen eine drei Seiten lange chronologische Tabelle. Sie deckte einen Zeitraum von etwa zwanzig Jahren ab und war mit Namen, Orten und Kodes bedeckt.

»Um den Kern der Sache zu verstehen, gehen wir besser zum ersten aller Opfer zurück, einem gewissen Steven Clifford, der im August 1984 als vermisst gemeldet wurde.«

Sheridan strich sich, von dem Namen irritiert, mit der Hand über das Kinn.

»Suchen Sie nicht, Colonel«, erklärte Melanchthon, »er gehört nicht zu Ihren vierundzwanzig. Der junge Boz arbeitete damals an einer Romanfigur, die an Hunger und Durst sterben sollte. Der Schriftsteller kannte die Dreierregel: drei

Wochen ohne Nahrung, drei Tage ohne Trinken, drei Minuten ohne Atmen, aber er wollte sichergehen. Also entführte er Steven Clifford, einen zweiundzwanzig Jahre alten Unbekannten, und versetzte ihn genau in die Lage seiner Romanfigur. Das Versuchskaninchen wurde ohne Essen und Trinken in einer Zelle eingesperrt. Boz hat es ausgiebig beobachtet, seinen Todeskampf und sein Sterben, und *sich dabei Notizen gemacht.* Die Tragödie war, dass dieses kleine Buch vom Publikum sehr gut aufgenommen wurde und ihm sogar einen Literaturpreis einbrachte. Stellen Sie sich nur vor, man hat die Präzision und Wahrhaftigkeit der Erzählung gelobt!«

Die Frau strich mit den Fingerspitzen eine Falte auf ihrem Rock glatt.

»Mit diesem Roman war die Sache für Ben O. Boz klar: Er hatte seine Methode gefunden. *Eine* seiner Methoden. Er entführte weitere »Subjekte« entsprechend seinen jeweiligen literarischen Schöpfungen. Oft leicht beeinflussbare Frauen, Leser, junge Schriftsteller, Leute, denen er Geld lieh, einfach alle, die er verführen und unter seinen Einfluss bringen konnte. Es fehlte nicht an Kandidaten. Die vierundzwanzig von der Baustelle sind nur die Letzten auf einer langen Liste.«

»Sie wissen das? Sie wissen das und Sie haben ihn nie verhaftet?«

Franklin hatte fast geschrieen. Patricia Melanchthon zuckte nicht mit den Wimpern.

»Auch Ihnen, Professor, werde ich etwas Neues beibringen. Ben O. Boz ist vielleicht keine literarische Koryphäe, egal, was er selbst glaubt; nein, aber er ist ein genialer Verbrecher. Dieser Mörder, und er ist der erste von diesem Format, den wir in der Profiler-Abteilung des FBI kennengelernt haben, hat einfach die Intelligenz besessen, das normale Schema, nach dem alle Morde ablaufen, umzukehren. Ich meine damit, dass er nicht zuerst ein Opfer, eine Beute aussucht und sich dann das geeignete Mittel einfallen lässt, um es seinen Wünschen entsprechend zu eliminieren, ohne dabei gefasst zu werden. Nein, Ben O. Boz fängt mit dem *Ende* an: mit den Alibis.«

»Mit den Alibis?«

»Ja. Er schmiedet sich ein Alibi, bevor er überhaupt weiß, welches Verbrechen er begehen wird. Er sichert sich hundertprozentig ab und erst dann überlegt er, *wen* er töten kann und *wie*. Sein Trumpf ist es, dass er sich nie wie ein gewöhnlicher *serial killer* verhält. Er tötet weder aus Mordlust noch aus sexuellem Antrieb, seine Motive sind die Bücher. Er tötet, um Kriminalromane zu schreiben. Boz folgt also keinem zwingenden Ritual und keiner festen Methode, die sich von einem Mord zum nächsten wiederholen. Er *signiert* seine Morde nie. Ein Kriminalautor darf seinen Lesern nicht zweimal dieselbe Geschichte vorsetzen. Verbrechensschilderungen müssen überraschen. Das Opferprofil, die Waffen, die Orte, alles muss ständig variieren. Boz hat diese Erfordernisse auf die Realität übertragen. Daher das Fehlen eines *modus operandi* und seine Nichtgreifbarkeit.«

Sie sah Franklin noch immer an.

»Wir verhaften ihn nicht, Professor, weil er aufgrund seines Berufs darin bewandert ist, Intrigen und Rätsel in die Welt zu setzen und wieder zu lösen und die Polizei hinters Licht zu führen; weil er nie zweimal auf die gleiche Weise tötet; weil er ganz einfach nicht verrückt ist. All unseren

Anstrengungen zum Trotz haben wir es nie geschafft, ein handfestes Beweisstück in die Finger zu bekommen, das wir einem Staatsanwalt zur Anklageerhebung hätten präsentieren können. Nie gab es einen zuverlässigen und unabhängigen Zeugen, keine handfesten Indizien, kein Beweisstück. Nichts. Wir haben ihn beschatten lassen. Einmal ist es ihm sogar gelungen, sich die Tatsache, dass er zu einer bestimmten Zeit an einem bestimmten Ort überwacht wurde, als Alibi zunutze zu machen!«

Patricia verstummte. Franklin war fassungslos. Sheridan saß mit verschlossener Miene da und brach schließlich das Schweigen mit ernster Stimme.

»Wir haben den Ort gefunden, an dem er die vierundzwanzig eingesperrt hatte …«

»Ich weiß. Das stillgelegte Elektrizitätswerk von Tuftonboro. Stimmt. Dorthin hat er seine letzten ›Experimente‹ gebracht. Manche seiner Versuchskaninchen blieben mehr als zehn Jahre in seiner Knechtschaft, eingesperrt in Zellen wie Laborratten. Wir wissen, dass er einen Mann mit Aids infiziert hat, um sich nichts von den Symptomen entgehen zu lassen, die damals noch wenig bekannt waren, dass er eine Frau vergewaltigt und alleine auf dem Betonboden gebären hat lassen, nachdem er die Muttermilchproduktion medizinisch unterbunden hatte. Das Kind starb unter seinen Augen. An einer Nutte praktizierte er Hypnosesitzungen. Er warf einen Mann den Hunden zum Fraß vor, um zu beobachten, wie sie es anstellten, ihn zu verschlingen. Er folterte einen jungen Mann mit Elektroschocks auf einem elektrischen Stuhl, den er bei einer Versteigerung in Texas erworben hatte. Das alles filmte er, schrieb es nieder und machte sich diese *wahren* Details zu eigen, um sie anschließend stolz in seine Romane einfließen zu lassen. Alles, was er veröffentlicht hat, hat er eigenhändig ausprobiert.«

Der Ton ihrer Stimme wurde mit jeder von Boz begangenen Horrortat härter.

»Was die vierundzwanzig Toten angeht, die Sie in der Nähe von Concord entdeckt haben, so scheint es, als wären sie die Letzten gewesen, die ihm noch blieben. Aus einem Grund, den wir noch nicht kennen, hat er beschlossen, sie loszuwerden. Boz bricht alle Brücken hinter sich ab. Aber auch das auf eine Weise, die sich noch zu einem Roman verarbeiten ließ. Verkleidet als Sektenopfer oder Kollektivselbstmord … Stoff für den *Kreis der Selbstmörder*!«

Das war's. Die Messe war gelesen. Boz war wirklich Boz. Ein langes Schweigen senkte sich auf den Raum herab. Wirklich ein Meisterwerk seiner Art.

Die zwei Janitscharen standen weiter steif, ohne jede Regung hinter der Frau, während sie halb auf dem Tischrand saß. Ihr Vortrag fand schnell einen Weg in Sheridans und Franklins Gehirn. Sie waren sprachlos. Dass Boz sich als Mörder entpuppte, nun gut. Das war bereits ihre Vermutung gewesen. Aber vor der Nase der mächtigsten Behörde des Landes, und das seit Jahren!

»Und man kann wirklich *gar nichts machen*?«, murmelte Franklin schüchtern.

Die Frau lächelte.

»Willkommen in meinem Leben, Professor.« Die Agentin steckte die Fotos in die Mappe zurück und reichte sie Colby.

»Jetzt, meine Herren, habe ich alles ausgepackt. Nun können Sie meine erste Frage beantworten: Was hatten Sie in Dovington zu suchen?«

Die Frau ließ Gläser mit Wasser bringen. Die beiden Männer tranken ausgiebig. Franklin erhielt auf seine Bitte hin außerdem ein Schmerzmittel und eine entzündungshemmende Salbe.

Sheridan erklärte: »Ich hatte ungefähr erraten, was Sie uns über Ben O. Boz gesagt haben.«

»Ich weiß«, antwortete Patricia.

Sie betätigte den Wiedergabeknopf des Tonbandgeräts auf dem Tisch. Die Stimme des Colonels ertönte: *»Nimmt man das als Ausgangspunkt, dann habe ich es nicht mehr mit einem schlichten Krimiautor zu tun, der von ein paar Opfern gelesen wurde, sondern mit einem obskuren, mysteriösen Typ, der sich seltsam gut auskennt mit Entführungen, Folter und Gewalt an Menschen!«*

Es war sein Gespräch mit Franklin, das von Wanzen in seinem Büro aufgenommen worden sein musste. Man hörte die Stimme des Professors, die protestierte: *»Warten Sie! Er ist immerhin Kriminalschriftsteller. Es ist seine Aufgabe, solche Dinge zu wissen.«*

Die zwei Männer blickten sich an. Sheridan schluckte die Kröte. Er hätte den gleichen Übergriff für seine Ermittlungen begangen. In ruhigem Ton nahm er den Faden wieder auf.

»Mir war auch klar, dass ich als Cop mich Boz nicht nähern konnte. Also habe ich nach einer passenden Person gesucht. Dabei bin ich auf Frank Franklin gestoßen.«

Melanchthon nickte zustimmend und sah den jungen Mann dabei an.

»Raffiniert«, gab sie zu. »Ein Professor. Ein Autor.«

Aber damit endete ihr Billigung.

»Es wird nicht funktionieren. Wir haben diese Strategie bereits ausgeschöpft: falsche Journalisten, Frauen, die wir in sein Bett bugsiert haben, begeisterte Leser, das ganze Spektrum möglicher Fallen! Er hat nie angebissen. Er ist misstrauisch. Boz lebt allein und abgeschottet, er hat sehr wenige Bekanntschaften oder Freunde. Er ist ein menschlicher Bunker.«

Sheridan gab nicht auf.

»Vielleicht waren Ihre Maulwürfe nicht so überzeugend wie Franklin? Heute Morgen in Dovington hat er einen Umschlag mit einem Exemplar seines Buchs und der Bitte um eine Unterredung in den Briefkasten geworfen. Das war seine Idee. Frank schreibt ihm, er wolle für sein neues Buch ein Kapitel über ihn verfassen. Das ist unser Köder.«

Melanchthon wirkte nicht beeindruckt und stieß nur ein barsches »Klappt nicht« aus.

Die Männer wirkten enttäuscht.

»Was wir im Augenblick wollen, ist, dass Sie sich aus der Geschichte verabschieden. Vollständig. Sheridan, Sie haben reichlich aufgeschobene Fälle auf Ihrem Schreibtisch, kehren Sie dorthin zurück. Franklin, fahren Sie zu Ihren Schülern zurück und verlassen Sie sie nicht mehr. Ich habe Sie beide in Einzelheiten dieser Ermittlungen eingeweiht, weil ich weiß, dass Sheridan nach zwei Monaten Verfolgungsjagd einen solchen Brocken nicht auf eine bloße Drohung meinerseits hin fallen lässt. Jetzt wissen Sie beide, worum es hier geht. Lassen Sie uns in Ruhe unsere Arbeit machen. Schließlich hat er *uns* sieben Agenten genommen … Boz, das ist unser

Fall … Ihre Aufgabe ist es jetzt, mit dem Fall ein für alle Mal abzuschließen. Sie kennen ja unsere Methoden, für den Fall, dass Sie reden … Ich gehöre nicht zu den Leuten, die sich mit unerwünschten Partnern belasten.«

Doch genau in der nun einsetzenden Pause, als Sheridan und Franklin gerade lautstark Protest einlegen wollten, begann Frank Franklins Handy zu klingeln.

9

Drei Tage nach den Enthüllungen von Patricia Melanchthon.

Frank ließ sich in einen Sessel fallen. Er sah müde und besorgt aus. Er warf einen Blick auf seine Uhr: 14 Uhr 15.

Heute war Präsentationsnachmittag in Durrisdeer. Franklin war umringt von acht seiner Studenten, die sich ohne Eile hinsetzten. Zwei Wochen zuvor hatte er ihnen ein Aufsatzthema gegeben. Seitdem hatten seine werdenden Schriftsteller zwischen zweitausend und zweitausendfünfhundert Worte geschrieben. An diesem Nachmittag sollten sie ihre Arbeiten vorstellen. Das »laute Vorlesen vor den Kommilitonen« galt als die unangenehmste Prüfung des Kurses. Während dieser Stunden war die Anzahl der Teilnehmer reduziert, damit man nicht unter einer Flut von Kommentaren und Fragen erstickte. Das »Folter«-Spektakel fand im ersten Stock von Mycroft Doyles Pavillon statt. Franklin hatte sich mittlerweile an dieses Häuschen im Wald gewöhnt. Ein paar Veränderungen hatten ihm den Ort angenehm gemacht, vor allem seitdem es warm geworden war. Das Wetter war herrlich. Bei weit geöffneten Mansardenfenstern hatten die Studenten sogar ausnahmsweise das Recht zu rauchen.

Franklin war nicht unglücklich darüber, dass er beim Vorlesen zuhören musste. Das brachte ihn ein wenig auf andere

Ideen, was derzeit gar nicht so einfach war. Dennoch blickte er auch während der Textdarbietungen immer wieder auf seine Armbanduhr.

Im Kurs herrschte eine lockere Atmosphäre. Die Kommentare der Kommilitonen fielen nicht allzu bissig aus. Das war selten. Franklin war immer wieder bestürzt über die Zerstörungswut, die Schriftsteller entwickelten, sowie es sich um einen Kollegen handelte. Wie viele literarische Kostproben hatten nicht schon in Tränen und Beleidigungen geendet!

Doch trotz der allgemein guten Stimmung schoss Franklin pünktlich zum Ende der Stunde wie auf Knopfdruck aus seinem Sessel hoch und verließ den Raum. Gewöhnlich trödelte er noch mit den Studenten herum, doch nun verschwand er ohne ein Wort der Erklärung.

Die Schüler des Kurses für Kreatives Schreiben hatten gespürt, dass ihren Professor etwas bedrückte. Sein überstürzter Aufbruch bestärkte sie noch mehr in diesem Gefühl und warf weitere Fragen auf.

Er konnte ihnen schließlich nicht sagen, dass Ben O. Boz sich in vier Tagen mit ihm verabredet hatte …

Frank Franklin machte im Laufschritt einen Umweg über das Schloss und das Professorenzimmer, um nachzusehen, ob bei der nachmittäglichen Postausgabe etwas für ihn hinterlegt worden war, doch sein Fach war leer. Er ging nach Hause und wich dabei den Blicken der Schüler und Professoren aus. Auf dem Vorplatz vor seinem Haus entdeckte er einen schwarzen Wagen. Ein Fahrzeug des FBI.

Er stieg, ohne zu zögern, ein.

Vorne saßen zwei Agenten. Zufällig die beiden Hünen, die in Dovington auf der bewaldeten Kuppe, die an die Mauer von Ben O. Boz' Grundstück grenzte, über ihn hergefallen waren.

»Wie gehts der Schulter?«, fragte der Erste spöttisch.

Frank antwortete nicht. Er mochte diese Typen nicht. Sie ließen ihn allzu deutlich die allgemeine Einstellung von Patricia Melanchthons Team ihm gegenüber spüren: Ein Grünschnabel sollte einen Auftrag ausführen, der einem Agenten des FBI zugestanden hätte! Er war es, der einem Mörder gegenübertreten sollte! Man hatte ihm in Anspielung auf die Chefin den Spitznamen »Madams kleiner Frischling« verpasst.

Der Agent auf dem Beifahrersitz, der die Bemerkung über Franklins Verletzung gemacht hatte, verzog angesichts seines Schweigens das Gesicht, dann drehte er sich um und reichte ihm einen gewaltigen schwarzen Ordner. Er war schwer und so voll, dass man kein einziges Blatt in die riesige Spirale hätte einfügen können.

Auf dem Rücken las Franklin TLW. »The Last Word«. Das war der Kodename für die ganze FBI-Operation, die Ben O. Boz betraf. Es war außerdem das Akronym von Patricia Melanchthons Team.

»Danke«, versetzte er trotzdem.

Diese Texte bildeten die ergänzenden Unterlagen für seine Vorbereitung, die vor drei Tagen begonnen hatte. Franklin sollte alles über Boz wissen, bevor er ihm gegenübertrat, so die Anweisung von oben.

»Pass darauf auf, ja?«, spöttelte der Beifahrer. »Weißt du, wo du es sicher verstauen kannst?«

»Das ist brisantes Material«, betonte der andere Agent und musterte Frank im Rückspiegel.

Der junge Mann nickte bestätigend.

»Bei mir kommt fast niemand vorbei«, sagte er. »Es besteht keine Gefahr.«

Der Beifahrer warf seinem Kollegen einen vielsagenden Blick zu.

»Niemand?«

Er strich über eine dünne Akte, die auf seinen Knien lag.

»Abgesehen von der kleinen Emerson … Mary Emerson. Ein hübsches Ding, mein Kompliment!«

Franklin erbleichte. Jetzt war es so weit, er wurde überwacht, verfolgt und unter die Lupe genommen, er und alle, die Teil seines Lebens waren. Das FBI würde seine groben, schmutzigen Pfoten in alle Bereiche seiner kleinen Welt ausstrecken. Das hätte er sich denken können.

»Glaubst du wirklich, dass du sie gut kennst, dieses Mädchen?«, fragte der Agent. »Manchmal erlebt man eine Überraschung, weißt du. Willst du mal einen Blick hineinwerfen?«

Und er hob mit niederträchtigem Grinsen Marys Akte hoch.

Sofort dachte Franklin, dass er sich lieber eine Hand abhacken als diesem Idioten seinen Arm entgegenstrecken würde. Das könnte ihm so gefallen. Er brachte Mary absolutes Vertrauen entgegen. Nie hatte er sich irgendjemandem so nahe gefühlt. Jedenfalls fand er es unanständig, die Privatsphäre eines anderen derart zu verletzen. Und außerdem war diese Mappe so gut wie leer. Der Agent bluffte.

»Geht zum Teufel! Okay? Alle beide!«

Die zwei Kerle lachten.

»Oh! Der kleine Frischling wird ja ganz rot …«

Frank zuckte mit den Schultern, packte seinen Ordner, stieg aus und knallte die Tür hinter sich zu. »Madams kleiner Frischling« oder nicht, morgen schon würde er von der Chefin verlangen, dass diese Rohlinge nicht mehr in seine Nähe kamen, nicht einmal um ihm zu sagen, wie spät es war.

Er ging ins Haus. Instinktiv sperrte er die Tür zu, um nicht unangemeldet gestört zu werden. Er ging zu seinem Anrufbeantworter. Eine einzige Nachricht von seiner Mutter aus Arizona. Sie hatte vom Verleger Dorffmann erfahren, dass er endlich einen Vertrag über einen Roman unterschrieben hatte. Na endlich!, seufzte sie. Sie beglückwünschte ihn auf ihre Weise. Nämlich dazu, dass er gut daran getan hatte, auf *sie* zu hören und endlich ernsthafte Dinge in Angriff zu nehmen.

Franklin erinnerte sich nicht mehr, ob es Chandler oder Hammett gewesen war, von dem der Ausspruch stammte, dass »ernsthafte Dinge in Angriff nehmen« nur Sinn machte, wenn man dabei seinen Kopf riskierte. Alles Übrige war nur Firlefanz. Heute verstand er, wie man so etwas schreiben konnte.

Die Nachricht seiner Mutter war zu lange, er brach vor dem Ende ab. Mit dem Ordner unter dem Arm stieg er in sein Arbeitszimmer hinauf und stellte ihn zwischen seine alte Schreibmaschine und den erst vor kurzem erstandenen Laptop, der ihm als Internetzugang diente. Er fischte eine große Büroklammer aus seinem Stifteköcher und steckte sie dann ins Innenleben der Remington 3B zwischen den Kugelkopf und das Farbband, um dort einen winzigen Schlüssel herauszufischen. Den Schlüssel, der die Fächer seines Schreibtisches öffnete.

Aus dem Innern des unteren Fachs holte er einen zweiten Aktenordner hervor. Auch dieser war prallgefüllt. Er enthielt die Ermittlungen über die vierundzwanzig Toten. Aufgeschrieben von Stu Sheridan und Amos Garcia seit dem 3. Februar. In vollem Umfang. Der Colonel hatte damit Franklins Wunsch entsprochen, als dieser sich bereit erklärt hatte, ihn zu unterstützen: »Sie dürfen mir nichts verheimlichen, ich will alles wissen!«

Der junge Mann ließ sich in seinen Sessel zurückfallen. Er betrachtete die schweren Papierquader, die nebeneinander auf seinem Tisch lagen. Er hatte jetzt das *gesamte* Material zu seiner Verfügung. Es war kaum zu glauben.

In einer Schublade daneben, die ebenfalls verschlossen war, ruhte das Manuskript seines Romans in Arbeit …

Der dicke schwarze Aktenordner des FBI sollte ihm helfen, seine letzten Wissenslücken über Boz zu schließen.

Nach dem Anruf von Boz im Verhörraum des FBI in Albany war allgemeine Hektik ausgebrochen. Welch ein Aufruhr!

Am anderen Ende der Leitung war eine ernste und langsame Stimme zu hören gewesen.

»Spreche ich mit Frank Franklin?«

»Jawohl.«

»Ben Boz am Apparat.«

Der Name hatte ihn bis ins Mark erschüttert. Während er in einer Hand das Telefon hielt, gestikulierte er mit der anderen, um den Umstehenden zu bedeuten, dass *er* es war. Durch alle Anwesenden ging zuerst ein Ruck und dann erstarrten sie. Sheridan erhob sich von seinem Stuhl und blieb bewegungslos stehen, die Agenten bewiesen, dass sie lebendig waren, indem sie zwei Schritte machten, Melanchthon warf ihm entsetzte Blicke zu, überzeugt, dass er alles verpatzen würde. Sie befahl ihm stumm, aufzulegen oder zu sagen, dass er zurückrufen werde. Doch Franklin spielte seine Rolle couragiert und unterhielt sich mit Ben O. Boz. Er wandte den Kopf ab, um die anderen im Zimmer nicht mehr zu sehen. Tatsächlich waren sie es, die ihn nervös machten, weit mehr als das Gespräch mit diesem Killer, über den sie seit einer Stunde diskutierten.

Boz sagte: »Ich habe Ihren Brief gelesen, den ich heute Morgen erhalten habe.«

Er habe bereits von den Arbeiten des jungen Professors gehört. Ein Bekannter habe ihm sein im letzten Jahr erschienenes Buch geschickt und er habe es gelesen.

»Ich bin nicht prinzipiell abgeneigt, Ihren Vorschlag in Betracht zu ziehen. Nur in Betracht zu ziehen. Es geht um einen Beitrag zu Ihrem neuen Essay, wenn ich recht verstehe?«

»Ja. Aber in Form von Interviews.«

»Ah! …« (*Pause.*) »Kennen Sie meine Romane?«

»Ziemlich gut, denke ich. Deshalb habe ich mich an Sie gewandt. Ich hätte eine Menge dazu zu sagen …«

»Schicken Sie mir eine Zusammenfassung, einen Brief, der Ihr Vorhaben und Ihre Ziele ausführlich erläutert. Sowie die Liste der Autoren, die daran teilnehmen sollen. Das ist wichtig für mich. Dann sehen wir weiter.«

Frank spürte die Blicke der vier Cops im Rücken. Melanchthon schob ein Papier über den Tisch, auf das sie geschrieben hatte: »Sagen Sie so wenig wie möglich!«

»Übrigens«, fuhr Boz fort, »ich sehe, dass auf dem Umschlag keine Briefmarke klebt, Sie haben ihn also bei mir eingeworfen?«

»Äh … ja.«

»Sind Sie noch im Tal?«

Franklin verneinte.

»Warum sind Sie nach Dovington gekommen?«

Der Professor erging sich in Betrachtungen über die Kirchen des Kaffs. Er bewegte sich auf Glatteis, aber er heuchelte mit Bravour Interesse, Überraschung, Bescheidenheit vor Boz' Komplimenten und Aufregung darüber, dass sein »Projekt« vielleicht Gestalt annehmen könnte. Falls Boz sein Angebot annahm. Er besaß sogar die Kaltschnäuzigkeit oder die Unvorsichtigkeit, um eine Unterredung zu bitten. Und darauf zu bestehen, dass sie ihm gewährt wurde.

Melanchthon hob die Hände zum Himmel und warf Sheridan hasserfüllte Blicke zu. Dieses Gespräch verlief nicht im Geringsten nach den verhörtechnischen Richtlinien des FBI!

Man steuerte auf eine Katastrophe zu.

Doch nach einigem Zögern stimmte Boz schließlich einem Treffen in der folgenden Woche *bei ihm zu Hause* zu. Das Ganze war verwirrend einfach über die Bühne gegangen.

Erst nachdem Franklins Gespräch mit Boz beendet war, brachen die wahren Komplikationen über ihn herein …

Als Erstes begannen alle wild durcheinander zu reden. Einschließlich der Agenten Colby und O'Rourke. Man riss ihm sein Mobiltelefon aus der Hand, um den Anruf zurückzuverfolgen. Das Ergebnis lautete, dass der Anruf von einem öffentlichen Telefon in der Eingangshalle des einzigen Kinos von Dovington aus getätigt worden war. Aber Franklin hörte gar nicht mehr hin. Nachdem er zuerst sehr zufrieden über seine Vorstellung gewesen war, fiel seine Stimmung unvermittelt ins Bodenlose. Er fühlte, wie rückblickend Entsetzen in ihm aufstieg. Er hatte den unangenehmen Eindruck, dass ihm mit Meißeln die Schläfen in den Schädel hineingetrieben wurden.

Als Zweites brachen am nächsten Tag Ike Granwood, der Leiter der Abteilung Nordost, sowie sechs Mitglieder des psychologischen Stabs des FBI aus Washington auf, um ihn einer Batterie von Tests und Befragungen zu unterziehen.

Und schließlich schwor Frank, der noch immer entschlossen war, das Abenteuer fortzusetzen, der aber vor allem durch den Erfolg seiner eigenen Falle in die Enge getrieben war, über alle Einzelheiten des Falls mit dem Decknamen »The Last Word« Schweigen zu wahren. Bei dieser Gelegenheit begriff er, wie das FBI zwei Monate zuvor die umfassende Nachrichtensperre gewahrt hatte, die auf die Entdeckung der vierundzwanzig Toten von New Hampshire gefolgt war. Alle in dieser Nacht anwesenden Personen, ob Bahrenträger, ziviles Notarztteam, neugierige Journalisten, Hubschrauberpiloten, D-MORT, Milton Rock oder Bewohner des SR-12 waren zu dem gleichen Eid gezwungen worden, den sie schriftlich bestätigen mussten. Wenn einer ein Wort darüber verlöre, so käme das auf der Stelle einem Bundesvergehen gleich. Gefolgt von einem sofortigen Gefängnisaufenthalt ohne Prozess. Plus Verlust der bürgerlichen Rechte. Die Männer der Staatspolizei und des Sheriffs, die bereits vereidigt waren, erhielten lediglich ein vertrauliches Rundschreiben. Das aber noch drakonischer klang.

Infolgedessen machte niemand den Mund auf.

Das Leben des jungen Franklin nahm eine radikale Wendung. Und die leise innere Stimme, die ihn vor der Gefahr hätte warnen und mit ihrer sanften Musik zurückhalten sollen, wurde übertönt von den intensiven psychologischen Vorbereitungen und den verlockenden Chancen, die mit der Mission verbunden waren.

In seinem Büro öffnete Frank den schwarzen Ordner des FBI. Er musste noch einmal durchgehen, was er über Boz, über seine Jugend, seine Beziehungen und sein Werk gehört hatte.

Nach Ablauf einer Stunde klingelte sein Telefon. Der einzige Apparat oben befand sich in seinem Schlafzimmer. Frank erwartete, Mary zu hören, doch es war Miss Lisl Wang, die Verantwortliche für die Tests und Simulationen, denen der Professor unterzogen wurde. Unter ihrer Anleitung bereitete er sich auf seine Unterredung mit Boz vor.

»Monsieur Frank«, sagte die kleine Asiatin mit ihrer humorlosen Soldatenstimme, »unser Termin morgen wird um eine halbe Stunde vorverlegt.«

»Warum?«

»Sie müssen ein neues Protokoll lernen.«

Nach drei Tagen waren Protokoll und Evaluation die beiden dominierenden Worte in seinem neuen Leben geworden. Die Kompliziertheit der Prüfungen verbannten die berühmten Tintenflecken des Rorschachtests in die prähistorische Phase der therapeutischen Methoden.

»Gut, ich werde da sein«, sagte Franklin.

»Ich habe einen neuen Fragebogen in den Ordner gesteckt, den Sie erhalten haben«, fügte Wang hinzu. »Bitte füllen Sie ihn bis morgen aus.«

»Wird gemacht.«

Wang dankte ihm und hängte ein.

Frank ging in die Küche, um sich ein Bier zu holen. Er warf einen prüfenden Blick durch das Fenster, um zu sehen, ob die Bundespolizisten wirklich abgefahren waren. Es wurde dunkel. Man konnte fast nichts mehr erkennen. Der schwarze Wagen war nicht mehr da. Aber waren sie noch in der Gegend? Es stand außer Zweifel, dass Granwood ihn nun, da er ein wesentliches Element der Ermittlungen war, überwachen ließ. Selbst wenn die beiden Agenten verschwunden waren, schloss das nicht aus, dass ein Spitzel sich im nahen Wald versteckte oder bei ihm Wanzen angebracht waren. Er dachte an Marys Akte. Sie hatten bestimmt weitere Akten über seine Mutter, seine Freunde in Chicago und alle Professoren von Durrisdeer angelegt …

Sheridan hatte ihn kurz nach Boz' Anruf und den ersten Anordnungen, die Melanchthon im Hinblick auf ihn getroffen hatte, gewarnt.

»Regen Sie sich nicht auf, Professor, der Paranoia entkommt man nicht. Sie werden alle Phasen der Angst und des Zweifels durchmachen. Ein echter Ausflug in trübe Gewässer. Da heißt es robust sein, Franklin!«

Gut. Franklin, der »widerstandsfähige«, stieg mit seinem Bier in sein Arbeitszimmer hinauf.

Er fand Miss Wangs Fragebogen. Eine weitere Reihe von Multiple-Choice-Fragen, die er durch Ankreuzen von Kästchen beantworten musste, ziemlich durchsichtige Manöver, um in Franks Unbewusstem die Grenze zwischen Gut und Böse zu erkennen und abzuschätzen, wie groß die Wahrscheinlichkeit war, dass er rebellierte oder aufgab, wie weit bei seiner Mission Verlass auf ihn war. Vollkommen banale Fragen, die jedoch zusammengenommen, so hieß es, eine sehr zuverlässige Auswertung ermöglichten.

Gerade als er den Multiple-Choice-Fragebogen zur Hand nehmen wollte, trommelte Mary an seine Tür. Er ging hinab, um ihr zu öffnen, umarmte sie und bat sie, einen Augenblick zu warten, bis er mit seinen Notizen für ein neues Kapitel seines Buchs fertig wäre.

»Warum verriegelst du deine Tür denn mit dem Schlüssel?«

»Das ist mir gar nicht aufgefallen …«

Das junge Mädchen ging in die Küche und machte es sich dann vor dem Fernsehgerät im Wohnzimmer bequem. Frank sperrte sofort die Tür zu seinem Büro zu, als er oben angekommen war. Er kreuzte alle Kästchen für Miss Wang an und schloss die Akte mit ungutem Gefühl. Bevor er wieder nach unten ging, zündete er sich eine Zigarette an und zog nervös daran, ohne es zu bemerken. Er kam immer wieder auf diese vierundzwanzig Toten zurück, die alles ins Rollen gebracht hatten. Wozu eine derart aufwändige Inszenierung? Nur als anschauliche Materialsammlung für den *Kreis der Selbstmörder*? Das schien ungeheuerlich. Und wie hatte er es angestellt?

»Er entledigt sich seiner Versuchskaninchen. Er bricht die Brücken hinter sich ab«, hatte Melanchthon in entschiedenem Ton verkündet.

Aber was hatte Boz bis jetzt gewonnen, indem er seine Flotte versenkte? Seine Sensationsgeschichte war fehlgeschlagen, die Medien brachten kein Wort darüber, sogar sein Zellenbunker war geheim geblieben, und ein sturer Typ wie

Sheridan hatte sich eingemischt. Dann hatte derselbe Sheridan einen armen Literaturprofessor mit hineingezogen. Diese letzte Entwicklung *konnte Boz nicht vorausgeahnt haben*, so schlau er auch sein mochte. Was also sollte ihm das Ganze letzten Endes bringen?

Dem Professor missfiel die Vorstellung, er sei nur ein kleines Sandkorn, das sich in einem von Boz ersonnenen Räderwerk verklemmt hatte. Ein Räderwerk, das niemand auch nur irgendwie durchschaute. Er fühlte sich noch verletzbarer.

Je besser er Boz' Persönlichkeit einschätzen konnte, die in diesem Ordner bis in die kleinsten Einzelheiten analysiert wurde, umso weniger konnte er sich erklären, was er da machte. Sorgfältig verstaute er die Unterlagen in den Schubläden seines Schreibtisches, sperrte mit dem Schlüssel ab und versenkte diesen wieder in der Mechanik seiner Schreibmaschine.

Frank fragte sich, was ihm die Lektüre dieser Berichte, all dieser von dem Schriftsteller begangenen Gräuel eigentlich gebracht hatte … Die Antwort fiel ihm ein, während er die Treppe zu Mary hinabstieg.

Ein übermächtiges Schutzbedürfnis.

»Eine Waffe!«, dachte er sich. »Ich brauche eine Waffe. Ich setze keinen Fuß in Boz' Haus ohne eine Kanone und Munition.«

Nachdem sich diese Idee in seinem Kopf festgesetzt hatte, war er den ganzen Abend über in Gedanken woanders. Mary sprach zu ihm, doch er hörte kaum zu. Wie konnte er sich rechtzeitig eine Waffe beschaffen?

»Wenn Boz irgendetwas Bedrohliches tut, wenn er ausklinkt, wenn ich eine Falle sehe, *dann lege ich ihn um*! Einfach so. Ohne nachzudenken. Ich bin derjenige, der die Grenzen festlegt. Das FBI wird danach schon alles zurechtbiegen …«

Doch die Agenten hatten ihm am Tag zuvor erklärt, dass er während des Gesprächs nicht einmal ein Minimikro tragen würde. Sie wollten bei der ersten Begegnung kein Risiko eingehen. Boz durfte nicht auf die Idee kommen …

Okay.

»Ich werde mir eine Kanone besorgen, ohne dass sie etwas davon erfahren.«

Gestern hatten Patricia Melanchthon und Ike Granwood ihn noch beiseitegenommen.

»Kleiner, wir sagen dir die Wahrheit. Wir haben nur ein einziges Ziel, wenn wir dich dorthin gehen lassen. Ein einziges. Behalte das gut im Kopf. Für den Fall der Fälle. Wenn die Gelegenheit sich bietet.«

»Und zwar?«

»Herauszufinden, woran Ben O. Boz im Augenblick schreibt. Nach *Der Kreis der Selbstmörder*. Versuch das Thema seines nächsten Romans anzuschlagen. Eine der Personen darin … wird er als Nächstes töten. Sehr bald.«

»He! Hörst du mich?«

Das war Mary.

»Du benimmst dich, als wäre ich gar nicht da. Du hörst nichts von dem, was ich dir seit fünf Minuten erzähle, stimmt's?«

Richtig.

Er sah sie lange an, ohne ein Wort zu sagen.

Sie wurde unruhig.

»Was? Was ist mit dir los?«

Nun fixierte sie ihn. Ihre Miene wurde immer enttäuschter. Plötzlich kam sie zu einem Schluss.

»Aha! Ich weiß schon«, sagte sie. »Ich kenne dieses Gesicht bei den Männern. Du wirst mir gleich einen Schwachsinn erzählen in der Art von: Ich habe nachgedacht, wir sollten uns vielleicht ein bisschen mehr Freiraum lassen … jetzt wo ich mein neues Buch schreibe, das ganze Geschwafel! Willst du, dass ich gehe?«

Er schüttelte verneinend den Kopf.

»Nein?«

Frank wiederholte seine Geste, dann ließ er seinen Blick über die Mauern, die Lampen und das Telefon wandern wie jemand, der hinter jeder Wand verborgene Lauscher argwöhnt.

»Was hältst du von einem kleinen Ausflug?«, fragte er sie.

»Was? Jetzt? Einen Ausflug? Wohin?«

Er lächelte sie strahlend an, stand auf und sagte: »Wir nehmen dein Auto.«

10

Ben O. Boz war 59 Jahre alt. Sein wahrer Name lautete Clark John Doornik, er war am 30. September 1948 in Des Moines in Iowa geboren worden. Seine Mutter war Korrekturleserin für einen Verleger, der sich auf Übersetzungen russischer und französischer Romane spezialisiert hatte. Sein Vater gab sich als Drehbuchautor in Hollywood aus; tatsächlich war er ein Versager, der von nicht erfüllten Verträgen und noch nicht angezeigten Plagiaten lebte. Er schlug seine Frau und sein Kind. Der Mann kam 1958 bei einem nicht geklärten Autounfall ums Leben. Boz' Mutter war damals von der Polizei verhört worden. Doch es konnte kein Beweis dafür erbracht werden, dass sie in den Unfall verwickelt war, bei dem der Ford der Familie von der Straße abkam. In der Gemeinde in Des Moines allerdings war man felsenfest davon überzeugt. Angesichts des vergifteten Klimas nahm die Mutter ihren zehnjährigen Sohn und ging mit ihm nach Kanada. Sie konnte Französisch und so ließen sie sich in Quebec nieder. Der kleine Doornik durchlief eine unauffällige Schullaufbahn in einer kirchlichen Schule in einem Vorort von Montreal. Er war ein eher ruhiges Kind und begann früh, Artikel für die Schülerzeitung zu schreiben. Mit neunzehn schrieb er sich an der Universität von Toronto ein. Wie schon zuvor widmete er der alle zwei Monate erscheinenden Universitätszeitung mehr Zeit als seinem Psychologiestudium. Er schrieb einfach alles: fiktive Erzählungen, Artikel über den Tag der offenen Tür, Filmkritiken, Sportberichte, Gedichte, satirische Notizen, Interviews, sogar die Leserbriefe. Unter dem Pseudonym Fargal sandte er außerdem Kurzgeschichten an amerikanische Literaturzeitschriften. Eine davon wurde 1978 in *Asimov's Magazine* veröffentlicht. Am Tag ihres Erscheinens am Kiosk brach Boz sein Studium ab, er war überzeugt, den literarischen Durchbruch geschafft zu haben. Es folgte eine Phase der schöpferischen Produktivität und der Enttäuschungen. Seine folgenden Manuskripte wurden samt und sonders zurückgeschickt.

Die biografischen Daten über das Leben des jungen Boz entstammten sämtlich der FBI-Vernehmung eines gewissen Simon Abelberg aus dem Jahr 1995, eines New Yorker Juden, der Boz' erster Verleger werden sollte. An dieser Person führte kein Weg vorbei, wenn es um den Mörder ging. Er hatte ihn als unbezahlten Mitarbeiter des Lektürezirkels in seinem Verlag beschäftigt. Später war er als Korrekturleser in die Fußstapfen seiner Mutter getreten. Abelberg mochte Ben O. Boz. Der junge Mann zog alleine nach New Jersey. Nach einem Jahr bot man ihm gleichsam als Beförderung die Möglichkeit an, belanglose Krimis von aus der Mode gekommenen Stars oder von Industriekapitänen, die mit ihrem Namen glänzen wollten, zu redigieren oder umzuschreiben. Diese undankbare Stelle bekleidete er fast sieben Jahre lang. Abelberg zufolge hatte Boz geschäumt vor Wut darüber, dass er nicht von seinen eigenen Werken leben konnte, und war fassungslos über das erbärmliche Niveau dieser Publikationen gewesen. Doch die Seiten, die er selbst zu Papier brachte, waren allesamt enttäuschend. Der große Wendepunkt, der Dreh- und Angelpunkt, an dem seine berufliche Laufbahn eine entscheidende Wendung nahm, war der Tod seiner Mutter. Ein Tumor. Boz hatte während ihres zwei Wochen dauernden Todeskampfs an ihrer Seite ausgeharrt.

Die Hypothese des FBI zu diesem Schlüsselereignis lautete, sie habe ihm in ihren letzten Augenblicken gestanden, dass sein Vater wirklich von ihrer Hand gestorben war, und habe ihm erklärt, warum und wie sie bei der Polizei ihren Kopf »aus der Schlinge« hatte ziehen können ... Jedenfalls war der Boz, der nach der Beerdigung in Kanada nach New York zurückkam, nach Aussage von Simon Abelberg nicht mehr derselbe Mensch wie zuvor. Er begann mehr zu arbeiten, jedoch ohne sich zu Hause zu vergraben und über seiner Schreibmaschine zu brüten. Vielmehr streifte er durch die Redaktionsräume der Zeitungen, Abteilung Kriminalfälle, durch Polizeireviere, Leichenhallen und Gerichte, durch die Restaurants und Cafés in der Nähe der Einsatzzentralen des FBI und durch die Büros von Privatdetektiven. Er hortete Berge von Notizen und belegte Schnellkurse in Kriminologie. Sein Verleger gab zu, dass seine Geschichten Fortschritte machten. Der Stil blieb platt, aber die Ideen sprudelten. Schließlich willigte er ein, ihn zu veröffentlichen.

Das erste Buch war nur von untergeordnetem Interesse für die Akte. Seine Hauptperson hieß Ben O. Boz. Ab seinem zweiten Roman zog Clark Doornik dieses Pseudonym dem von Fargal vor. Drei bei Abelberg veröffentlichte Bücher in zwei Jahren, drei Pleiten. Der Verleger erzählte, er habe damals um die geistige Gesundheit seines Schützlings gefürchtet. Der Autor verstand einfach nicht, weshalb seine Bücher keinen Erfolg hatten. Er war kurz davor, alles hinzuschmeißen. Die beiden Männer zerstritten sich wegen dieser Enttäuschung. Abelberg hatte nie wieder mit ihm zu tun.

Im Jahr darauf veröffentlichte Boz andernorts *Die Dreierregel*, einen kurzen Roman. Die Geschichte eines Mannes, der von seiner eifersüchtigen Frau gefangen gehalten wird und an Hunger und Durst stirbt.

Die Stelle über Boz' Mutter hatte Franklin zu denken gegeben. Die Interpretation der FBI-Spezialisten konnte zutreffend sein: ein erster Mord als Auslöser, ein verschüttetes Familiengeheimnis. War ihm die Sache mit zehn Jahren bereits bewusst gewesen? Hatte er diesen Zweifel bis zum Tod seiner Mutter mit sich herumgetragen? War es für ihn so etwas wie ein … heilsamer Schock gewesen, dass sie unwiderruflich straffrei ausging? Eine Offenbarung?

Über die aktuelle Situation von Ben O. Boz lagen nur summarische Erkenntnisse vor. Er lebte alleine in seinem großen Haus in Dovington. Er hatte nicht einmal Hauspersonal. Von Zeit zu Zeit einen Gärtner, doch sie sprachen nie miteinander. Drei Hunde. Über die interne Organisation seines Haushalts war so gut wie nichts bekannt.

»Sie werden unser erster Blick dort hinein sein, Franklin. Sperren Sie die Augen auf!«, hatte Ike Granwood zu ihm gesagt.

Seit seinem Besuch im Haus Paquito & Saunday Books in New York und den knappen Enthüllungen des Verlegers grübelte Frank über den Ursprung von Boz' Vermögen und die Finanzierung seiner Romane nach. Sein Anwesen war viel zu imposant, um die Frucht seiner Autorenhonorare zu sein.

Eine Seite in der Akte gab ihm schließlich Aufschluss darüber.

Seine Frau. Carol Sandra Pinkus. Geheiratet 1989. Eine steinreiche Familie.

»Ich möchte wetten, dass sie über die Klinge gesprungen ist, die Arme …«

In der Tat. Eineinhalb Jahre nach ihrer Heirat. Ein Autounfall. Bald darauf schwamm Boz im Geld ihres Erbteils. Die Untersuchung der Todesursache hatte nichts Verdächtiges ergeben. Der Ehemann von Carol Pinkus wurde nie wegen des Unfalls behelligt.

»Ganz offensichtlich war der Sohn noch raffinierter als die Mutter!«

Aber daran zweifelte ohnehin kein Mensch mehr.

11

Sobald sie das Gelände von Durrisdeer verlassen hatten, steuerte Frank, der am Steuer des BMW saß, nach Süden in Richtung Manchester, der einwohnerreichsten Stadt von New Hampshire. Er nahm die Interstate 93, die den ganzen Staat bis Boston durchquerte. Um 22 Uhr floss der Verkehr kontinuierlich dahin, lange Sattelschlepper fuhren in Kolonnen hintereinander her, Holzlaster zwangen sie von Zeit zu Zeit zum Abbremsen, und Autofahrer überholten sie vorsichtig.

»Und? Wohin fahren wir jetzt?«, fragte die junge Frau.

»Wir werden ein bisschen improvisieren müssen«, lautete Franks rätselhafte Antwort.

Sie sah ihn erneut beunruhigt an.

»Aber um welche Uhrzeit werden wir zurück sein?«

Er lächelte, ohne die Straße aus den Augen zu lassen.

»Am späten Vormittag vielleicht. Morgen.«

Mit einem Ruck fuhr ihr Gesicht zur Windschutzscheibe herum.

»Aber … wir werden auffliegen! … Ich meine, wir zwei … wenn ich nicht zu Hause auftauche …!«

»Das musste so oder so irgendwann kommen. Diese Idee, alles publik zu machen, worüber wir so oft sprechen … nun, heute ist es so weit. Ich übernehme die Verantwortung. Natürlich nur, wenn du einverstanden bist. Ich zwinge dich zu nichts. Noch können wir zurückfahren.«

Schweigen.

Mary fuhr sich mit den Fingern durch die Haare.

»Oh, ich werde einiges zu hören bekommen!«

»Von deinen Eltern?«

»Von meiner Mutter vor allem. Du kennst sie schlecht. Sie ist so falsch wie Margaret White in *Carrie*.«

»Nun komm schon, du bist mehr als zwanzig Jahre alt. Du kannst machen, was dir passt. Oder?«

»Das Alter spielt bei der Emanzipation der Kinder keine Rolle. Alles hängt von der Persönlichkeit der Eltern ab. Manche wollen einfach nie loslassen …«

Franklin dachte an seine eigene Mutter und musste seiner Beifahrerin in diesem Punkt recht geben.

Mary runzelte die Brauen.

»Hast du dir gut überlegt, was du tust? Das wird dir reichlich Ärger in Durrisdeer einbringen. Du wirst alle Welt gegen dich aufbringen: alle Professoren, die mich haben aufwachsen sehen, meine Familie, die Studenten … Bist du dir dessen bewusst?«

Diesmal drosselte er ein wenig die Geschwindigkeit, damit er ihr in die Augen sehen konnte.

»Du bedeutest mir viel, Mary. Sehr viel. Das allein zählt. Alles Übrige ist mir egal.«

Er blickte fragend auf die Straße.

»Soll ich weiterfahren oder umkehren?«

Das Gesicht des Mädchens erhellte sich.

»Fahr weiter, Dummkopf!«

Und sie küsste ihn ausgiebig auf die Wange.

Er beschleunigte wieder und warf dabei regelmäßig einen Blick in den Rückspiegel. Er bemerkte nichts Verdächtiges im Verkehr.

»Vertraust du mir?«, stieß er plötzlich nach einem langen Schweigen hervor.

»Natürlich! Mehr als je zuvor …«

»Gut, dann leg deinen Sicherheitsgurt an!«

»Was?«

»Bitte. Tu, was ich dir sage.«

Mary fragte sich erneut, was mit ihm los war, gehorchte jedoch, ohne zu protestieren.

»Ich erkläre es dir später«, sagte er zu ihr.

Sofort danach drückte er aufs Gaspedal. Der Motor des BMW heulte auf und die erlaubte Höchstgeschwindigkeit war blitzschnell überschritten.

»Was geht hier vor?«

Er antwortete nicht. Noch immer fixierte er in regelmäßigen Abständen den Rückspiegel.

Ein großer Buick. Er löste sch aus der Kolonne. Auch er hatte Gas gegeben.

Frank seufzte und ging wieder auf die erlaubte Geschwindigkeit herunter. Er wechselte auf die rechte Spur und rollte beinahe im Schritttempo dahin.

Der Buick überholte nicht. Er ging hinter einem Lastwagen in Deckung.

»Was ist?«, bohrte Mary nach. »Werden wir verfolgt? Wirst *du* verfolgt?«

»Könnte sein.«

»Wer ist das?«

Sie drehte sich um, um nachzusehen.

»Sag, wer ist das?«

»Das ist ein bisschen langwierig zu erklären, aber es hat einen Sinn. Sobald wir angekommen sind, wirst du verstehen. Das verspreche ich dir.«

Wenigstens acht Meilen lang fiel er wieder in eine normale Geschwindigkeit. Er achtete genau auf die verschiedenen Ausfahrtsschilder der 93 und die Entfernungen, die zwischen ihnen lagen.

Mary sagte nichts mehr. Sie drehte sich nur von Zeit zu Zeit um, um zu sehen, welches Auto sie verfolgte.

»Halt dich fest«, stieß Frank hervor.

Und dann beschleunigte er, dieses Mal jedoch viel heftiger als zuvor. Der Drehzahlmesser kletterte hoch. Er war nicht unglücklich darüber, dass Mary diesen kleinen Flitzer besaß.

Wie zu erwarten machte auch der Buick einen Satz nach vorne, aber mit einer gewissen Verzögerung. Franklin konnte mit einem kleinen Spielraum rechnen. Mary klammerte sich an den Türgriff und stemmte die Füße gegen die Bodenmatte unter dem Beifahrersitz. Das letzte Schild, das die Ausfahrt Suncook ankündigte, tauchte auf. Knapp zweihundert Meter.

Unvermittelt fuhr Frank über die rechte Seitenlinie und machte eine Vollbremsung. Mary spürte, wie der Sicherheitsgurt sie an den Sitz presste.

Frank blieb auf dem Standstreifen der Autobahn stehen. Knapp dreißig Meter vor der Ausfahrt setzte er den Warnblinker.

Erwartungsgemäß verlangsamte auch der Buick, aber nicht schnell genug, um zu verhindern, dass er überholte. Frank und die Autobahnausfahrt.

Franklin betrachtete das Fahrzeug.

»Ist das der Wagen?«, murmelte Mary.

»Das ist er.«

Und ohne einen Augenblick zu verlieren, ließ er den Motor wieder aufheulen und bog in die Ausfahrt nach Suncook. Er sah gerade noch, wie die Bremslichter des Buick aufleuchteten, bevor er außer Sicht war.

Mary klammerte sich erneut an alles, was ihr Halt bieten konnte.

Die Ausfahrt beschrieb eine lang gezogene, zweispurige Rechtskurve. Frank sah sich suchend um und versuchte, trotz der nächtlichen Dunkelheit die Umgebung abzuschätzen. Richtungsschilder wiesen nach Pembroke, Allentown oder Suncook. Er ignorierte alle Abzweigungen und verließ stattdessen die Straße, um auf einen Feldweg einzubiegen, der zu einem landwirtschaftlichen Betrieb führte. Dort hielt er an, stellte den Motor ab und schaltete alle Scheinwerfer aus. Der schwarze BMW stand im Schutz einiger Bäume.

»Auf was warten wir jetzt?«, stieß Mary aufgeregt hervor. »Du hast sie abgehängt, stimmt's?«

»Das glaube ich kaum. Bestimmt sind sie dabei, umzukehren.«

»Auf der Autobahn? Mitten auf der Autobahn? Aber das sind Verrückte, diese Typen! Was um alles in der Welt wollen sie von dir?«

»Nichts Bestimmtes. Nur wissen, wo ich mich herumtreibe …«

Mehrere Autos fuhren auf ihrer Höhe vorbei, ohne dass sie ihre Fabrikate erraten konnten. Es gab keine Straßenbeleuchtung.

Nach ungefähr zehn Minuten des Wartens beschloss Frank, der sich noch immer über das Wie und Warum in Schweigen hüllte, sein Versteck zu verlassen. Im Rückwärtsgang setzte er auf dem Feldweg zurück.

Allerdings traf er auch auf dem Asphalt keine Anstalten, wieder in den ersten Gang zu schalten und die normale Fahrtrichtung einzunehmen. Er fuhr vielmehr weiter rückwärts und verrenkte sich dabei halb den Hals, um aus dem Heckfenster des BMW zu schauen.

Er drehte den Motor hoch.

»Aber was machst du da? Was soll das?«, schrie Mary hektisch.

»Ich fahre auf die Autobahn zurück«, erklärte Frank kalt.

»Aber ...!«

»Mach die Augen zu. Es geht schon.«

Mary vergrub das Gesicht in den Händen und murmelte den Umständen entsprechende Verwünschungen. Frank umklammerte mit blutleeren Händen das Lenkrad.

Kaum überraschend kam auf der Auffahrt ein Lieferwagen direkt auf ihn zu. Er blendete voll auf. Frank beschloss, keinen Zentimeter von seinem Kurs abzuweichen. Er überließ es dem Lieferwagen, ein Schleudermanöver zu vollbringen. Der arme Fahrer riss sein Steuer unwillkürlich ein wenig zu stark herum und fand sich nach einer vollständigen Drehung um die eigene Achse auf dem Grünstreifen wieder. Das Ganze lief ab wie ein schweigender Tanz, nicht einmal kreischende Reifen oder lautes Hupen waren zu hören. Alles erfolgte viel zu schnell.

Noch ein paar Sekunden des Wahnsinns, dann hielt Frank den Wagen an und schaltete in den Vorwärtsgang.

Sie waren wieder auf der Interstate 93.

Das Auto rollte so friedlich im Verkehrsfluss dahin, dass man hätte glauben können, es sei nichts passiert.

Der Professor fixierte mit unbewegter Miene die Straße, ohne eine Spur von Zittern oder Schweißtropfen auf der Stirn. Mary öffnete langsam die Hände und hob den Kopf. Bleich und mit angehaltenem Atem.

»Sind wir tot?«

»Nein, wir haben unsere Ruhe.«

12

Kurze Zeit später verließ er die Interstate 93 in Richtung Goffstown und erreichte Manchester so von Westen her. Auf einer der ruhigsten Zufahrtsstraßen. Um so eventuelle Maßnahmen, die auf der Autobahn gegen ihn getroffen worden waren, zu durchkreuzen. Der BMW war identifiziert und seine Flucht vom FBI registriert, daran gab es keinen Zweifel. Er überquerte den Merrimack.

»Weißt du, wohin wir fahren?«, fragte seine noch immer geschockte Begleiterin.

Er schüttelte den Kopf.

»Ich weiß, was ich suche. Das ist immerhin etwas.«

Dieses Etwas fand er an der Ecke Oak Street und Myrtle Street: das Montego Hotel. Ein kleines, schmuckloses Etablissement, das jedoch eine Parkgarage sein Eigen nannte. Das Auto, seine größte Sorge, wurde zwischen einem riesigen Geländewagen mit verchromten Felgen und dem verkohlten Gerippe eines Pontiac Grand Am versteckt.

Damit war das Viertel gewählt.

An der Fassade des Montego waren mehrere verschiedene Farbschichten sichtbar, an deren Reihenfolge sich der Werdegang des Hauses ablesen ließ. Verblichen waren sie alle. Das Hotel war zwar keine Absteige, aber es fehlte nicht viel.

An der Rezeption dagegen deutete alles auf einen kürzlich erfolgten Besitzerwechsel hin. Der Teppichboden war neu, Halogenstrahler hatten die Neonlampen der achtziger Jahre ersetzt, der muffige Geruch nach alten Kanapees und kaltem Rauch war verschwunden und die cremefarbenen Töne an der Wand gaben sich redliche Mühe, einem Haus, das eigentlich nichts weiter als ein Stundenhotel war, einen gewissen Chic zu verleihen.

Hinter einer Empfangstheke wartete ein alter Mann, der mit verlorenem Blick ins Leere sah. Das Auftauchen des Paars riss ihn aus seiner Geistesabwesenheit. Der Anblick dieser beiden Blondschöpfe, einer so schön wie der andere, hatte etwas Elektrisierendes. Ein Paar wie aus einem Hochglanzmagazin. Sie waren elegant, sie waren ordentlich, sie waren weiß.

Frank buchte für eine Nacht.

Das Zimmer im ersten Stock entsprach den Verheißungen der Fassade. Die Renovierungsarbeiten hatten eindeutig nur der Rezeption gegolten. Es war eine heruntergekommene Bruchbude!

»Romantisch, nicht?«, sagte er scherzend.

»Weißt du, das passt doch recht gut zu diesem Abend. Alles vollkommen *unerwartet.*«

Sie setzte sich aufs Bett und testete die Matratze.

»Und ein bisschen gefährlich«, fügte sie hinzu.

Er stellte sich neben sie. Dann erzählte er. Ohne Umschweife. Über Sheridans Unternehmungen, Boz und das FBI, den wahren Grund seiner Schulterschmerzen, das bevorstehende Treffen mit dem Schriftsteller. Mary hatte die Knie unters Kinn gezogen und kaute beim Zuhören methodisch an den Fingernägeln. Sie war wie gebannt.

Am Ende sagte sie nach einem langen Schweigen: »Du hast soeben gegen Bundesgesetze verstoßen, indem du mir das alles erzählt hast!«

Er lächelte und küsste sie.

»Ich hab dir gesagt, dass du mir viel bedeutest.«

Sie unterdrückte nur mit Mühe ein nervöses Lachen.

»Ich weiß nicht, wo du das größere Risiko eingehst. Mit dem FBI oder mit meiner Mutter, wenn sie erfährt, dass ich mich binnen weniger Wochen von einem Unbekannten habe verführen lassen. Ob er nun Professor ist oder nicht!«

Sie lächelten sich an. Nun wollte Mary ihm etwas gestehen. Mit sechzehn Jahren hatte sie sich in einen Drogendealer von Concord verknallt, der dreizehn Jahre älter als sie war; eine Revolte gegen ihre Mutter. Ein paar Tage auf dem Revier hatten genügt, um sie wieder auf den rechten Weg zu bringen und Agatha Emerson vor Wut durchdrehen zu lassen. Punkt.

Ihre Akte beim FBI war aus gutem Grund nur dünn …

»Und jetzt?«, fragte sie.

Auch in diesem Punkt erläuterte ihr Frank genau, was er vorhatte.

13

Er stand um 6 Uhr 30 auf und verließ geräuschlos das Zimmer. An der Rezeption hatte ein junger Mann den verzweifelten Alten vom Vortag abgelöst. Es war ein achtzehn bis zwanzig Jahre alter Hispano mit einem Kruzifix-Piercing in einem Nasenflügel und Rastazöpfen mit eingeflochtenen bunten Perlen. Aus einem kleinen Radio ertönte Ronnie James Dio. Trotzdem hielt der Junge eine Ausgabe der *Geschichte zweier Städte* von Charles Dickens in Händen, wodurch sich Frank ihm plötzlich auf seltsame Weise sehr nahe fühlte. Er hob die Augen von seinem Buch.

»Ja?«

»Haben Sie ein Branchentelefonbuch?«

»Neben dem Münzfernsprecher da hinten.«

Er machte eine Kopfbewegung und seine Zöpfe klimperten leise.

»Danke.«

Der junge Mann wandte sich wieder seinem Dickens zu. Frank ging bis ans Ende der Eingangshalle, nahm das Telefonverzeichnis, schlug gut zehn Minuten darin nach und machte sich dabei Notizen.

Anschließend verließ er das Montego Hotel. Der Tag brach an. Er entdeckte, dass das Viertel fest in jamaikanischer Hand war. Man konnte keinen Schritt tun, ohne einem Abziehbild von Bob Marley zu begegnen oder der Fahne mit dem gelben Kreuz auf grünschwarzem Hintergrund. Doch wie so oft beschränkte sich die Gemeinde in Wirklichkeit auf zwei Straßenzüge. Schnell war er wieder zurück in New Hampshire.

Da er seit dem Vorabend nichts gegessen hatte, hielt er an einem Snack an, um zu frühstücken. Dort wartete er, bis es acht Uhr wurde, trank dabei einen Kaffe nach dem anderen und aß ein klebriges Muffin, das ihm in den Fingern zerbröselte.

Dann hielt er ein Taxi an. Er stattete einem halben Dutzend Waffenhändlern einen Besuch ab. Überall wanderte er an Regalen entlang, die nichts als Jagdwaffen enthielten. Jagdgewehre, Büchsen mit einem Lauf, Hinterlader mit nebeneinander oder übereinander liegendem Lauf, Munition für Großwild … und der ganze Kram, der dazugehörte.

Jedenfalls verkaufte kein Einziger davon eine Handfeuerwaffe.

Erst der sechste Verkäufer sprach ihn an, als er ihn enttäuscht seinen Laden verlassen sah.

»Suchen Sie etwas Bestimmtes?«

Franklin drehte sich um. Der Mann war wie aus dem Ei gepellt, eine großväterliche Gestalt mit weißer Haarpracht und lachenden Augen.

»Eine Feuerwaffe …«

»Eine Faustfeuerwaffe, nicht wahr?«

Frank bejahte schüchtern. Der Alte schenkte ihm ein Lächeln und erklärte ihm sodann wohlwollend die Situation.

»Der Verkauf von Pistolen und Revolvern ist heute mit zu

vielen Problemen verbunden. Wegen der polizeilichen Ermittlungen. Sobald ein Mord passiert, hat man die Polizei am Hals, die antanzt, um zu überprüfen, ob man nicht zufällig die Waffe geliefert hat. Und dann gibt es diese Verkaufslisten mit Seriennummern und Fotokopie des Personalausweises, die man jede Woche an die Behörden weiterleiten muss. Was glauben Sie, was los ist, wenn die Angaben nicht korrekt sind, wenn der Käufer uns hereingelegt hat! Kurzum, am Ende wird man beinahe selbst für alles verantwortlich gemacht. Es geht einfach nicht mehr. Deshalb haben wir uns auf Jagdwaffen verlegt. Und außerdem ist es mit dem Waffenmarkt so wie mit dem Markt für Drucker. Die Hersteller verdienen ihr Geld nicht mit den Geräten, sondern mit den Tintenpatronen. Bei uns ist es das Gleiche. Wir verdienen nicht an den Waffen, sondern eher …«

Er drehte sich um und zeigte mit dem Finger auf seine riesige Wand voller Munition.

»Bis zum Beweis des Gegenteils wird bei Ermittlungen zumindest noch nicht nach demjenigen gesucht, der die Schachtel mit den Patronen verkauft hat!«

Der alte Mann schrieb einen Namen und eine Adresse auf die Rückseite einer Visitenkarte seines Geschäfts.

»Gehen Sie zu dem Typen hier. Aber sagen Sie ihm, dass ich Sie geschickt habe. Ich möchte nicht um meine Provision gebracht werden.«

Die Adresse war im Osten, an der Eskrine Avenue. *Hunting Pond*, Inhaber Dan Fukuyama.

Wieder ein Taxi. Ein neues Geschäft für Jagdbedarf. Franklin zeigte sogleich die Karte des vorhergehenden Waffenhändlers vor.

»Er behauptet, Sie hätten etwas auf Lager?«, sagte er zu Fukuyama.

»Wir werden sehen. Was genau brauchen Sie?«

»Etwas Sicheres. Ein großes Kaliber.«

Der Verkäufer nickte mit dem Kopf und da er ahnte, dass er es mit einem Neuling zu tun hatte, ließ er eine weitschweifige Erklärung über den Begriff Kaliber vom Stapel. Die Größe in Millimetern hatte nichts zu besagen. Alles hing von der Marke, der Feuerkraft und anderen Feinheiten ab, von denen Franklin keine Ahnung hatte. Der Mann spulte sein Lektion ab wie ein Profi. Die reinste Enzyklopädie. Franklin dachte sich, dass er selbst ihn mit einem Vortrag über die Rolle des Schuldgefühls bei Tolstoi oder den Begriff der emotionalen Zeit bei Proust bis zum Abend hier festnageln könnte. Jedem sein Dada. Der Mann holte zwei Pistolen hervor, die er auf den Tresen legte. Eine Sig Sauer P220 Equinox, Kaliber .45 ACP, und eine Taurus PT 138, Kaliber .380 ACP, Magazin mit zehn Patronen plus eine im Lauf.

»Haben Sie ein bestimmtes Budget? Denn ich muss Sie warnen, ich habe nur noch Hochwertiges im Angebot.«

»Ich möchte etwas Ordentliches für einen Anfänger.«

Unverzüglich tauchten eine Kimber 1911 Compact und eine KelTec P32 auf der Ablage auf.

»Das ist etwas Handfestes«, sagte Fukuyama. »Ich bin allerdings ein sentimentaler Mensch, und mein Herz schlägt für eine …«

Eine Para-Ordnance P14-45. Blitzblank lag die Waffe auf ihrem Taftbett in einer Eichenholzkiste.

»Vierzehn Schuss Reserve haben Sie hier! Maßanfertigung für die Selbstverteidigung.«

Franklin nahm sie der Reihe nach in die Hand und drehte und wendete sie hin und her. Er fühlte ein eigenartiges Erschauern, als er ihre Griffe aus Polymer umschloss, die sich perfekt in seine Handfläche schmiegten. Schon ihr Gewicht, ihre Härte und ihre Kompaktheit vermittelten die Illusion von Stärke. Es war das erste Mal, dass Franklin eine Schusswaffe in der Hand hielt.

»Ich garantiere Ihnen ringförmige Schlagbolzen, die auf das leiseste Kitzeln reagieren … Sie sind wohl gerade Vater geworden, nehme ich an?«

Franklin sah ihn überrascht an und verneinte.

»Ach ja? Gewöhnlich läuft es nämlich so. Sogar bei Typen, die immer gegen den freien Waffenverkauf gekämpft haben. Sobald sich Nachwuchs einstellt, wird ihnen plötzlich klar, dass eine Smith & Wesson im Nachtkästchen nicht ganz nutzlos ist.«

»Nein, bei mir liegt die Sache anders.«

Fukuyamas Miene verfinsterte sich.

»Ich verstehe. In diesem Fall muss man keine Waffe kaufen, mein Freund.«

»Was wollen Sie damit sagen?«

Fukuyama zuckt die Schultern.

»Man muss sie zuerst ausprobieren.«

Und er zog Franklin zu seinem Schützenstand im Untergeschoss seines Geschäfts. Vier Schießbahnen, rohe Zementwände, eine schummrige Beleuchtung, Boxen für die Schützen und Zielsilhouetten, hauptsächlich Oberkörper, die in mehreren Dutzend Metern Entfernung herabhingen.

»Hör zu. Es ist deine Sache, ob du vorhast, einen Typen

umzulegen«, sagte Fukuyama zu ihm. »Das ist dein Karma, nicht das meine …«

Mit der Ankunft am Schießstand war er sofort zum Duzen übergegangen.

»… aber ich bin überzeugt, dass weder du noch ich wollen, dass eine Kugel sich verirrt und ein unschuldiges Opfer trifft. Ein Sperrfeuer kommt nicht infrage. Verstehst du? Es kann eine gewisse Zeit dauern, bis man sich eine Knarre zum Freund macht. Und manchmal erlebt man wirklich böse Überraschungen. Womöglich versteht ihr euch sogar nie richtig. Hast du schon einmal geschossen?«

»Nein.«

»Das habe ich befürchtet. Du kannst dich hier austoben. Nach Lust und Laune. Danach sagst du mir, ob dir immer noch die Idee im Kopf herumspukt, deine Rechnungen auf diese Weise zu begleichen. Und wenn du unfähig bist, geradeaus zu zielen, dann verkaufe ich dir am Ende überhaupt nichts. Kapiert?«

Er lud die Pistolen, schaltete das Licht über einer Bahn ein und reichte Franklin einen Schallschutz und eine Brille. Dieser war hocherfreut über den Vorschlag des Verkäufers. Ohne zu zögern, probierte er die fünf Waffen durch, die zur Auswahl standen.

Die ersten Schüsse erschreckten ihn. Er schoss weit am Ziel vorbei. Dann, vielleicht schneller als erwartet, begann er an dem Spiel Gefallen zu finden.

Normalerweise genügte ihm, wenn er angespannt war, ein ordentliches Jogging oder eine Runde Boxen mit dem Sandsack, um sich zu entspannen. Nun entdeckte er völlig verblüfft, dass die bloße Tatsache, auf einen Abzug zu drücken und das Feuer zwischen seinen Fingern zu spüren, die gleiche Wirkung auf ihn ausübte. Beim Pistolenschießen konnte man sich unglaublich gut abreagieren, genauso wie durch körperliche Anstrengung. Seltsam. Er hatte soeben den Zauber der Waffen entdeckt. Und den Fluch, der damit einherging.

Fukuyama sah ihm zu. Nach vierzig Minuten gelang es Franklin dreimal, mit allen Schüssen die Scheibe zu treffen.

»Das beruhigt mich«, sagte der Waffenhändler.

Frank stieg mit der Sig Sauer P220 und der KelTec P32 wieder in den Laden hoch.

»Ich nehme diese beiden. Eine große und eine kleine. Sie erfüllen meine Zwecke.«

»Zwei? Sie sind wohl sehr ›geladen‹, wie ich sehe.«

Er war zum Sie zwischen Käufer und Verkäufer zurückgekehrt.

»Ich habe Grund dazu, mir Rückendeckung zu verschaffen. Zu Hause und in meinem Auto.«

Fukuyama wiederholte mit hochgezogenen Augenbrauen seinen Lieblingssatz: »Sie müssen selbst wissen, was Ihr Karma ist …«

Franklin bezahlte die Rechnung, beinahe tausend Dollar, in bar.

»Passen Sie auf«, warnte ihn der Verkäufer noch. »Das Gesetz ist tückisch. Sie haben das Recht, eine Waffe zu besitzen, aber nicht, sich damit zu bewegen. Erst recht nicht, wenn Sie Munition mit sich führen. Wenn Sie erwischt werden … haben Sie sie auf der Straße gefunden.«

»Ich werd daran denken. Danke.«

Und er verließ den Hunting Pond mit seinen Taschen und

rechteckigen Kartons wie ein Kunde, der von seinem Schuhmacher kommt.

Er kehrte ins Montego Hotel zurück.

Mary war gerade wach geworden. Es war zehn Uhr. Sie nahmen ein kleines Frühstück im Hotelrestaurant ein, das ein wenig besser ausgestattet war als ihre nächtliche Unterkunft, und kehrten dann langsam im Auto nach Durrisdeer zurück.

Sie setzte ihn bei sich zu Hause ab.

Franklin versteckte die Waffen in seinem Käfer und in seinem Büro.

Mary wiederum würde versuchen, ihren Eltern klarzumachen, dass sie verliebt war und sie ihre Meinung dazu nicht sonderlich scherte.

Der Professor aus Durrisdeer traf mit einer kleinen Verspätung bei Miss Wang in der Kommandozentrale des FBI-Teams »The Last Word« ein. Doch es war nicht seine Verspätung, die Melanchthons Zorn erregte.

»Was ist das für eine Geschichte, mitten in der Nacht zu verschwinden! Wohin sind Sie gefahren?«

»Sie haben mir nicht gesagt, dass ich beschattet werde …«

Sie breitete die Arme aus.

»Mir scheint, das ist selbstverständlich! Wir beschützen Sie! Sie bewegen sich auf gefährlichem Terrain!«

»Haben Sie vielleicht auch vergessen, mich darauf hinzuweisen, dass mein Haus abgehört wird? Zu meinem Schutz?«

Die Frau war sprachlos.

Ruhig fuhr er fort: »Seien Sie versichert, dass Sie nach wie vor auf meine bedingungslose Kooperation in dieser Sache mit Boz zählen können, aber nicht auf die Preisgabe meines Privatlebens. Mary und ich, das geht Sie nichts an.«

Damit machte er sich auf den Weg zu seinen neuen Tests.

Melanchthon widersprach ihm nicht.

Sie verstand.

In diesem Punkt war sie eine weibliche Polizistin und nicht nur ein Polizist.

14

Ein Gewitter lag in der Luft. Der Himmel blieb trüb, zerrissen von kläglichen Aufhellungen. Der Wind blies flau, wie die Seeleute sagen; kraftlos fuhr er in das Tal von Dovington.

Franklin stoppte seinen Käfer und stieg vor dem Portal von Ben O. Boz aus. Nichts hatte sich seit seinem Besuch mit Sheridan verändert, nur die Vegetation spross üppiger.

Sein letztes Treffen mit Sheridan und Melanchthon hatte vor gerade einmal zwanzig Minuten in einem Imbiss in Chester-Chester Depot City, vierundzwanzig Kilometer entfernt stattgefunden. Die drei hatten aufgereiht an einem Tresen aus den fünfziger Jahren gesessen, ohne den Mund aufzumachen. Sie hatten sich damit begnügt, ihren Kaffee auszutrinken und mit den Blicken dem Minutenzeiger einer Wanduhr von Coca Cola zu folgen. Franklin machte sich da noch keine großen Gedanken. Erst später, als er allein am Steuer saß, packte ihn die Angst an der Gurgel.

An der Mauer, die Boz' Anwesen umgab, war weder eine Klingel noch eine Sprechanlage zu sehen. Die Überwachungskamera ruhte auf einer beweglichen Halterung. Plötzlich korrigierte das Gerät seinen Winkel, um Franklin zu fixieren. Der Professor blieb stehen, sein Blick war auf die schwarze Linse geheftet. Bestimmt beobachtete ihn der

Schriftsteller auf der anderen Seite. Frank hob die rechte Hand zum Gruß.

Das Portal öffnete sich.

Franklin ging zu seinem Auto zurück.

Ein Weg aus weißem Kies führte in den Park hinein; ein paar seltene Gehölze, ausgedehnte grünliche und braune Flächen, hie und da noch von Schneefeldern bedeckt, die sich im Schatten der großen Bäume gehalten hatten. Franklin durchquerte dieses unbekannte Gelände wie Durrisdeer bei seiner Ankunft: mit weit geöffneten Augen, fasziniert von dem, was ihn erwarten sollte.

Eine Villa im Tudorstil. Hohe, sehr steile Dächer, Fenster mit Simsen so dick wie Baumstämme, manche davon mit farbigen Butzenscheiben. Franklin erinnerte sich, dass er von der Mauer aus eine andere Seite des Hauses gesehen hatte, bevor die zwei Rohlinge des FBI ihn sechs Meter tiefer auf den Boden geschleudert hatten. Das Anwesen war so ruhig wie ein verwunschenes Museum für Touristen in Neuengland.

In der Ferne zeichnete sich im Türrahmen eine Männergestalt ab. Franklin parkte seinen Wagen und stieg aus.

Er trug eine über die Schulter gehängte Tasche, darin befanden sich ein Notizblock, Stifte, Arbeiten von Studenten und Alltagskram. Das war alles, was das FBI ihm vor seiner Abreise genehmigt hatte. Die Sig Sauer P220 Equinox hatte Frank unter dem Armaturenbrett des Käfers versteckt. Als er Chester-Chester Depot Richtung Dovington verlassen hatte, hatte er das Magazin überprüft und die Waffe sorgfältig am Boden seiner Tasche verstaut.

Boz erschien.

Auf den ersten Blick hatte er keine große Ähnlichkeit mit dem Foto auf den Umschlägen seiner Bücher. Der Boz, der Frank gegenüberstand – er erkannte ihn an den Fotos, die Melanchthon ihm gezeigt hatte –, besaß kein einziges Haar mehr auf dem Kopf, den er sogar rasiert hatte, und sein Gesicht rahmte ein dichter grauer Bart ein. Er hatte mindestens zwanzig Kilo zugenommen und … er war ein Riese! Er trug eine abgewetzte Cordhose und einen grob gestrickten Pullover unter einer Weste aus Schaffell.

Drei Hunde lösten sich zwischen seinen Beinen und rasten auf den Neuankömmling zu. Frank wich nicht zurück. Die Rottweiler umkreisten ihn sehr nervös. Boz ging keinen Schritt auf ihn zu. Er lehnte sich an seine Eingangstür und wartete, bis Franklin vor ihm stand.

»Willkommen.«

»Mister Boz«, stieß Franklin als Antwort hervor und streckte ihm die Hand entgegen.

Das Gesicht des Schriftstellers war kantig, blass und für seine sechzig Jahre schon sehr faltig, aber mit ungewöhnlichen Falten an Stellen, die gewöhnlich mehr vom Alter verschont wurden. Sein Blick war aufmerksam und intelligent.

»Na schön«, dachte sich Frank, »schon so kann Boz einem Angst einjagen. Er entspricht perfekt dem Bild, das Sheridan und das FBI von ihm gezeichnet hatten.«

Doch so monströs er auch sein musste, er hielt weder eine blutgetränkte Motorsäge in der Hand noch ließ er Vampirzähne zwischen seinen Lippen aufblitzen. Er lächelte vielmehr. Durchaus entgegenkommend.

»Ich bin sehr erfreut«, sagte Franklin. »Ich hatte nicht gehofft, dass Sie mir so schnell antworten würden.«

»Warum nicht? Wie ich Ihnen am Telefon bereits sagte, habe ich letzten Herbst Ihr Buch gelesen. Ich bin ein Fan von Tolstoi. Ihr langes Kapitel über ihn hat mich tief bewegt.«

Boz liebte Tolstoi. Schön, sein Handschlag jedenfalls konnte mit dem eines Kosaken mithalten. Er war derb, kraftvoll und ohne Scheu.

»Folgen Sie mir bitte.«

Von den Hunden eskortiert betraten sie die Villa.

Nach einer langgezogenen Eingangshalle, von der links und rechts verschlossene Türen abgingen, wurde Franklin in einen kleinen Salon mit dickem Teppichboden, roten unifarbenen Vorhängen und ein paar wenigen Möbelstücken geführt. In einer beleuchteten Vitrine waren Reproduktionen antiker Büsten sowie drei Feuerwaffen ausgestellt, die noch aus der Zeit stammten, da der Mensch seine Streitigkeiten im Duell regelte. Franklin erblickte außerdem einen Beistelltisch aus Wurzelholz mit einem Stapel von Lokalzeitungen darauf und an den Wänden Schwarzweißabzüge berühmter Fotografien, zum größten Teil Porträts. Franklin sah unwillkürlich im Geist die Horrorkomposition in Sheridans Büro wieder vor sich, die vierundzwanzig Gesichter von Leichen.

»Nehmen Sie Platz, Herr Professor. Bitte.«

Alles war sauber, geradezu auf Hochglanz poliert. Dabei hatte Melanchthon ihn gewarnt: Es gab keine Hausangestellte. Boz lebte allein.

Der Schriftsteller bot ihm etwas zu trinken an und servierte Franklin auf dessen Bitte hin eine Limonade. Er selbst schenkte sich in einem Whiskyglas einen kleinen Weinbrand ein, den er mit Wasser verdünnte. Es folgten ein paar geistreiche Bemerkungen über Tolstoi und die russische Literatur. Franklin war beruhigt und dachte sich, es könnte sich ebenso gut um eine Verabredung zwischen zwei Literaturbegeisterten handeln, das Normalste von der Welt.

Boz brach schließlich den Zauber.

»Wie haben Sie mich gefunden?«

Es war zugleich eine Frage und ein Vorwurf.

»Meine Adresse?«, bohrte er nach. »Für gewöhnlich kontaktiert man mich über einen meiner Verleger, der mit einer von mir verfertigten Nachricht antwortet, liebenswürdig zwar, aber abschlägig. Ich schätze es nicht, gestört zu werden.«

Franklin machte eine Kopfbewegung, um ihm zu signalisieren, wie gut er das verstehen konnte.

»Es war einer meiner Schüler aus Durrisdeer«, antwortete er. »Seine Eltern wohnen in der Nähe. Als er sah, dass ich eines Ihrer Bücher las, erzählte er mir, dass Sie in Dovington leben.«

»Hm. Wie heißt er?«

»Wer?«

»Ihr Schüler.«

»Äh … Pullman. David Pullman.«

Zu seiner großen Überraschung sah Frank, wie Boz ein Notizbuch aus seiner Tasche holte und den Namen aufschrieb! Lügen führte bei ihm schon an und für sich dazu, dass sein Puls sich beschleunigte, aber diese Geste ließ sein Herz einen Schlag lang aussetzen … Dabei gehorchte er nur den Anweisungen von Melanchthon und Miss Wang. Sie hatten sich die Geschichte von dem Studenten, der in der Gegend aufgewachsen war, einfallen lassen.

Boz hob sein Glas Weinbrand und leerte es beinahe in einem Zug.

»Sie sagen in Ihrem Brief, dass Sie an einer neuen Studie arbeiten?«

»Ja. Im ersten Band habe ich mich nur mit Autoren der Vergangenheit befasst. Im Lauf dieses Prozesses sind Fragen in mir aufgetaucht, Fragen, die ich diesen Autoren gerne gestellt hätte, wenn sie mir gegenübergestanden hätten. Melville, Hemingway, Conrad. In erster Linie Fragen nach der Technik.«

Boz nickte mit dem Kopf. Franklin fuhr fort: »Damals kam ich auf die Idee, diese Fragen, die ich genau notiert habe, zeitgenössischen Autoren vorzulegen. Als ich mir überlegte, wem ich sie stellen könnte, sagte ich mir, da ich Ihre Arbeiten seit einiger Zeit verfolge, dass Sie eine sehr … persönliche Methode haben. Und dass Ihnen ein Platz in dem neuen Projekt gebührt.«

An dieser Stelle zuckte Boz zusammen und Frank fühlte, wie seine Hände feucht wurden. Er war sich nicht sicher, überhaupt nicht sicher, wie er seine Worte wählen sollte.

»Meine Methode?«, wiederholte Boz. »Was verstehen Sie darunter, Professor?«

Bevor er antwortete, nahm Franklin Zuflucht zu einem Schluck Limonade. Er hatte eine trockene Kehle und seine Zunge war schwer. Er vergaß das Glas und trank direkt aus der Dose.

»Nun, ich meine damit, dass Sie beim Schreiben in einem Maße um Genauigkeit bemüht sind, wie ich es selten woanders angetroffen habe. Falls überhaupt. Das ist das Faszinierende an Ihnen. Ich kann Ihnen in meinem Essay viele Schriftsteller als Gegenbeispiele präsentieren.«

Er machte erneut eine Handbewegung, um nach seiner Flasche zu greifen und Atem zu holen.

»Ach ja? Welche Schriftsteller?«, sagte Boz.

Franklin zuckte mit den Schultern.

»Es gibt Unmengen davon! Sagen wir, es gibt auf der einen Seite die Träumer und auf der anderen die Realisten. Die Washington Irvings und die William Dean Howells. Das war schon immer so, in allen Ländern und in allen Epochen, aber in dieser Gruppe der Realisten haben es nur wenige gewagt, so weit zu gehen wie Sie. Sehen Sie …«

Das Beispiel, das er nun anführen wollte, war mit Unterstützung des FBI ausgearbeitet worden.

»… vor kurzem ging ich mit Ihrem Roman *Der Schrumpfkopf* ins Krankenhaus von Concord.«

Boz runzelte unmerklich die Augenbrauen. Der Koloss saß unbeweglich in seinem Sessel, in der einen Hand hielt er ein leeres Glas, die andere ruhte flach auf der Armlehne. Bis jetzt hatte er sich nicht einwickeln lassen.

Franklin marschierte unbeirrt weiter.

»Ich traf dort einen Geburtshelfer und erzählte ihm, wie Sie in Ihrem Roman die Niederkunft von Janine DeMilles schildern, dieser armen Frau, die alleine im Wald ein Kind zur Welt bringt. Nun, der Arzt war sprachlos angesichts der Genauigkeit und Richtigkeit Ihrer Beschreibungen. Der Dammriss ist seiner Ansicht nach ein Meisterstück. Unmöglich, sich das vorzustellen! Er war wie ich von der Exaktheit Ihrer Worte angetan. Das ist ein seltene, vielsagende Reaktion. Gewöhnlich haben die Fachleute für Schriftsteller, die sich die Wissenschaft der Einfachheit halber nach Belieben zurechtbiegen, nur harte Worte übrig.«

Während Franklin wie vor Miss Wang seine Lektion abspulte, wiederholte er sich unablässig, dass er sich auf Boz' Werke beschränken musste. Niemals darüber hinausgehen durfte. Er durfte nichts weiter wissen.

Boz lächelte. Zum ersten Mal seit Beginn des Gesprächs.

»Wirklich? Das ist schmeichelhaft …«

»Seit dieser Begegnung mit dem Arzt bin ich überzeugt, dass Sie ein zentrales Kapitel in meinem Buch einnehmen werden.«

»Da könnte etwas dran sein. Umso mehr, als Sie noch viel über mich lernen müssen.«

Franklin erbleichte gegen seinen Willen.

Daraufhin hörte man in der Ferne das Läuten von mehr als zwanzig Glockentürmen, die fünf Uhr schlugen.

»Diese schwachsinnigen Pastoren haben es nie geschafft, die verschiedenen Tages- und Nachtzeiten des Läutens aufeinander abzustimmen«, wetterte Boz. »Reformierte Christen, die sich denselben Gottessohn teilen, aber nicht die gleichen Uhrzeiten!«

Ein paar zusätzliche Verwünschungen räumten ein für alle Mal auf mit der Vorstellung, Boz könnte religiös motiviert sein und einer dieser Glaubensbewegungen mit sektiererischer Tendenz angehören. Er bot dem Professor eine Zigarette an, die dieser ablehnte. Er selbst zündete sich eine an und verharrte einen Augenblick nachdenklich, während er blicklos dem Rauch nachsah.

»Ihr Vorschlag könnte interessant sein«, fuhr er schließlich fort. »Ich bin ein diskreter, sogar ein verschlossener Mann. Aber dennoch gibt es ein paar Dinge zu meiner Person, die ich öffentlich machen möchte. Das könnte die Jüngeren inspirieren. Sie sind immer begierig nach Enthüllungen, die von Älteren kommen. Zumindest war ich das in ihrem Alter. Wie ich Ihnen bereits sagte, wünsche ich zuallererst eine Liste der anderen Autoren, denen Ihre Untersuchung gilt, sowie einen schriftlichen Vertrag und einen Vorschuss von zehntausend Dollar.«

Franklin fuhr hoch.

»Das … Es liegt nicht in meiner Macht …«

»Natürlich. Sprechen Sie mit dem Verleger des Projekts. Beruhigen Sie sich. Wenn ich Sie in mein schöpferisches Allerheiligstes einlasse, dann garantiere ich Ihnen, dass das Kapitel, das meinen Namen trägt, Furore machen wird. Ihr Verleger wird begeistert sein.«

Boz betonte seine Worte plötzlich nachdrücklich und strahlte eine unerträgliche Selbstzufriedenheit aus. Ein Eindruck, der bis jetzt von seinen Gastgeberqualitäten verdeckt worden war.

Er fuhr fort: »Aber ich weiß auch, wie ängstlich diese Witzbolde sind. Ich wechsle sie oft genug, um sie in allen Spielarten zu kennen.«

»Warum haben Sie so viele verschiedene Verlage?«

»Bah! Diese Kleinkrämer wollen immer kürzen in meinen Büchern! Sie sprachen von der Geburt in *Der Schrumpfkopf*. Sie beansprucht vier Seiten. Ich habe eine ungeheure Energie investiert, damit das Ganze realistisch wirkt. Aber die sehen darin nichts als Humbug. Die verstehen gar nichts! Glauben Sie mir, an dem Tag, an dem man ermessen wird, was ich für meinen Beruf getan habe, was ich geopfert habe, um in meinen Romanen wahrhaftig zu sein, an dem Tag wird mein Werk eine ganz andere Würdigung erfahren. Man wird sich meine Romane aus der Hand reißen!«

Boz zischte den nächsten Schnaps. Das hellte seine Stimmung auf. Er war entweder extrem schwankend in seinen Stimmungen oder Alkoholiker. Die Unterhaltung driftete nun ab zu nebensächlichen Themen ohne Bedeutung. Franklin erzählte von dem Gezänk, das seine Bewerbung um die Stelle in Durrisdeer begleitet hatte. Es kam sogar so weit, dass er mit Boz lachte. Mit Boz!

»Es freut mich sehr, dass Sie die wahre Grundlage meiner Arbeit erkannt haben«, fuhr der Autor fort. »Die anstehende Veröffentlichung Ihrer Untersuchung könnte gar nicht auf einen besseren Zeitpunkt fallen.«

»Ach ja? Warum?«

»Weil ich beschlossen habe, alles zu ändern.«

Das hatte er laut ausgerufen.

»Meine Romane sind, was sie sind, und aus diesem Grund zu anspruchsvoll für ein breites Publikum, das wissen Sie ja selbst.«

Er betrachtete mit einer gewissen Müdigkeit im Blick den Boden seines leeren Glases.

»Meine Verkaufszahlen sind bescheiden. Schon immer. Mit meinem nächsten Buch möchte ich das korrigieren. Ich möchte ein Werk veröffentlichen, das Erfolg hat, das meinen Leserkreis erweitert. Ich habe dreißig Jahre Berufserfahrung, ich muss endlich mein Meisterwerk verfassen. Die Apotheose! Wenn Ihre Untersuchung gleichzeitig mit meinem nächsten Buch herauskäme, könnten wir einen doppelten Coup landen!«

Franklin setzte eine interessierte, um nicht zu sagen begeisterte Miene auf. Damit man ihm sein Entsetzen nicht ansah. Boz' *Apotheose*?

»Überzeugen Sie Ihren Verleger«, beschwor ihn der Autor. »Machen Sie mir eine schöne Liste mit den Autoren der anderen Kapitel, schaffen Sie das Geld heran, und dann reden wir weiter.«

Boz erhob sich, als wollte er das Gespräch beenden.

»Aber ich kann Ihnen nichts versprechen«, sagte Franklin.

»Selbstverständlich, das verstehe ich.«

Der Riese hielt inne. Plötzlich kam ihm ein Einfall, er dachte kurz nach und lachte dann höhnisch.

»Wissen Sie was?«, sagte er, abgehackt jede einzelne Silbe betonend. »Ich werde Ihnen etwas zeigen, das Sie Ihrem Verleger vorsetzen können. Damit er anbeißt … Kommen Sie mit.«

Er verließ den Raum. Frank zögerte. Er stand auf, nicht ohne dabei nach seiner Tasche zu greifen.

»Ich schreibe im Augenblick an einer Novelle, die im England des 19. Jahrhunderts spielt«, erläuterte Boz, während er ihm in die Halle vorausging. »Es handelt sich um eine von zwei Auftragsarbeiten für eine Literaturzeitschrift. Eine Sträflingsgeschichte. Es trifft sich gut, dass Sie gerade hier sind. Ich benutze für gewöhnlich Versuchspersonen, um meine Geschichten zu überprüfen, und heute habe ich gerade eine zur Verfügung!«

Eine Versuchsperson?

»Kommen Sie in den Keller mit mir.«

Boz pfiff, damit seine Hunde sie begleiteten. Dem jungen Mann gefiel es gar nicht, welche Richtung die Dinge nahmen.

Auf einer engen Treppe stiegen sie in das Untergeschoss hinab.

»Passen Sie auf die Hunde auf, sie müssen erst einmal im vordersten Keller bleiben.«

Sie betraten einen Abstellraum im Keller, wie man ihn überall findet: verschimmelte Kartons, eine Sitzbank und Gartenliegen aus weißem Plastik, staubbedeckte Fliesenstapel, ein Gurt für eine Gartenfräse, der an einem Nagel hing, ein Satz Reifen, ein metallener Werkzeugschrank, das übliche Gerümpel. Boz schnauzte die Rottweiler an und öffnete eine Eisentür, die in einen anderen Teil des Verschlags führte.

Dort erblickte Franklin fassungslos Blut und einen an einem Seil aufgehängten Körper!

»Treten Sie näher, Professor! Sie brauchen keine Angst zu haben …«

»Aber …!«

Es war ein Skelett. Auf einem behelfsmäßigen Tisch daneben lagen große Fleischbrocken, aus denen alles Blut herausgelaufen war. Boz ergriff ein riesiges Messer.

Der Riese mit seiner Klinge hätte jeden unversehens auftauchenden Augenzeugen auf der Stelle in die Flucht gejagt.

»Aber …«, wiederholte Frank, »was haben Sie vor?«

»In meiner Geschichte«, erklärte er, »wird einer der erhängten Sträflinge nachts von den Wölfen gefressen. Sie packen ihn an den Waden und zerren ihn zu Boden. Der Punkt, der mir Kopfzerbrechen macht, ist folgender: Was reißt als Erstes? Der Hals des Toten? Der Strick? Ein Bein? Wie stellen die Hunde es an?«

Boz erklärte, dass er seine Hunde seit drei Tagen ausgehungert hatte. Er beabsichtigte eigentlich noch ein wenig zu warten, doch Franklins Ankunft wegen würde er den Versuch beschleunigen.

Geschickt befestigte er die Fleischstücke mit festen Metzgerfäden an den Extremitäten des Skeletts.

»Das sind echte Knochen«, sagte er und tätschelte dabei ein Schienbein, »ich habe sie aus dem Fundus der medizinischen Fakultät von Manchester erworben.«

Boz bat Frank zweimal um Hilfe, damit er ihm beim Befestigen des Fleisches half. Der Professor versuchte, seine Befürchtungen und das Zittern seiner Finger, die sich in das faule Fleisch gruben, so weit wie möglich zu verbergen. Nachdem der Unterleib mit Rinderrippe und Beinfleisch künstlich rekonstruiert war, ließ Boz endlich die Hunde los.

Niemals zuvor hatte Frank ein so gewaltsames und so abstoßendes Schauspiel wie den Ansturm dieser Tiere miterlebt. Die Raserei dieser vom Hunger getriebenen Köter … war unvorstellbar. Sie hätten sich gegenseitig verschlungen, um ein Stück zu ergattern. Das Skelett wurde in alle Richtungen gezerrt. Die Gelenke knirschten, die Fangzähne schlugen in die Knochen. Boz glaubte, er müsse noch eins drauflegen, damit der Horror vollkommen war.

»Man muss sich das in der Realität vorstellen: das offene Fleisch, das schon schwarz gewordene Blut des Erhängten, das wie Kleister fließt … Und der Geruch! Es stinkt, eine Leiche, die so aufgerissen wird …«

Die Hunde sprangen hoch und bissen sich fest, blieben manchmal wild um sich schlagend in der Luft hängen, einzig gehalten durch die Kraft ihrer Kiefer. Auf Boz' Gesicht lag ein widerwärtiges Grinsen, als würde er ein Paar beim Liebesspiel beobachten.

»Sehen Sie, wozu sie fähig sind? Stellen Sie sich erst Wölfe vor! Mit einem noch stärkeren Instinkt, einem noch ausgeprägteren Blutdurst!«

Es waren die Zähne und der Unterkiefer des Skeletts, die schließlich als Erste dem Druck des Stricks und der sich zusammenziehenden Schlinge nachgaben. Die Oberkiefer wurden nach oben gezogen und schließlich unter dem Ansturm und dem Gewicht der Tiere ausgerenkt.

»Ah!«, rief Boz. »Wer hätte das gedacht? Der Kiefer!«

Er notierte dieses Detail in sein Notizbuch.

Der Strick hielt bis zuletzt, doch der Gehängte wurde eines Beins und einer Wade samt Fuß beraubt. Der Hals gab nicht im Geringsten nach.

»Stellen Sie sich die Szene vor: Finstere Nacht, Mondschein, ein Sträfling am Galgen mit einem Glöckchen um den Hals, und der wahnsinnige Lärm, der plötzlich die verängstigte Bevölkerung herbeilockt. Wie? Ist der Tote etwa wieder zum Leben erwacht? Mein Gott … Und dann sehen Sie das! Das ist umwerfend«, sagte Boz. »Ich werde dieses Kapitel gleich nach Ihrem Aufbruch schreiben …«

Als Franklin wieder klar denken konnte, sagte er sich, dass dieser Typ wirklich verrückt war.

»Erzählen Sie Ihrem Verleger, was Sie eben gesehen haben«, forderte Boz ihn stolz auf. »Damit haben Sie gewonnen. Er wird mich kennenlernen wollen. Wie Ihre nächsten Leser, Franklin. Hoffen wir es!«

Zehn Minuten später verließ Franklin den Ort, ohne etwas anderes davon gesehen zu haben als das Wohnzimmer und den Keller.

Er stieg in seinen orangeroten Käfer.

Boz hatte ihm eine Telefonnummer gegeben, unter der er ihn erreichen konnte.

Die Sig Sauer war nicht in Aktion getreten, aber mein Gott, was war der junge Professor froh gewesen, dass er sie mitgenommen hatte!

Er kehrte ins Hotel Ascot in der Nähe von Concord zurück, um Bericht zu erstatten. Dort war die neue Einsatzzentrale der FBI-Operation untergebracht. Sheridan war bereits anwesend. Wie auch Ike Granwood. Der Oberchef wich Melanchthon nicht mehr von der Seite, seitdem sie einen bedeutenden Budgetzuschuss und die Bereitstellung von zehn zusätzlichen Kräften aus ihm herausgeleiert hatte, um für Franklins Treffen gewappnet zu sein.

Übereinstimmend wurde beschlossen, alle Forderungen von Boz zu erfüllen: Vertrag mit einem Verleger, Abschlagszahlung, fiktive Autorenliste, alles, was notwendig war, um ihn zur Aufnahme von Gesprächen mit dem Professor zu bewegen. Franklin beschrieb ihnen die Örtlichkeiten, die Fotos an der Wand, den Keller, die entspannte Haltung des Romanschriftstellers, seine Vorliebe für Weinbrand, die nervösen Hunde und das Skelett. Das FBI besaß einen Plan von Boz' Haus, Melanchthon folgte den Angaben des jungen Mannes und zeigte auf dem Papier darauf.

Alle fragten sich, ob sich hinter dem *Gehängten* irgendeine reale Geschichte verbarg und man Grund zur Sorgen haben musste …

»Wird er jemanden entführen?«

»Ich weiß es nicht. Schließlich handelt es sich nur um eine Novelle für eine Literaturzeitschrift.«

Zwei Stunden später verließ Frank in Begleitung Sheridans das Hotel.

»Und?«, fragte dieser. »Was ist Ihr wahrer Eindruck, abgesehen von den Tatsachen?«

Der Professor blieb stehen. Ernst.

»Wissen Sie was? Die Geschichte mit dem Alkohol, die habe ich nicht geglaubt. Das war allzu demonstrativ. Wie die Geschichte mit dem Skelett im Keller. Das alles war lange vor meinem Besuch geplant und genau überlegt.«

Er schüttelte den Kopf.

»All seinem Gerede zum Trotz hat Boz nichts improvisiert. Er spielt schon jetzt ein bestimmtes Spiel mit mir. Die Frage ist nur … was für eines?«

15

Ben O. Boz saß an seinem Schreibtisch, seine Hände wanderten über die Tastatur des Computers. Er saß unbeweglich und konzentriert mit steifem Rücken da, nur seine Augenbrauen zuckten nach oben zum Zeichen seiner Begeisterung oder seiner Verachtung für die eine oder andere Formulierung, die ihm in den Sinn kam.

Das Büro um ihn herum war in gedämpftes Licht getaucht, ein paar kleine Lampen unter bedruckten Schirmen erhellten es. Alles war still und ruhig. Der Inbegriff einer Schriftstellerklause: das Gehirn rauchte, die Finger flogen dahin, alles Übrige hing gleichsam zeitlos und unbeweglich in der Schwebe.

Die Wände schmückte kein einziges Buch, sondern eine beeindruckende Sammlung von Schreibmaschinen. Eine sensationelle Kollektion der berühmten Modelle von Royal, Remington oder Underwood. Sagenumwobene Stücke wie eine Blickenscheefer auf lackiertem Holz, eine tragbare Noiseless aus dem Jahr 1923, eine Olivetti M1 und sogar eine Reproduktion des unglaublichen Yetman Transmitting Typewriter von 1908. Mindestens fünfzig Exemplare hingen flach an der Wand.

Auf zwei Sofas gegenüber dem mit Gas beheizten Kamin

schliefen die Hunde des Schriftstellers. Nur das trockene und tonlose Klappern der Tastatur war in der Stille zu hören.

Boz' Arbeitstisch war mit Unterlagen übersät: statistische Zahlenreihen über den Prozentsatz der Fettleibigen im Land, nach Regionen aufgeschlüsselt; Berichte für die Branddirektionen über die Verbrennungszeiten bestimmter Materialien; der Vortrag eines Harvard-Professors über die Fett- und Leichenwachsrekorde bei Menschen und zu guter Letzt verschiedene Berichte über die Großbrände, die Kalifornien im vergangenen Sommer heimgesucht hatten.

Boz schrieb:

Er entzündete ein Streichholz. Nein. (Löschtaste: tick tick tick …) *Er rieb ein Streichholz an.* Nein. (Tick tick tick …) *Er riss ein Streichholz an.* Auch nicht! (Tick tick tick …)

Er entflammte ein Streichholz …

Das war's! So war es klarer.

Boz beendete seinen Absatz und ließ sich in seinen Sessel zurückfallen. Er seufzte. Auf dem Vorsatzblatt seines Manuskripts stand zu lesen: *Der Pyromane.*

Es war die zweite zehnseitige Novelle, die er zusammen mit dem *Gehängten* dem *Atlantic Fiction Magazine* versprochen hatte.

Boz holte weitere Dokumente aus der Schublade. Die meisten davon waren Fotos von Orten, an denen die Geschichte spielen sollte. Wenn er schrieb, dass der Baumarkt *Home Depot* sich in Pensacola an der Ausfahrt der 123. Ost befand und dass das Lager für Benzin und andere leicht entflammbare Materialien an die Abteilung Grillgeräte und Gartenmöbel angrenzte, dann wollte Boz, dass dies bis ins kleinste Detail zutraf.

Sein Held, der Pyromane, hatte sich soeben einige Materialien in dem Baumarkt besorgt. Er wollte eine neue Mischung von Alkohol und Schwefel ausprobieren, um seine Explosionen noch spektakulärer zu machen. Den letzten Sätzen zufolge hatte der Held erfolgreich einen Versuch in einem Hinterhof absolviert und schwebte nun im siebten Himmel.

Der Schriftsteller sah auf seine Armbanduhr. Zwanzig Uhr. Er erhob sich aus seinem Sessel und verließ sein Arbeitszimmer, um in die Küche zu gehen. Im ganzen Haus hallte Rachmaninows *Toteninsel* wider. Der Herr des Hauses, der alleine mit seinen Rottweilern lebte, verabscheute Stille außerhalb seines Arbeitsrefugiums. Ein ausgeklügeltes Netz von Lautsprecherboxen beschallte alle Räume. Ununterbrochen lief eine Musikbox voller Langspielplatten, die mit Werken von Monteverdi bis Britten bestückt war.

In der Küche schob Boz ein großes Huhn, das er zuvor mit Gewürzen und Sahne präpariert hatte, in den vorgeheizten Ofen. Nachdem das Tier im Herd war, warf er erneut einen Blick auf die Uhr. Er musste noch mehr als eine Stunde totschlagen. Aus einem Schrank holte er den Brenner hervor, der ihm zum Bräunen der Haut von Geflügel und zum Karamellisieren von Früchten diente.

Er durchquerte das Wohnzimmer und drehte die Lautstärke der Hi-Fi-Anlage deutlich auf. Rachmaninow hatte den Taktstock an Gustav Holst übergeben, dessen Orchesterwerk *Uranus, der Magier* nun erklang.

Boz' Lächeln verkrampfte sich, seine Kiefer waren zusammengebissen und seine linke Hand zuckte leicht. Daumenkrämpfe. Diese Mischung aus Nervosität und Erregung hatte ganz plötzlich von ihm Besitz ergriffen.

Im Wohnzimmer lag auf einem Beistelltischchen ein Zeitungsausschnitt aus einem Lokalblatt von Montpelier in Vermont, in dem das Verschwinden eines gewissen Jackson Pounds gemeldet wurde. Der Mann, der der Presseerklärung der Polizei zufolge psychisch und emotional sehr angeschlagen war, hatte einen unmissverständlichen handschriftlichen Brief hinterlassen, in dem er seine Absicht verkündete, Selbstmord zu begehen. Doch die Leiche blieb unauffindbar. Personenbeschreibungen und Fotos in der Zeitung sollten der Polizei bei der Suche danach helfen. Jackson Pounds war nicht so leicht zu übersehen.

Mit dem Brenner in der Hand ging Boz in den Keller.

Er hatte dieses riesige Haus in Dovington neun Jahre zuvor mit seiner Frau – und ihrem Geld – gekauft. Das Anwesen hatte es ihm aus zweierlei Gründen angetan: erstens wegen seiner isolierten Lage in den Green Mountains und zweitens wegen der verblüffenden Persönlichkeit seines früheren Besitzers. Der Mann war damals 65 Jahre alt. Ein bankrotter alter Exzentriker. Er hatte die Paranoia des Kalten Kriegs miterlebt und sich mit eigenen Händen unter seinem Haus einen Atomschutzbunker eingerichtet. Aus Angst vor jeder Art von Roten und vor Verrätern seiner Stadt, selbst religiösen, hatte er diesen Bau bis zum Verkauf seines Besitzes niemandem gegenüber mit einem Wort erwähnt.

Ben O. Boz hatte das sehr gefallen. Da es sich um einen Verkauf ohne Makler unter Privateigentümern gehandelt hatte, hatte nicht einmal das Grundbuchamt des Bezirks von diesen hundertvierzig zusätzlichen Quadratmetern erfahren.

Am Fuß der Treppe angekommen nahm Boz in den Kellergewölben einen anderen Gang als den, dem der junge

Frank Franklin gefolgt war. Er schloss eine gepanzerte Tür auf, die große Ähnlichkeit mit Türen hatte, wie man sie in den Schließfachabteilungen einer Bank findet.

Er betätigte einen Lichtschalter mit Zeitschaltuhr, und ein halbes Dutzend nackte Glühbirnen unter Drahtgittern erhellte den zentralen Gang und die fünf Räume des Bunkers. Der Erbauer dieser Örtlichkeiten legte Wert auf Komfort und hatte geplant, die Auflösung einer atomaren Wolke über Vermont unter den bestmöglichen Bedingungen abzuwarten. Überall erkannte man das altmodische Dekor der fünfziger Jahre, das 2007 wieder einen gewissen Charme gewonnen hatte. Ein Maschinenraum steuerte die Belüftung und die Energieversorgung. Nicht genug für den Betrieb eines modernen Computers, aber ausreichend, um die Luft darin zu filtern und deutlich sehen zu können.

Alle Räume des Schutzkellers waren voneinander isoliert. Boz öffnete die Tür einer Zelle, die den Überlebenden als Vorratsraum dienen sollte.

In der Mitte krümmte sich ein Mann am Boden.

Er war etwa vierzig Jahre alt. Er war vollkommen nackt und kauerte sich zusammen.

»Wie geht's, Jackson?«, fragte Boz.

Beim erbarmungswürdigen Anblick dieses Menschen hatte er nicht einmal mit der Wimper gezuckt. Im Gegenteil, er schien sich an diesem Schauspiel zu weiden.

Jackson Pounds, der Verschwundene aus Montpelier, machte seinem Namen alle Ehre. Er wog zweihundertvierzig Kilo. Mit seiner haarlosen und bleichen, von Fettfalten durchzogenen Haut glich Jackson einer abstoßenden Fettkugel, die auf der linken Seite lag. In diesem Stadium der

Fettleibigkeit verwandelte der Mensch sich im wahrsten Sinn des Wortes in Biomasse. Seine Waden wurden von schweren Ketten niedergehalten. Doch bei seiner Schwäche war der Mann gewiss nicht mehr in der Lage, aufzustehen … geschweige denn zu fliehen!

Jackson warf seinem Peiniger einen jämmerlichen Blick zu. Der arme Kerl wollte sterben. Nichts als sterben. Seit Monaten schon ertrug er sich selbst nicht mehr, fühlte sich unfähig, seinen Hunger im Zaum zu halten oder noch irgendetwas im Leben zu erhoffen. Er hatte im Internet herumgesurft, dort, wo man alles und jeden findet. Einschließlich solcher Portale, die einem die notwendigen Tipps für einen perfekten Abgang, für eine Begleitung bei der Umsetzung in die Tat, auf welche Weise auch immer, geben. Ben O. Boz hatte Jackson Pounds auf einer pseudosatanistischen Website entdeckt, die auf tödliche Arzneitränke spezialisiert war. Unter dem Pseudonym Belial hatte der Schriftsteller sich an ihn herangemacht. Jackson, der glaubte, Hilfe zu finden, fand sich plötzlich als Versuchskaninchen wieder, ohne irgendetwas bemerkt zu haben.

»Jetzt wird es ernst«, verkündete Boz. »Du hast nichts zu befürchten, deinen letzten Augenblicken wird es nicht an Bravour fehlen.«

Jackson fehlte die Kraft wie auch die Idee zu einer Antwort. Die bloße Aussicht auf ein baldiges Ende erfüllte ihn mit tiefer Freude. Sterben. Schnell sterben!

Das allerdings lag nicht in Boz' Absicht.

Dieser ging mit abstoßender Seelenruhe zu Werke. Als Erstes installierte er eine Infrarotkamera, überprüfte die Zuverlässigkeit eines Chronometers und holte einen Sprühkanister mit Druckluftpistole. Anschließend zückte er ein Maßband und kontrollierte die exakten Maße des »Tiers«, den Umfang der Taille, der Arme, der Schenkel und des Halses. Es war anstrengend und demütigend.

»Ausgezeichnet, du hast nicht zu viel abgenommen«, beglückwünschte ihn Boz.

Ohne den Hauch eines Zögerns bespritzte er Jackson Pounds mit Benzin und Schwefel. Dann brachte er den Kanister in den Gang hinaus, schaltete die Kamera ein, ergriff den Küchenbrenner und setzte den Mann an einem seiner fetten und unförmigem Zehen *in Brand.*

Der von Ben O. Boz ersonnene Pyromane zündete nämlich keine Wälder an, sondern Menschen. Und wie jeder Pyromane, der etwas auf sich hält, wünschte er sich, dass seine Feuersbrunst so groß und so langanhaltend wie möglich war. Boz hatte erfahren, dass menschliches Fett sich verhielt wie das tierische Fett in früheren Kerzen: Es war ein ausgezeichneter Brennstoff. Aus seinen Nachforschungen hatte er gelernt, dass ein fleischiger Körper eine Stunde oder auch länger brennen konnte.

Boz sagte sich, dass dieses »oder auch länger« eine Überprüfung verdiente.

Der in Brand gesetzte Jackson zuckte nur ein paarmal zusammen, herkulische Regungen angesichts seiner Masse, viermal stand er vom Boden auf und fiel wieder auf den Rücken, seine Gliedmaßen verrenkten sich, der Kopf schnellte in alle Richtungen, als wolle er die Flammen verscheuchen. Jackson stieß beklemmende, spitze Schreie aus. Doch er schrie und brüllte nicht lange, denn sein Herz zersprang sehr schnell.

Boz war natürlich auf schwarze Rauchwolken aus verbrannter Haut gefasst, so undurchdringlich wie die von Reifenschläuchen; er war auf den scharfen Geruch geschlachteter Schweine eingestellt, aber nicht auf *Fetttropfen*! Sie perlten buchstäblich auf der Haut des Fettleibigen herab. Jeder Tropfen rollte mitsamt seiner kleinen Flamme zu Boden und verzehrte sich dort weiter. Bald bildete sich eine Art Glutpfütze, die sich um den Opferplatz ausbreitete. Sein »Gewichtsüberschuss«. Die Fettströme waren sehr weiß und stetig. Im Augenblick verhinderten sie sogar, dass die Haut schwarz wurde und verbrannte …

Bald wurden die Rauchschwaden, die durch die sorgfältige Isolierung des Kellers eingeschlossen blieben, zu dicht, als dass Boz noch in dem Raum hätte bleiben können. Doch er hatte ein Phänomen entdeckt, das ihn in helle Aufregung versetzte: Jackson Pounds *schmolz* vor seinen Augen regelrecht dahin, doch anstatt dass dieser abscheuliche Prozess ihn bis zur Unkenntlichkeit entstellt hätte, gab er ihm dankenswerterweise eher allmählich die menschliche Gestalt zurück, die er vor undenklichen Zeiten verloren hatte.

»Perfekt!«

Boz vertraute die verbliebenen Aufgaben der Obhut seiner Kamera an. Jackson würde gut zwei Stunden lang schmoren.

Der Schriftsteller jubilierte. Er hatte eine neue und unanfechtbare empirische Erkenntnis für seine Novelle gewonnen. Genauso, wie er es liebte.

Er kehrte in die Küche zurück und verzehrte sein Hühnchen, das allerdings für seinen Geschmack ein wenig zu durchgebraten war.

Gegen Ende des Abends kehrte er an seinen Schreibtisch

zurück und nahm die Arbeit am Pyromanen dort wieder auf, wo er sie abgebrochen hatte. Er begutachtete sein Kapitel über das »Fett, das verkohlt« mit neuen Augen.

Morgen würde er noch weitere Erkenntnisse über den Zustand der knochigen Überreste und die Schicht aus erkaltetem Fett auf dem Skelett gewinnen …

Jedenfalls freute er sich über diese Entdeckung der Fettfontäne, die sich wie eine brennende Lache unter dem Körper ausbreitete. Sie war für seinen Text bestimmt!

Ben O. Boz wiederholte sehr gerne, dass er sich eine Kinderseele bewahrt habe: Er war schon mit Nichts glücklich zu machen!

16

Franklin arbeitete an seinem Roman. Beflügelt brachte er eine verfremdete Schilderung seiner ersten Begegnung mit Boz zu Papier und war sehr zufrieden damit. Er begann sich sogar schon auszumalen, wie das folgende Treffen ablaufen mochte.

Doch das neue Treffen am folgenden Samstag glich in keiner Weise dem, was er sich an seinem Schreibtisch erträumt hatte.

Erstens war es ein heller, geradezu strahlender Tag, nicht so drückend wie beim ersten Mal. Zweitens erwartete nicht der Schriftsteller den Professor vor seinem Haus, als er aus seinem Käfer stieg. Vielmehr erblickte er ein Polizeifahrzeug aus Dovington sowie einen Feuerwehrwagen vor der Villa!

War etwa die Polizei bei Boz?

Er hörte einen Wortwechsel und gleichzeitig stieg ihm ein übel riechender Brandgestank in die Nase. Das veranlasste ihn dazu, um das Anwesen herumzugehen. Die Blumenrabatten waren mit Zwiebelpflanzen geschmückt, der Efeu trieb erste Sprossen an den Balken des Fachwerks, und der Rasen tauchte den ganzen Park in helles Grün.

In der Ferne erblickte Franklin einen Polizisten und zwei Feuerwehrleute im Garten.

Boz stand neben dem Polizeibeamten.

Am Ende des Parks loderte eine gewaltige Feuersäule in den Himmel. Der Scheiterhaufen wurde von den beiden städtischen Feuerwehrleuten kontrolliert, überwacht und am Laufen gehalten.

»Kommen Sie näher, Franklin!«, rief Boz, als er ihn erblickte.

»Ich möchte Ihnen Sheriff Donohue vorstellen, den ehrenwerten Ordnungswächter in Dovington. Sheriff, das hier ist Professor Frank Franklin von der Universität von Durrisdeer in New Hampshire.«

»Ach ja! Sehr erfreut, Professor!«

»Sheriff.«

Boz war wie ein Holzfäller angezogen. Das komplette Programm: Stiefel, grob kariertes Hemd, breitkrempiger Hut. Das passte recht gut zu seiner Trapperstatur. Der Schriftsteller machte einen ausgelassenen Eindruck, schien sogar zu Scherzen aufgelegt.

»Was ist hier los?«, fragte Franklin und zeigte auf den Brand.

»Heute wird ausgemistet«, sagte Boz. »Der große Frühjahrsputz!«

Er erklärte ihm, dass es in Vermont wie auch in New Hampshire noch erlaubt ist, seinen Abfall selbst im Garten zu verbrennen, unter der Bedingung, dass die Behörden zuvor informiert wurden und das Feuer von der Feuerwehr überwacht wird. Diese Regelungen, die noch aus den fernen Zeiten der Unionsgesetze stammten, hatten immer seltener Bestand. Doch in diesem Bezirk musste man bis heute nur eine Liste der zu verbrennenden Gegenstände aufstellen, damit gewährleistet war, dass kein chemisches Produkt und kein leicht entzündliches Material zu explodieren drohte.

Boz frohlockte. In dem Durcheinander aus zerbrochenen Stühlen, Fahrradreifen, Manuskriptzetteln und Abfallsäcken hatte er die noch kenntlichen Knochen von Jackson Pounds versteckt.

Der Sheriff und die Feuerwehrleute aus der Gegend waren Freunde des Schriftstellers. Bei ihm knauserten sie nie mit Brennstoff. Und sie erfassten seinen Abfall nicht auf einer Liste.

Was für eine Befriedigung für Boz zu wissen, dass sein letztes Opfer genau dort, unter den Augen der Polizei, in Flammen aufging! Im Übrigen war das seine einzige Möglichkeit, ein Feuer zu entzünden, dass stark genug war und lange genug brannte, um mit jenem Rest von Jacksons Knochen aufzuräumen, die er seinen Hunden nicht hatte andrehen können.

»Wissen Sie, Sheriff«, sagte Boz, »Professor Franklin wird ein Buch über meine Arbeit schreiben.«

»Hm, warum überrascht mich das jetzt nicht?«, antwortete der Beamte.

Er wandte sich Frank zu.

»Mr. Boz ist ein Teufelskerl von einem Schriftsteller, das sage ich Ihnen! Es gibt jede Menge über ihn zu sagen. Was mich angeht, so bin ich ein Fan von ihm. Ich habe alles gelesen. Es stimmte alles!«

Trotz seiner bärtigen Visage, die einen Häftling zur Salzsäule hätte erstarren lassen, lächelte und benahm sich der Sheriff wie ein schmeichelnder Höfling.

»Das sind Romane, entschuldigen Sie, ich kenn mich da nicht so aus«, sagte er über Boz' Werke. »Ich bin ein ungebildeter Mensch, aber ich sehe genau, dass wir es nicht mit Märchen oder mit den Spinnereien eines Schaumschlägers zu tun haben. Mister Boz kennt die Polizeimethoden dieses Landes besser als jeder andere. Ich habe ihn noch nie bei einem Fehler erwischt. Nie!«

Boz schenkte Franklin scheinbar ungerührt von den Schmeicheleien ein Lächeln.

»Wissen Sie«, fuhr der Sheriff fort, »manchmal wollte ich ihm schon Fälle aus der Gegend vorschlagen, zwielichtige Gestalten, über die unter Sheriffkollegen gesprochen wurde, aber er wollte nichts davon wissen. Und zwar aus gutem Grund! Mit jedem Buch hat er uns einen noch haarsträubenderen Irren serviert! Und dann noch alles so detailgetreu und so zutreffend …«

»Sheriff …«

»Nein, nein, Sie bringen mich nicht zum Schweigen, Mr. Boz. Einmal musste ich sogar in einem seiner Romane nachsehen, um eine gesetzliche Bestimmung über Pädophile zu überprüfen, stellen Sie sich vor! Im Gesetzbuch verstand ich Bahnhof, aber bei Boz wurde alles sonnenklar.«

Boz hatte einen Tisch mit Wein und Wurstbrötchen aufgestellt. Franklin sagte sich, dass diese Maßnahme die drei Beamten weit mehr als ihr Pflichtbewusstsein dazu bewogen hatte, an einem Samstagmorgen das Verbrennen alten Krempels zu überwachen …

Boz holte ein zusammengerolltes Manuskript aus seiner Gesäßtasche hervor.

»Hier, geben Sie das den Feuerwehrmännern. Es ist meine letzte Arbeit. Sie wird im September in einer überregionalen Zeitschrift veröffentlicht. Das wird ihnen gefallen.«

Der Sheriff las den Titel: *Der Pyromane.*

»Oh, Mr. Boz, Sie haben wirklich Humor! So etwas den Feuerwehrmännern zu geben! Erlauben Sie, dass ich einen Blick hineinwerfe?«

»Aber selbstverständlich.«

»Ah, da bin ich aber stolz darauf. Was für eine Ehre …«

Der Schriftsteller und der Professor entschuldigten sich unter dem Vorwand, sie müssten wieder an ihre Arbeit gehen. Sie entfernten sich Richtung Villa.

»Also, wie weit sind Sie?«, fragte Boz.

»Ich habe alles, was Sie verlangt haben«, sagte Franklin. »Den Vertrag. Sogar den Scheck des Verlegers.«

»Meinen Glückwunsch!«

Boz ließ den Professor in sein Büro eintreten. Verblüfft erblickte dieser die Sammlung von Schreibmaschinen.

»Das ist großartig!«

»Sind Sie ein Liebhaber?«

Franklin zeigte auf ein Modell der Remington 3B.

»Auf der arbeite ich seit Jahren.«

»Ah! Ein Schmuckstück!«

Boz nahm an seinem Schreibtisch Platz.

»Ich bin zum Verräter geworden«, sagte er. »Ich bin zum Computer übergegangen. Was wollen Sie! Er ist schneller, flüssiger … man lässt sich leicht von den Sirenen des Fortschritts verführen.«

Franklin überreichte ihm den Scheck und den Vertrag.

»Wie haben Sie es geschafft, Ihren Verleger zu überzeugen?«

»Wie Sie mir geraten haben: Ich habe ihm das Experiment mit dem Skelett und den Hunden geschildert.«

»Sehen Sie. Das musste ja wirken, nicht wahr?«

Frank nickte.

»Haben Sie noch mehr davon, Experimente dieser Art?«

Boz lächelte breit.

»Ein paar.«

Boz betrachtete den Namen des Verlegers. Albert Dorffmann. Er las die Vertragsklauseln durch und unterzeichnete ohne weitere Einwände. Dann ließ er den Scheck in eine Schreibtischschublade gleiten.

»Und die Liste der Autoren?«

»Oh! Sie ist in Arbeit. Ich will keinen Namen nennen, bevor er nicht absolut sicher ist. Ich hoffe auf illustre Zeitgenossen.«

»Das hoffe ich auch.«

Boz erhob sich.

»Es ist zu dunkel hier«, erklärte er. »In der Bibliothek können wir unser Gespräch besser fortsetzen.«

Sie gingen mehrere Korridore entlang. Ziemlich düstere. Franklin stellte überrascht fest, dass er gar nicht so viel Angst hatte. Ein seltsames Gefühl der Unverletzbarkeit erfüllte ihn, ein Gefühl, das er nach ihrer letzten Begegnung nicht erwartet hätte.

»Leben Sie allein?«, fragte Frank. »Das Haus ist sehr geräumig. Ist das nicht manchmal unheimlich?«

»Mir gefällt es so.«

Aus den Lautsprechern ertönte leise *Finlandia* von Sibelius.

»Wissen Sie«, ergriff Boz wieder das Wort, »Dickinson sagte zu Recht, dass der Schriftsteller wie ein Spukhaus sein müsse. Er muss sich öffnen und Gespenster, Gestalten, Welten in seinem Innersten Einzug halten lassen, Geschöpfe und

Lebewesen, die vielleicht später bereit sind, unter seiner Feder wieder aufzuerstehen. Dieses große, leere Haus ist ein bisschen ein Abbild meines Berufs. Ich spiele mein eigenes Gespenst …«

Die Bibliothek war riesig, die Regale vom Boden bis zur Decke gefüllt, Mahagonitischchen und bequeme Ledercouchen standen da, an der Wand hingen zwei Trophäen kanadischer Hirsche und ein Gemälde, eine Reproduktion der *Anatomiestunde des Doktor Tulp*. Drei hohe Fenster gingen auf den Park hinaus. Direkt auf das von den Feuerwehrleuten unterhaltene Feuer. Von dort erblickte man den Sheriff, der die Teller mit Wurstbrötchen leer futterte und Wein schlürfte, während er im *Pyromanen* blätterte.

Boz presste einen Moment lang die Stirn an die Scheibe, um das Geschehen draußen zu beobachten.

»Sie haben mich gerade gefragt, ob ich viele Experimente wie das mit dem Erhängten für meine Arbeit mache. Sehen Sie das Feuer dort? Nun … Ich habe diese Bestimmung zur Verbrennung von Abfall auf dem eigenen Grundstück erst vor einigen Jahren entdeckt, nachdem ich hierhergezogen war. Daraufhin habe ich einen Roman geschrieben, in dem es um einen Typen ging, der seine Frau und seine drei Kinder umgebracht hatte und sie Stück für Stück vor den Augen der Cops und der Feuerwehrleute und sogar seiner ganzen Familie, die zu seinem Beistand angereist war, verschwinden ließ.«

Er wandte sich wieder dem Professor zu.

»Viele Ideen sind mir so eingefallen. Durch Zufall. Ich liebe den empirischen Teil meiner Arbeit. So ähnlich wie die Journalisten auf einen Knüller stoßen, stößt ein Schriftsteller auf seine Ideen!«

Franklin setzte sich und holte sein Notizbuch hervor, um Boz' Worte aufzuschreiben. Flüchtig fiel sein Blick auf den schwarzen Knauf der Sig Sauer unten in seiner Tasche. Er bemühte sich, alles genau zu beobachten und sich so viele Einzelheiten wie möglich einzuprägen, um sie später den FBI-Beamten mitzuteilen.

»Und jetzt?«, ergriff Boz wieder das Wort, während er schließlich vom Fenster wegging. »Wie wollen Sie mit diesen Interviews verfahren? Unter welchem Aspekt sehen Sie die Dinge?«

Wie er die Dinge sah? Franklin sah nur eines: das Ende. Eine Razzia des FBI, ein ausführliches Geständnis und Boz in den Knast. Dann der elektrische Stuhl.

»Mir scheint, vier Sitzungen à zwei Stunden müssten reichlich genug sein, damit ich mir durch meine Fragen ein Bild Ihrer Person machen kann«, sagte der Professor. »Danach liegt die Hauptarbeit bei mir: Ihre Romane noch einmal lesen und kommentieren.«

»Ich verstehe.«

»Stellen Sie sich auf Überraschungen ein, auf Differenzen Ihrerseits mit meinen ersten Schlussfolgerungen. Darin genau liegt die Schwierigkeit bei diesem Projekt. Beim vorhergehenden bestand keine Gefahr für mich, dass ich von James oder Hemingway heruntergeputzt würde, weil ich angeblich lauter Plattheiten über sie verbreitete.«

»Wir werden natürlich über all das diskutieren.«

Boz schenkte sich einen Cocktail ein und brachte Franklin eine Dose Limonade: Dieses Mal machte er sich nicht die Mühe, ihm ein Glas anzubieten, er hatte verstanden. Er setzte sich in einen Sessel, von dem aus er den Park im Blick hatte. Etwas beunruhigte ihn.

Franklin stellte seine erste Frage: »Die Berufung zum Schriftsteller entspringt oftmals einer Jugendlektüre. Einer entscheidenden Begegnung mit einem Autor oder einem bestimmten Werk. Trifft das auf Sie zu?«

»In gewisser Weise … Bei mir begann alles mit etwa sechzehn Jahren. Damals fiel mir ein ziemlich fantastisches Märchen von Jordan Crow in die Hände: das Abenteuer eines Soldaten, der alleine einen isolierten Vorposten verteidigte. Der Krieg in seinem fiktiven Land war seit langem zu Ende, aber niemand hatte sich die Mühe gemacht, ihn davon in Kenntnis zu setzen. Sein ganzes Leben lang lag er auf der Lauer vor dem Feind, immer bereit, seine Nachhut zu warnen. Mit der Zeit verlor er ein bisschen den Verstand. Eines Abends, als die Sonne hinter einem Hügel unterging, sah er in der Ferne ein Bataillon Kämpfer anrücken! Der Soldat warf sich mit gezückter Waffe zu Boden. In diesem Augenblick erkannte er, dass sein Hügel nichts weiter als ein Erdhaufen und die Schatten der Soldaten nur eine Ansammlung von Blumen waren, die im Wind schwankten. Der Autor dieses Märchens hatte geschrieben, diese Blumen seien Alraunen gewesen. Ich fand die Vorstellung, dass der Soldat sich wegen einer Invasion von Nachtschattengewächsen auf dem Boden wälzt, sehr witzig … Dann schlug ich in einer Enzyklopädie nach und entdeckte dabei die Abbildung einer Alraune. Diese Blume ist die einzige, die eine beinahe menschliche Gestalt besitzt. Damit gewann die Vision des alten Soldaten eine völlig neue Dimension! An dieser Offenbarung wurde mir alles klar – dass Worte eine Vielzahl von Realitäten verbergen, Geheimnisse zuflüstern und dem Leser die übelsten Streiche spielen können. Alles, was ich später gelesen habe, habe ich mit diesem Gedanken im Hinterkopf, unter diesem kritischen Blickwinkel gelesen, und ich hoffte dabei, wieder auf eine Überraschung wie bei den Alraunen zu stoßen. Doch schon sehr bald war ich tief bestürzt.«

»Bestürzt?«

Boz richtete den Blick auf Franklin.

»Ich musste erkennen, dass Romanschriftsteller oft oberflächlich und ungenau sind, dass sie sich zu Beschreibungen versteigen, die mit Ungenauigkeiten gespickt sind, dass sie ihren Gegenstand nicht kennen. Grob gesagt, dass sie sich *falsche Sachen* ausdenken. Selbst die bedeutendsten unter ihnen. Das hat mich empört!«

»Ich finde Sie sehr streng. Ein Schriftsteller ist nicht unbedingt ein Fachmann und …«

»Doch in meinen Augen muss er das unbedingt sein! Und aus dieser Feststellung in meiner Jugend erklärt sich mein Werk. Bei mir ist alles klar, präzise, belegt, überprüft … Sehen Sie nur nach! Sie werden so wenig einen Fehler finden wie Sheriff Donohue. Meine Werke sind gespickt mit Alraunen. Man muss sie nur entdecken.«

Boz hatte sich in Erregung hineingesteigert. Wenn ein solcher Riese sich aufregt, dann sollte man ihm die Gelegenheit geben, sich zu beruhigen, dachte Franklin. Der Professor beharrte nicht auf diesem Thema. Das er im Übrigen verfänglich und absolut strittig fand. Es gelang ihm, Boz über seine Arbeiten während der Schulzeit und seinen ersten Verleger Simon Abelberg zum Reden zu bringen. Aber nicht über seine Mutter.

»Abelberg ließ mich für andere schreiben. Ich war ein sehr produktiver junger Ghostwriter. Er sagte, das würde meinen Stil für später bilden. Tatsächlich war es nur Zeitverschwendung für mich.«

Es folgte eine Phase, die Franklin unbekannt war und die in der dicken schwarzen Akte des FBI fehlte: die Zeit der Gefängnisse.

»Mit 21 interviewte ich Mörder in ihren Zellen, Vergewaltiger von kleinen Mädchen, Killer aller Art. Ich wollte den gewaltsamen Tod aus ihrem Blickwinkel kennenlernen und nicht aus dem der Gerichtsmediziner, die immer erst nach der Schlacht eintreffen. Aus diesem Grund kann ich heute behaupten, dass ich exakt *weiß*, wie sich ein Hals versteift, der gewürgt wird, wie das Murmeln des letzten Atemzugs klingt, das man selten hört, aber sehen kann! Dank dieser Monster weiß ich, dass der Mythos von den Nägeln, die nach dem Tod weiterwachsen, reine Erfindung ist, es ist nur die Haut, die sich zusammenzieht. Diese Typen haben mir versichert, dass man das nach ein paar Stunden sehen kann. Das Gleiche gilt für das Blut, das in die untere Körperhälfte strömt, die Gasblähungen, das Abfließen der flüchtigen Säuren … Das alles habe ich nicht in einem Vorlesungssaal für Kriminologie gelernt, sondern ich habe es aus dem Mund der Mörder selbst erfahren! Ich pfeife auf den Blick des Mediziners. Was mich interessiert, ist der Blick des Mörders, ihn will ich durch meine Romanfiguren reproduzieren. Welche Überraschungen haben sie während der Tat erlebt? Was lernen sie von einem Verbrechen zum nächsten hinzu? Sehen Sie, Franklin, ich glaube, dass ich in diesem Punkt allen anderen weit voraus bin.«

Frank bedauerte es, dass er kein Aufnahmegerät mitgebracht hatte. Die nachdrückliche, arrogante Stimme von Boz, der mit seinen Heldentaten prahlte, der sich unverhüllt brüstete und sein ganzes Denkmuster eines Irren, seine Logik eines Geistesgestörten offenbarte, war es wert, aufgezeichnet zu werden.

Daraufhin trat ein langes Schweigen ein. Franklin verschanzte sich hinter dem Schreiben seiner Notizen. Da richtete Boz sich unvermittelt auf. Ohne einen erkennbaren Zusammenhang mit dem Interview. Er hatte etwas im Garten draußen gesehen, das ihm nicht gefiel.

»Warten Sie, ich komme gleich zurück.«

Nachdem er hinausgegangen war, erhob sich auch Franklin, um aus dem Fenster zu blicken.

Das Feuer fiel in sich zusammen.

»Was machen Sie da?«

Boz eilte zum Sheriff und den beiden Feuerwehrmännern. Letztere hatten ihren Wagen herangefahren und Schaufeln hervorgeholt.

»Mr. Boz«, sagte der Cop leicht angetrunken, »wir wollten Ihnen zur Hand gehen. Außen herum liegt schon lauwarme Asche, die wir aufschaufeln und mitnehmen wollten. Das ist keine große Mühe für uns, wissen Sie.«

Die Feuerwehrmänner hatten bereits ein gutes Dutzend Schaufeln abgetragen.

»Nein!«, rief der Schriftsteller. »Lassen Sie das, danke. Ich … Ich behalte die Asche. Dünger für einen Freund. Er kommt später vorbei und nimmt sie mit.«

»Ach ja?«

»Ja!«

Boz hatte sich den Überresten des Scheiterhaufens genähert.

»Ja«, wiederholte er. Im gleichen Augenblick tauchten seine Stiefel in die Asche. Dabei ließ er eine Rippe von Jackson Pounds verschwinden, die gefährlich weit hervorragte.

»Vielen Dank für Ihre Hilfe«, sagte er zu ihnen. »Ich komme jetzt schon zurecht.«

Die drei Männer traten ohne Widerrede den Rückzug an.

Boz blickte erneut auf den Knochen unter seinem Absatz.

Verdammte Asche, die nicht zu Asche werden wollte!

Frank Franklin hatte aus der Ferne gesehen, dass irgendetwas passierte, ohne recht zu verstehen, was.

17

Die Entdeckung, dass Frank und Mary Emerson ein Paar waren, löste den befürchteten Skandal in Durrisdeer aus. Vor allem Agatha Emerson, die Mutter, fiel wutentbrannt über den jungen Mann her. Die anderen Professoren schlossen sich an und die Studenten ergingen sich in rätselhaften Anspielungen. Mary und Frank mussten sich beinahe noch mehr verstecken als zuvor.

An diesem Tag gingen sie geschützt vor fremden Blicken im Park spazieren. Mary sprach über ein Praktikum in New York, das sie im Sommer wahrscheinlich machen wollte. Frank versprach sie so oft wie möglich zu begleiten.

»Da unten werden wir wenigstens unsere Ruhe haben.«

Sie glaubten, sie seien alleine, aber trotzdem kreuzte plötzlich jemand vor ihnen auf. Es war Stu Sheridan.

»Franklin, wir müssen miteinander reden«, sagte er. »Sofort.«

Der Professor wandte sich überrascht an Mary und bat sie, ihn einen Augenblick zu entschuldigen. Sie entfernte sich beunruhigt.

»Wir können zu mir gehen, wenn Sie wollen, Colonel?«

»Bloß das nicht. Sie könnten uns hören.«

Sie, das war das FBI.

Nun wurde Franklin unruhig. Die beiden Männer suchten in der Sternwarte von Durrisdeer Zuflucht. Der Laufgang unter den gewaltigen Teleobjektiven war menschenleer. Im Halbschatten kam Sheridan ohne Umschweife zur Sache.

»Das FBI enthält uns wesentliche Informationen vor. Wir beide, Sie und ich, liegen vollkommen falsch.«

»Was wollen sie damit …«

»Boz steht seit September mit ihnen *in Kontakt*!«

»WAS? Er spricht mit ihnen? Wie haben Sie das herausbekommen?«

Sheridan atmete tief ein. Er war kurz davor zu explodieren.

»Es ist Ihnen sicher nicht entgangen, dass Melanchthon in letzter Zeit alles tut, um mich von den Besprechungen und von den Fortschritten der Ermittlungen fernzuhalten. Was weiter nicht überraschend ist, denn jetzt, wo Sie mit an Bord sind, braucht sie mich nicht mehr.«

Franklin hatte das in der Tat bemerkt. Die Staatspolizei war beim Team des »Letzten Worts« nicht mehr gut angeschrieben.

»Ich habe nicht protestiert«, meinte Sheridan, »aber das hat mich darin bestärkt, meine eigenen Nachforschungen wieder aufzunehmen. Schließlich hatte ich mit meinen vierundzwanzig Leichen von Anfang an zu tun und ich betrachte sie nach wie vor als meinen Fall. Daher habe ich die Untersuchung dort wieder aufgenommen, wo ich sie abgebrochen habe.«

»Und?«

»Den Ausgangspunkt bildete eine Frage, die mit Patricia Melanchthon zu tun hat. Erinnern Sie sich an den Tag, als sie uns detailliert die Experimente beschrieb, die Boz im Elektrizitätswerk im Bezirk Carroll durchgeführt hat?«

»Sehr gut, ja.«

»Ihre Erklärung war sehr präzise, aber sie hat uns zu keiner Zeit darüber informiert, woher sie diese Informationen bezogen hat.«

Franklin war sprachlos. Tatsächlich war das Bild, das sie von Boz und seinen vierundzwanzig Versuchskaninchen gezeichnet hatte, bis ins Einzelne detailliert gewesen. Was waren ihre Quellen gewesen?

»Es war Boz höchstpersönlich«, antwortete Sheridan. »Alles begann am 14. September 2006: Melanchthon erhielt ein an sie persönlich adressiertes Paket im Fachbereich für Verhaltensforschung in den Räumen der FBI-Akademie in Quantico in Virginia. Dieses Paket enthielt mehr als vierzig Videokassetten!«

Die VHS-Kassetten. Franklin hatte Sheridans Bericht genau studiert, und die Entdeckung des Transformators in Tuftonboro am 20. Februar dieses Jahres war ihm keineswegs entgangen. Die Zellen. Die Vorratsräume. Die Kameras. Die Aufnahmegeräte. Und die Regale im Kontrollraum, wo die Ränder der Schmutzablagerungen an den Wänden verrieten, dass dort erst vor kurzem irgendwelche Behälter entfernt worden waren.

»Genau die waren es«, bestätigte ihm der Colonel. »Die Videobänder, auf denen schonungslos die von Ben O. Boz an seinen Versuchspersonen durchgeführten Experimente zu sehen waren.«

Der Cop reichte Franklin eine Mappe: ein paar Fotos, Computerausdrucke, die durch Schwarz-Weiß-Fotokopien in schlechter Qualität vervielfältigt waren. Der Professor ahnte, dass der Colonel ihm die schlimmsten Abzüge erspart hatte. Aber es blieben ein junger Mann auf dem elektrischen Stuhl, ein Pastor, der sich bis aufs Blut auspeitschte, ein Aidskranker, der sich eingenässt hatte. Die Bilder sprachen Bände.

»Wie haben Sie sich diese Unterlagen besorgt?«

»Im Laufe meiner Besprechungen mit dem FBI stieß ich zufällig auf einen Kommunikationskode unter den Agenten, die zum Team »Letztes Wort« gehören. Damit gelang es mir, im Namen von O'Rourke und Colby eine Kopie der Akte für das lokale Büro in Concord anzufordern und sie persönlich vor ihnen in Empfang zu nehmen. Ich habe Freunde beim FBI, die mir geholfen haben.«

Franklin war fassungslos. Boz stand in Kontakt mit dem FBI? Und das seit September, also lange vor der Entdeckung des Massakers an den vierundzwanzig?

»Special Agent Melanchthon beschäftigt sich im FBI ausschließlich mit dem Fall Ben O. Boz. Die Tatsache, dass dieses Paket an sie persönlich adressiert war, identifizierte den Absender ohne jeden Zweifel. Boz kennt sie. Ihr persönlich hat er etwas angekündigt. Allerdings hat sie diese Führungsposition erst seit zwei Jahren inne. Vier Vorgesetzte sind ihr auf dem Posten vorausgegangen. Nach allgemeiner Ansicht trickst Boz die Fallen und die Überwachung durch die Bundesagenten so perfekt aus, dass sich immer mehr der Verdacht aufdrängt, er könnte von einem Maulwurf im Innern der Behörde oder in einer ihrer Außenstellen profitieren.«

»Ein Spion? Ein Komplize?«

»Ja. Melanchthon und ihr Team wurden im Übrigen ausgewählt, weil sie keinerlei Verbindung zu Boz oder zu früher mit dem Fall befassten Agenten haben. Sie mussten unbestechlich sein, durften mit den bisherigen Operationen nicht vertraut sein und einzig und allein der Weisung von Ike Granwood unterstehen. Jeder Kontakt mit dem Rest der Hierarchie ist untersagt. Und trotzdem! Boz' erste Kontaktaufnahme in zehn Jahren landet direkt auf dem Schreibtisch von Melanchthon! Seitdem greift die paranoide Angst vor dem Maulwurf, so absurd sie auch sein mag, nur noch schlimmer um sich.

Die zweite Kontaktaufnahme des Mörders fand zwei Tage nach der Entdeckung der Leichen auf der Baustelle in New Hampshire statt. Melanchthon hatte sofort nach der Entdeckung der Leichen begriffen, dass es sich um die Opfer auf den Videokassetten handelte. Sie musste die Ermittlungen so schnell wie möglich an sich ziehen. Die externen Zuständigkeiten mussten ausgeschaltet werden, jedes Risiko eines Durchsickerns von Informationen im Keim erstickt werden. Ihre erste Entscheidung war, das Büro des Staatsanwalts kaltzustellen und dem Justizministerium eine Identifizierung der von Doktor Basile King eingesandten DNA-Proben der Leichen zu untersagen. Es war überflüssig, dass die Staatspolizei wusste, wer sie waren.«

»Aber Sie haben mir doch erzählt, dass anfangs noch Faxe mit Identitätsfeststellungen in der Leichenhalle eingingen?«

»In der Tat. Aber inzwischen habe ich aus den Akten des FBI erfahren, dass der Mörder sie geschickt hat!«

»Boz?«

»Ja. Er hat ein kostenloses Mailsystem im Internet benutzt. Mit zeitversetzter Absendung. Man tippt einen Text, speichert ihn auf der Website und lässt ihn zum gewünschten Datum und zur gewünschten Stunde abschicken. Wochen im Voraus, wenn es sein muss. Unmöglich zurückzuverfolgen.«

»Unglaublich«, murmelte Franklin.

»Der Mörder wollte also, dass sein Massaker publik wurde. Er hat das Blockademanöver des FBI durchschaut. Oder sogar vorausgesehen. Er war der Einzige, der auf diese Weise mit dem gerichtsmedizinischen Institut von Basile King kommunizieren konnte.«

»Amy Austen, Doug Wilmer und Lily Bonham waren die ersten Namen, die uns als Köder vorgesetzt wurden«, erinnerte Sheridan. »Beim FBI brach Panik aus. Melanchthon tat alles in ihrer Macht Stehende, um die Absichten des Verbrechers zu durchkreuzen. Selbst wenn sie dafür den Polizeibehörden die Existenz der Leichen verheimlichen, den Familien ihre Entdeckung verschweigen und die Telefonverbindung der Leichenhalle des Krankenhauses kappen musste. Selbst wenn sie dafür die sterblichen Überreste in einer Militärleichenhalle verstecken und ein halbes Dutzend grundlegender Verfassungsrechte mit Füßen treten musste.«

Melanchthon kannte nur ein einziges Ziel: Sie wollte Boz zu einem Fehler verleiten, einen Irrtum provozieren, Verwirrung in seiner Methodik stiften. Frank kannte das. Unter rein filmischem Aspekt war das die klassische Methode, die gegen alle Serienkiller eingesetzt wurde. Ein Nervenkrieg. Und sie hatte sich bewährt. Nur dass die Methode in diesem Fall ein äußerst fragwürdiges Niveau erreicht hatte.

Aber das noch nie Dagewesene an Boz' Verhalten hatte das FBI schockiert und zu diesen extremen Maßnahmen veranlasst. Der Mörder wechselte seinen modus operandi. Sie waren davon überzeugt, dass sie ihn aufgrund eines seiner jüngsten Fehler zu fassen bekämen.

»Warum haben sie uns nichts über diese Kontakte erzählt?«, fragte Franklin.

»Vielleicht um uns keine Angst einzujagen. Aber wer weiß, ob es nicht noch andere geheime Informationen gibt, die nicht in den Papieren stehen, die ich bekommen habe? Vielleicht hat er noch andere wesentliche Enthüllungen gemacht. Wir stecken jedenfalls mitten in einer Inszenierung von Boz. Er bereitet etwas vor, er setzt seine Bauern, er benutzt das FBI und das FBI benutzt uns. Sie.«

Franklin blieb stumm.

»Ein einziger Punkt an dem Ganzen hat mich amüsiert«, fuhr Sheridan fort. »Wissen Sie, warum das FBI sich so viel Zeit gelassen hat, bevor es meine ersten Nachforschungen über den Schriftsteller unterband?«

Franklin antwortete, er habe keine Ahnung.

»Diese Schwachköpfe haben gehofft, ich könnte sein nächstes Opfer sein!«

»Wieso das?«

»In einer Notiz heißt es, dass Boz in jedem seiner Bücher eine andere Art von Opfer wählt. Der Schreiberling des Papiers hat minutiös dargelegt, dass Boz sich in seinem gesamten Werk noch nie an einem Beamten der Staatspolizei vergriffen hat. Also dachten sie, er würde über mich herfallen. Sie hofften, die Zielscheibe des Mörders einmal vorher zu kennen und ihn auf frischer Tat zu ertappen!«

»Das ist unglaublich.«

»Nach zwei Monaten, als ich Sie mit hineingezogen habe,

haben sie diesen Ansatz fallengelassen. Zu riskant. Sie waren durchaus bereit, das Leben eines Cops aufs Spiel zu setzen, aber nicht das eines Zivilisten.«

Franklin überlegte. Sein Gesicht verdüsterte sich.

»Aber ich habe Boz' Bücher auch gelesen … Er hat auch noch nie einen Literaturprofessor ins Visier genommen.«

Sheridan nickte.

»Das Gleiche denke ich auch.«

»Sie glauben, ich könnte die Zielscheibe sein?«

»Die Zielscheibe … oder das Alibi.«

»Das Alibi?«

»Weil er, wie es scheint, dabei so besonders einfallsreich ist … Wir sind vielleicht nur eine weitere Spielerei für Ben O. Boz.«

Auf der nächsten Versammlung des FBI platzte Franklin ohne Vorwarnung mit Sheridan hinein. Patricia Melanchthon wollte empört protestieren, doch der Professor setzte unverzüglich zu einer langen Attacke an. Schonungslos konfrontierte er die Agentin, unterstützt vom Colonel, mit allem, was sie erfahren hatten.

»Sie wollten nie, dass ich Ihnen helfe, sondern Sie wollten mich nur benutzen! Kommt gar nicht infrage, dass ich unter diesen Umständen weitermache.«

Melanchthon zuckte nicht einmal mit der Wimper. Stattdessen herrschte sie Sheridan an.

»Sie werden Ihre Karriere hinter Gittern beenden, Colonel. Vergehen gegen Bundesgesetze und Behinderung des FBI, Zurückhaltung von Informationen, das kann Ihnen zehn Jahre bringen!«

Franklin platzte der Kragen.

»Wenn ihm irgendetwas passiert, dann können Sie einen Schlussstrich unter Ihre Operation Boz ziehen. Sehen Sie zu, wo Sie einen neuen Maulwurf aufgabeln!«

Das konnte sich Melanchthon seiner Vermutung nach nämlich nicht mehr erlauben. Franklin war das einzige Instrument, das sie je gegen Boz in der Hand gehabt hatte. Zudem hatte sie die von Ike Granwood bewilligten Budgetaufstockungen nur aufgrund seiner speziellen Fähigkeiten herausgehandelt. Ein Rückzug seinerseits würde ihr eine schreckliche Blamage einbringen.

Die Frau blieb unbeeindruckt.

»Was schlagen Sie vor?«, fragte sie.

Sheridan hatte Franklin vorhergesagt, dass die Diskussion so beginnen würde.

»Sie erzählen uns alles über Boz«, sagte Franklin. »Über seine Kontakte! Über alles Übrige. Und ab sofort schicken Sie Miss Wang und ihre psychologischen Theorien in die Wüste und lassen *mich* handeln und Boz auf meine Weise steuern!«

»Sie?«

»Der bescheidene Professor, der ich bin, glaubt trotzdem, dass er eine Idee hat, wie man den Schriftsteller in die Falle locken könnte. Das passt vielleicht nicht in Ihre protokollarischen Schablonen, aber es kann funktionieren. Zu diesem Zweck müssen Sie mir etwas in die Hand geben. Etwas, das mit Boz zu tun hat, mit seinen augenblicklichen Machenschaften, und das ich absolut nicht wissen sollte. Geben Sie mir etwas, womit ich handeln kann. Verstehen Sie mich?«

In Melanchthons Gesicht regte sich kein Muskel.

»Ich verstehe Sie sehr gut.«

Eine Stunde später saßen sie alle drei in einem Flugzeug des FBI mit Richtung Virginia.

Die vierundzwanzig sterblichen Hüllen von der Baustelle in Concord waren auf der Militärbasis von Cornwallis in der Nähe von Elizabethtown, an der Grenze zwischen Virginia und North Carolina, bewacht von der Armee und vom FBI, in Kühlfächern gelagert.

Melanchthon und ihre Gäste erschienen in dem Hochsicherheitsgebäude im Labor für Leichenmedizin.

Der Autopsiesaal lag im Halbdunkel. Das Mobiliar bestand aus chirurgischen Bestecken, Computermonitoren im Bereitschaftsmodus und zwei leeren Betten. Kein einziger Stuhl zum Hinsetzen.

Der Türspalt zum Labor wurde breiter und ein Mann in einem Kittel mit einem fahrbaren Bett und einem Körper, der mit einem blauen Tuch bedeckt war, platzte herein, gefolgt von einem Gerichtsmediziner.

Alle traten näher. Melanchthon schlug das Laken zurück, um die Leiche in Augenschein zu nehmen. Sie war nackt. Das gefrorene Geschlechtsteil des jungen Mannes hatte eine seltsame Wirkung auf Franklin und Sheridan, doch die Agentin zeigte nicht das geringste Interesse dafür. Sie blickte mit gerunzelten Brauen auf den Gerichtsmediziner.

»Erklären Sie es ihnen.«

»Also«, setzte Doktor Mildred an. »Dieser junge Mann ist das fünfundzwanzigste Opfer, das in New Hampshire gefunden wurde.«

Sheridan riss die Augen auf.

»Was? Noch eine Leiche?«

»Er wurde sechs Tage nach der Entdeckung der vierundzwanzig auf der Baustelle im Wald von Farthview Woods von unseren Agenten aufgefunden«, erklärte der Arzt.

»Auf dem Gelände Ihrer eigenen Universität!«, fügte Melanchthon an Franklin gewandt hinzu.

Der Polizist und der Professor lauschten gebannt. Nie zuvor hatten sie irgendetwas von diesem zusätzlichen Leichnam gehört.

»Die Staatspolizei und die Behörden wurden überhaupt nicht informiert«, fuhr Patricia fort. »Tatsächlich weiß kein Mensch außer unserem FBI-Team von der Existenz dieser letzten Leiche.«

Sie gab dem Arzt ein Zeichen, der daraufhin seine Ausführungen wieder aufnahm.

»Damals sind wir zuerst davon ausgegangen, dass der Junge das letzte Opfer war. Es sah so aus, als sei er bei der Inszenierung des Massakers entkommen. Spuren im Wald wie Schuhabdrücke und ein wenig Blut belegen, dass er mehr als eine Stunde lang verfolgt wurde, bevor er getötet wurde. Neun Kilometer östlich der Baustelle an der Autobahn 393 war seine Flucht zu Ende.«

Sheridan musterte den haarlosen Oberkörper des Leichnams.

»Aber keine Kugel in der linken Herzkammer«, stellte er fest.

»Nein, in der Tat. Der junge Mann wurde mit einer Schlinge erwürgt, aber das genügte noch nicht, um ihn umzubringen, bestenfalls um ihn bewusstlos zu machen. Sein Angreifer schlug anschließend lange mit einem dicken, abgestorbenen Ast auf ihn ein. Er hat ihn regelrecht zu Tode geprügelt.«

Das erstarrte Gesicht des jungen Mannes war mit blauen Flecken übersät.

»Vielleicht die Wut nach der Verfolgungsjagd«, schlug Melanchthon vor. »Die Nacht, der Schnee, die Bäume, es war sicher nicht einfach, ihn unter solchen Bedingungen einzuholen und ihn auszuschalten. Der Mörder hat sich für die Zeit und Kraft gerächt, die ihn das gekostet hat.«

Der Arzt nickte nachdrücklich.

»Die Szene kann sich sehr gut so abgespielt haben. Angesichts dieser Spurenlage hielten wir an der Theorie fest, dass es sich um das letzte Opfer der Gruppe handelte. Und trotz unserer Nachforschungen gab es auch tatsächlich keine weiteren.«

Er ließ einen Moment des Schweigens verstreichen und drehte das Blatt Papier auf seinem Holzbrett um. Dann sagte er: »Aber dann tauchten Punkte auf, die nicht zusammenpassten. Zunächst einmal trug dieser junge Mann keine neuen, billigen Kleidungsstücke wie seine Leidensgefährten. Er war mit einer teuren Lederjacke, einer Markenjeans und reichlich abgelaufenen Lederstiefeln bekleidet. Keine Personalpapiere natürlich, wie bei den anderen. Zweitens stellten wir fest, dass die Nahrungsproben aus seinem Verdauungstrakt nicht mit den vorherigen Ergebnissen übereinstimmten, insbesondere nicht mit denen, die der leitende Gerichtsmediziner von Concord, Basile King, unverzüglich entnommen hatte, bevor die vierundzwanzig Leichen uns übergeben wurden.«

Sheridan und Franklin hatten nicht vergessen, dass die auf der Baustelle gefundenen Leichen allesamt das gleiche Profil bezüglich der verdauten oder noch im Magenbeutel befindlichen Nahrungsmittel aufwiesen. Sie litten an den gleichen Nahrungsmängeln.

»Aber er …«, setzte der Gerichtsmediziner an und zeigte auf den nackten Leichnam, »… überhaupt nicht. Seine Ernährung war ausgeglichener und abwechslungsreicher. Nur seine letzte Mahlzeit war offensichtlich identisch mit der der anderen Opfer. Das ist der einzige Punkt, der ihn offensichtlich mit den anderen verbindet.«

Melanchthon betrachtete ihre beiden Gäste.

»Es sieht so aus, als hätten wir es nicht mehr mit einem Opfer zu tun … sondern mit einem *Komplizen.* Es ist schwer vorstellbar, dass jemand nur wenige Stunden vor dem Massaker gekidnappt wurde … Dieser Mann kann ein Komplize sein, der an dem Abend umgefallen ist und den *er* dann nach einer Verfolgungsjagd durch den Wald getötet hat.«

Ein langes Schweigen senkte sich herab. Alles im Raum wurde so starr und kalt wie der hingestreckte Körper und das verhärtete Geschlechtsteil.

»Ein Komplize …«, murmelte Sheridan.

»Wissen Sie, wer er ist?«, fragte Sheridan.

Doktor Mildred warf einen Blick auf sein Karteiblatt.

»Patrick Turd. Geboren am 25. August in Providence in Rhode Island. Er war Buchhandelsvertreter für das Vertriebsnetz von Barfink & Reznik.«

Patricia sagte: »Buchhandelsvertreter … Das könnte sehr gut zum Romanschriftsteller passen.«

»Patrick Turd trug Stiefel«, fügte der Gerichtsmediziner hinzu. »Wir haben an seinen Sohlen Spuren von Sand aus der Baugrube des Pfeilers gefunden. Aber nicht nur Sand.

Unter der Naht befanden sich auch winzige Partikel eines Zementbodens.«

Er hob ein Foto hoch, auf dem der Kontrollraum des Kraftwerks von Tuftonboro mit den Bildschirmen und Tonbandgeräten zu sehen war.

»Sie stammen aus diesem Raum. Der Boden ist nicht ganz der gleiche wie der in den Zellen der Gefangenen. Patrick Turd hatte eindeutig Zugang zum Kontrollposten.«

Patricia wandte sich an die zwei Männer.

»Das ordnet ihn definitiv unter die Komplizen ein. Das Einzige, was nicht dazu passt, ist die Tatsache, dass seine Leiche hätte verschwinden müssen, falls sich dieser Typ wirklich als der herausstellt, für den wir ihn halten! Niemals hätte Boz den Fehler begangen, ihn zurückzulassen. Das sieht ihm überhaupt nicht ähnlich. Und dann diese Schlagspuren!«

Die Frau fuhr mit der Hand über den Körper.

»Patrick Turd wurde von jemandem getötet, der völlig ausgerastet ist. Diese ziellose Mordlust, diese Energieverschwendung für nichts, das ist ziemlich unerklärlich. Turd kann wirklich ein Komplize gewesen sein, der vor der Ungeheuerlichkeit des Massakers fliehen wollte … aber sein Tod passt nicht ins Bild.«

Sie wandte sich an Sheridan und Frank.

»Wie auch immer, wenn es gelänge, eine Verbindung, und sei sie noch so klein, zwischen diesem Leichnam und *ihm* herzustellen, dann würde das beweisen, dass *er* in den Fall verwickelt ist. Ich hätte dann endlich etwas in der Hand, um Ben O. Boz anzuklagen. Einen Hebel. Den ersten in zwölf Jahren!«

»Und diese Verbindung zwischen Boz und ihm haben Sie seit drei Monaten nicht entdeckt?«

Die Frau verneinte.

»Turd arbeitete im Verlagswesen. Zunächst schien die Sache einfach. Aber es war nichts zu finden. Keine gemeinsame Besprechung, kein Foto, keine Begegnung auf einer Lesereise oder bei einem Vortrag … Nichts, das uns erlaubt zu sagen, dass sie sich kannten.«

»Und Turds Familie?«, fragte Franklin.

»Sie sagt nichts. Das ist das Hauptproblem. Im Augenblick ist ihr Sohn nur verschwunden. Sie sind überzeugt, dass er nach Kalifornien umgezogen ist und ihnen nichts sagen will.«

»Sie wissen nicht, dass ihr Kind tot ist?«

»Genau.«

Ein langes Schweigen trat ein.

»Wie viele Leichen haben Sie hier?«, fragte Sheridan.

»Siebzehn«, antwortete Mildred.

»Wo sind die anderen?«

Melanchthon erklärte ihnen, dass vor drei Wochen mit der Freigabe der Leichen begonnen worden war. Die FBI-Spitze wollte diese Sondermaßnahme nicht mehr länger decken. Befehl von Ike Granwood: Die Leichen vom 3. Februar wurden nach und nach an ihre Familien übergeben, aber jedes Mal mit einem speziellen Verschleierungsszenario ausgestattet, das die Todesumstände von der Baustelle in New Hampshire wegverlagerte und die geheime Zurückhaltung der Leichen durch das FBI vertuschte.

Franklin näherte sich dem Leichnam.

»Setzen Sie Turd auf die Liste derer, die als Nächste freigegeben werden. Quetschen Sie seine Angehörigen aus. Was macht es schon, wenn dabei nichts herauskommt. Ich garantiere Ihnen, dass mir dieser Kerl nutzen wird!«

»Und dass Sie damit Boz in die Enge treiben?«, fragte Melanchthon.

Frank zuckte mit den Schultern.

»Warum nicht? Wir werden die Rollen tauschen. Schließlich kennen wir seine Spielregeln. Drehen wir den Spieß um! Es ist möglich, dass Sie auf dem Holzweg sind, wenn Sie versuchen, Boz einen Köder hinzuhalten, sei es Sheridan oder mich. Sie haben es zuallererst einmal mit einem Romanschriftsteller zu tun, erst in zweiter Linie mit einem Mörder. Er sucht nicht nach Opfern wie ein Psychopath, er sucht nach Themen! Was ihm fehlt, ist eine *Idee*! Ein Autor kann einem guten Romananfang nie widerstehen, selbst wenn er nicht von ihm selbst stammt.«

Franklin musterte Melanchthon und Sheridan.

»Das ist das Einzige, was vielleicht funktionieren kann. Ihm ein Thema für einen Roman einträufeln, das er nicht ablehnen kann ... eine Idee, auf die er noch nicht gekommen ist!«

Als sie sich nach ihrer Rückkehr nach Concord voneinander verabschiedeten, wandte sich Patricia ein letztes Mal direkt an den jungen Mann.

»Wir haben Ihnen bestimmte Fakten verheimlicht, das stimmt. Sagen wir, das war anmaßend und es wird nicht wieder vorkommen. Aber Sie verstehen unsere Gründe, oder?«

Nachdem er bejaht hatte, wollte er sich abwenden, doch sie fügte hinzu: »Und übrigens! Was Sie betrifft – korrigieren Sie mich, falls ich mich irre –, haben Sie uns gegenüber jemals die Sig Sauer P220 und die KelTec P32 erwähnt, die Sie in Manchester gekauft haben und die ganze Zeit mit zu Boz schleppen?«

Franklin begnügte sich mit einem Lächeln.

»Okay. Eins zu eins.«

Am folgenden Montagmorgen hielt er seinen ersten wöchentlichen Kurs ab. Am Ende der Stunde bat er Ross Kellermann, auf ihn zu warten.

Als alle Studenten gegangen waren, sagte der Professor zu ihm: »Ich möchte die Mitglieder des Klubs der Schreiber treffen.«

Der Student riss die Augen auf.

»Aber ich kenne sie nicht, Professor Franklin. Sie wissen genau, dass das das Prinzip ist. Selbst die Universitätsleitung ist nicht in der Lage, ihre Namen zu nennen.«

»Das weiß ich. Aber ich weiß auch, dass sie dich bei meiner Ankunft benutzt haben, um mir weiszumachen, Doyle sei ermordet worden. Du bist kein Mitglied, okay. Aber du kannst sie wissen lassen, dass ich mit ihnen reden muss. Verstehst du mich? Bestehe darauf. Ich brauche sie … jetzt!«

18

Frank Franklin hatte mit Boz vereinbart, ihn an immer zwei von drei Samstagen zu treffen, denn der Professor konnte nur am Wochenende nach Dovington fahren.

Nach der Einäscherung von Jackson Pounds folgten vier weitere Interviews.

Die Beziehung zwischen den beiden Männern verbesserte sich. Boz scherzte sogar über seine eigenen kreativen Marotten, er antwortete, ohne zu zögern, auf Franklins Fragen, auch wenn er mit Sicherheit schon zuvor über alle Themen nachgedacht hatte, die möglicherweise angeschnitten wurden. Boz war die Vorsicht selbst. Sie sprachen nur über Literatur. Nicht der kleinste Ausflug in das Privatleben des Schriftstellers. Der junge Mann lieferte ihm scheibchenweise Namen von Autoren, die am gleichen Werk mitwirken sollten. Das FBI tat sein Möglichstes, keinen Namen anzubieten, der womöglich ein Bekannter des Autors war.

Frank bekam nichts anderes von dem Landsitz zu sehen als den kleinen Salon, die Bibliothek, das Arbeitszimmer und die Küche. Er begegnete keinem Freund von Boz, abgesehen vom Sheriff, der ein paarmal auftauchte, um ein Gläschen zu trinken.

Das sechste Treffen verlief ziemlich schlecht. Franklin gingen allmählich die Fragen aus, die seinen zukünftigen Essay unterfüttern sollten. Er lief Gefahr, Boz zu langweilen und ihn zu verlieren.

Beim siebten Termin beschloss er, nicht bei dem Romancier zu erscheinen. Boz hatte ihm zur Kontaktaufnahme nur eine einzige Telefonnummer gegeben, an der systematisch ein Anrufbeantworter lief. Frank hinterließ eine Nachricht, und Boz rief zurück, wann es ihm passte, immer von einer öffentlichen Telefonzelle aus.

Am Montag, nachdem er ihn versetzt hatte, hinterließ Frank Boz eine neue Nachricht: *Probleme bei den Prüfungen und Verspätungen bei den Korrekturen … Einzelstunden … Konnte nicht früher anrufen … Tut mir leid … Und so weiter.*

»Warum kommen Sie übrigens nicht einmal nach Durrisdeer?«, schlug er am Ende seiner Nachricht vor.

Franklin lud ihn ein, Iacobs Schloss und die Universitätseinrichtungen zu besichtigen.

»Sie könnten ganz komfortabel eine Nacht dort verbringen, für die seltenen Gäste gibt es luxuriöse Zimmer.«

Natürlich sei das keine offizielle Einladung mit Empfang durch den Direktor, Vorstellung vor den Schülern, Ansprache und allem Drumherum … Nichtsdestoweniger, falls Boz dies wünsche, hätte Frank ein paar Studenten in seiner Literaturklasse, die ihn interessieren könnten und die einige seiner Romane kannten.

»Eine Diskussion mit diesen jungen Menschen könnte unsere Arbeiten vorantreiben. Eine Art Konfrontation zwischen Generationen … Denken Sie darüber nach.«

Wenn Boz ablehnte, würde Franklin wie gewöhnlich am folgenden Samstag zu ihm fahren.

Der Schriftsteller kam nach Hause. Er ging jeden Nachmittag den Kiesweg entlang, der sein Haus vom großen Portal und dem Briefkasten trennte. Wenn es nicht regnete, war das sein Spaziergang und der seiner Rottweiler.

Als er in seinem Arbeitszimmer zurück war, hörte er Franklins Nachricht ab. Er legte die Tagespost auf dem Schreibtisch ab und suchte dann in einer Schublade nach einem Heft. Er blätterte in den mit Notizen gefüllten Seiten, bis er schließlich auf eine zwei Seiten lange Liste stieß. Mehr als dreißig Namen mit Anschriften und Telefon-, Fax- und Piepsernummern sowie E-Mail-Adressen. Dazu persönliche Anmerkungen und Kommentare aus der Hand von Boz.

Der Bürgermeister von Concord
Der Sheriff von Deerfield
Die Bauleiter der Autobahnbaustelle
Patrouillen der angrenzenden Bezirke
Milton Rock
Steven Amstel
Toubiana und Larsen
Melanchthon
O'Rourke und Colby
Captain Harvex
Joseph Atchue
Doyen Mud
Stu Sheridan
Amos Garcia
Doktor Bitter

Basile King
Michael McEntire
Eva Pascuito
Referent Andrew Drewberry
Scott Lavender

Ben O. Boz bewaffnete sich mit einem Bleistift und fügte mit dem Lineal eine weitere Zeile unten an der Liste an. Dann ließ er sich in seinen Sessel zurücksinken und dachte nach. Er betrachtete seine Hunde, seine Schreibmaschinensammlerstücke, zündete sich eine Zigarette an und rollte den Filter zwischen den Fingern hin und her. Er stellte fest, dass der Stift dem Professor gehörte. Er hatte ihn wohl bei seinem letzten Besuch vergessen.

Er richtete sich wieder auf und schrieb Frank Franklins Namen in seine Liste. Mit allen Telefonnummern und Mail-Adressen, die er von ihm kannte.

Zufrieden verließ er sein Arbeitszimmer und ging in die Küche, um sich eine Flasche eisgekühlten Champagner und eine Dose Kaviar zu öffnen. Während er beides bei Tisch genoss, war er mit den Gedanken woanders, aber glücklich. Im Raum hallte die erste Courante der Englischen Suite Nr. 1 von Bach wider.

Dann löschte er die Lichter, zog einen Mantel an und verließ das Haus.

Wieder einmal schlug Boz dem FBI, das sein Anwesen bewachte, ein Schnippchen und verließ Dovington unbemerkt.

19

Franklin war zu Hause in Durrisdeer und wartete mit Stu Sheridan auf den Romancier. Boz hatte seine Einladung, zwei Tage in der Universität zu verbringen, angenommen. Er hatte sein Kommen für diesen Morgen angekündigt. Doch nun war es beinahe Nacht. Und noch immer war kein Boz weit und breit zu sehen.

»Vielleicht hat er sich verirrt«, wiederholte Sheridan zum x-ten Mal. »Im Übrigen haben wir keine Ahnung, wie er reist. Er hat kein Auto und keinen Führerschein … Er wird nicht mehr kommen.«

Er erhob sich, um zu gehen.

»Wir versuchen es ein andermal wieder. Später. Fassen wir uns in Geduld. Er wird es vor uns leid sein.«

Er machte Anstalten, Franklin zu verlassen, als das Telefon läutete. Der Colonel erstarrte. Nachdem Frank auf dem Display die Telefonnummer gelesen hatte, bedeutete er ihm, dass es sich um einen internen Anruf handelte.

»Hier spricht Norris Higgins, Professor«, schallte es aus dem Hörer. »Ihr Besucher ist eingetroffen.«

Frank Franklin begrüßte Ben O. Boz vor dem Schloss von Durrisdeer.

Norris hatte ihn in seinem Pick-up am Südportal der Domäne abgeholt. Boz war alleine, mit einem winzigen Koffer, erschienen. Kein Auto, kein Taxi, kein Bus, nichts. Norris war nicht wenig erschrocken, als er bei Sonnenuntergang, in der Dämmerung, diese unbewegliche riesenhafte Gestalt hinter dem Gitter erblickte.

»Es ist mir sehr peinlich, dass ich mich so verspätet habe«, sagte der Schriftsteller. »Ich wurde aufgehalten.«

»Das macht nichts«, antwortete Franklin. »Willkommen an unserer Universität und vielen Dank, dass Sie die Einladung angenommen haben.«

Boz hatte nach wie vor den Händedruck eines Kosaken. Franklin überlief ein Schauer. War er wirklich sicher, dass seine Falle funktionieren konnte? Schließlich ließ er die Bestie nun auf seine Studenten los.

Higgins wünschte ihnen Guten Abend und machte sich auf den Heimweg. Boz blieb auf dem Vorplatz stehen, um die Fassade des Schlosses zu mustern. Um diese Zeit war kein einziges Fenster erhellt. Einzig die Laternen, die den Platz umsäumten, spendeten Licht.

»Das ist ein recht eigenwilliger Baustil«, urteilte er schließlich.

»Warten Sie, bis Sie mehr über die Persönlichkeit von Ian E. Iacobs, dem Begründer der Universität, erfahren haben, dann verstehen Sie besser.«

Die zwei Männer erklommen die Stufen der Vortreppe und Frank öffnete die Eichentür. Die riesige Halle mit ihrer hufeisenförmigen Treppe, an deren Fuß mitten an der Wand Iacobs Porträt vor seiner Charta prangte, wurde sichtbar. Seitdem er hier lebte, hatte Franklin mit der Zeit seine ersten

Eindrücke, das Barocke und Maßlose der Örtlichkeiten vergessen. Boz lächelte strahlend.

»Es ist zu schön, um wahr zu sein. Wenn man sich eine dreihundert Jahre alte Universität vorstellen wollte, mitten auf dem Land im England von anno dazumal, die vom Geist von Generationen königlicher Sprösslinge durchweht wird, dann könnte man es nicht besser machen. Ein Graf von Leicester in Galauniform würde sich bestens in diesem Prunk machen.«

Boz zeigte auf das Gemälde.

»Und er ? Ist das Ihr Iacobs?«

»Ja«, antwortete der Professor. »Eine echte Persönlichkeit.«

»Wenn jemand es wagt, ein Porträt von sich mit einem derart dreisten Blick malen zu lassen, dann sagt das schon einiges über den Mann!«

Es stimmte, dass Iacobs auf seinen Gemälden einen »ungehörigen« Gesichtsausdruck zur Schau trug. Seine Wandnachbarn, ehemalige Professoren, sahen alle aus wie … Leichen. Was sie seit undenklichen Zeiten ja auch waren. Iacobs jedoch machte immer einen quicklebendigen Eindruck.

Frank erbot sich, die Reisetasche seines Gastes nach oben zu tragen.

»Ich bringe Sie nun zu Ihrem Apartment«, sagte er mit einem Blick auf die Uhr zu ihm. »Es ist schon spät. Wir können bei mir zu Abend essen, wenn Sie möchten.«

»Selbstverständlich. Und wir machen uns wieder an die Arbeit. Ich habe Ihnen Manuskripte mitgebracht. Bücher, auf deren Veröffentlichung ich verzichtet habe. Sie werden der Erste überhaupt sein, der sie liest.«

Franklin zeigte sich sehr geschmeichelt. Sie stiegen die Stufen hoch und durchquerten den Ballsaal, dann erklommen sie eine Wendeltreppe in einem der Ecktürme.

Franklin füllte so gut er konnte das Schweigen, das sich zwischen ihnen breitgemacht hatte.

»Die meisten Zimmer des Schlosses wurden in Büros für die Professoren umgewandelt, aber Iacobs Privatgemächer hat man nicht angetastet. Sowie auch seine Bibliothek, sein Arbeitszimmer und bestimmte Nebengebäude.«

Boz musterte die Leuchter und die Wandbespannungen, die Gemälde, die Wandlampen, die mit Einlegearbeiten verzierten Türfassungen, die endlosen Teppiche auf den Gängen.

»Das ist ein wundervoller Rahmen, um zu unterrichten.«

»Die Schüler lieben es. Die Professoren allerdings viel weniger. Alles liegt weit auseinander, im Winter ist das Schloss eiskalt, die Elektrik ist in einem erbärmlichen Zustand, es gibt keinen Aufzug für die oberen Etagen …«

Er öffnete eine Doppeltür.

»Hier sind wir.«

Die Gemächer des ehemaligen Hausherren. Zuerst ein Salon mit ockerfarbenem Teppichboden und Vorhängen, Wände mit sehr dunklen Holzvertäfelungen, tiefen Sofas und sogar einem Cembalo aus Mahagoni. Dann kam das Schlafzimmer mit einem großen Himmelbett, Anrichten und Kleiderschränken, in denen man selbst Leichen hätte unterbringen können. Schließlich das Badezimmer mit einer Wanne auf Füßen, Kacheln aus grauer Vorzeit und frei liegenden Rohren.

Frank stellte den Koffer ab, Boz ging sich die Hände waschen.

»Es ist beinahe wie ein Theaterdekor«, rief er vom Badezimmer aus. »Man erwartet direkt Gespenster, Geheimgänge und Verliese, um das Bild abzurunden.«

»Das ist ganz im Sinne von Iacobs.«

Wie vereinbart stiegen sie dann ins Erdgeschoss hinab, um Franklins Haus aufzusuchen. Der Professor fuhr Boz in seinem alten Käfer hinüber.

»Hier passieren doch bestimmt allerlei Geschichten?«, fragte der Schriftsteller, während er um sich blickte. »Abenteuer, verschwundene Personen, Morde, was weiß ich? In einer solchen Kulisse, mit heißblütigen jungen Leuten ist doch alles möglich.«

Frank schüttelte den Kopf.

»Soweit ich weiß nicht. Abgesehen vom Selbstmord eines jungen Mädchens 1959, das erhängt im Theater gefunden wurde. Aber ich bin erst seit drei Monaten hier. Es gibt bestimmt Geschichten, die man mir noch verheimlicht.«

»Ich finde diesen Wald ziemlich unheimlich. Fast alle Wälder sind das, im Übrigen ist der Wald ein Element, das nach Einbruch der Nacht schrecklich feindselig wird. Ich mache mir das oft in meinen Büchern zunutze.«

»Wie in *Der Kreis der Selbstmörder*. Ich habe mir das Buch gerade besorgt.«

»Genau.«

Sie kamen vor dem ehemaligen Haus von Mycroft Doyle an. Boz trat mit seinen unveröffentlichten Manuskripten in der Hand ein.

Ein paar Dutzend Meter entfernt saßen Sheridan, Melanchthon, Colby und O'Rourke in einem mobilen Einsatzwagen des FBI vor einer Abhöranlage und einer Batterie von Lautsprechern, die noch den leisesten Wortwechsel zwischen Franklin und Boz übertrugen.

Sie haben es recht gemütlich hier … Und dort schreiben Sie Ihren Essay … Das ist ideal … Sie leben alleine? … Wirklich? Das hätte ich nicht gedacht.

Die Agenten des Teams »Letztes Wort« hatten an sämtlichen Orten, die der Schriftsteller während seines Aufenthalts in Durrisdeer aufsuchen sollte, versteckte Mikrophone installiert.

Doch die Unterhaltung an diesem Abend drehte sich auch während des Essens beinahe ausschließlich um das Leben und die Persönlichkeit von Frank Franklin. Boz stellte unaufhörlich Fragen über seine in Arizona lebende Mutter, sein Treffen mit dem Verleger, seine Beziehung zu seinen Schülern und so weiter. Anschließend musste Franklin sich über das Leben und die Hirngespinste von Ian E. Iacobs auslassen.

»Das ist ein großartiger Ort, den er sich hier gebaut hat«, sagte Boz mit Blick auf die Universität.

Drei Stunden später wurde der Schriftsteller vom Professor zum Schloss zurückbegleitet. Seine neuen Texte blieben in Franklins Wohnzimmer.

»Lasst ihn keine Sekunde aus den Augen!«, befahl Melanchthon ihren Untergebenen in dem Lieferwagen.

Sie war den ganzen Tag bei ihnen geblieben, um auf Boz zu warten. Nun machte sie sich zum Aufbruch bereit.

»Ich werde morgen nicht bei Ihnen sein. Halten Sie mich ständig auf dem Laufenden! Ich bin immer für Sie erreichbar!«

Sie war bereits am Gehen, als Franklin vor dem Lieferwagen auftauchte.

»Er ist in seinem Zimmer«, sprudelte er hastig hervor. »Ich habe seine Manuskripte, die unveröffentlichten, während unseres Gesprächs überflogen. Sie handeln alle vom Tod eines FBI-Agenten. Er hat mir sieben mitgebracht. Oder davon, wie diese Agenten bei vorgetäuschten Unfällen ums Leben kamen.«

Melanchthon, O'Rourke und Colby erbleichten.

»Wenn er ahnt, dass wir in Durrisdeer sind … Das ist eine Provokation«, knurrte Patricia. »Machen Sie mir schnell Kopien. Ich muss jetzt weg. Ein Hubschrauber erwartet mich auf der Militärbasis.«

»Wohin fliegen Sie?«

»Nach Rhode Island. Zur Fortsetzung der Ermittlungen.«

20

Am nächsten Morgen geleitete der Dekan Boz zu Franklins Klassenzimmer. Der Pavillon von Mycroft Doyle im Wald sollte als Ort der Begegnung zwischen dem Schriftsteller und einigen sorgsam von Frank ausgewählten Studenten dienen.

Emerson hatte sich seinem jungen Professor gegenüber kooperativ gezeigt. Im Allgemeinen empfing Durrisdeer nie bekannte Persönlichkeiten. Doch auch wenn Agatha Emerson seit der Entdeckung der Liaison zwischen Frank und Mary vor Wut schäumte und mit allen Mitteln seine Entlassung betrieb, so war Lewis seinerseits über diese Neuigkeit eher glücklich, denn er fand Franklin begabt und intelligent. Seine Erlaubnis, Ben O. Boz Zutritt zur Universität zu gewähren, war ein Gunstbeweis, eine Art, ihm zu zeigen, dass er insgeheim auf seiner Seite war.

Der Dekan erging sich in zeremoniösem Gehabe und akademischen Schmeicheleien Boz gegenüber, obwohl er zwei Tage zuvor noch nicht einmal etwas von der Existenz dieses Kriminalautors gewusst hatte. Franklin fand seine pathetische Beflissenheit und seine Auslassungen über den hohen literarischen Wert von Kriminalliteratur hohles Geschwätz. Je mehr Emerson schwadronierte, umso verärgerter wurde Boz' Gesichtsausdruck.

Als der Schriftsteller das Klassenzimmer betrat, zählte er etwa ein Dutzend Schüler. Franklin stellte ihn vor und alle applaudierten. Bei der ersten Gelegenheit ergriff der Dekan das Wort.

»Erweist euch der Ehre, die euch zuteil wird, würdig. Durrisdeer empfängt nie Gäste, das wisst ihr. Die Ausnahme heute verdankt ihr eurem Professor. Mr. Franklin arbeitet mit Mr. Boz an seinem nächsten Essay. Durch eure Fragen nehmt ihr am Austausch zwischen diesen Männern teil, und das freut mich.«

Emerson wusste nicht das Geringste über die Machenschaften seines Professors im Dienste des FBI. Zufrieden ging er von dannen und überließ die Veranstaltung sich selbst. Frank formulierte sodann einige Willkommensbezeugungen, die wohlwollender aufgenommen wurden als die von Emerson. Er stellte außerdem die Studenten der Reihe nach vor.

Die Schüler saßen mit offenem Mund vor der riesenhaften Gestalt des Autors, seinem ernsten Blick unter dem kahlen Schädel, dem dichten Bart … Seine Person strahlte etwas Einschüchterndes aus. Ben O. Boz glich eher einem Romanhelden als einem Romancier.

»Zu Beginn«, hob er an, »muss ich mich bei einem von Ihnen bedanken. Wer ist David Pullman? Denn durch ihn hat Franklin erfahren, wo ich in Dovington wohne, sodass er mir den Vorschlag unterbreiten konnte, an seinem Essay mitzuwirken. Ihm verdanke ich es, dass ich unter Ihnen weile.«

Schweigen. Franklin wurde blass. Pullman. Das war der Name, den er am Tag ihres ersten Gesprächs erfunden hatte. Um zu begründen, wie er die Adresse entdeckt hatte. Boz hatte es nicht vergessen!

»Denken Sie daran, Franklin, er wird versuchen, Sie zu testen«, hatte ihn Special Agent Melanchthon unzählige Male gewarnt. *»Seien Sie auf der Hut!«*

Er hatte dieses Detail vollkommen vergessen. David Pullman existierte nicht.

Nach einem Augenblick peinlichen Schweigens und suchender Blicke seitens der Schüler brachte Frank stammelnd eine Erklärung heraus, in der von einem anderen Internatszögling aus der naturwissenschaftlichen Klasse von Miss Pot die Rede war, der an der heutigen Zusammenkunft nicht teilnehmen konnte.

Es klang unglaubwürdig. Boz musste dessen wohl gewahr werden, doch er ging nicht darauf ein und fuhr mit einer einleitenden Bemerkung fort: ein paar Worte über die Nutzlosigkeit der Erfahrung von anderen, insbesondere beim Schreiben.

»Alle Ratschläge und die Beispiele des einen oder anderen Autors sind oft nur einmal und in einem sehr präzisen Kontext gültig.«

Dann erzählte er von seinen ersten Berufsjahren.

Frank fiel aus allen Wolken. Kein Wort über den Verleger Simon Abelsberg, noch über die Tätigkeit seiner Mutter als Korrektorin, noch über die Jahre, in denen er als Ghostwriter für andere geschrieben hatte, über die Serie von Misserfolgen. Nichts von dem, was das FBI erzählt hatte. Boz erfand sich ein neues Leben.

Immerhin hob er, wie Franklin erwartet hatte, ausführlich hervor, mit welcher Besessenheit er um die Genauigkeit der Erzählung, die Entwicklung seiner Intrigen, die Authentizität seiner Figuren bemüht war. Er erwähnte den berühmten Maler Ingres, dessen »chirurgische Präzision« Baudelaire gerühmt hatte.

»Das bringt es auf den Punkt. Chirurgische Präzision. Ich versuche indes niemanden dazu zu überreden, dass er sich meiner Methode bedient. Es ist die meine, das ist alles. Ich räume durchaus ein, dass sie diskutabel ist.«

Franklin wies mit Textauszügen auf einige Besonderheiten in Boz' Werk hin. Dann folgten die Fragen der Studenten. Hauptsächlich Fragen, die sich auf Boz' Bücher bezogen.

»Sie sagen, Sie möchten in allem exakt sein«, begann eine junge Frau namens Laura. »In Ihrem Buch *Fälschung und Vorspiegelung* köpft ein Irrer die armen Opfer mit einer Sichel und schneidet sie dann mit der Säge in Stücke, um sie verschwinden zu lassen. Sie beschreiben darin auf zwei vollen Seiten die speziellen Abdrücke, die die Sägezähne auf den Knochen hinterlassen. Wie weit treiben Sie Ihren Perfektionismus? Haben Sie wirklich menschliche Knochen *zersägt*?«

Gelächter.

»Fast«, antwortete Boz. »Für dieses Buch habe ich Schweine- und Hirschknochen benutzt. Sie haben eine ähnliche Dichte wie menschliche Knochen.«

»Aber wenn Sie mit menschlichen Knochen hätten experimentiere können, hätten Sie es dann getan?«

»Ohne zu zögern.«

Schweigen.

»Weitere Fragen?«

»Funktioniert diese Methode auch, wenn Sie fantastische Elemente in Ihre Erzählungen aufnehmen? In *Die Bestimmung der Arten*, das 1997 erschienen ist, erwähnen Sie einen Werwolf. Einen vollkommen haarlosen Mann, der ermordet in New York gefunden wird. Während der Autopsie entdeckt man, dass seine Haare unter die Haut nach innen gewachsen sind. Das ist eine Erfindung!«

»Glauben Sie? Weil Sie vorschnelle Schlüsse ziehen. Denken Sie daran, dass ich diesen Roman nach einem Aufenthalt in Paris geschrieben habe.«

»Ach! Und in Frankreich begegnen einem also Werwölfe?«

Die Klasse lachte.

»Etwas in der Art jedenfalls«, sagte Boz.

Er war ernst. Alle verstummten.

»Tatsächlich gibt es im Musée de l'Homme eine geheime Abteilung, die für die Öffentlichkeit absolut tabu ist, in der physiologische Exponate von »anormalen« Menschen aufbewahrt werden. Ich spreche hier von Kindern mit zwei Köpfen, Frauen mit drei Zahnreihen oder bedauernswerten Individuen, denen mitten aus dem Bauch ein Stummel herauswächst, von regelrechten Zyklopen, von Augen in den Nasenlöchern eines Säuglings. Alle nur vorstellbaren, vor allem aber unvorstellbaren Missbildungen, die die Natur hervorgebracht hat und die seit zwei Jahrhunderten zusammengetragen wurden. Auch der Werwolf aus meinem Buch findet sich dort. Und glauben Sie mir, der Anblick dieser winzigen Haarzwiebeln unter der Innenseite der Epidermis ist im Vergleich mit dem Rest dieses Horrorkabinetts nicht besonders eindrucksvoll ...«

Der Saal war geschockt. Boz fuhr fort: »Aber meiner Ansicht nach übersehen Sie das wirklich Interessante in *Die Bestimmung der Arten*: Das Opfer des Buchs ist der Kurator eines imaginären Museums, das große Ähnlichkeit mit denen in Paris oder Chicago hat. Man findet ihn tot in seinem

Labor auf. Mit tiefen Bisswunden am ganzen Körper. Nachdem man Abdrücke der Bisse genommen und sie untersucht hat, stellt sich heraus, dass sie alle von diesen Monsterköpfen stammen, die in Gefäßen mit Formaldehydlösungen schwimmen. Manche Exponate stammen noch aus der Revolution. Der arme Kurator wurde von mehr als zwanzig verschiedenen Kiefern gemartert … Keiner davon war menschlich im gewöhnlichen Sinn des Wortes. Kein Speichel. Nichts.«

Niemand wagte den Autor zu fragen, wie er es angestellt hatte, diese Episode authentisch zu gestalten. Und jeder malte sich widerwärtige Szenen aus.

Boz lächelte. Offensichtlich genoss er es, seine Meisterleistungen so vor einem Auditorium zukünftiger Schriftsteller auszubreiten.

Der zarte Liebermann stellte eine Frage, die wieder zum Thema zurückführte.

»In Ihrem Roman *Der Bienenzüchter* beginnen Sie die Geschichte mit einer spektakulären Szene, in der ein Leichnam im Innern eines riesigen Bienenstocks gefunden wird. Sie geben zu verstehen, dass die Bienen sich auf ihn gestürzt und seinen Körper als Gerüst zum Bau ihres Stocks benutzt haben.«

»Ja.«

Liebermann hob die Arme zum Himmel.

»Wollen Sie uns *das* bitte erklären?«

»Doktor Kevin McGretten von der Universität von Edinburgh hat 1997 die DNA-Sequenz der Biene und die drei Gene entschlüsselt, die die Gestaltung ihres natürlichen Lebensraums steuern, darunter auch dieses unglaubliche Netzwerk symmetrischer Waben, das jedermann kennt. Meine

Hauptperson, ein etwas schwachsinniger Entomologe, verfällt auf die dumme Idee, diese Sequenz zu verfälschen. Das Ergebnis ist, dass die Bienen mutieren und nun einen lebendigen Körper als Grundstein zum Bau ihrer Stöcke benötigen, die von nun an viel riesiger sind.«

»Aber das ist Science Fiction!«

»Gewiss. Aber Sie richten Ihr Augenmerk nicht auf den Punkt, an dem der Autor glaubhaft sein muss!«

»Und der wäre?«

Boz lächelte kaum verhüllt.

»Der Zustand des Leichnams im Innern des Bienenvolks. Wie sieht ein Mann aus, der seit Monaten in einer derartigen Menge von Zucker und Wachs liegt? Inwiefern verändert sich dadurch der Prozess der Zersetzung?«

Ein Student, der den Roman gelesen hatte, antwortete: »Er verwest nicht.«

»Genau!«, stieß Boz aus. »Er schwillt sogar an. Die Elastizität der Gewebe ist unglaublich erhöht. Der Zucker verdickt die Haut und verhindert, dass sie reißt.«

Liebermann ergriff das Wort.

»Und was haben Sie getan, um das mit solcher Bestimmtheit sagen zu können? Haben Sie einen Unglücklichen wochenlang in einen Bottich voll Honig getaucht?«

Die Studenten lachten wieder.

Franklin nicht.

Der Anflug eines Lächelns streifte Boz' Gesicht.

»Keine schlechte Idee!«, versetzte er. »Allerdings müsste man dazu … genügend Honig finden! Nein, im Ernst, vor einigen Jahren kam bei einem Unfall in einer Schnapsbrennerei in Kanada ein Mensch ums Leben. Der Arme fiel in ein

Becken, in dem die Maische verzuckert wird. Ich habe die Fotos des nach sechs Tagen gefundenen Leichnams untersucht. Das hat mir völlig gereicht.«

Boz hatte eine Begabung dafür, seine Zuhörer in Bann zu schlagen.

»Ich finde Sie außergewöhnlich!«

Es war ein Junge hinten im Raum, der aufgestanden war und das gesagt hatte. Oscar Stapleton.

»Es ist wahr, Sie haben sich für eine originelle und sehr riskante Haltung entschieden. Ich war zunächst von der Ausführlichkeit Ihrer Schilderungen abgestoßen, nun aber sehe ich sie mit anderen Augen. Sie sind fabelhaft!«

»Danke, mein Junge.«

Nichts hätte in seinen Ohren süßer geklungen.

Doch ein anderer wandte ein: »Aber bei Ihnen, Mr. Boz, haben die Bösen die ärgerliche Angewohnheit, ungestraft davonzukommen und der Bestrafung durch das Gesetz zu entgehen ... Wenn Sie schon für sich in Anspruch nehmen, in allem korrekt zu sein, haben Sie dann nicht den Eindruck, dass Sie die Inspektoren dieses Landes schlechter machen, als sie in Wirklichkeit sind?«

Boz schüttelte kategorisch den Kopf.

»Wie viele Untersuchungen, die durch Stümperei, Faulheit oder einfach aufgrund einer miserablen allgemeinen Organisation im Sand verlaufen, kommen auf eine einzige aufsehenerregende Verhaftung nach einer rundum gut geführten Untersuchung? Wenn man aus den Jahresstatistiken die Fälle herausrechnen würde, die nur dank »Kommissar Zufall« gelöst wurden, und diese Zahl veröffentlichte, dann würde in der Bevölkerung Panik ausbrechen!«

Franklin bemerkte, dass Boz sich wie beim letzten Mal in Dovington wieder ereiferte. Seine Stimme war lauter geworden, seine Gesichtszüge hatten sich verkrampft.

»Ich arbeite so sorgfältig und die Details meiner Morde sind so gründlich recherchiert, dass ich sogar schon Besuch vom FBI erhielt! Diese Trottel waren überzeugt, dass ich etwas mit gewissen, in meinen Büchern geschilderten Morden zu tun hätte, weil sie angeblich Ähnlichkeit mit realen Fällen hatten. Ihrer Ansicht nach musste ich darin verwickelt sein, um sie so zutreffend beschreiben zu können. So viel zum Zustand unserer Polizei!«

Franklin zitterte. Boz spielte mit dem Feuer. Furchterregend. Doch die Studenten hingen an seinen Lippen.

»Ich hoffe für Sie, dass Sie gute Alibis parat hatten!«, scherzte Oscar Stapleton aus dem Hintergrund, um die Atmosphäre zu entspannen.

Boz' Stimmung besserte sich sogleich.

»Gottseidank hatte ich welche, sonst würden wir heute nicht unsere Ansichten hier austauschen. Weiß Gott, wie das hätte enden können! Aber, junger Mann …«

»Oscar.«

»Oscar, ich will Ihnen sagen, dass ein Alibi letzten Endes nicht viel wert ist. In unserem Rechtssystem ist ein gefürchteter Anwalt immer wertvoller als ein bombenfestes Alibi. Ein Alibi kann man vor einem Gericht immer zerpflücken. Eine Zeugenaussage, notfalls durch Bestechung erzielt, genügt und schon ist es beim Teufel. Für eine gute Verteidigung wäre das einzige perfekte Alibi, die einzige brauchbare Rechtfertigung, dass man an dem Tag, an dem das Verbrechen begangen wird, tot ist!«

Gelächter.

»Sonst wird es immer jemanden geben, der einen verdächtigt. Solange Sie nicht sechs Fuß unter der Erde liegen, sind Sie nicht sicher!«

Das Gespräch wandte sich nun leichteren Dingen zu. Franklin hatte eine Art Spiel zwischen den Studenten und Boz angeregt. Sie beschrieben ein Romanthema, das ihnen am Herzen lag, und er half ihnen, sich zu überlegen, wie sie sich daran herantasten könnten, um ihren Gegenstand einzukreisen. Den Rahmen zu beherrschen. Nichts dem Zufall zu überlassen.

Grob gesagt, Ben O. Boz ließ seine makabre Begabung für sie spielen.

Nach dem Ende des Seminars nahmen Professor, Schüler und der Gast einen gemeinsamen Imbiss im Garten um den Pavillon ein. Dort fand Oscar Stapleton schließlich die Gelegenheit, sich allein mit Boz zu unterhalten.

»Ich würde gerne mit Ihnen sprechen«, sagte er zu ihm.

»Bitte, Oscar. Ich höre.«

»Die Sache ist ein bisschen speziell … Nur wenige von uns wissen Bescheid.«

»Wissen Bescheid? Teufel noch mal! Worüber denn?«

»Vorab möchte ich Ihnen sagen, dass ich vollkommen einer Meinung mit Ihnen bin: Ein Autor muss alles verwenden, was ihm in die Finger fällt, was er erlebt, was ihm widerfährt. Er ist das eigentliche Rohmaterial seines Werks. Die Literatur kann alles verwenden, nicht wahr?«

»Das kann man so sagen, ja. Aber worauf willst du hinaus?«

Oscar nickte und setzte nervös wieder an: »Sie gehören offensichtlich nicht zu den Leuten, die sich eine gute Gelegenheit entgehen lassen. Daher können Sie uns ein paar wertvolle Ratschläge geben!«

»Ich verstehe nicht recht … Nun sag schon.«

Oscar Stapleton vergewisserte sich, dass niemand sie hören konnte.

»Wir sind da an einer Sache dran.«

»Ja.«

»Also. Wir haben im letzten Winter, im Wald … eine Leiche gefunden.«

21

Der FBI-Wagen, in dem Patricia Melanchthon saß, umrundete den Häuserblock in Pawtucket in Rhode Island, in dem sich die Nummer 7408 des East Magdalena Drive befand. Dort lebten die Eltern von Patrick Turd. Der Leichnam Nummer 25. Der vermutliche Komplize von Boz, den man in Farthview Woods in der Nähe von Durrisdeer gefunden hatte.

»Da sind sie, Chefin!«

Patricia war in Begleitung zweier neuer Mitarbeiter des Büros. O'Rourke und Colby waren in Durrisdeer geblieben, um Boz zu überwachen.

Sie hob den Kopf. Wirklich blieb ein beigeblauer Ford Taunus Baujahr 1989 in der Auffahrt der Turds stehen.

»Sie kommen aus dem Krankenhaus«, fügte der Fahrer hinzu.

Der Mann stieg als Erster aus, öffnete den Kofferraum des Autos und holte einen Rollstuhl hervor, den er sodann auseinanderklappte. Dann stützte er seine Frau Adelia, damit sie sich hineinsetzen konnte. Sie konnte seit fünfunddreißig Jahren nicht mehr laufen. Beide waren schwarz gekleidet. Adelia weinte unablässig, ihr Gesicht war in ein Taschentuch vergraben. Sie kehrten von einem Besuch im Providence

River Grand Hospital zurück, wo sie den Leichnam ihres Sohnes identifiziert hatten, den das FBI am Tag zuvor an die Leichenhalle übergeben hatte. Wie bei jeder »Rückgabe« der vierundzwanzig waren Zeitpunkt, Ort und Umstände der Entdeckung der Leiche vom FBI gefälscht worden, damit die Ermittlungen über die Toten vom 23. Februar nicht behindert wurden.

Niedergeschlagen trat das Paar ins Haus.

Patricia seufzte und sagte: »Also los.«

Patrick Turd war am 25. August 1982 in Providence geboren worden. Sein Vater David führte in Plat Place, in der Nähe eines gigantischen Einkaufszentrums an der Peripherie von Pawtucket, eine Buchhandlung mit gebrauchten Büchern, die er von seiner Mutter geerbt hatte. Patricks Mutter Adelia arbeitete nicht. Sie war aufgrund einer schweren Kinderlähmung seit ihrer Jugend behindert. David und sie waren damals bereits zusammen gewesen. Sie hatten sich nie verlassen. Sie hatten ein hartes Leben gehabt, und abgesehen von dem bescheidenen Häuschen am Magdalena Drive, das ihnen Adelias Eltern überlassen hatten, besaßen sie nichts. Die spärlichen Einkünfte der Buchhandlung genügten kaum, um die Familie zu ernähren und das Benzin und die Versicherungen zu bezahlen. Daher war für Patrick ein Studium nie infrage gekommen. Für ein Stipendium waren seine Noten nicht gut genug. Mit siebzehn begann er eine Lehre in einer Druckerei. Danach trat er dem Heer der Buchhandelsvertreter bei. Er wurde Vertreter für ganz Neuengland. Mit einem klapprigen Auto übernahm er die »kleine Runde«, das heißt, er stellte die Neuerscheinungen in allen Kleinstadtbuchhandlungen bis in die gottverlassensten

Nester vor. Überall traf er auf Unternehmen, die auf ebenso wackligen Beinen standen wie das seines Vaters. Daher wusste er, wie er mit ihnen reden musste und was er ihnen verkaufen konnte.

Wo und wann war er in die Fänge von Ben O. Boz geraten? Das war es, was Patricia herausfinden wollte.

David Turd, der Vater, öffnete ihnen die Tür.

»FBI-Agentin Patricia Melanchthon«, stellte die Frau sich vor und zeigte ihre Marke. »Das ist gewiss nicht der richtige Moment, ich gebe es zu, aber wir müssen Ihnen einige Fragen über das Verschwinden Ihres Sohnes stellen. Wichtige Fragen. Um die Ermittlungen zu beschleunigen und herauszufinden, was hinter dieser Tragödie steckt.«

Mit geröteten Augen und von Schlaflosigkeit gezeichnetem Gesicht rang sich der Vater schicksalsergeben ein gequältes Kopfnicken ab und ließ die drei Agenten eintreten.

Adelia Turd starrte mit verlorenem Blick ins Leere und sah sie näher kommen, ohne dass sich der geringste Ausdruck auf ihrem Gesicht zeigte. Sie wirkte winzig in ihrem eisernen Rollstuhl. Beinahe wie ein Kind.

Die Turds hatten sich bei früheren Vernehmungen durch Beamte des Reviers von Rhode Island wenig kooperativ gezeigt. Erst eineinhalb Monate nach dem Tod ihres Sohnes hatten sie ihn vermisst gemeldet und eine Anzeige aufgegeben. Beide Eltern waren überzeugt, dass Patrick irgendwohin an die Westküste gezogen war und es nur unterlassen hatte, sie davon zu unterrichten. Sie konnten sich nicht vorstellen, dass er tot sein könnte. Sobald die Polizisten diese Hypothese andeuteten, wurden die Turds verschlossen und gaben kein Wort mehr preis.

Heute würde das bestimmt anders sein, und Melanchthon wollte sich den Schock zunutze machen.

»Ihr Sohn wurde erwürgt und zu Tode geprügelt«, sagte sie. »Wir haben nur sehr spärliche Hinweise und wissen nur wenig über sein Leben ... Wir wissen nicht genug, um Verbindungen herzustellen ... Wenn Sie wollen, dass wir die Wahrheit herausfinden, dann müssen Sie mit uns reden.«

David schüttelte den Kopf.

»Was wollen Sie von uns hören? Patrick kann an einen Verrückten geraten sein, einen Irren. Er war ein reizender Junge. Er hatte kein Glück.«

»Hatte er Freunde?«

David seufzte.

»Mein Sohn arbeitete pausenlos. Sie können sich nicht vorstellen, wie das ist ... den ganzen Tag im Auto, um seine Bücher an den Mann zu bringen! Mindestens hundertzwanzigtausend Kilometer jährlich! Wann hätte er Freunde gewinnen sollen? An Tankstellen? In schäbigen Motels?«

»Er hatte ein Apartment in Providence. Besuchte er Sie manchmal?«

»Nein, nicht mehr sehr oft.«

»Auch wegen der Arbeit?«

»Nicht nur deshalb ... Sagen wir, wir haben uns vor zwei Jahren zerstritten ... wegen einer Lappalie.«

Der Mann hob die Augenbrauen und blickte mit großer Zärtlichkeit zu seiner Frau. Man konnte nicht erkennen, ob diese zuhörte und das Gespräch verfolgte oder ob sie im Geist Lichtjahre entfernt war.

Das Zimmer war vollgestellt mit alten Möbeln, abgewetzten, durchgesessenen Sofas, wackligen Lampen und gerahmten Schinken in Öl an der Wand.

»Patrick hatte angefangen zu schreiben«, fuhr der Vater fort. »Wahrscheinlich war der Umgang mit den Verlegern, den Buchhandlungen und all diesen Büchern daran schuld … Er fühlte sich plötzlich zum Schriftsteller berufen.«

»Ach, ja! Und was geschah dann?«

David senkte die Augenbrauen zu einem heftigen Runzeln.

»Und?«

Er zögerte.

»Und … ich habe ihm gesagt, was ich davon hielt. In aller Offenheit. Ich lebe schon viel länger in der Welt der Bücher als er. Ich bin als großer Büchernarr bekannt, was er nie war. Jedenfalls, um es kurz zu machen, diese Seiten taugten nichts, und ich habe ihm erklärt, dass er noch mehr daran arbeiten müsse, bevor er sie seinen Chefs zeigen konnte.«

»Ich nehme an, das hat er Ihnen übel genommen?«

»Das ist noch ein schwacher Ausdruck. Er hat mich beleidigt, er hat geschrien, ich hätte keine Ahnung, er war der Meinung, ich sei eifersüchtig. Als Vater ein Versager. Ich fand, dass er zu weit ginge, also fing ich auch an zu brüllen.«

Der Vater bemühte sich, seine Tränen zu unterdrücken.

»War das das letzte Mal, dass Sie miteinander gesprochen haben?«

»Nein, nein, zum Glück nicht … zum Geburtstag seiner Mutter kam Patrick zurück.«

Melanchthon blieb einen Augenblick lang stumm. Dann holte sie aus ihrer Tasche eine Akte und aus der Akte ein Foto hervor. Das Foto von Ben O. Boz.

»Wissen Sie, ob Ihr Sohn diesen Mann kannte?«

David Turd trocknete sich mit einem Taschentuch die Augen und setzte eine Lesebrille auf. Er musterte Boz aufmerksam.

»Nein«, sagte er. »Nie gesehen. Tut mir leid. Wer ist das?«

Patricia erhob sich und ging ohne eine Antwort zur Mutter.

»Meine Frau ist nicht in der richtigen Verfassung, wissen Sie«, protestierte er. »Sie hat kein Wort gesagt, seitdem wir gestern die Nachricht erhielten.«

Melanchthon beugte sich mit dem Foto in der Hand zu der bedauernswerten Frau hinab.

»Haben Sie diese Person schon einmal gesehen, Madam? Kannte Ihr Sohn sie? Das ist wichtig für unsere …«

Adelia Turd war bleich geworden. Sie ließ ihr Taschentuch los, das zu Boden fiel. Patricia fühlte sich wie vom Blitz getroffen.

»Ja?«, fragte sie. »Sie kennen ihn?«

Die von Tränen geweiteten Augen der Frau blickten wie gebannt auf das Foto. Und plötzlich nickte sie wortlos.

»Mein Gott«, dachte die Agentin, »jetzt haben wir ihn!«

»Worum geht es hier?«, fragte der Vater beunruhigt.

Im Wohnzimmer klingelte das Telefon. Nach dem sechsten Läuten hob David Turd ab. Melanchthon blieb, erfüllt von einem befreienden Gefühl der Macht, mit ihrem Foto zurück.

Der junge Patrick konnte als angehender Schriftsteller seine Arbeiten Boz gezeigt haben, bevor er in die Falle ging. Das war sehr gut vorstellbar!

»Ja, meine Liebe«, sprach der Vater mit leiser Stimme ins

Telefon. »Er ist es wirklich. Es ist sein Leichnam. Wir sind gerade aus dem Krankenhaus zurückgekommen.«

Patricia sah sich um. Sie erkannte Patrick Turd auf einem Foto, das neben der Armlehne des Rollstuhls stand. Er umarmte eine blonde junge Frau. Eine Verlobte vielleicht? Wieder fing sie an zu träumen: Das Mädchen musste eine Menge über den Komplizen wissen. Auch sie konnte nützlich sei.

»Die Polizei ist hier«, fuhr der Vater fort. »Ja, sie stellen Fragen über Patrick. Die Polizei … Wie? Nein, das FBI. Aber ich habe mir nicht gemerkt … warte.«

Er legte eine Hand auf den Hörer und fragte: »Wie ist Ihr Name, Madam?«

»Mein Name?«, versetzte Patricia.

»Das ist meine Tochter. Sie möchte Ihren Namen wissen.«

Das war eine ungewöhnliche Frage.

»Special Agent Patricia Melanchthon.«

Der Vater wiederholte. Dann fuhr er fort: »Ja, meine Liebe. Wir telefonieren später. Ich rufe dich an, sobald sie gegangen sind. Ich auch.«

Er legte auf und kehrte zu Patricia zurück.

»Das war meine Tochter.«

Patricia verzog das Gesicht. Sie überprüfte ihre Akte über Turd. Nirgendwo war von einer Schwester die Rede.

»Lebt Ihre Tochter in Rhode Island?«

»Nein, sie hat vor einem Jahr einen Job in einem anderen Staat gefunden … Nach ihrer Scheidung.«

Neugierig griff Patricia nach dem Foto auf dem Tisch.

»Seine Freundin vielleicht?«

»Nein. Nein, das ist eben unsere Tochter. Abigail.«

Melanchthon fuhr hoch. Abigail!

»Abigail Burroughs?«, schleuderte sie dem Vater entgegen.

»Ja. Das ist der Name ihres Mannes. Woher wissen Sie das?«

Stu Sheridans Computerspezialistin. Das Mädchen aus dem Archiv! Die Staatspolizei von New Hampshire. Patricia stürzte mit dem Foto in der Hand wieder zur Mutter. Sie war in heller Aufregung.

»Es ist Ihre Tochter, nicht wahr?«, rief sie. »Durch Ihre Tochter kennen Sie diesen Typ und nicht durch Ihren Sohn!«

Mit bleichem Gesicht und verstörtem Blick nickte Mrs. Turd ein zweites Mal unmissverständlich mit dem Kopf.

»Was ist hier los?«, wiederholte der Vater. »Wer ist dieser Kerl?«

Ohne die geringste Rücksicht auf den Kummer dieser Menschen stürzte Patricia aus dem Haus. Ohne Erklärung, ohne Abschiedsgruß.

»Herrgott!«, fluchte sie. »Wir haben uns an der Nase herumführen lassen, vom ersten Tag an. Das Massaker an den vierundzwanzig diente nur dazu, die Polizei von New Hampshire hineinzuziehen. Und Abigail Burroughs als Expertin aus dem Archiv sollte Stu Sheridan in den Fall verwickeln! Und ihn zu Boz führen. Mist, er ist das Opfer!«

22

Währenddessen besichtigte der Autor in Begleitung von Oscar Stapleton und zwei seiner Freude, Jonathan Marlowe und Daniel Liebermann, auf dem Campus von Durrisdeer den Park und die Gebäude. Diese drei Jungen bildeten das Triumvirat des Klubs der Schreiber.

Sie waren von Franklin und Sheridan darüber informiert, dass Boz potenziell ein Mörder war und dass sie ein gewisses Risiko eingingen, wenn sie ihm eine »Falle« stellen wollten. Zugleich aber hatte man sie beruhigt: Überall im Wald war das FBI zu ihrer Bewachung verteilt, und sie waren allesamt mit Mikrophonen ausgestattet.

Unter ihrer Führung entdeckte Boz das italienische Logentheater mit seinen dreihundert Sitzplätzen, die Sternwarte und die hypermoderne Bibliothek der Universität. Stapleton betonte den einzigartigen und völlig abgeschotteten Charakter von Durrisdeer und erwähnte Iacobs Carta und das Gewicht der Traditionen.

Dann kam Oscar auf den berühmten literarischen Klub zu sprechen, der von Generation zu Generation in völliger Unabhängigkeit weiterbestand. Der Klub der Schreiber. Er erzählte von den Rollenspielen, den Initiationsriten, den Fallen, dem Nachspielen bestimmter Werke, dem Mumm und dem Grad an Organisation seiner Mitglieder seit mehr als einem Jahrhundert. Boz fand das alles charmant. Die drei Jungen zeigten ihm die allegorischen Gärten mitten im Wald: das Schachbrett, den Rosengarten und Theseus' Labyrinth.

Die Fläche des Schachbretts maß acht mal acht Meter. Die Figuren waren mannshoch.

»Unser ehemaliger Literaturprofessor Mycroft Doyle hat dieses Schachbrett erfunden«, sagte Oscar. »Die Figuren stellen alle berühmte Schriftsteller dar.«

Boz erkannte Platon als König der Weißen und Aristoteles als König der Schwarzen. Er identifizierte Äschylos an seinem kahlen und zerschmetterten Schädel, Cervantes an seinem fehlenden Arm, Homer an seinen blinden Pupillen, den jungen Goethe an seinen Schlittschuhen und Shakespeare ... an Shakespeare. Die Königinnen? Aspasia von Milet und Eleanor von Aquitanien.

Nach dem Schachbrett kam der Rosengarten.

»Noch eine Idee von Doyle«, sagte Oscar. »Eine Hommage an das mittelalterliche Werk von de Meung und de Lorris, den *Rosenroman*.«

Der Garten bestand aus einem Ensemble von Rosenspalieren, die sich kreuzten und von oben betrachtet gemeinsam eine riesige Rosette bildeten.

Schließlich kam das Labyrinth. Es bestand aus dichten, undurchdringlichen Hecken von zweieinhalb Metern Höhe. Mit seinen Sackgassen, Rundwegen und Parallelparcours war es ein gelungener Irrweg. An manchen Wegverzweigungen warfen Gipsstatuen von Theseus, Minos und Minotaurus wütende Blicke auf diejenigen, die sich bis dorthin vorgewagt hatten. Doch die drei Studenten liefen ohne jedes Zögern hindurch. Sie kannten den richtigen Weg auswendig. Boz erreichte das Zentrum des Labyrinths, eine Art kreisförmiger, rasenbedeckter Hof mit einem Wasserbecken in der Mitte. Er bemerkte einen Kreis aus Steinen und die verkohlten Reste eines Lagerfeuers.

»Ich vermute, dass ihr euch hier versammelt, um eure Kunststückchen vorzubereiten. Und natürlich kennt ihr ein unfehlbares Mittel, um im Fall einer unguten Überraschung von hier zu verschwinden.«

Die Jungen lächelten. Bei Liebermann und Marlowe, die von der Gegenwart des Riesen stärker eingeschüchtert waren als Oscar, fiel das Lächeln recht gequält aus.

»Selbstverständlich!«

Doch sie hüteten sich wohl, ihm ihren Geheimgang zu verraten.

Kurz darauf stieß ein vierter Junge zu ihnen. Macaulay Hornbill. Der rothaarige Junge, der zwei Tage in den unterirdischen Gängen umhergeirrt war. Seine Treue dem Klub gegenüber hatte ihn aus dem Stand zum Führungsmitglied gemacht.

Er stellte sich Boz vor und setzte sich auf eine Bank.

»Zum Glück hatte euer Professor Doyle keine Vorliebe für Dante«, sagte er. »Sonst gäbe es hier ein brackiges Wasserloch, das den Styx darstellen soll, oder Schreckensgestalten von Toten und Gespenstern, die in den Bäumen hängen!«

Der Scherz kam nicht an. »Genau, jetzt wollen wir über den Toten sprechen«, sagte Oscar Stapleton.

Ach! Der Tote.

Seitdem die Jungen ihm davon erzählt hatten, wollte auch Boz mehr davon hören.

Er stellte fest, dass der Anführer des Klubs ihm direkt in die Augen sah, während die drei anderen sich wanden und erheblich mehr herumdrucksten. Beeindruckt von ihrem Gast oder von etwas anderem …

In Wirklichkeit hofften alle, dass die FBI-Agenten bereit stünden, um einzugreifen.

»Nun erklärt mal. Welche Leiche?«, fragte der Schriftsteller.

Wie gewohnt ergriff Oscar im Namen aller das Wort.

»Vor etwas mehr als vier Monaten spielte sich etwa zehn Kilometer entfernt von hier auf einer Autobahnbaustelle eine seltsame Geschichte ab. Wir hörten in der Nacht einen Hubschrauber der Staatspolizei und am nächsten Tag gingen wir dorthin, um nachzusehen.«

»Und dann?«

»So weit man sehen konnte, wimmelte es von Cops. Aber weder damals noch später stand je ein Wort davon in der Zeitung. Es kursierten nicht einmal Gerüchte in der Gegend, um zu erklären, was passiert war. Schließlich sind wir in den Wald zurückgegangen. Und auf dem Rückweg sind wir auf ein Indiz gestoßen, das Patrick Turd hinterlassen hatte.«

Das ließ Boz zusammenzucken. Der Schachzug Stapletons und seine Wirkung war mit Frank Franklin perfekt vorbereitet worden. Den Namen sagen. Den Namen des Komplizen aussprechen. Das gewagte Manöver verfehlte nicht seine Wirkung.

»Was für ein Indiz?«

»Eine Visitenkarte. Mit Turds Namen, sie hing in Augenhöhe aufgespießt an einem Ast. Es war ein wenig Blut daran.«

Boz hüllte sich in Schweigen. Nach außen hin scheinbar ungerührt umkrampfte seine rechte Hand die zusammengeballte linke. Mit zusammengebissenen Kiefern fixierte er den jungen Oscar, als ob die anderen, ja die ganze Welt nicht mehr existierten und jede Bedeutung verloren hätten angesichts dessen, was der Junge gerade erzählte.

»Erzähl weiter«, forderte er ihn auf.

»Es gab Spuren einer Verfolgungsjagd im Wald. Der Kerl versuchte offenbar, vor etwas oder jemandem zu fliehen. Und er wollte, dass man davon erfuhr oder dass man ihn fand ... Für den Fall, dass die Sache ein schlechtes Ende nähme. Das erklärt die zurückgelassene Karte.«

Boz biss sich auf die Innenseite der Wangen.

»Habt ihr dieses Indiz der Polizei gezeigt?«, fragte er.

Oscar lachte laut auf und blickte seine Freunde an. Als wollte er sie aufmuntern und zu mehr Beteiligung und Engagement motivieren.

»Keinesfalls! Es war zu schön. Stellen Sie sich bloß vor! Wir hatten einen großartigen Artikel in der Hand, einen Knüller für die Zeitung von Durrisdeer! Etwas, wodurch man in ganz Neuengland über uns reden würde. Vielleicht sogar im ganzen Land. Nein, wir wollten niemanden einweihen, bevor wir nicht mehr darüber wussten.«

Boz gab keinen Kommentar dazu ab. Er fragte: »Und danach?«

»Und danach, nichts. Drei Wochen lang. Bis Liebermann hier ...«

Er wies auf seinen Freund, der ein gezwungenes Lächeln aufsetzte.

»… bis er die Leiche fand. Nicht sehr weit von hier. Gefroren. Halb mit Blättern bedeckt.«

»Es war reiner Zufall«, glaubte Liebermann schnell hinzufügen zu müssen, doch es war, als sei er überrascht, seine Stimme zu hören.

Boz sah ihm prüfend in die Augen. Unverändert nervenstark fuhr Oscar fort.

»Man muss kein Gerichtsmediziner sein, um zu erraten, dass Patrick Turd brutal erwürgt wurde.«

Instinktiv lockerte Boz seine Fäuste.

»Seid ihr sicher, dass es wirklich derselbe Mann ist?«

»Definitiv. Seine Visitenkarte steckte in der Gesäßtasche seiner Blue Jeans, bevor er sie in den Bäumen zurückließ. Es gibt Fasern, die perfekt übereinstimmen. Dagegen war bei dem Typ nichts zu finden, woran man ihn hätte identifizieren können, keine Papiere, nicht einmal einen Schlüssel oder ein Telefon, und kein Geld. Nichts. Nicht einmal eine weitere Visitenkarte.«

Boz entschloss sich nun zu einem Lächeln und breitete seine riesigen Arme aus.

»Was für eine atemberaubende Geschichte!«, rief er. »Ich kenne viele, die davon träumen, so wie ihr mitten in ein Drama dieser Größenordnung zu geraten! Eine Leiche? Ein Würger? Ich könnte mir vorstellen, dass das FBI euch eine Medaille übergeben hat?«

»Das FBI weiß nichts davon, Mr. Boz. Wir haben den Leichnam nicht übergeben. *Wir haben ihn noch immer hier.*«

Ein langes Schweigen senkte sich herab nach dieser arroganten Antwort des Chefs des Klubs der Schreiber.

Plötzlich machte sich bei dem Schriftsteller ein nervöser Tick bemerkbar: einer seiner Daumen begann zu zucken.

»Ihr macht wohl Scherze! Wisst ihr, was ihr riskiert? Zurückhaltung einer Leiche? Behinderung polizeilicher Ermittlungen?«

Oscar sagte sich, dass Boz jetzt, wenn er seine Rolle gut spielte, zur Hochform auflaufen würde.

»Wo befindet sich der Leichnam?«, fragte Boz.

Die vier Klubmitglieder blickten sich an.

»Wir hatten ihn zuerst in der Kühlkammer der Schulküche weggesperrt«, erklärte Oscar. »Bestens versteckt, das versichere ich Ihnen, es bestand keinerlei Gefahr. Inzwischen ist er aus Sicherheitsgründen hermetisch verpackt in den Wald zurückgekehrt – und unauffindbar.«

»Was sucht ihr eigentlich genau?«

»Die Wahrheit.«

Während Oscar stand, saß Boz, sodass der Student ihn überragte. Der Schriftsteller zuckte mit den Schultern.

»Wozu?«

»Wir sind im Augenblick vier aktive Klubmitglieder und -führer. Wir werden an der Aufklärung dieser Geschichte arbeiten. Wie Privatdetektive.«

»Und mit welchem Ziel?«

»Dem gleichen wie Sie. Wir wollen ein Buch schreiben.«

Neuerliches Schweigen. Boz blickte jeden der Jungen mit bohrendem Blick an. Das Labyrinth um sie herum war so dicht, dass es schien, als seien sie von der Welt abgeschnitten.

»Und ihr seid die Einzigen, die Bescheid wissen?«

»Ja. Klubgeheimnis und Schweigegelübde. Sie sind und werden der Einzige sein, den wir informieren.«

»Warum ich?«

Oscar beugte sich für seine Antwort zu dem Riesen vor.

»Wir hätten gerne, dass Sie uns helfen.«

Boz unterdrückte einen Lachreiz.

»Wie das denn?«

»Wir haben das in dem Augenblick beschlossen, als Sie heute Morgen zu sprechen begannen. Sie sind rücksichtslos und neugierig. Sie gehen bis zum Äußersten, damit Ihre Romane das auch tun. Das ist es, was wir suchen. Wir leben jetzt alle in einem Roman, der noch zu schreiben ist: der Geschichte der Ermordung von Patrick Turd.«

Der Student richtete sich mit ungebrochenem Selbstbewusstsein wieder auf. Er sagte:

»Wenn Sie unseren Vorschlag ablehnen und uns bei den Behörden denunzieren wollen, dann streiten wir alles rundweg ab. Sie stehen dann ohne jeden Beleg und ohne jedes Beweisstück vier entschlossenen Jungen gegenüber. Jeder von uns hat für die Nacht vom 3. Februar ein bombenfestes Alibi!«

Boz schüttelte den Kopf.

»Was erwartet ihr schlussendlich von mir?«

Oscar lächelte.

»Dass Sie uns bei den Nachforschungen über Patrick Turd unterstützen! Von Durrisdeer aus können wir nicht allem nachgehen. Wir verfügen bereits über einige Informationen über den Toten. Aber sie müssen noch überprüft werden. Und dann kommt das Schreiben. Die Abfassung des Werks. Vielleicht könnten Sie uns helfen, einen Verlag zu finden? Oder ein Vorwort schreiben? Natürlich werden wir Ihre Ausführungen von vorhin wortwörtlich befolgen: Wenn man mit der Realität arbeitet, muss man die Namen, Orte und Umstände unkenntlich machen … Niemand darf die Geschichte je bis zu uns zurückverfolgen!«

Oscar postierte sich vor Boz und verschränkte die Arme wie jemand, der weiß, dass er die Grenzen überschreitet, sich jedoch einen feuchten Kehricht darum schert. Mehr noch: der seinen Spaß daran hat.

»Was sagen Sie dazu, Mr. Boz? Zudem haben wir hier ein perfektes Untersuchungsthema: die Verwesung eines Leichnams unter Frühlingsbedingungen in New Hampshire mitten im Wald … Sie sagten vor der Klasse, ein Schriftsteller sei verpflichtet, beim Schreiben Präzision und Genauigkeit walten zu lassen … Haben Sie schon einmal etwas Besseres herausgebracht?«

Boz erhob sich und postierte sich vor Oscar. Nun überragte er ihn um beinahe zwei Köpfe. Ein Koloss.

»Das ist riskant«, versetzte er.

»Aber der Roman könnte am Ende den Einsatz wert sein!«

Boz legte seine rechte Faust auf die Schulter des jungen Mannes und sagte ernst, aber mit einem leisen Lächeln: »Ich muss nachdenken … Vor allem mir etwas einfallen lassen. Wie wir unter Umständen zusammen vorgehen könnten. Ich und ihr vier.«

Als die Klubmitglieder ein wenig später Franklin und dem FBI Bericht erstatteten, sagten alle, dass sie in diesem Moment des Geschehens, als sie Boz in die Augen blickten, das unangenehme Gefühl gehabt hätten, dass nicht mehr sie ihm eine Falle stellten, sondern dass er herausgefunden hatte, wie er sie in die Enge treiben könnte …

Bevor Boz Durrisdeer verließ, verabschiedete er sich von Emerson und Franklin. Dabei unterbreitete er ihnen einen Vorschlag.

»Ich besitze eine besondere Sammlung echter Beweisstücke der Polizei … aus früheren polizeilichen Untersuchungen. Allesamt authentisch.«

Er behauptete, er sei angenehm überrascht über das Niveau der Studenten an diesem Morgen und wolle wiederkommen und eine Art Vortrag im Theater der Universität mit allen Studenten organisieren, um an Franklins Seite die klassischen Elemente eines Kriminalromans zu demonstrieren, in etwa mit der Fragestellung: Kann die Realität in der Fiktion aufgehen? Er würde Beispiele und Fotos aus seiner Sammlung mitbringen und er würde außerdem einen Abriss der Geschichte der Gerichtsmedizin seit dem 18. Jahrhundert liefern; das sei auch für die Naturwissenschaftler und Historiker von Interesse.

»Eine ausgezeichnete Idee!«, rief Emerson aus.

Eine Vollversammlung aller Studenten im Theater? Handfeste Beweise? Eine Geschichte der Gerichtsmedizin?

Franklin war beunruhigt.

»Sagen wir, in zwei oder drei Wochen?«, schlug Boz vor.

Auch Franklin gestand später im Gespräch mit den Agenten, dass er in diesem Augenblick das Gefühl hatte, als würde die Situation ihm entgleiten …

23

Im Hayes Building, im Büro des Polizeichefs, diskutierten Colonel Sheridan, Lieutenant Garcia und Special Agent Melanchthon erbittert über den Fall Abigail Burroughs.

»Ich hatte Zeit, ein paar zusätzliche Nachforschungen über ihre Vergangenheit anzustellen«, sagte Sheridan. »Ich habe hier ihre Bewerbungsunterlagen für die Stelle einer Praktikantin in unserem Archiv. Sie wurden mehrmals von der Zentrale und von der Justizabteilung zur Bestätigung und Beglaubigung überprüft, bevor sie letztes Jahr bei uns eingestellt wurde!«

Amos Garcia betonte: »Die Digitalisierung der Polizeiarchive, selbst sehr alter, ist ein heikles Thema. Aus diesem Grund wurden nur Verträge mit Spezialisten abgeschlossen, die nicht aus unserem Bundesstaat stammten. Dadurch wollte man verhindern, dass Interessenskonflikte auftauchten, und vor allem, dass diese Experten die Familien kannten, die in diese Fälle verwickelt waren. Abigail hatte ein ideales Bewerbungsprofil. Sie war Stipendiatin in Seattle an einer Informatikhochschule und mit einem Typen verheiratet, der auch im Softwarebereich arbeitete. Keine Eintragungen im Strafregister.«

Melanchthon blickte auf eine Seite in ihrer Akte.

»Abgesehen davon, dass sie mit 15 Jahren von zu Hause ausgerissen ist.«

Sheridan wirkte überrascht.

»Ein banaler Fluchtversuch, der drei oder vier Wochen gedauert hat? Das ist klassisch bei Mädchen in diesem Alter mitten in der Pubertät.«

Melanchthon holte ein Blatt aus ihrer Akte und reichte es den Polizisten.

»Trotzdem hat die Schule, die sie besuchte, eine Entführungsanzeige aufgegeben! Angeblich haben Zeugen erklärt, das Mädchen sei mit Gewalt in einen schwarzen Lieferwagen mit einem Nummerschild aus New Mexico geschleppt worden.«

Sheridan nickte zum Zeichen, dass er dieses Faktum kannte.

»Das ist richtig, aber einen Monat später ist Abigail taufrisch wieder aufgetaucht und hat selbst die Hypothese bestätigt, dass sie ausgerissen sei … Angeblich ist sie mit einer Freundin durch andere Bundesstaaten gezogen. Der Fall wurde zu den Akten gelegt. Damit lockt man keine Katze hinter dem Ofen hervor. Eine Ausreißerin ist heutzutage kein Fall mehr, der zu einem Strafverfahren führt. Man wollte ihr nicht wegen einer solchen Belanglosigkeit die Anstellung bei uns verweigern!«

»Trotzdem … Niemand hat sich die Mühe gemacht, die Nachforschungen weiter zu treiben.«

»Weil der Fall abgeschlossen ist!«

Melanchthon schüttelte unzufrieden den Kopf.

»Es ist nicht bekannt, wer diese Freundin ist, die sie begleitet haben soll.«

»Abigail wollte ihren Namen nicht nennen. Schweigegelübde unter Kommilitoninnen.«

»Man weiß nicht, wohin sie gegangen ist und wovon sie die ganze Zeit ohne Geld gelebt hat. Mehr als ein Monat, das ist eine lange Zeit.«

Sie machte eine Pause.

»Woran denken Sie?«, fragte Garcia.

Melanchthon stand auf und betrachtete durch das Fenster des Büros den schwarzen Wald.

»Wenn man heute noch einmal darüber nachdenkt«, sagte sie. »Ein verschwundenes Mädchen im August 1987. In Rhode Island. Boz war bereits sehr aktiv zu dieser Zeit. Er kann sie gut entführt haben wie andere Versuchskaninchen, und hat sie dann … etwas Einmaliges – freigelassen?«

Sheridan und Garcia sahen sie ungläubig an.

»Freigelassen?«

»Ja. Vielleicht hat sich Abigail in den Schriftsteller verliebt? Ist seine Geliebte geworden? Das muss schließlich mal passieren. Selbst bei Boz. Eine Affäre ist nicht unvorstellbar. Aus diesem Grund schützt sie ihn nach ihrer Rückkehr mit ihrer Ausreißergeschichte. Mit wem wohl, glauben Sie, bringt sie ihren jüngeren Bruder später in Kontakt, als er zu schreiben beginnt? Mit Boz. Die Verbindung fand allerdings ein schlechtes Ende. Von Anfang an, überall, ist sie das Bindeglied in unseren Ermittlungen!

Es war Abigail Burroughs, die die statistischen Daten über die vierundzwanzig Leichen … über ihre Identität am Computer ausgewertet hatte … und Ben O. Boz tauchte am Ende jeder ihrer Nachforschungen auf!

Und dann die Untersuchung der Romane. Wieder war sie

es, die dank Amy Austens Lieblingsbuch auf Boz gekommen war.

Ihre vielen Entdeckungen? Standen sämtlich in Bezug zu dem Schriftsteller. Die polizeilichen Ermittlungsakten, die mit den Fiktionen des Autors übereinstimmten? Wieder sie.«

»Und ich habe mich über das Gedächtnis dieses Mädchens und über die herausragende Suchkapazität ihres Programms gewundert …!«

»Nehmen Sie dann noch die Faxe mit den Identifizierungen hinzu, die Boz am Anfang an Basile King geschickt hat«, fuhr Melanchthon fort. »Mit Abigail Burroughs hatte er einen Spion mitten in der Polizei. Deshalb sind die vierundzwanzig hier gelandet und nirgendwo sonst. Dank diesem Mädchen kannte er jeden Ihrer Schritte, Sheridan, ja mehr noch: Er wählte selbst aus, was Sie über die vierundzwanzig und über ihn erfahren sollten! Auf die eine oder andere Weise ist Boz im Begriff, auf unsere Kosten abzusahnen. Er trickst uns aus. Und er steuert Sie, Colonel.«

Sheridan schüttelte den Kopf.

»Aber … ich verstehe das nicht … er war gestern sogar in Durrisdeer, wenn er mitten in einem Komplott gegen mich steckt, warum sollte er dann seine Zeit mit Frank Franklin vergeuden?«

»Zur Ablenkung. Zur Zerstreuung. Zur Unterhaltung, wer weiß? Jetzt jedenfalls kommt die Millionenfrage: Haben Sie jemals vor Abigail Frank Franklins Existenz erwähnt? Falls ja, bedeutet das, dass Boz auf dem Laufenden ist und dass der Professor wohl nur noch wenige Tage zu leben hat!«

»Nein«, antwortete der Colonel unverzüglich mit fester Stimme. »Ich bin mir vollkommen sicher. Niemand außer

Garcia und mir ist über meine Kontaktaufnahme zu dem Professor von Durrisdeer informiert. Und Abigail kann es nicht erraten haben.«

»Sicher?«

»Absolut, sage ich Ihnen.«

»In diesem Fall lasse ich sie auf der Stelle wegen ihres Bruders, der erwürgt im Wald gefunden wurde, zum Verhör holen. Am Ende wird sie Boz' Namen schon ausspucken. Jetzt haben wir ihn, unser Autor wird sich vor Gericht wiederfinden, um auf den nächsten freien elektrischen Stuhl zu warten. Ende des Romans.«

Sheridan und Garcia blickten sich nicht ganz überzeugt an.

»Sie haben gesagt, Abigail hätte bei ihren Eltern angerufen und sich nach Ihrem Namen erkundigt, als Sie bei ihnen waren?«, nahm Stu das Gespräch wieder auf. »Wenn sie das ist, was Sie glauben, nämlich eine Komplizin des Schriftstellers, dann können wir darauf wetten, dass Boz jetzt bereits über Ihren Besuch bei den Turds und die Schlinge, die sich um ihn zusammenzieht, Bescheid weiß.«

»Wo ist Abigail jetzt?«

Nirgendwo. Seit dem Vortag verschwunden. Weder zu Hause noch bei ihren Eltern. Ihre Freunde haben seit zwei Tagen nichts mehr von ihr gehört. Abigail hatte sich in Luft aufgelöst.

Die Polizei gab eine weitere Vermisstenmeldung und einen Aufruf an die Bevölkerung zur Angabe zweckdienlicher Hinweise heraus.

24

Die dreihundert Studenten von Durrisdeer hatten sich in der Nähe des Theaters von Durrisdeer versammelt. Der Vortrag von Ben O. Boz sollte um drei Uhr beginnen. Es war ein herrlicher Tag, die Stimmung war unbeschwert und entspannt. Im Park war ein Buffet aufgebaut worden. In der Ferne beherrschte das Schloss den Wald unter der strahlenden Sonne.

»Anscheinend hat er sein Haus immer noch nicht verlassen!«

Melanchthon hatte soeben mit einem ihrer Agenten telefoniert, die das Haus des Schriftstellers überwachten. Franklin machte sich Sorgen.

»Er müsste in spätestens zwanzig Minuten hier sein. Wenn er noch in Dovington ist, kann er niemals den Vortrag halten. Was zum Teufel treibt er nur? Er weiß doch, dass alle auf ihn warten!«

Melanchthon machte eine Geste der Verzweiflung. Der Professor und sie befanden sich in einem Gehölz in der Nähe des Theaters. Sie hatten alle Studenten im Blickfeld. Das FBI blieb unsichtbar. Wenn ein Student die Anwesenheit der Agenten bemerkte, konnte alles schiefgehen. Boz konnte durch ein bloßes Gerücht gewarnt werden. Alles musste geheim bleiben. Auch Sheridan und ein paar seiner Männer waren hier, allerdings als Verstärkung außerhalb des Universitätsgeländes.

Franklin, Sheridan und Melanchthon waren überzeugt, dass der Schriftsteller heute etwas unternehmen würde.

»Was machen wir jetzt?«, bohrte der junge Professor nach. »Und wie erreichen wir ihn? Ich habe versucht, ihn anzurufen, aber ich bin nur auf seinen Anrufbeantworter gestoßen.«

Patricia hatte ihre Beziehungen spielen lassen, damit ihr ein Dutzend zusätzliche Agenten für diesen Tag zur Verfügung gestellt wurden. Sie wollte nicht riskieren, dass die Situation an der Universität außer Kontrolle geriet. Doch wenn wieder nichts passierte, dann würde die Rechnungsaufsicht des FBI über sie herfallen und ihr vorhalten, dass die Ausgaben der Sonderermittler »Letztes Wort« zu kostspielig seien und nie etwas dabei herauskäme.

Dekan Lewis Emerson war ebenfalls beunruhigt und beschloss, die versammelten Studenten ins Theater einzulassen. Er hatte beabsichtigt, Ben O. Boz und sein Werk in einer Einführungsrede den Studenten vorzustellen, die ihn nicht kannten. Der Dekan hatte Franklin um einen Text gebeten, den er auswendig gelernt hatte, um sich als Kenner der zeitgenössischen Kriminalliteratur zu profilieren. Wenn Boz nicht wie vereinbart erschien, wollte Emerson die Gelegenheit nutzen, um einige Ansichten über die Universität zu verkünden, eine Jahresbilanz zu ziehen und Empfehlungen für die nahenden Prüfungen abzugeben.

Um 14 Uhr 55 war der Saal voll. Er ähnelte in seiner Architektur stark den sogenannten »italienischen« Theatern des 18. Jahrhunderts, besaß ein Parkett und eine Rangloge mit rot bezogenen Sesseln. Das Bühnenportal und die Balustraden waren mit Gold und barocken Figuren überzogen und die Bühne aus dunklem Holz neigte sich unübersehbar zum Publikum hin. Dreihundert Plätze. Die ganze Schule. Gemäß dem Willen von Ian E. Iacobs.

Frank Franklin trat in Begleitung von Mary Emerson als einer der Letzten ein. Die Stimmung im Saal war heiter und jeder erwartete, dass dieser »meschuggene Schriftsteller«, wie manche Schüler Franklins ihn nannten, mit Enthüllungen über Straftaten oder polizeiliche Ermittlungen aufwarten würde. Manche behaupteten, er würde ein blutbeflecktes Messer mitbringen, andere sprachen von einem abgeschnittenen Kopf.

Frank zog es vor, mit Mary in der Nähe des Ausgangs zu bleiben. Er wollte sich nicht entfernen für den Fall, dass Boz doch noch erschien. Er war ruhig. Ein bisschen enttäuscht natürlich. Boz schlüpfte ihnen durch die Finger. Er dachte sich, dass …

»Ja, wirklich?«

Er runzelte die Augenbrauen und trat rasch ein paar Schritte vor zwischen die Zuschauerreihen.

»Was ist los?«, fragte Mary.

Hastig eilte Frank die Treppe des Theaters hoch, um einen Blick in die Rangloge zu werfen. Auch dort musterte er die Zuschauer und stieg sodann mit noch sorgenvollerer Miene wieder hinab.

»Die Mitglieder des Klubs der Schreiber«, murmelte er. »Oscar, Jonathan, Daniel und Macaulay! Sie sind nicht im Theater. Keiner von ihnen!«

Mary war über das Komplott im Bilde, das mit Unterstützung des Klubs der Schreiber um Boz gesponnen wurde.

»Das hat bestimmt nichts zu bedeuten«, sagte sie. »Sie können hinter den Kulissen sein.«

Franklin fuhr sich mit der Hand über die untere Gesichtshälfte und versuchte, einen plausiblen Grund für ihre Abwesenheit zu finden.

»Mach dir keine Sorgen«, sagte Mary. »Sie wissen, welches Risiko sie eingehen.«

»Sie haben keine Mikros. Sie …«

Im selben Augenblick packte jemand Franklin am Arm, damit er sich umdrehte.

Es war Patricia.

»Kommen Sie!«

Gefolgt von Marys Blicken, die sich nie Melanchthon näherte, verließ er den Raum.

Im Foyer gegenüber den weit zum Park geöffneten Türen blieben sie stehen.

»Ich habe soeben einen Anruf von Ike Granwood erhalten«, sagte Melanchthon.

»Weshalb?«

»Der Fall wird *komplett* aufgegeben. Befehl des großen Chefs. Das Sonderkommando »The Last Word« wird aufgelöst, die Auflösung gilt unverzüglich …«

»WAS?«

Franklin schrie beinahe.

»Erklären Sie mir das!«

»Etwa fünfzehn Zeitungs- und Fernsehredaktionen im ganzen Land haben heute Morgen einen Umschlag voller Dokumente erhalten. Fotos des Massakers vom 3. Februar!

Die Namen der Leichen! Das Datum ihres Verschwindens! Plus detaillierter Schilderung der Vertuschungen durch das FBI, um die Leichen zurückzuhalten, ohne die Familien zu informieren! Dazu noch all unsere Lügengeschichten aus den ersten Berichten, die wir abgegeben haben. Granwood sagte mir, dass die Artikel ab morgen herauskommen werden. Das ist ein katastrophaler Skandal für uns!«

»Boz?«

»Wer sonst? Der Mistkerl war sogar so raffiniert, nicht in jeden Umschlag dieselben Enthüllungen zu stecken. Jede Zeitung wird ihre kleine Exklusivmeldung ganz für sich allein haben! Das wird alle Schlagzeilen beherrschen! Und das FBI hat keinerlei Erklärung parat, geschweige denn eine polizeiliche Ermittlung, die Hand und Fuß hat und dieses Schweigen rechtfertigen könnte. »The Last Word« war eine inoffizielle Truppe, verdammt! Die schwarze Liste, auf der Boz steht, darf der Öffentlichkeit nicht bekannt werden! Die gesamte Spitze stellt sich darauf ein zu fliegen. Drei Köpfe sind schon gerollt in Quantico, und Granwood warnt, dass das nur die Ersten sind! Kurzum, morgen werde ich meine Marke los sein ...«

Franklin betrachtete den Park und das Theater. Es war Punkt 15 Uhr.

»Aber warum heute? Warum jetzt? Wo sind Ihre Leute?«

»Im Bus. Granwood hat den Befehl zum Rückzug gegeben. Es gibt keinen Fall Boz mehr, also gibt es auch keine Überwachung von Boz mehr. Fehlte nur noch, dass ein Student der Universität uns sieht und uns bei den Zeitungsschreibern denunziert.«

»Wer ist noch hier?«

»Ich sowie Colby und O'Rourke, die mir ergeben sind.«

Frank seufzte.

»Mein Gott. Im Grunde ist es besser, wenn Boz nicht auftaucht.«

Sie schwiegen. Im Saal hatte Emerson mit seinem Vortrag begonnen.

»Es wird schwierig werden, die Interviews fortzusetzen«, sagte der Professor. »Er wird Ihnen wieder entwischen!«

»Wir müssen alles abblasen. Vor allem hier, wir spielen mit dem Leben der Klubmitglieder.«

»Sie wollen nicht mehr, dass wir ihm eine Leiche zuspielen und ihn mit Turd aufs Glatteis führen?«

Melanchthon schüttelte den Kopf.

»Nein. Die Falle könnte sich gegen uns wenden.«

Im Wald hallte ein Schuss. Klar und deutlich. Die Agentin und der Professor erstarrten. Im Theater hatte niemand etwas gehört.

Er kam aus den allegorischen Gärten.

Frank dachte sofort an die abwesenden Klubmitglieder. Er ahnte die Gefahr und rannte wie der Blitz in diese Richtung davon.

»Nein, Franklin!«

Der Professor lief, so schnell er konnte, und rannte den Rasenhang zum Waldrand hinab. Er durchquerte das Schachbrett und den menschenleeren Rosengarten, bevor er den Eingang zu Theseus' Labyrinth erreichte. Bewegungen! Er ahnte hastige Schritte hinter den Hecken. Und er vernahm Kampfgeräusche und erstickte Schreie.

»Scheiße, Scheiße, Scheiße«, murmelte er. »Das alles ist mein Fehler.«

Er drang in das Labyrinth ein.

Grauenhafte Irrwege. Frank hatte nicht die leiseste Ahnung, wohin er ging. Er landete in Sackgassen und kehrte zum Ausgangspunkt zurück. Er versuchte die Hecken auseinanderzubiegen, um hindurchzusehen, doch sie waren zu dicht. Er suchte den Boden nach Spuren ab und spitzte die Ohren. Noch mehr Geräusche drangen zu ihm. Stöhnen vielleicht. Er fürchtete, einen seiner Studenten verletzt zu finden. Er war sich sicher, dass er nicht allein war und dass der Schuss von hier gekommen war.

In diesem Augenblick hörte er ein Pfeifen. Immer wieder. Zuerst schwer zu identifizieren. Dann wurden ganz in seiner Nähe Blätter und Zweige zerfetzt. Er warf sich zu Boden.

Jemand schoss auf ihn. Eine Pistole mit Schalldämpfer. Die Schüsse gingen kreuz und quer los, und die Kugeln drangen durch mehrere Hecken hintereinander.

Eine davon streifte ihn. Blätter fielen ihm auf den Kopf. Sollte er schreien? Aber nach wem sollte er rufen? Er ballte die Fäuste und wartete, bis es aufhörte. Schritte näherten sich. Waren sie hinter ihm? Ganz nahe jedenfalls. Franklins Herz klopfte wie rasend. Er kroch bis zur nächsten Biegung, doch auch dort steckte er in einer Sackgasse fest.

Die Schritte hinter ihm waren von Keuchen begleitet. Jemand, der sich verirrt hatte? Franklin stürzte hinter eine Gipsstatue der Phädra, die auf Myrtenblätter einsticht. Er riss ihr einen Arm ab und holte aus, um ihn auf dem Kopf seines Verfolgers zu zertrümmern.

Es war Mary.

Sie wollte aufschreien, aber er presste seine Hand auf ihre Lippen.

»Ich kenne den Ausweg aus dem Labyrinth«, flüsterte sie ihm zu, nachdem er sie losgelassen hatte.

Kein Schuss und kein Lärm waren mehr zu hören.

»Lass uns vorsichtig hingehen.«

Frank glitt hinter ihr durch die Hecken. Bei jeder Biegung fürchtete er, auf eine Leiche zu stoßen; bei jeder Statue glaubte er, ihren Widersacher mit der Waffe in der Hand zu erblicken.

Sie gelangten ins Herz des Irrgartens. Zu dem kreisrunden freien Platz mit dem Brunnen und zu einer nun vollkommen in zwei Hälften geteilten Hecke. Dahinter sah man eine spaltbreit geöffnete Gittertür, drei kleine Stufen und den Eingang eines Tunnels.

»Das ist einer der Gänge zu den unterirdischen Gewölben, die zum Schloss führen«, erklärte Mary.

»Unterirdische Gewölbe? Was für unterirdische Gewölbe, zur Hölle?«

»Manche sind noch aus Iacobs Zeit. Sie verlaufen rund um das Gebäude. Dieses hier ist eines der ältesten.«

Frank fiel aus allen Wolken.

»Aber wie kann Boz so etwas erfahren haben? Er ist nur einmal hierhergekommen …«

»Wenn er eines der Klubmitglieder in seiner Gewalt hat, braucht er nichts zu wissen. Die unterirdischen Gemäuer von Durrisdeer sind das Territorium des Klubs der Schreiber. Sie kennen sie besser als jeder andere!«

Franklin fand eine zurückgelassene Pistole auf einer Stufe. Leer. Ohne Schalldämpfer.

»Bestimmt die, aus der der erste Schuss abgefeuert wurde.«

Er wollte in den Tunnel stürzen, doch Mary hielt ihn zurück.

»Warte. Ich weiß, wo der Gang im Schloss endet«, sagte sie zu ihm. »Wir sind schneller dort, wenn wir durch den Park laufen.«

Frank stimmte zu. Er bedauerte, dass er seine beiden Waffen nicht bei sich hatte.

Sie liefen zum Ausgang des Labyrinths.

Was sollten sie nun tun? Sich in die unterirdischen Gemäuer stürzen und Boz am anderen Ende des Tunnels überraschen? Ihn mit bloßen Händen festhalten? Er wusste nicht, wozu er sich entscheiden sollte. Er gehorchte nur seiner Wut. Der Wut, ihm gegenüberzustehen, während das FBI verschwunden war.

Am Ausgang des Gartens trafen sie auf Patricia, die telefonierte.

»Wir brauchen Verstärkung!«, schrie Franklin ihr zu. »Rufen Sie alle zurück!«

»Haben Sie Boz gesehen?«

Frank schüttelte verneinend den Kopf, dann ergriff er ohne Vorwarnung die Waffe, die Patricia in der Hand hielt, und lief mit Mary zum Schloss.

»Nein, Franklin!«, schrie die Agentin wieder.

Doch er war schon weit weg mit Mary.

»Ich bin hier aufgewachsen«, keuchte Emersons Tochter außer Atem. »Ich weiß beinahe so viel wie Oscar und die anderen über die unterirdischen Gänge.«

Sie liefen am Theater vorbei, in dem Lewis Emerson seine Lobeshymnen auf Ben O. Boz vom Stapel ließ.

Sie betraten die Eingangshalle des Schlosses. Mary stürzte zur Mitte der hufeisenförmigen Treppe, warf das Buch mit der Charta von seinem Pult herunter und umklammerte das große Gemälde von Ian E. Iacobs.

»Hilf mir!«, rief sie. »Es ist schwer.«

Zu zweit ergriffen sie den massiven Holzrahmen und zogen daran. Er glitt langsam beiseite und knarzte dabei wie die Tür zu einem Allerheiligsten.

»Halt!«, rief Franklin plötzlich, als die Lücke halb geöffnet war. »Pass auf!«

An der inneren Türfüllung entdeckten sie den grauenhaft gekreuzigten Studenten Oscar Stapleton, der leblos, mit hängendem Kopf und blutgetränkten Kleidern dort hing. Der Anführer des Klubs der Schreiber hatte drei Einschusslöcher im Brustkorb.

Wieder stürzte Frank zu Mary, um die Schreie des Mädchens zu ersticken, das zu Boden glitt.

»Ich will nicht dort hineingehen …«, jammerte sie. »Ich will nicht mehr … was ist hier los?«

»Du musst mich führen, Mary. Steh auf. Ohne dich kann ich nichts machen. Wir müssen handeln, ich bitte dich! Er kann noch andere töten. Bring mich in die unterirdischen Gänge.«

Schließlich stand das Mädchen mehr automatisch als mit Absicht wieder auf. Sie erbrach sich beinahe, als sie Stapletons Leiche streifte.

Franklin berührte mit Melanchthons Waffe in der Hand das Blut des jungen Mannes. Es war lauwarm.

Dann war es stockfinster. Mary tastete mit der Hand an der Wand entlang und fand einen Schalter. Glühbirnen gingen an. Nackt an einem Draht. Durch die geöffnete Tür wehte ein starker Luftzug. Die Lichtquellen begannen zu schwanken.

Frank und Mary stiegen etwa dreißig Stufen hinab. Sie waren außer Atem, ihre Hemden schweißnass. Sie gelangten in einen Raum, der mit Wandteppichen mit indischen Mustern ausgekleidet war.

Andere Nischen im englischen Kolonialstil oder sogar mittelalterlich dekoriert folgten. Dann nahmen die Feuchtigkeit und die Dunkelheit zu. Die moosbewachsenen alten Steine gewannen wieder die Oberhand. Und überall schaukelten kleine nackte Glühbirnen wie Gehängte unter dem Gewölbe.

An manchen Stellen gab es in den Wänden natürliche Nischen, die durch lange zurückliegende Erdrutsche entstanden waren. In einer dieser Nischen fand Franklin den eingerollten Leichnam von Liebermann. Mit einer Kugel in der rechten Schläfe. Wie ein zusammengeknüllter Lumpen in dem engen Raum. Der arme Junge glich einem Fötus.

Plötzlich wurde Frank bewusst, welche absolute Katastrophe sich hier abspielte. Durrisdeer, die Studenten, die Eltern, der Skandal, die plötzliche Wendung gegen das FBI …

»Soweit haben wir Boz kommen lassen …«, dachte er bei sich. »Letzten Endes haben wir ihm alles auf einem Silbertablett präsentiert …«

Noch nie hatte Frank sein Herz so heftig klopfen spüren. Die Waffe in seiner Hand zitterte. Es waren seine Schüler, die er der Reihe nach entdeckte, seine ermordeten Schüler.

Nun entdeckte auch Mary Liebermann. Dieses Mal kippte ihr Oberkörper nach vorne und sie erbrach sich.

»Gehen wir weiter, ich bitte dich«, flehte Frank. »Uns bleibt noch eine Chance, zwei von ihnen zu retten.«

An einer Tunnelkreuzung zeigte sie auf eine halb geöffnete Eisentür.

»Das war Iacobs Tresor«, flüsterte sie. »Nach seinem Tod fand man mehr als fünfhunderttausend damalige Dollar darin. Golddollar. Ein Vermögen.«

Franklin legte den Eingang frei. Auf dem Boden in dem Betontresor: ein frisch gebackenes Mitglied des Klubs der Schreiber, Macaulay Hornbill. Auch er so kalt wie seine Gefährten.

Marys Herz raste. Sie bekam kaum noch Luft.

»Ich kann nicht mehr«, stöhnte sie.

Sie glitt mit dem Rücken an der Wand entlang zu Boden.

»Ich gehe keinen Schritt mehr weiter.«

Sie zeigte auf den rechten Weg.

»Das ist der Weg. Es ist nicht mehr weit. Ich kehre um. Ich kehre um, verzeih ...«

Sie rappelte sich wieder auf die Beine und lief in entgegengesetzter Richtung davon. Sie bewegte sich wie eine Betrunkene, am Ende ihrer Kräfte prallte sie gegen die Wände des Tunnels.

»Pass auf!«

Franklin rief die Worte in schrecklicher Angst. Durfte er sie allein lassen? Ohne zu wissen, wo Boz sich herumtrieb?

Er beschloss zu rennen. Geradeaus ins Dunkel. Die Glühbirnen wurden immer seltener. Am Ende verschwanden sie vollkommen. An ihre Stelle traten kleine Öffnungen in der Decke, durch die ein wenig Luft und das Blau des Himmels drangen.

Im Lichtschein einer dieser Öffnungen fand Franklin einen Overall. Einen Männeroverall aus schwarzem PVC. Er war durchtränkt. Mit Blut. Ebenfalls noch lauwarm.

Weiter weg lag ein Fleischermesser. Voller Blut. Und dann eine Hand. Sauber abgetrennt. Obwohl Franklin mit ganzer Kraft die Luft einsog, hatte auch er das Gefühl zu ersticken …

Sein Fuß traf auf Jonathan Marlowes Kopf. Enthauptet. Der Rest des Körpers war in den Tunnel hineingeschleudert worden.

In der Ferne wurde ein Lichtpunkt sichtbar. Es war die Gittertür des Labyrinths von Theseus. Kein Boz weit und breit …

Kein Ben O. Boz. Nirgendwo. Franklins Augen wurden feucht vor Angst, Wut und Hass zugleich.

Er schlug den Rückweg ein, um Mary einzuholen und ihr zurück zum Ausgang zu helfen. Er fand sie oben auf der Treppe, wo sie wie gebannt den leblosen Körper Oscar Stapletons anstarrte, der wie ein Märtyrer an die Holztür genagelt war.

Als Melanchthon Franklin wiederauftauchen sah, war er schweißgebadet, seine Hände waren mit Erde verschmiert, seine Hosenbeine mit Schlamm und Blut beschmutzt.

»Sie sind tot«, sagte er mit tonloser Stimme.

Franklin betrachtete den riesigen grünen Park, der sich unterhalb des Schlosses erstreckte. Sheridan und seine Verstärkung kamen herbeigerannt. Jetzt erst! Abgesehen von ihnen war alles leer. Die Universität hatte sich im Theatersaal versammelt.

Der Professor schauderte.

»Mein Gott, wir müssen sie warnen. Schnell. Niemand darf das Gebäude verlassen! Boz treibt sich noch immer hier herum!«

Sie rannten zum Theater. Als Frank die Eingangstür aufstieß, traf ihn ein fürchterlicher Schock. Er hörte Boz' Stimme.

»Das ist nicht wahr …!«

Der Schriftsteller war wirklich da. Auf der Bühne. Vor allen schweigenden Studenten. Er hatte einen Koffer auf den Tisch gestellt, aus dem er die Requisiten für seine Demonstration über Gerichtsmedizin holte. Er trug einen zweiteiligen beigen Anzug. Sehr sommerlich.

Franklin wiederum glich einem Mann, der einem Erdrutsch entkommen war. Melanchthon neben ihm war ebenso sprachlos.

»Er hat das Labyrinth benutzt, um uns in die unterirdischen Gemäuer zu locken«, sagte Frank zu ihr. »Ein alter Treibertrick. Und wir sind voll darauf hereingefallen. Ich wette mit Ihnen, dass dieser Mistkerl höchstens ein paar Minuten verspätet zu seinem Vortrag eintraf …«

In diesem Augenblick erblickte ihn Boz von der Bühne aus.

»Ach! Da ist ja unser Professor Franklin«, rief er. »Sie kommen zu spät, mein Freund! Ich hoffe für Sie, dass Sie ein gutes Alibi haben!«

Der ganze Saal gluckste.

25

Drei Tage waren vergangen und die Folgen des Massakers von Durrisdeer sowie die anonymen Enthüllungen von Boz über die Praktiken des FBI erschütterten das Land und führten zum rasanten Sturz verschiedener Protagonisten der Affäre.

Erstes Opfer war das FBI. Das Sonderkommando »The Last Word« wurde unbemerkt von der Öffentlichkeit aufgelöst. Über seine Existenz gab es kein offizielles Dokument in Quantico oder im Hauptquartier in Washington, sodass die vom Senat aufgrund der Klagen von Familienangehörigen angeordneten Durchsuchungen ergebnislos verliefen. Die Empörung der Angehörigen der Opfer über die Manipulationen des FBI legte die Lunte an das Pulverfass. Das FBI versuchte, seine Aktionen durch die nebulöse Theorie einer Sekte, dann einer terroristischen Verbindung zu rechtfertigen. Vorgeschützte Ermittlungsgründe, die niemanden überzeugten. Internes Kommunikationschaos besiegelte das Schicksal der FBI-Führung vollends. Ein beispielloser Prozess bahnte sich an. Ike Granwood wurde von seinen Aufgaben entbunden und in den vorzeitigen Ruhestand geschickt. Vierzig leitende FBI-Angestellte fanden sich auf der Straße wieder.

Nirgendwo fiel der Name von Ben O. Boz. Nirgendwo konnte eine Verbindung zu den sieben getöteten Agenten hergestellt werden. Das FBI fürchtete die Reaktionen der Presse, wenn diese davon erfuhr, dass ein einziger Mann, ein Schriftsteller, verdächtigt wurde, der die Ermittler seit zehn Jahren an den Nasen herumführte.

Am Tag nach dem Massaker wurde die Universität von Durrisdeer geschlossen. Die Studenten wurden auf andere Universitäten verteilt, um dort ihre Abschlussprüfungen abzulegen.

Stu Sheridan, Frank Franklin und Patricia Melanchthon waren an diesem Tag im Büro des Colonels im Hayes Building zusammengekommen, um das gescheiterte Unternehmen im Einzelnen zu analysieren.

Die Staatspolizei von New Hampshire kam einigermaßen ungeschoren davon. Sehr schnell wurde festgestellt, dass die FBI-Führung die Ermittlungen über die vierundzwanzig Toten vom 3. Februar an sich gerissen hatte. Womit Sheridan und seine Leute aus dem Schneider waren. Nur die Bewohner von Concord waren darüber empört, dass man ein Massaker von solcher Tragweite, das nur wenige Kilometer entfernt geschehen war, vor ihnen verborgen hatte. Die Eltern der Opfer schickten Schmähbriefe an die Polizisten, weil sie die Entdeckung der Leiche ihrer Angehörigen vertuscht hatten. Wie er vorhergesehen hatte, erhielt Sheridan einen Anruf der alten Tante von Amy Austen. Sie verfluchte ihn.

Auf Frank Franklin fiel nicht der geringste Verdacht. Aus gutem Grund. Weil es keine Verbindung zu Boz gab, gab es auch keine zu Franklin. Nur sein Gewissen war am Boden zerstört. Er hatte den Tod von vier seiner Studenten verschuldet. Er hatte die Eltern der Opfer persönlich in Durrisdeer empfangen müssen und versucht, angemessene Worte zu finden. Obwohl er genau wusste, wer hinter der Tragödie steckte, konnte er mangels Beweisen nichts darüber sagen. Er konnte nicht einmal seine Verwicklung in die Ereignisse erwähnen. Diese Selbstvorwürfe fraßen ihn innerlich auf. Er konnte nicht mehr schlafen.

»Mir will einfach nicht in den Kopf, wie Boz es angestellt hat, sich so gut abzusichern!«, wetterte Sheridan im Büro. »Man könnte meinen, es wäre ein Kinderspiel für ihn gewesen.«

Die Untersuchungen über den Tod der vier Studenten verliefen ergebnislos. Keine Spur vom Mörder. Boz wurde verhört wie alle Welt, doch vergeblich. Und er hatte zwei Alibis:

»Die Aufnahme der Überwachungskamera am Portal ist eindeutig«, erklärte Melanchthon. »Er kam mit dem Taxi um 14 Uhr 15 in Durrisdeer an. Norris Higgins holte ihn in seinem Pick-up ab. Anschließend gingen sie zu dem Verwalter, um ein Gläschen zu trinken und zu plaudern. Higgins schwört bei allem, was ihm heilig ist, dass Boz ihn keine Sekunde lang verlassen hat. Sie haben über Bücher und die Verwaltung der Domäne gesprochen. Dann brachte Higgins ihn zu dem Vortrag ins Theater. Alibi Nummer eins.«

»Also ist Boz schon früher in Durrisdeer angekommen, um die Mitglieder des Klubs der Schreiber in die Falle zu locken!«, wandte Franklin ein.

Die Autopsie der Leichen hatte den Todeszeitpunkt auf eine Zeitspanne von weniger als drei Stunden eingegrenzt, doch die feuchte und abgestandene Luft hatte den Verwesungsprozess beeinflusst, sodass eine exakte Angabe nicht mehr möglich war.

»Zweifellos«, antwortete Melanchthon. »Aber man müsste es beweisen. Im Augenblick kann der Irre seelenruhig schlafen! Er hat Higgins und dreihundert Studenten in einem Theater. Alibi Nummer zwei. Und von unserer Seite ermittelt niemand mehr gegen ihn! Ich glaube sogar, dass die ihn betreffenden Akten zerstört werden.«

Franklin schüttelte den Kopf.

»Das einzig Handfeste ist der erste Schuss! Der, der uns zum Labyrinth geführt hat. Er muss ihn abgegeben haben! Und er war noch nicht im Theater.«

»Ja, das wissen wir«, meinte Melanchthon. »Aber noch mal, das genügt nicht. Wie immer. Keine Spuren, keine Fingerabdrücke, sein Anzug weist keinerlei Pulverrückstände auf. Wir haben eine Pistole, stimmt. Aber zu allem Überfluss ist es nicht die, mit der die Morde begangen wurden! Und der PVC-Overall gibt auch nichts her.«

Ein Schweigen trat ein. Die Bilanz war katastrophal.

»Unser gravierendster Fehler«, sagte Sheridan schließlich, »war, dass wir über die vierundzwanzig Leichen hinweggesehen haben. Wir haben uns von Boz einnebeln lassen, uns nur auf seine Taten und Bewegungen konzentriert und auf unsere Mittel, ihn in die Enge zu treiben. Und den ganzen Beginn der Affäre haben wir schweigend übergangen. Wir haben nie einen Sinn in diesem Massaker entdeckt. Wir haben uns damit abgefunden.«

Melanchthon zuckte mit den Schultern.

»Es schien für alle offensichtlich, dass Boz sich mit wenig Aufwand einer alten Geschichte entledigte, indem er seine Versuchskaninchen auf diese Art liquidierte und seinen Bunker und seine Videos der Entdeckung preisgab.«

»Aber er hat gar nichts beendet!«, beharrte der Colonel. »Die vierundzwanzig waren ein Anfang … Sie waren der große Auftakt, und wir haben nichts begriffen …«

Neuerliches Schweigen.

Schließlich ergriff Franklin wieder das Wort.

»Sie waren sogar sein Köder.«

»Was?«

»Ich bin kein Fachmann, aber im Allgemeinen packt man einen *serial killer* doch an seinem Stolz, um ihn zu fassen, nicht wahr, Agent Melanchthon? Man bringt ihn dazu, dass er einen Fehler begeht.«

»Ja«, antwortete sie. »Man pfuscht ihm in seine Pläne, man macht ihn kirre, man verletzt ihn in seinem Stolz, bis er durchdreht. Am Ende lässt er sich zu überstürzten Handlungen hinreißen und begeht dabei stets den Fehler, durch den er sich uns ausliefert.«

»Nun, wenn man darüber nachdenkt, dann hat Boz genau das mit Ihnen gemacht!«, bemerkte Franklin. »Er hat Sie geblendet, vierundzwanzig Tote, man stelle sich das vor! Er tat so, als wollte er etwas mitteilen, er hinterließ falsche Indizien, die angebliche Schwächen verraten sollten, und Sie, Sie sind ihm auf den Leim gegangen. Sie waren überzeugt, Sie hätten die Karten in der Hand. Sie verkünden eine totale Nachrichtensperre, Sie machen das Gegenteil von dem, was er scheinbar wünscht! Sie haben geglaubt, Sie könnten ihn durch Ihre übliche Methode zu fassen bekommen, dabei hat er Sie reingelegt, hat Sie zu dem gleichen falschen Stolz verleitet. Sie haben einen Fehler begangen, genauso wie ein Serienmörder ihn unter dem gleichen Druck begehen würde. Bestimmt den, den er erwartet hat! … Etwas Extremes …

Die Leichen verstecken? Die vierundzwanzig verschwinden lassen, ohne die Familien zu benachrichtigen! Damit sind Sie auf Ihre eigenen Methoden hereingefallen und mit Ihren eigenen Waffen geschlagen worden. Dem Stolz.«

Er lächelte freudlos.

»Und wo ist Boz heute?«, fragte er.

»Sobald die Vernehmungen in Durrisdeer beendet waren, ist er für zehn Tage auf die Turks- und Caicoinseln geflogen«, sagte Patricia. »Ich habe es überprüft, er hat seinen Verlegern noch kein neues Buch angekündigt.«

»Das wird nicht lange dauern.«

Franklin holte sein Handy sowie zwei Blatt Papier hervor.

»Gestern habe ich gleichzeitig eine E-Mail, eine SMS und ein Fax erhalten. Von ihm. Sie besagen, dass er seine Mitarbeit an meinem Essay rückgängig macht.«

Sheridan hob die Arme zum Himmel.

»Das ist logisch! Er weiß jetzt alles. Als er die vier Jungen umbrachte, hat er sie bestimmt nicht nur über die Eingänge und geheimen Einrichtungen der unterirdischen Gewölbe von Ian E. Iacobs ausgequetscht! Er weiß, welches Spiel wir mithilfe von Frank Franklin aufziehen wollten. Er weiß, dass der Klub nicht Turds Leiche besaß. Er weiß, dass wir ihm eine Falle stellen wollten.«

»Ja …«

Melanchthon wandte sich an den jungen Mann.

»Was wollen Sie jetzt machen, Franklin?«

»Ich weiß es nicht … Ich kann nicht mehr mit dem Schutz des FBI rechnen, stimmt's?«

Wieder trat Schweigen ein.

Patricia sagte: »Als Sie Boz das erste Mal bei ihm zu Hause trafen, gab er Ihnen zu verstehen, dass er seinen größten Triumph vorbereite. Sein Meisterwerk. Das FBI, sein Intimfeind, ist heute schwer angeschlagen, und ich werde eine Stelle in einem Provinzkommissariat antreten. Er hat uns in Durrisdeer ein letztes Mal verschaukelt, und jetzt schlürft er genüsslich einen Cocktail in der Karibik! Er hat nicht gelogen! Er triumphiert wirklich. Und wir? Wir reiben uns verwundert die Augen, ohne Zeugen, ohne Indizien, ohne Beweisstücke. Immer diese gleichen drei Luschen auf der Hand …«

»Also was nun?«, fragte Franklin. »Ist die Sache gelaufen?«

Niemand antwortete ihm.

TEIL DREI

1

Am 29. August, dreieinhalb Monate nach dem vierfachen Mord von Durrisdeer, wurde die Polizeistreife des Bezirks B in Concord von zwei Jungen alarmiert, die behaupteten, sie hätten eine menschliche Gestalt im Wasser des Merrimack River gesehen.

Vor Ort entdeckten die beiden Polizeibeamten die Leiche eines Mannes, der auf einer Kiesbank angeschwemmt worden war. Der Tote war aufgedunsen, seine Haut war grauenhaft blau angelaufen, seine Kleidung hing in Fetzen, und die Wunden und Körperöffnungen waren schwarz und von den Fischen angefressen. Es stand außer Zweifel, dass der Leichnam mehrere Kilometer flussaufwärts in den Fluss geworfen worden war und dass er seit Tagen darin trieb. Die Strömung war mächtig und der Körper trug die Spuren der heftigen Zusammenstöße mit den Felsen und den im Flusslauf liegenden Baumstämmen.

Der Tote wurde in die Leichenhalle des Allgemeinkrankenhauses von Concord gebracht.

Basile King übernahm die Autopsie. Der sorgfältig durchgeführte Schnitt vom Schlüsselbein bis zum Schambein ließ literweise Wasser hervorsprudeln und überschwemmte das Labor.

Dennoch konnte man nicht mit hundertprozentiger Sicherheit Tod durch Ertrinken diagnostizieren. Der Verfall der inneren Organe war zu fortgeschritten, um eine frühere Todesursache, etwa durch Vergiftung oder gar Erwürgen, auszuschließen.

King hatte DNA-Proben und einen Gebissabdruck an die Abteilung für Identifizierungen geschickt. Es dauerte fünf Tage, bis der Name feststand.

Der aus den Fluten des Flusses gefischte Leichnam war der von Clark Doornik, 60 Jahre, geboren in Iowa, alias Ben O. Boz.

Vier Tage später nahm eine Polizeistreife des Bezirks E der Stadt Nashua, fünfundfünfzig Kilometer südöstlich von Concord, eine Beschwerde von Bewohnern des Wohngebiets von Mountmary auf. Ein Chevrolet Sedan mit einem kanadischen Nummernschild stand verlassen auf dem Parkplatz einer Grundschule. Von seinem ekelerregenden Gestank wurde allen übel, die sich ihm näherten.

Die Beamten brachen den Kofferraum gewaltsam auf.

Im Innern zersetzte sich mit rasender Geschwindigkeit der Leichnam einer jungen Frau, wobei die Verwesung durch die Gluthitze, die in dem Kofferraum herrschte, noch um ein Vielfaches beschleunigt wurde.

Der Leichnam wurde in die Klinik von Nashua gebracht. Die Autopsie ergab gewaltsamen Tod durch Ersticken.

Das Justizministerium identifizierte die Leiche als Abigail Burroughs, geborene Turd, vermisst gemeldet seit vier Monaten …

Frank Franklin wohnte noch immer in Durrisdeer. Die Universität war seit den Ereignissen im Frühling geschlossen. Der Campus war menschenleer. Viele Studenten hatten die Einrichtung verlassen und beabsichtigten nicht, im Herbst zurückzukommen. Die Anzahl der Bewerbungen für das nächste Jahr war um siebzig Prozent gefallen. Weder Dekan Emerson noch das Rektorat machten sich deshalb Sorgen. Die Kasse von Durrisdeer war gut gefüllt, und der Verkauf einiger Grundstücksparzellen würde reichen, um die Liquidität der Universität zu gewährleisten, bis die Studentenzahlen wieder auf ein normales Niveau gestiegen waren.

Seit der Unterbrechung der Kurse hatte Franklin unermüdlich an seinem Roman gearbeitet. Jenem Roman, den er seinem Verleger versprochen hatte und in dem er sein »Intermezzo« mit der Polizei und dem FBI schilderte. Für ihn war das eine Methode, um sich von dem Drama und seinen Schuldgefühlen zu befreien. Nachdem er die Erscheinung und die Wesensmerkmale von Ben O. Boz und allen anderen Hauptpersonen gründlich verfälscht hatte, begann *Der Schriftsteller* am Ende dieses Sommers allmählich Gestalt anzunehmen. Frank hatte mit dem Gedanken gespielt, in Anspielung auf das Geheimdokument des FBI *Die schwarze Liste* als Titel zu wählen.

Was Boz anbelangte, so war von Seiten des mörderischen Schriftstellers kein neues Buch angekündigt.

Aus gutem Grund.

Ein Anruf von Sheridan setzte ihn über seine aus dem Merrimack gefischte Leiche in Kenntnis.

»Ermordet?«, fragte Frank.

»Keine Ahnung. Aber nicht unmöglich. Es läuft eine Untersuchung.«

Franklin grübelte, wer das getan haben konnte.

»Vielleicht einer vom FBI«, schlug er vor, »ein ehemaliges Mitglied der Sonderermittler von »The Last Word«, das beschlossen hat, die Gerechtigkeit selbst in die Hand zu nehmen?«

»Möglich. Einer oder eine.«

Ben O. Boz hatte keine Familie. Sein letzter Wille wurde von einem Notar aus Montpelier bekannt gegeben. Er bat darum, eingeäschert zu werden und seine Asche sollte auf einem Strand der Iles de la Madeleine in Kanada verstreut werden. Wie er es einst selbst mit der Asche seiner Mutter getan hatte.

Erstaunlicherweise waren bei der Zeremonie abgesehen vom Notar nur Polizisten anwesend! Patricia Melanchthon und Ike Granwood hätten sich diesen Augenblick nicht für viel Geld entgehen lassen, ebenso wenig wie die Familienangehörigen der sieben ihrer Theorie nach von dem Schriftsteller ermordeten FBI-Agenten. Sowohl sein Fan, der Sheriff, wie auch der Buchhändler von Dovington waren verhindert.

Franklin fand die Zeremonie verstörend: Kein Mensch ergriff das Wort. Kein Priester, kein Pastor, kein Verwandter, kein Freund. Kein Wort des Trosts oder der Besänftigung für Boz' Seele. Als es darum ging, die Asche der Urne zu verstreuen, wollte niemand sich dazu bereit erklären. Schließlich trat Franklin vor, mehr um die peinliche Situation zu beenden, als aus Pflichtgefühl gegenüber dem Verstorbenen. Seine sterblichen Überreste wirbelten einen Augenblick lang im Wind herum und lösten sich dann zwischen Sand und Wasser auf.

Sein Haus in Dovington wurde von oben bis unten vom FBI und der Polizei in Beschlag genommen, die über seinen Tod durch Ertrinken ermittelten. Abgesehen vom Untergeschoss des ursprünglichen Besitzers entdeckten sie nichts. Wenn es Dokumente gab, die auf Boz' Verwicklung in die Dutzende von Morde, die man ihm zur Last legte, hinwiesen, dann waren sie verschwunden.

Boz' Tod klärte gar nichts.

Ganz im Gegenteil.

2

Franklin saß an seinem Schreibtisch und nahm die letzten Bewerbungsunterlagen in Augenschein, die in dieser Woche eingegangen waren. Die Texte, die ihm angeboten wurden, waren mittelmäßig. Selbst durch zwei Jahre intensiver Kurse war mit diesen Kandidaten kein Preis zu gewinnen. Er schob die bereits vorgefertigten Absagen in die mit Briefmarken versehenen Umschläge, auf denen der Stempel mit dem Wappen von Durrisdeer prangte. Bis jetzt hatte er nur neun Studenten für das neue Studienjahr im Oktober zugelassen. Seine erste Klasse.

Müde ließ der Professor sich in seinen Sessel zurücksinken. Die Fenster waren geöffnet und ein Geruch von sonnendurchflutetem Wald hing im Raum. Es war heiß. Die Wände des Arbeitszimmers waren mit Marys Zeichnungen und Modeskizzen tapeziert. Hypergestylte, graziöse Silhouetten in pastellfarbenen Tönen, die die Hände in die Hüften stemmten. Seine Schriftstellerklause hatte sich erheblich verändert.

Nach allem, was sie durchgemacht hatten, standen er und Mary sich näher als je zuvor. Die familiären Spannungen auf Seiten der Emersons waren verschwunden, vor allem nach dem Massaker, das für lange Zeit Gesprächsthemen und Auseinandersetzungen verändert hatte.

Mary hatte ein Praktikum in einem New Yorker Modehaus aufgetan. Sie sahen sich nur am Wochenende; entweder sie kehrte nach Durrisdeer zurück, oder er besuchte sie im rosafarbenen Apartment ihrer Freundin.

Nach Boz' Tod hatte er aufgeatmet. Der Autor wusste, dass Franklin ihn verraten hatte. Dass er sich entsprechend rächen würde, war daher zweifellos nur eine Frage der Zeit. Frank hatte Angst um Mary und um seine Mutter gehabt.

Nach der Rückkehr von der Bestattungszeremonie in Kanada hatte er endlich seine Pistole und alle Unterlagen, die er aufbewahrt hatte, in einem Koffer verstaut, den er auf den Speicher des Hauses räumte.

Er wollte jetzt einen Schlussstrich unter dieses Drama ziehen. So schnell wie möglich.

Die Ermittlungen um das FBI tangierten ihn nie. Der Mann, der Ike Granwood ersetzte, bestellte ihn Anfang Juli zu sich. Er ließ ihn sein Schweigegelübde erneuern. »The Last Word« war inzwischen nicht mehr nur ein Geheimnis der Bundesbehörde, sondern ein regelrechtes Staatsgeheimnis. Frank hätte die lange Rede des Spitzenagenten nicht gebraucht, um zu wissen, was ihm drohte, wenn er den Mund aufmachte.

Das Telefon klingelte.

Frank blickte auf seine Uhr: 15 Uhr 20. Es war ein Donnerstag. Das musste Mary sein, die ihm mitteilte, ob sie morgen Abend mit dem Zug käme oder nicht.

Er ging in sein Schlafzimmer, um abzuheben.

Währenddessen gab sein Handy zwei Piepstöne von sich. Er trug es am Gürtel. Er warf einen Blick darauf, es war eine Textmeldung, die besagte: »Guten Tag.«

Mary …

Frank hob sein Festnetztelefon ab.

»Mist!«

Er hörte das Faxsignal und stieg hastig ins Wohnzimmer hinunter, wo das Gerät stand, und drückte den Empfangsknopf.

Während der Drucker ratterte, blickte er wieder auf sein Handy.

Das »Guten Tag« stammte von einer Nummer, die nicht in seinem Telefonbuch gespeichert war. Er betätigte die Rückruftaste, stieß jedoch auf eine Tonbandansage: »Diese Nachricht wurde Ihnen übermittelt vom kostenlosen Mailboxsystem von AOL …« Es folgten Werbetexte untermalt von Popmusik.

Frank erbleichte. Auf der ausgedruckten Faxseite las er den gleichen Wortlaut: »Guten Tag«. In Druckbuchstaben. Oben auf der Seite stand eine 0800-Nummer, gefolgt vom Namen eines Internetproviders. Ein anonymes elektronisches Mailsystem.

Im ersten Stock signalisierten die Lautsprecher seines Computers das Eintreffen einer E-Mail. Frank rührte sich nicht. Er wusste bereits, dass er auf ein drittes »Guten Tag« stoßen würde. Ohne Unterschrift.

Genau auf diese Weise hatte Ben O. Boz ihm direkt nach den Morden von Durrisdeer das Ende ihrer Zusammenarbeit mitgeteilt: eine SMS, ein Fax und eine E-Mail gleichzeitig.

»Um Gottes willen …«

Wieder läutete das Haustelefon, er stürzte hin, um abzuheben, doch er brachte kein Wort heraus. Er wartete.

»Hallo? Hallo, Franklin?«

Es war Stuart Sheridan.

Die beiden Männer hatten zunehmend seltener miteinander gesprochen. Ihre Wege hatten sich auf den Iles de la Madeleine gekreuzt, doch der Cop hatte deutlich zu verstehen gegeben, dass er diese Geschichte vergessen und den Blick nach vorne richten wollte.

Frank antwortete, dass er am Apparat sei.

»Ah! Sheridan am Apparat. Sitzen Sie gut?«

»Warum?«

»Weil ich etwas für Sie habe. Ich komme gerade aus Dovington zurück.«

Franklin spürte, wie die Angst wieder nach ihm griff. Eine Angst, die er seit vielen Wochen nicht mehr gekannt hatte.

»Ich hatte den Sheriff vor Ort gebeten, er solle mich über eventuelle neue Entwicklungen bezüglich Boz' Verschwinden auf dem Laufenden halten«, fuhr der Polizeichef fort.

»Und?«

»Er hat mich am Dienstag angerufen.«

Das war vor zwei Tagen gewesen.

»Er wollte sich mit mir über einen gewissen William Charlier unterhalten.«

Frank runzelte die Stirn.

»Kenne ich nicht.«

»Das ist ein Nachbar des Schriftstellers. Er besitzt seit vierzig Jahren ein Gutshaus, dessen neun Hektar großes Grundstück an das von Boz grenzt. Im Norden.«

»Schön. Verkehrten sie miteinander?«

»Den Leuten aus der Gegend zufolge wohl nicht. Die Typen vom FBI, die den Schriftsteller beschatteten, bestätigen das. Charlier ist ein Typ um die siebzig, ziemlich menschenfeindlich, der selten ausgeht und nie Besuch empfängt. Ein ehemaliger IBM-Manager, der mit 47 Jahren gefeuert wurde und seitdem nie einen anderen Arbeitsplatz gesucht hat.«

»Ich verstehe. Ist er vielleicht religiös geworden?«

»Nicht einmal das. Aber da liegt nicht das Problem. In letzter Zeit begannen die Behörden der Stadt und des Bezirks sich Sorgen um ihn zu machen. Charlier antwortet nicht mehr auf die Briefe seiner Bank, löst seine Pensionsschecks nicht mehr ein und bezahlt, wie sich herausgestellt hat, auch seine Wasser-, Gas- und Telefonrechnungen nicht mehr. Ebensowenig wie seine Autoversicherung.«

»Okay. Und seit wann?«

»Drei Monate ...«

Franklin fuhr sich mit der Hand in den Nacken. Wieder fragte er sich, worauf Sheridan hinauswollte.

»Ich bin nach Dovington gefahren, um mir das Haus dieses Charliers anzusehen«, versetzte der Colonel. »Und tatsächlich, das Haus war menschenleer. Aber vor allem, und das springt geradezu ins Auge, war keinerlei Spur von Leben darin zu sehen. Keinerlei Lebensmittel. Keine Kleidung. Der Sheriff hat versucht, Bekannte oder Angehörige des Mannes zu kontaktieren, er hat nach einem Adressbuch gesucht. Wieder nichts. Charlier besitzt keinen einzigen lebenden Verwandten.«

»Okay, er lebt also allein. Er ist vielleicht weggefahren? Hat einen Ausflug nach Florida oder auf die Bahamas gemacht? Alt genug ist er dafür. Vierzig Jahre in Dovington, da kann man schon von plötzlichen Fluchtgelüsten übermannt werden!«

»Einen Ausflug? Das kann man wohl sagen. Er hat wahrhaftig einen Ausflug unternommen! Sheriff Donohue hatte die treffliche Idee, Polizeihunde auf das Gelände schaffen zu lassen. Sie fanden William Charlier begraben zwischen seinen Ligusterhecken! Nach Aussage des Gerichtsmediziners von Montpelier war der Leichnam nicht drei Monate, sondern eher sechs Jahre alt.«

Plötzlich wurde Franklin alles klar. Sheridan fasste nur die gleiche Erklärung in Worte.

»Gehen wir es noch mal durch: Vor neun Jahren ließ Boz sich in Dovington nieder. Er hatte zwei Jahre Zeit, um das Leben seines Nachbarn zu studieren und zu erkennen, dass dieser völlig zurückgezogen lebte, und um ihn anschließend zu eliminieren, die Leiche zu vergraben und alles so fortzuführen, als sei er noch am Leben. Er bezahlte die monatlichen Rechnungen und löste an seiner Stelle die Schecks ein. Er beantwortete die Post, indem er Charliers Schrift und seine Unterschrift nachahmte. Eine perfekt ausgeklügelte Scheinexistenz. Ihre Grundstücke waren durch eine verborgene Tür in einem Teilstück von Boz' Mauer, das man von der Straße aus nicht sehen kann, miteinander verbunden. Der Schriftsteller benutzte den unterirdischen Atomschutzkeller, den wir beim letzten Mal entdeckt haben, trat nachts im Wald ins Freie und spazierte dann bei Charlier herum. Von dort bestieg er sein Auto, verbarg sein Gesicht und machte, was ihm passte.«

»Wie ist es möglich, dass das FBI nie etwas gesehen hat? Das alles spielte sich vor seinen Augen ab.«

»Sie wollten nicht auffallen in der Gegend, um Boz oder die Behörden nicht zu warnen. Selbst Sheriff Donohue hat nie erfahren, dass Boz seit Jahren unter der Überwachung des FBI stand. Also hielten sie sich zurück. Das FBI kümmerte sich kaum um Charlier. Boz konnte in aller Ruhe kommen und gehen. Und er richtete es immer so ein, dass man ihn während seiner Ausflüge im Herrenhaus anwesend glaubte.«

»Und die Bewohner von Dovington?«

»Sie hielten Charlier für einen Irren. Es hieß insbesondere, der Alte fahre zum Einkaufen in eine andere Stadt. Eine Majestätsbeleidigung in so einem Nest …! Ein Verräter! Sie wissen schon …«

Ein langes Schweigen trat ein. Frank hielt noch immer das Fax in Händen.

Guten Tag.

»Auf diese Weise hat er es also immer angestellt, allen durch die Finger zu schlüpfen«, murmelte er.

»Ja. Eineinhalb Kilometer zu Fuß durch den Wald, eine Metalltür und er änderte seinen Namen. Offenbar wurde er in der ganzen Zeit nie am Steuer von Charliers Wagen kontrolliert. Oder aber er ist ohne einen Strafzettel davongekommen.«

Perfekt.

»Soweit dieses«, sagte Sheridan. »Ich wollte Ihnen das nur erzählen. Geht es Ihnen gut?«

Frank schwieg einen Moment, bevor er bejahte und die Geschichte von der mysteriösen dreifachen Nachricht, die er erhalten hatte, für sich behielt.

Sie legten auf, ohne ein Wiedersehen oder ein späteres Telefongespräch zu vereinbaren.

»Nichts beweist, dass Boz hinter diesen Botschaften steckt«, dachte der Professor.

Noch am Tag der Auflösung des Sonderkommandos »The Last Word« hatte Melanchthon ihm eine Liste mit der genauen Platzierung aller Wanzen gegeben, mit denen sein Haus gespickt war. Er musste sie wohl oder übel selbst zerstören, um wieder seine Ruhe zu bekommen. Dennoch hatten er und Mary sich immer gefragt, ob man nicht ein oder zwei Mikros auf der Liste unterschlagen hatte. Für alle Fälle.

Mary war so sehr davon überzeugt, dass sie schließlich beschlossen hatten umzuziehen. Sie hatten eine passende Dreizimmerwohnung in Concord gefunden, die im November frei werden würde.

Franklin stieg in sein Arbeitszimmer hoch, um seinen E-Mail-Eingang zu überprüfen. Die Nachricht »Guten Tag« war tatsächlich auf dem Bildschirm zu sehen, und sie kam von einem kostenlosen E-Mail-Konto ohne Antwortmöglichkeit.

Er notierte auf einem Zettel die Informationen, die auf den anonymen Absender verwiesen, und verließ das Haus. Er nahm sein Auto und fuhr zum Schloss hoch.

Dort lief er ins Professorenzimmer. Die Gänge und Räume waren leer. Frank griff nach dem Wandtelefon und verlangte eine Außenleitung, um eine Nummer mit der Vorwahl von Nebraska zu wählen.

Patricia Melanchthon, die Ex-Superagentin und einst der Schatten, der auf Gedeih und Verderb an Boz gebunden schien, war nun dritter Offizier einer lokalen Zelle des FBI, die von Omaha geleitet wurde. Das heißt sie war ein Niemand. Eine Jammergestalt.

»Beruhigen Sie sich, Franklin!«

Der Professor erzählte, was ihm widerfahren war. Sie

brüllte in den Hörer, um ihn zum Schweigen zu bringen. Frank wusste, dass diese Frau trotz ihres katastrophalen Sturzes bestimmt weder ihr Temperament noch ihre ausgeprägte Überheblichkeit verloren hatte. Die männlichen Kollegen aus Nebraska, die bestimmt einige Sprüche vom Stapel gelassen hatten, als eine so gut gebaute Agentin in ihrem gottverlassenen Nest aufkreuzte, hatten garantiert bei der ersten dummen Bemerkung ihr Fett abbekommen.

»Nichts beweist, dass er der Absender dieser Nachrichten ist«, warnte sie.

»Gibt es keine Möglichkeit, diese Botschaften bis zu ihrer Quelle zurückzuverfolgen?«

»Nein. Vor allem nicht, wenn sie schon lange zuvor geschrieben wurden. Die Faxe, die Basile King im Februar in der Leichenhalle erhielt, hatte Boz aus einem Internetcafé in Connecticut abgeschickt. Manche dieser Läden sind mit Überwachungskameras ausgestattet. Um Dealern oder Hackern auf die Spur zu kommen. Aber die Aufzeichnungen reichen nie mehr als ein paar Wochen zurück. Danach werden sie vernichtet. Boz wusste das. Der Tag, an dem er das Café benutzt hatte, war seit langem gelöscht.«

»Er könnte also Nachrichten verfasst haben, die erst Monate nach seinem Tod abgeschickt wurden? Das ist machbar?«

»Technisch gesehen, ja. Sogar ein oder zwei Jahre später erst. Vielleicht noch mehr. Wenn die Plattform nicht deaktiviert wird, funktioniert es. Die Tatsache, dass er seine Botschaften gleich dreifach verschickte, zeigt, dass er sich absichern wollte. Wir sind vielleicht noch nicht mit ihm fertig!«

Franklin überlegte. Er fand das ganze Verfahren unglaublich: Verstorbene konnten heute nach ihrem Tod mit ihren Angehörigen kommunizieren. Es war verrückt.

Melanchthon blieb stumm am anderen Ende der Leitung und des Landes.

»Warten wir auf weitere Nachrichten«, sagte sie schließlich. »Sprechen Sie mit niemandem darüber. Man weiß nie. Der Absender will, dass über ihn geredet wird. Fassen wir uns in Geduld.«

Franklin lächelte.

»Sie machen mir keinen sehr sorgenvollen Eindruck mehr. Ich habe Sie angespannter in Erinnerung!«

»Sorgenvoll? Seitdem ich gesehen habe, wie dieser Schweinehund sich in Staubflocken im Wasser aufgelöst hat, schlafe ich in der Tat viel besser. Und wissen Sie was? Mein dickster Fall hier ist der illegale Import von Türklinken aus Asien. Das FBI hat mir alle Befugnisse entzogen. Sie können sich also vorstellen, wohin ich mir Ben O. Boz und alle *serial killer* gesteckt habe ...«

Sie hängte ein.

In der nächsten Nacht grübelte Frank alleine in seinem Zimmer wieder und wieder über dieses »Guten Tag« aus dem Jenseits nach.

In seinem Halbschlaf dachte er an die Mutter des Schriftstellers, die ihren Mann bei einem Autounfall getötet hatte, an Patrick Turd und seine Schwester Abigail ... An William Charlier, der vermutlich unter anderem Namen in seinen Roman Eingang finden würde ... Wie sollte er diese Figur im Übrigen nennen?

Und dann klingelte alles.

Gleichzeitig.

Handy, Fax, dann der Computer im Arbeitszimmer. Ein digitaler Fanfarenstoß verkündete den Eingang einer E-Mail.

Es war Punkt drei Uhr morgens. Frank sprang aus dem Bett und stürzte zu seinem Schreibtisch im ersten Stock. Auf dem Monitor wurde die Nachricht sichtbar. Derselbe anonyme Absender wie schon an diesem Nachmittag. Ein rätselhafter Code: *QFL-ISBN-2845632908.*

Aber dieses Mal war er mit *Boz* unterschrieben.

»Jetzt haben wir es, es geht wieder los«, dachte sich der junge Mann.

An die Nachricht war ein Anhang hinzugefügt. Ein Foto. Ein Abzug, auf dem ein jüngerer Ben O. Boz mit Weste und weichem Hut zu sehen war, ganz im Stil »Reporter« von anno dazumal, umringt von einer Schar blutjunger Polizisten. Alle lächelten. Das Foto trug ein Datum und eine Ortsangabe: April 1987, *Polizeiakademie von Pennsylvania, Center Township, Monaca.*

»Was soll das bedeuten?«, murmelte Franklin.

Das Fax und die SMS hatten den gleichen Inhalt.

Ganz unten unter dem Foto noch eine letzte Aufmerksamkeit:

»Gute Nacht.«

3

Die folgenden Stunden verbrachte Frank mit dem Versuch, im Internet die von Boz übermittelte Zeichenfolge *QFL-ISBN-2845632908* zu entziffern.

Franklin wusste, dass Kodes, die mit der Abkürzung ISBN begannen, so gut wie sicher zu Werken gehörten, die in Nationalbibliografien veröffentlicht oder erfasst waren. Aber in welchem Land und in welchem Zusammenhang? Dieses *QFL* erschwerte seine Nachforschungen.

Was das Foto und die erwähnte Polizeiakademie anging, so fand Frank problemlos heraus, dass es sich um die Polizeischule in Monaca, Pennsylvania, handelte, die ihren Sitz auf dem Gelände der Arcadia University im Bezirk Beaver hatte. Am nächsten Morgen wollte er unverzüglich das dortige Archiv kontaktieren und sich erkundigen, ob aus dem Jahr 1987 noch Trimesterzeugnisse der Einrichtung oder offizielle Fotobände des Jahrgangs 1987 einzusehen waren.

Am frühen Morgen schlief der Professor schließlich hundemüde ein.

Nach dem Erwachen stieg Frank mit schwerem Kopf zum Frühstücken hinab. Es war Mittag. Der Himmel hatte sich bedeckt. Nicht mehr lange, und auf den Wald würde ein Wolkenbruch niedergehen. Mary hatte kein Telefon. Sie arbeitete viel, denn der Erfolg ihres Praktikums würde die Wahl des Professors beeinflussen, den man ihr im Januar an der Hutchinson Fashion & Design School zuteilen würde. Er wusste an diesem Morgen noch nicht, wie ihre Pläne für das Wochenende aussahen.

Doch diese Überlegungen führten dazu, dass Frank dank einer zufälligen Assoziationskette erst wieder die Akte des FBI über Mary in den Sinn kam, deren Lektüre er verweigert hatte, und dann der dicke Aktenordner über Boz.

Das brachte die Erleuchtung.

Er stieg die Treppe hoch, öffnete die Klappe und ließ die Leiter herab, die in den Dachboden des Hauses führte. Dort stürzte er sich auf den Koffer, in dem er alles verstaut hatte.

Niemand hatte drei Monate zuvor bei der hektischen Auflösung des Sonderkommandos »The Last Word« daran gedacht, die schriftlichen Beweise, die er besaß, von ihm zurückzufordern, vermutlich weil das ohnehin illusorisch war und weil die Agenten wussten, dass er sich schon längst Kopien hätte machen können.

Frank öffnete erneut den schwarzen Ordner. Die verschiedenen Bestandteile der Ermittlungsakten über Boz waren allesamt nummeriert und mit Titeln versehen.

Das eben war ihm wieder eingefallen: Die Biografie des Schriftstellers trug die Bezeichnung *QFL-OFF087.*

Das Vernehmungsprotokoll des ersten Verlegers Simon Abelberg: *QFL-OFF112.*

Die Kopie des Protokolls über den Autounfall von Boz' Frau: *QFL-OFF043.*

Und so weiter …

QFL.

Dokumente, die dem FBI gehörten.

Herausgegeben, erfasst und inventarisiert vom FBI. Daran bestand kein Zweifel.

Zu welchem Phantom wollte Boz ihn lotsen? Der Zusatz *ISBN* deutete darauf hin, dass es sich eher um ein veröffentlichtes Werk handelte als um eine vertrauliche Akte.

Doch auch hier spekulierte der Professor, ohne Genaueres zu wissen; der Verlagsverweis ISBN-2845632908 hatte keine Ergebnisse in den Internetsuchmaschinen erbracht.

Er steckte in einer Sackgasse.

Kurze Zeit später erreichte Franklin an der Polizeiakademie von Pennsylvania eine gewisse Miss Tit, die für das Archiv der Schule verantwortlich war.

Er erkundigte sich nach dem Jahr 1987. Er erzählte, er besitze ein Fotofragment von Studenten dieses Abschlussjahrgangs. Vermutlich vom April. Er sei Schriftsteller. Er recherchiere für einen Roman. Ob Miss Tit ihm helfen könne, den Veranstaltungskalender dieses Monats ausfindig zu machen?

»Wir archivieren die Veröffentlichungen der Akademie seit ihrer Gründung im Jahr 1974«, erklärte die Frau. »Die Zeugnisse befinden sich im Archiv, ebenso wie das Doppelblatt mit den Veranstaltungsterminen, das zu Anfang jeder Woche verteilt wird.«

»Perfekt. Könnten Sie mir die vom April 1987 zukommen lassen?«

»Es wird nicht auf der Stelle gehen, aber ich setze Sie auf die Liste. Ihre Adresse, bitte?«

»Können wir das nicht per Fax erledigen?«

»Bestimmt nicht. Ihre Adresse?«

Er musste warten. In Chicago hatte er sich als neuer Aushilfslehrer über einen Monat in Geduld üben müssen, bis man endlich geruht hatte, ihm die Prüfungsthemen im Fach Literatur der letzten vier Jahre auszudrucken. Er hoffte, dass die Polizeiverwaltung von Monaca sich als tüchtiger erwies.

April 1987 …

Franklin betrachtete wieder das Foto. Der vierzigjährige Boz war darauf mit Polizisten in Ausbildung zu sehen. Was hatte er dort zu suchen?

Er warf einen Blick auf seine Uhr. Trotz der Zeitverschiebung konnte er Patricia Melanchthon jetzt anrufen.

»Ich habe Ihren Ordner über Boz aufgehoben«, sagte er zu ihr, nachdem er zum Schloss und in das Professorenzimmer zurückgekehrt war. »Wofür steht die Klassifizierung *QFL* unter jedem Abschnitt?«

Sie wirkte überrascht.

»Worauf wollen Sie hinaus, Franklin? Sie wollen unsere Unterlagen verwenden, ist es das? Sie veröffentlichen? Sie in Ihren Büchern zitieren? Uns noch mehr hineinreiten? Ich warne Sie schon jetzt, dass alle Quellenverweise, die Sie erhalten haben, zuvor verfremdet worden sind. Wenn Sie auf die Idee kämen, sie an Dritte weiterzugeben, würde das FBI sie auf der Stelle als Fälschung entlarven. Sie können außerdem feststellen, dass nirgendwo der Name eines Agenten fällt und dass die Berichte nicht unterzeichnet sind. Unter diesen Umständen haben Sie nichts als Papier und Fantasiegeschichten in der Hand. Sie drohen mit einem feuchten Kracher, Frank.«

»Warten Sie. Darauf will ich überhaupt nicht hinaus. Aber dieses *QFL*? Ist das nur Humbug?«

»Nein. Es bedeutet nur, dass die Dokumente in der Bibliothek in Quantico in Virginia registriert sind.«

Franklin erbebte. Er kam voran.

»Wer hat dazu Zugang?«

»Nur FBI-Angehörige. Und auch sie müssen, um an ein Dokument heranzukommen, durch eine Bestätigung ihres Abteilungsleiters nachweisen, dass sie es für eine Ermittlung brauchen. Sind Sie mit dieser Antwort zufrieden? Können Sie mir jetzt einmal erklären, was der Wirbel soll?«

Er erklärte. Die E-Mail. Das Foto. Der Kode. Gezeichnet Boz. Dann fügte er hinzu: »Die Nachricht trägt zusätzlich zu den drei Buchstaben eine ISBN-Kennziffer. Was bedeutet das?«

»Dass es sich um ein Buch oder sogar ein Manuskript handelt, das von einem FBI-Mitglied verfasst wurde. Und das nicht unbedingt für die Öffentlichkeit bestimmt ist. In diesem Fall muss man sich nicht an die Bibliothek des Archivs, sondern an die der Akademie wenden. Sie wissen, dass sich in Quantico nicht nur die Untersuchungslabore befinden, sondern dass man dort auch neue Agenten ausbildet, oder?«

»Manuskripte, sagen Sie? Welche Art von Manuskripten?«

»Es kommt vor, dass pensionierte Agenten ihre Memoiren schreiben oder bestimmte Fälle in ihrer Laufbahn und die angewandten Methoden veröffentlichen. Das sieht man immer öfter ganz vorne in den Regalen der Buchhandlungen prangen. So etwas ist in. Manche dieser Beamten schrecken nach ihrem Ausscheiden aus dem Dienst nicht mehr davor zurück, sich im Fernsehen zu produzieren oder für ein Spitzenhonorar als Berater bei der Produktion von Krimiserien aufzutreten. Die Chefs im Büro schätzen das überhaupt nicht. Ganz nebenbei werden dabei nicht wenige unserer Verfahrensweisen und unserer Überlegungen bei einem Verbrechen publik. Zum Glück haben manche Agenten mehr Skrupel; sie verfassen zwar ihre Texte, beschränken den Zugang dazu jedoch ausschließlich auf Agenten und FBI-Anfänger. Dieses QFL mit ISBN kann so etwas sein.«

»Dann müssen Sie mir helfen, dieses Werk zu identifizieren.«

Melanchthon seufzte in den Hörer.

»Das ist nicht so einfach«, wandte sie ein. »Ich kann keine Hebel mehr in Bewegung setzen. Wenn Sie es genau wissen wollen, ich bin seit meiner Ankunft hier in Nebraska auf Bewährung, auf Probe. Wenn ich mein Versprechen verletze, wenn ich nur den kleinen Finger in Bezug auf diesen inzwischen begrabenen Fall rühre, dann werde ich abgesägt.«

»Aber Sie haben gehört, was Boz mir heute Nacht geschickt hat …«

»Was ein angeblicher Boz Ihnen geschickt hat, Franklin! Das kann jeder Idiot sein, der in den letzten zwölf Jahren in unserem Dienst mit dem Fall zu tun hatte! Da mache ich nicht mit. Das ist nicht handfest genug, um noch einmal ein Risiko einzugehen.«

»Es kann handfest werden, wenn es uns gelingt, diesen Text in Quantico zu identifizieren.«

»Tut mir leid, ich sitze in der Klemme. Geben Sie es auf, Professor.«

»Was? Sie ziehen nicht mit?«

»Nein.«

Er war sprachlos vor Enttäuschung.

»Rufen Sie mich wieder an, wenn Sie eine sensationelle Neuigkeit über diese Fotogeschichte herausgefunden haben«, sagte sie. »Ich kehre zu meinen Akten zurück.«

»Warten Sie, legen Sie noch nicht auf!«

Er beschloss, seine letzte Karte auf den Tisch zu legen. Seinen einzigen Trumpf in Wirklichkeit.

»Sagen Sie mir, wenn ich mich irre, aber es gab doch vor Ihrer Mannschaft schon mehrere Ermittlungsteams beim FBI zu Boz, richtig?«

»Stimmt. Vier.«

»Und alle wurden auf Anweisung von oben aufgelöst, weil man den Verdacht hatte, dass der Schriftsteller einen Maulwurf in der Abteilung hatte. Ihr Sonderkommando ›The Last Word‹ wurde sogar extra mit diesem Hintergedanken gebildet.«

»Na und? Das ist doch Schnee von gestern.«

»Finden Sie es nicht irritierend, dass der tote Boz uns einfach so auf die Spur einer Polizeischule und eines ganz speziellen Dokuments aus dem riesigen Materialberg einer Bundesbehörde wie der in Quantico bringt?«

Schweigen.

Franklin setzte noch eins drauf.

»Ich garantiere Ihnen, dass Ihre neuen Chefs Ihnen zuhören, wenn Sie über diesen Gesichtspunkt der Untersuchung mit ihnen sprechen.«

Er wartete auf Melanchthons Antwort. Die mögliche Spur zu einem Maulwurf konnte sie nicht kaltlassen. Und trotzdem sagte sie: »Professor, ich werde meine neuen Vorgesetzten nicht davon unterrichten, wie Sie es vorschlagen! Ich fürchte, Sie haben nicht wirklich begriffen, was dank dieser

Geschichte über das FBI hereingebrochen ist. Es wird Jahre dauern, bis es sich davon wieder erholt. Ich werde ganz bestimmt nicht wie eine Schwachsinnige mit einer anonymen E-Mail, einem Fax und einer SMS antanzen, von denen ich weiß, dass wir ihre Quelle nie herausfinden werden! Passen Sie bloß auf, Franklin, bei diesem Spielchen geraten Sie noch als Erster unter Verdacht!«

»Sie wollen also nichts für mich tun …«

»Nein, nichts. Ich werde Nebraska nicht verlassen. Aber … (*Pause.*) Ich kann jemanden anrufen. Und sehen, was das bringt. Geben Sie mir eine Stunde. Ich rufe Sie zurück.«

Sie legte auf.

Franklin atmete tief durch. Mit einem triumphierenden »Immerhin!« ließ er den Hörer auf den Wandapparat zurückfallen.

Als er wieder zu Hause war, wurde ihm bewusst, dass er in diesem Augenblick der Letzte und Einzige war, der die Verfolgung von Ben O. Boz, jenem Tonkrug voll Staub, der dem Sand auf den Iles de la Madeleine übergeben worden war, wieder aufnahm.

Auf dem Anrufbeantworter fand er eine Nachricht von Mary vor. Sie sagte, sie fühle sich zu erschöpft, und bat ihn, sie zum zweiten Mal hintereinander in der Stadt zu besuchen. Er beschloss, sie sofort anzurufen, sobald er den versprochenen Rückruf von Melanchthon erhalten hatte.

Er dachte über diese Polizeiakademie und das Foto von Boz nach. Im April 1987 hatte er bereits mit seinen Entführungen von Versuchskaninchen begonnen. Außerdem war das der Zeitpunkt, an dem die junge Abigail von zu

Hause ausgerissen war. Boz suchte überall nach Informationen und Details als Stoff für seine Bücher. Warum nicht auch in einer Polizeischule?

»Hören Sie zu, Franklin«, sagte Patricia. »Sie werden eine Reise antreten müssen. Zur Akademie in Quantico. Ich kenne dort jemanden, der es einrichten kann, Sie in die Bibliothek der FBI-Rekruten einzuschleusen.«

Wieder einmal würde Frank allein in Aktion treten müssen.

»Wenn Sie sich erwischen lassen, ist das Ihre Angelegenheit, verstanden? Nächsten Montag, passt Ihnen das?«

Frank zögerte.

»Sie dürfen das Dokument auf keinen Fall mitnehmen«, betonte die Agentin. »Sie sehen nur nach, worum es sich handelt, und dann ziehen Sie Leine. Mehr ist im Moment nicht drin. Wir haben keine Wahl.«

»Einverstanden«, erwiderte er. »Ich werde am Montag kommen. Wie soll die Sache ablaufen?«

Am gleichen Abend noch traf er bei Mary in New York ein. Er erklärte ihr, dass er am Montagmorgen nach Virginia fahren würde.

Mary protestierte die ganzen zwei Tage lang, die sie zusammen verbrachten.

»Beschränk dich auf deinen Roman! Das genügt. Du schuldest niemandem etwas wegen Boz. Sie waren es, die dich in diesen Alptraum gestürzt haben!«

Franklin erzählte ihr von seiner ersten Begegnung mit Patricia Melanchthon, als sie ihm erklärt hatte, dass das FBI sieben Agenten durch Boz verloren hätte und dass diese

Untersuchung eine Art persönliche Angelegenheit des FBI geworden sei.

»Ich habe auch jemanden verloren«, sagte Franklin zu Mary. »Vier Studenten. Morde, deren Täter offenbar niemand mehr einen Namen und ein Gesicht zuordnen will. Ich kann nicht so leben, als wüsste ich nicht, dass Boz der Täter war. Ich habe jetzt ebenfalls eine Rechnung mit diesem Kerl offen.«

Er war aufrichtig. Seine Reaktion auf die Geschehnisse konnte sich nicht auf das Schreiben eines Romans beschränken, der die Tatsachen hinter einer Fiktion verbarg und keinen Angehörigen der Opfer zufriedenstellen konnte. Das war keine Methode, um die Wahrheit ans Licht zu bringen.

Am Montagmorgen landete er am Ronald Reagan Airport von Washington, mietete ein Auto und legte die fünfzig Kilometer zurück, die ihn vom Bezirk Prince William in Virginia und der Stadt Quantico trennten.

4

Melanchthon hatte ihn gebeten, sich um 13 Uhr in der Bar des Hotel Ramada einzufinden. Dort sollte seine Kontaktperson ihn treffen. Er solle sich keine Sorgen machen, der Betreffende wisse, wie er aussehe.

Tatsächlich aber war dieser *Er* eine *Sie.*

Es war eine große Frau in einem strengen, gut geschnittenen, dunklen Kostüm entsprechend den Kleidervorschriften des FBI. Sie hatte sehr lange kastanienbraune Haare und ein ernstes und angespanntes Gesicht, ein bisschen wie das von Patricia.

Sie reichte ihm eine Ausweiskarte.

»Das ist der Ausweis eines Rekruten«, sagte sie. »Er ist bis um 16 Uhr 30 außerhalb der Zentrale. Sie betreten das Gebäude während seiner Abwesenheit.«

Sie reichte ihm einen Plan des Geländes.

»Gehen Sie direkt in die Bibliothek der Schule, erwecken Sie nie den Anschein, als suchten Sie nach Ihrem Weg.«

Sie musterte ihn von Kopf bis Fuß.

»Die Haare sind ein bisschen lang, aber der Anzug geht«, verkündete sie.

Melanchthon hatte ihm geraten, einen schwarzen Anzug anzuziehen, um besser in der Menge aufzugehen. Er hatte gehorcht und in einem Laden in New York etwas Passendes gekauft. Sie hatte ihm nichts von einem obligatorischen Haarschnitt erzählt.

»Arbeiten Sie in Quantico?«, fragte er die Frau. »Warum haben Sie nicht selbst die Quellenangabe des Textes, die wir suchen, ausfindig gemacht?«

Die Frau schüttelte ablehnend den Kopf.

»Ich arbeite in der Abteilung für öffentliche Angelegenheiten«, erklärte sie. »Ich habe keinerlei Grund, mich in der Nähe der Akademie herumzutreiben. Und außerdem weiß die interne Aufsicht, dass ich Melanchthon nahestehe; man kann nicht wissen, ob sie nicht auch auf mich ein Auge haben. Mit diesem Ausweis gehen Sie hinein, lesen ein paar Minuten und dann verschwinden Sie wieder. Um den Text zu kopieren, müssten Sie ihn auf dem elektronischen Konto des Typen, der uns hilft, verbuchen lassen. Tun Sie ihm das nicht an.«

»Verstanden.«

Patricia hatte bestimmt auch dafür gesorgt, dass der Typ, der seinen Ausweis verlieh, den Titel des fraglichen Buchs oder Manuskripts nicht las. Je weniger er wusste, umso weniger würde seine Neugierde geweckt. Solange man den von Boz ins Spiel gebrachten Titel nicht kannte, blieb man von allem unbehelligt.

»Danke«, sagte Franklin. »Sind Sie eine ehemalige Kollegin von Melanchthon, haben Sie an Ihrem Fall gearbeitet?«

»Nein. Ich bin ihre Frau.«

Der Professor riss die Augen auf.

»Na, halten Sie Ihre schmutzigen Gedanken im Zaum, Freundchen. Und nun hauen Sie ab. Ich treffe Sie Punkt 16 Uhr hier wieder.«

Die Akademie bestand aus einem Dutzend riesiger Gebäude: Trainingszentren für angehende Agenten, für Verhaltensforschung und Forensik, für Operationen im Gelände, für die Spezialisierung auf internationale Zusammenhänge und für Internetkriminalität.

An diesem sensiblen Ort, der direkt an die gerichtsmedizinischen Labors des gesamten FBI grenzte, waren keinerlei öffentliche Besuche erlaubt.

Franklin passierte die Sicherheitsschleuse, ohne Argwohn zu erregen: Die Magnetstreifenkarte war ein wahrer Sesamöffne-dich. Er hatte den Campusplan im Kopf und marschierte entschlossenen Schritts voran, ohne jemanden anzusehen. Die Studentenbibliothek befand sich neben dem großen Hörsaal. Die Gänge, die Lesesäle, die Computerräume, alles wurde mit Kameras überwacht.

Frank wollte die Sache durchziehen, ohne jemanden um Rat zu fragen. Er musterte die Buchreihen, um das Klassifizierungssystem zu begreifen.

QFL.

Kein Werk, das nicht dieses Präfix aus drei Buchstaben aufwies.

Die Schwierigkeit erwuchs aus der allgemeinen Systematik der Regale, die nach Themen und anschließend alphabetisch nach Autorennamen geordnet waren. Es gab Tausende und Abertausende von bibliografisch erfassten Werken, und Franks einzige Angabe war die Ziffernfolge.

Ihm blieb keine andere Wahl mehr. Er näherte sich einem jungen Mädchen, das vor einem Laptop saß, der offenbar zur Bibliotheksausstattung gehörte. An jedem Arbeitsplatz, auch an den unbenutzten, stand das gleiche Modell.

»Entschuldige«, sagte er leise zu ihr. »Ich muss einen Titel mit Hilfe einer Signatur finden. Kannst du mir helfen?«

Die junge Studentin sah ihn seltsam an. Sie zeigte auf die freien Computer neben sich.

Franklin ahnte, was sie ihm antworten würde, und kam ihr zuvor.

»Es handelt sich nur um einen Titel. Ich hab es eilig. Ich habe keine Zeit, mich einzuloggen.«

Er wollte vor allem nicht das Konto des Typs von der Karte benutzen. Er zeigte dem Mädchen seinen Papierfetzen mit *QFL-ISBN-2845632908* darauf und schenkte ihr ein strahlendes Zahnpastalächeln. Das Mädchen tippte auf ihrer Tastatur. Wie der Professor sich gedacht hatte, hatte sie von ihrem Laptop aus Zugang zu den bibliografischen Daten der Werke.

»Es steht in der Abteilung für gelöste Fälle«, sagte sie. »Und der Autor heißt Sheridan. Das war's.«

Franklin erstarrte. Das Mädchen blickte ihn an, als sei er ein Idiot.

»Die gelösten Fälle befinden sich im Saal 3«, fügte sie an, um ihn aus seiner Verstörung zu reißen.

Franklin fasste sich wieder.

»Vielen Dank.«

Sheridan.

»Großer Gott«, dachte Frank. »Was ist das bloß für eine Geschichte?«

Der Raum mit den gelösten Fällen war der kleinste von allen, eine Ironie, die keinem Studenten entging. Die hier vorgestellten Fälle mussten in jeder Hinsicht abgeschlossen sein. Die meisten waren durch die Medien gegangen, wenn es sich um Mordfälle oder um schwere Wirtschaftskriminalität handelte.

Franklin eilte zum Bereich S.

Er entzifferte viele Sheridans in der Reihe; John-Patricks, Bens, Stanleys, Michaels … zum Glück aber keinen Stu oder Stuart. Der Professor atmete auf. Ein oder zwei Sekunden lang war ihm heiß geworden.

Boz' Signatur nannte als Verfassernamen einen gewissen Doktor Gordon Sheridan. Es handelte sich um ein Dokument von etwa hundert Seiten Länge, das den Fall Larry Gene Bell behandelte, ein Mörder, der in den Achtzigerjahren in South Carolina sein Unwesen getrieben hatte. 1985 war er des zweifachen Mordes an Shari Faye Smith und Debra May Helmick angeklagt worden. In der Schrift ließ Doktor Sheridan noch einmal alle Ermittlungsergebnisse und die außergewöhnlichen Interviews Revue passieren, die er im Gefängnis mit dem Mörder hatte durchführen können. Die Arbeit verfolgte das Ziel, ein Profil herauszuarbeiten, anhand dessen die FBI-Anfänger lernen konnten, die multiplen Persönlichkeiten bestimmter Verrückter zu knacken. Die Mörder zu dekodieren.

Larry Gene Bell.

Das Dokument war konzentriert, sachlich und ganz im Stil der Protokolle des »Büros« aus jener Zeit. Mehrere Absätze waren zensiert worden. Der ständige Bezug auf eingeschobene offizielle Texte, von denen er kein Wort verstand, erschwerte dem Literaturprofessor die Lektüre erheblich.

Ein Killer aus den Achtzigerjahren.

Frank machte sich ein paar Notizen, er war fest entschlossen, mehr über diesen Bell herauszufinden.

Er verließ Quantico.

In der Bar Ramada erwartete ihn Melanchthons Frau mit ihren langen Beinen, ihren langen Haaren und ihren langen, spitzen Fingernägeln.

»Hat alles geklappt?«

»Ich denke schon.«

»Haben Sie gefunden, wonach Sie gesucht haben?«

»Ja. Darf ich Ihnen sagen, worum es sich handelt?«

»Nein. Das geht nur Patricia etwas an. Der Ausweis?«

Er gab ihn ihr zurück.

»Perfekt. Entzückt, deine Bekanntschaft gemacht zu haben, Kleiner. Patricia hat diesmal nicht gelogen.«

Und mit diesem in der Luft schwebenden Satz verschwand sie.

Franklin fuhr nach Durrisdeer zurück.

Er saß bewegungslos vor seinem Computermonitor und dachte über den Fall Larry Gene Bell nach. Der Mann hatte am 31. Mai 1985 Shari Faye Smith, eine Gymnasiastin aus Lexington, gekidnappt. Larry war einer von der geschwätzigen Sorte. Mehrere Male bedrängte er telefonisch die Familie, später die Polizei, um den Ort zu beschreiben, an dem das FBI die Leiche finden könnte. Dann rief er wieder an, um den Fundort der zweiten Leiche eines jungen Mädchens zu verraten. Kurz darauf wurde er gefasst. Von da an sprach er kein Wort mehr und wurde 1996 hingerichtet.

»Was für eine Beziehung besteht zwischen ihm und Boz? Kennen sie sich? Bell war ein Kranker ohne auffällige Methode, ohne die berühmten Talente von Boz …«

Die im Internet gefundenen Hinweise über Bell besagten,

dass er zweifellos viel öfter als zweimal gemordet hatte. Doch nachdem er sich in seinen Mutismus verbarrikadiert hatte, konnte niemand je mehr erfahren. In gewisser Hinsicht war Bell womöglich zu früh verhaftet worden. Man hätte ihn reden lassen und dabei überwachen sollen. War das die Botschaft von Boz? *Sie haben noch nicht alles gesehen?*

Franklin erwähnte Bells Fall gegenüber Patricia Melanchthon. Sie erinnerte sich.

»Dieser Typ hat nichts mit Boz zu tun.«

»Das eben ist das Problem.«

»Der ganze Fall hat sich in South Carolina abgespielt … Man müsste sehen, welchen Bezug man zwischen diesem Bundesstaat und Boz herstellen kann. Wo befindet sich gleich wieder Ihre Polizeiakademie?«

»In Pennsylvania.«

»Daneben.«

Franklin versuchte die Namen der Polizisten herauszufinden, die im Fall Bell ermittelt hatten.

Er fand Sheriff Jim Metts und dessen Stellvertreter Lewis McCarty sowie die FBI-Agenten Jim Wright und Ron Walker. Er hoffte, in den Papieren, die er zu dem Foto vom August 1987 erhalten würde, wieder auf eine dieser Personen zu stoßen.

Irgendwo musste es eine Verbindung geben. Eine Person, ein konkretes Indiz, eine Idee vielleicht.

In den folgenden Tagen schickte Boz keine Botschaft mehr.

Eine Woche nach seiner Rückkehr aus Virginia erhielt Frank Post von Miss Tit vom Archiv der Polizeischule mit den angeforderten Unterlagen.

Die Antwort auf die Fragen der letzten Tage sprang ihm sofort ins Auge.

Veranstaltungsplan vom April 1987:

6.4.: Vortrag von Alan Ceaser, Captain im Ruhestand, Ausbilder von K9-Einheiten.

11.4.: Baseballmatch mit der Mannschaft der Akademie von Portland, das für die Polizeimeisterschaft zählt.

12.4.: Verleihung einer Auszeichnung an Lieutenant Doug Cisporeno, invalide, ehemaliger Schüler, Jahrgang 1954.

16.4.: Besichtigung der Örtlichkeiten durch die Verwaltung (möglicherweise in Anwesenheit des Bürgermeisters oder des zweiten Bürgermeisters von Monaca + Fotografen und Journalisten).

24.4: Bataillone VI und IX rücken zu Simulationsübungen in städtischem Gelände aus. Rückkehr der Bataillone II und IV.

27.4.: Ansprache des Direktors zur Semesterhalbzeit.

30.4.: Vortrag von Gordon Sheridan, Doktor der Kriminologie an der Columbia University, New York. Gefolgt von einer Diskussion und einem Imbiss im Haus der Ehemaligen.

Gordon Sheridan?

Patricia schwieg einen Augenblick am anderen Ende der Leitung, als er den Namen nannte. Franklin hatte ihn beim ersten Mal ihr gegenüber nicht erwähnt, er hatte sich vor allem auf den Mörder Bell konzentriert.

»Natürlich kenne ich diesen Typen«, brachte sie schließlich heraus.

»Gibt es eine Beziehung zum Colonel?«

»Und ob!«

5

Drei Tage später tauchte Patricia Melanchthon in Durrisdeer auf.

»Sie trauen sich was«, sagte Franklin zu ihr. »Vor allem, wenn Sie überwacht werden. Mein Haus wird vielleicht noch immer abgehört.«

»Das alles hat jetzt keine Bedeutung mehr. Sehen Sie selbst.«

Sie nahmen im Wohnzimmer Platz. Sie hatte Dokumente und Bücher mitgebracht.

»Gehen wir ein wenig zurück. Sie haben sicher nicht vergessen, dass wir Stuart Sheridan im vergangenen Februar zwei Monate beschatten ließen, nachdem er ganz alleine, ohne die geringste Genehmigung seiner Vorgesetzten, Ermittlungen im Fall der vierundzwanzig aufgenommen hat, weil wir dachten, er könnte als Köder dienen oder gar von Boz als Opfer auserwählt sein.«

»Ich erinnere mich.«

»In dieser Zeit haben wir ausführliche Erkundigungen über den Colonel und seine Familie eingeholt. Darunter auch seinen Vater Gordon Sheridan.«

Sein Vater?

»Eine interessante Persönlichkeit.«

Die Bücher, die sie auf den Tisch legte, stammten alle von ihm.

Der Mörder ohne Schatten, erschienen 1983.

Das Ende des Serial Killer, erschienen 1984.

Methoden und Gegenmethoden, erschienen 1987.

»Doktor Gordon Sheridan gehört zu jenen Kriminologen, die Anfang der Sechzigerjahre das typische Profil des *serial killer* erarbeitet haben. Damals sprach man noch vom *chain killer*; 1966 tauchte der Begriff *serial mass murder* auf, aber erst 1974 benutzte der FBI-Agent Robert Ressler zum ersten Mal die von nun an geläufige Bezeichnung *serial killer*. Ressler war ein Schüler von Doktor Sheridan.«

»Ich verstehe.«

Der Vater von Stuart Sheridan!

»Doch zu Beginn der Achtzigerjahre«, fuhr Patricia fort, »wollte der alternde Gordon plötzlich sein Modell perfektionieren. Der *serial killer* wurde von allen, Polizei wie Öffentlichkeit, als gefährlichster Mördertyp betrachtet, doch Sheridan setzte sich in den Kopf, das Modell eines neuen Archetyps zu entwerfen, der ihn an Schrecklichkeit und Raffinesse noch übertreffen könnte. Den ›perfekten Killer‹.«

»Perfekter als einen *serial killer*?«

»Ja. Das ist nicht abwegig. Im Gegensatz zur gängigen Meinung ist der *serial killer* eher leicht zu fassen. Er ist ein Neurotiker, der sich systematisch selbst kopiert, weil er sich durch die Wiederholung ein Gefühl von Sicherheit und Herrschaft über die Ereignisse und seine Opfer zu verschaffen sucht. Je länger er aktiv ist, umso kürzer werden die Abstände zwischen den Morden und umso grausamer werden sie. Das bloße Schema F genügt nicht mehr für seine morbide Befriedigung. Sobald er ins Blickfeld der Medien gerät, beginnt der mentale Wettkampf mit der Polizei und den Journalisten; kurzum, seine Aktionen werden von zu vielen Faktoren beeinflusst, er verheddert sich und begeht früher oder später den Fehler, der ihn ins Verderben stürzt. Der *serial killer* ist ein Monster mit beschränkten Mitteln. Die Aufmerksamkeit konzentriert sich zwar auf diese spektakulären Fälle, doch diese Täter werden fast alle gefasst. Sheridan wollte darüber hinausgehen.«

Das Telefon in Franklins Wohnzimmer klingelte.

Es war Norris Higgins.

»Ein Besucher für mich wartet am Eingang? Aber ich erwarte niemanden«, sagte Franklin.

Patricia gestikulierte wild in der Luft.

»Das ist für mich. Javier Simoniño. Ich habe ihn gebeten, uns hier zu treffen.«

Frank wies Higgins an, den Besucher einzulassen.

»Wer ist das?«

»Ein Informatiker. Ich will, dass er sich Ihren Computer mal ansieht.«

»Wozu?«

»Er soll die zwei E-Mails zurückverfolgen, die Sie von Boz erhalten haben. Ich will sichergehen, dass sie nicht erst nach dem Tod des Schriftstellers abgeschickt wurden. Mich vergewissern, dass wir es nicht mit jemandem zu tun haben, der in Boz' Persönlichkeit ›hineinschlüpft‹. Ein Nachahmer.«

»Großartige Idee.«

Die Frau nahm ihre Ausführungen zu Gordon Sheridan wieder auf.

»Der perfekte Killer hat sich ihm zufolge besser unter

Kontrolle, er beurteilt seine Verbrechen mit messerscharfem Verstand und – das ist das Wichtigste – er wiederholt sich nicht, sei es aus Stolz oder aus Vorsicht. Er treibt seine Perfektion so weit, dass er bei jedem Mord seine Vorgehensweise vollständig neu erfindet, ohne einer fixen Idee zu gehorchen, die von seinen Verfolgern entlarvt werden könnte. Dieser Mörder »signiert« seine Morde nicht mehr, denn es gibt keinerlei Verbindung zwischen ihnen.«

Franklin runzelte die Brauen.

»Was Sie mir hier erzählen, kommt ziemlich nahe an ein Porträt von Boz heran. Er beging nie die gleichen Verbrechen, um nie die gleichen Bücher zu schreiben.«

»Ganz genau. Sie verstehen jetzt, weshalb wir uns anfänglich so sehr für Sheridan interessiert haben. Es war sehr gut möglich, dass Ben O. Boz die Arbeit seines Vaters gekannt hatte und sich davon bei der Ausarbeitung seiner Methoden inspirieren ließ. Und es hätte ihm absolut ähnlich gesehen, den Sohn seines theoretischen Lehrmeisters ins Visier zu nehmen!«

Der Professor konnte dem nur zustimmen.

»Warum aber sollte er uns heute, nach seinem Tod, auf diese Spur bringen?«, fragte er. »Lebt Sheridans Vater denn noch?«

»Nein. Er starb 1988.«

»Also?«

Das Auto des Informatikers traf vor Franklins Haus ein. Melanchthon öffnete ihm die Tür. Alle stiegen ins Arbeitszimmer des Professors hinauf, wo sich der Computer befand. Der Informatiker gehörte zu einem FBI-Team. Er tat Melanchthon einen Gefallen.

»Kann er von hier aus den Ursprung der E-Mails herausfinden?«, fragte Franklin.

»Ja.«

Der Typ begann Ziffernsequenzen in das Feld für Webadressen einzutippen.

»Da fällt mir etwas ein!«, stieß Franklin an Patricia gewandt aus. »Haben Sie alle Ihre Telefonnummern und E-Mail-Konten geändert, als Sie von Washington nach Nebraska gingen?«

»Ja. Warum?«

»Ich bin womöglich nicht der einzige Empfänger von Boz' Botschaften! Es ist nicht unvorstellbar, dass er auch versucht hat, Sie zu kontaktieren?«

Melanchthon runzelte die Stirn und sagte: »Aber er konnte nicht wie bei Ihnen wissen, wie er mich erreichen sollte …«

»Er hat es doch auch geschafft, dass seine Videobänder auf Ihrem Schreibtisch in Quantico landeten!«, unterbrach Frank sie. »Er kannte Sie. Er musste zumindest Ihre Adresse besitzen. Erkundigen Sie sich.«

Patricia blickte einen Moment finster drein, dann lächelte sie und sagte: »Großartige Idee.«

Sie rief ihre »Freundin« an und bat sie, zu ihrer alten Wohnung zu gehen und mit der Hausmeisterin nachzusehen, ob dort nicht noch für sie eingegangene Post wäre.

Anschließend stiegen beide ins Wohnzimmer hinunter, um den Informatiker in Ruhe arbeiten zu lassen. Er wusste nicht, wie lange er für seine Nachforschungen brauchen würde.

»Machen wir mit Sheridan weiter«, erklärte Franklin. »Ich will alles verstehen.«

»Die Sache ist ziemlich einfach: Doktor Gordon hat die ganzen letzten Lebensjahre an dieser Idee vom nicht fassbaren Mörder gearbeitet. Als sein erstes Buch über dieses Thema erschien, fielen seine Kollegen mit Hohn und Spott über ihn her, dieselben, die seine früheren Arbeiten in den Himmel gelobt hatten. Alle sagten, der ehrenwerte Professor habe den Rahmen der Wissenschaft verlassen, um sich vom Zauber eines Mythos verführen zu lassen. Doch Gordon Sheridan blieb unbeirrbar. Er arbeitete über nichts anderes mehr als über den ›perfekten Killer‹. Er studierte alle Faktoren, präzisierte die winzigsten Details, die erforderlichen Fähigkeiten, die Tricks und die unverzichtbaren Talente, die sein theoretischer Mörder besitzen musste.«

»Zusammengefasst arbeitete er eine regelrechte Gebrauchsanweisung aus!«

»Ja. Die nur dem Richtigen in die Hände fallen musste! Zu dem Zeitpunkt, als wir Stuart Sheridan unter die Lupe nahmen, hatten wir nichts in der Hand, um eine Beziehung zwischen den Arbeiten seines Vaters und den Morden von Boz herzustellen. Wir konnten nicht beweisen, dass sie sich kannten oder gar dass Boz Gordons Werke gelesen hatte. Allmählich verlief die Spur Stuart von allein im Sand. Vor allem als er Sie in die Geschichte mit hineinzog. Aber das war, bevor Boz uns diese Buchsignatur und dieses Foto der Polizeischule von Pennsylvania zuspielte. Von nun an ist die Verbindung zu Gordon Sheridan gesichert. Und das ändert alles.«

Franklin dachte an das Foto von Boz und den jungen Polizisten zurück. Mit Sicherheit hatte er von Gordon Sheridans Theorien gehört. Er hatte bestimmt den Vortrag des Doktors an der Polizeischule gehört. Mit Sicherheit konnte er, nachdem er bereits mit den Entführungen und der Beseitigung seiner Versuchskaninchen begonnen hatte, keinen besseren Lehrmeister und keinen besseren Führer finden, der ihn auf seinem Weg eines Wahnsinnigen anleiten konnte.

»Welche Theorie verfolgen Sie derzeit?«, fragte er Melanchthon.

»Der Komplize. Der Maulwurf. Der, nach dem wir seit jeher suchen.«

»Ja und?«

»Meiner Meinung nach? Heute? Es ist Stuart Sheridan.«

»WAS?«

Franklin riss die Augen auf.

»Überlegen Sie doch: Sein Vater Gordon starb mit zweiundsiebzig Jahren im Januar 1988. Tief getroffen von der kategorischen Ablehnung seiner Ideen. Diese Schmähungen könnten sein Ende beschleunigt haben. Und seinen Sohn zur Rache getrieben haben.«

»Zur Rache?«

»Eben indem er den perfekten Killer schuf! Indem er Boz bei seinen Verbrechen zur Hand ging, damit er der exakte Prototyp seines Vaters wurde und diesem endlich Gerechtigkeit widerfuhr. Das war das beste Mittel, um die Kritiker zum Schweigen zu bringen!«

Franklin erbleichte.

Der Informatiker kam mit den Ergebnissen die Treppe herab.

»Ich hab's«, sagte er, »ich habe mir Zugang zum Server des elektronischen Mailsystems verschafft, von dem die Nachrichten verschickt wurden. Die zwei Mails wurden genau am 17. Juni dieses Jahres abgeschickt.«

Mehr als zwei Monate vor Boz' Tod.

»Können Sie herausfinden, ob es noch andere gab?«, fragte Frank. »Ob der Server mir in nächster Zeit weitere Mails schicken soll?«

»Normalerweise braucht man dafür einen Auftrag«, erwiderte Javier Simoniño. »Aber ich habe trotzdem mal einen Blick drauf geworfen. Die Antwort lautet nein. Ihre E-Mail-Adresse wurde nie mehr auf dieser Website aufgerufen.«

»Wenn es weitere Nachrichten gibt«, meinte Melanchthon, »dann werden sie von einer anderen Plattform kommen.«

Kurz darauf machten die Agentin und der Informatiker sich zum Aufbruch bereit.

»Was haben Sie jetzt vor?«, fragte Frank. »Wir können nicht tatenlos herumsitzen, ohne zu handeln!«

»Handeln? Nein, in der Tat. Ich fahre unverzüglich nach Quantico zurück. Ich werde versuchen, mir Gehör zu verschaffen und eine Untersuchung einzuleiten. Aber ich garantiere Ihnen gar nichts. Wir haben schließlich nur E-Mails. Ich halte Sie auf dem Laufenden.«

Sie verließ mit Javier Simoniño das Haus. Sie verabschiedeten sich voneinander und er fuhr mit seinem Auto davon.

Patricia stieg in ihren Honda Civic. Franklin stand nicht mehr an der Tür. Sie nahm ihr Mobiltelefon aus der Halterung und wählte eine Nummer.

»Chef«, sagte sie, »ich komme gerade aus Frank Franklins Haus.«

»Und?«

»Und … Er ist wirklich sehr gut. Es ist nicht ausgeschlossen, dass er uns noch mal drankriegt.«

6

Franklin wollte sich endlich Klarheit verschaffen. Er verabredete sich mit Stuart Sheridan. Er wollte versuchen herauszufinden, welche Gefühle dieser für seinen Vater hegte, eine Einstellung, einen Tonfall in der Stimme heraushören, die Melanchthons Theorie auch nur irgendwie stützen konnten.

Das Treffen fand an einem Mittwochabend im Hayes Building statt. Zu seinem großen Erstaunen überkam ihn an diesem Tag ein Gefühl des Déjà-vu. Der auf dem Parkplatz des Polizeigebäudes geparkte Käfer, der Eingang in die Halle, der Aufzug, der Flur, der zum Büro führte, das alles versetzte ihn in den gleichen Zustand ängstlicher Erwartung zurück wie … der Käfer, der vor Boz' Herrenhaus geparkt war, der Fußmarsch über den Kiesweg, die Ankunft vor dem Haus und dann …

Der Handschlag.

»Wie geht's Franklin? Lange nichts mehr von Ihnen gehört. Läuft alles nach Wunsch in Durrisdeer?«

Sheridan bat ihn Platz zu nehmen.

Es war spät, das Tageslicht begann zu verblassen, und der Colonel räumte Akten in seinem Büro auf mit der unverkennbaren Absicht, sich nicht mehr lange darin aufzuhalten.

Franklin hatte das Gefühl, er sähe ihn zum ersten Mal:

diese Größe, diese riesigen Schultern, diese kleine Narben im Gesicht.

»Alles bestens, danke«, antwortete er, beruhigt darüber, dass es ihm nicht schwerfiel, wieder in seine Rolle als Lügner zu schlüpfen.

»Wissen Sie«, sagte Sheridan, »der Gouverneur spricht noch immer über diesen Fall. Die Baustelle und das alles. Das FBI hat seine Außenstelle in Concord geschlossen, um eine neue in Manchester zu eröffnen. Aber dieses Mal haben sie nicht gespart. Schluss mit den Nullen von früher: Das Team vor Ort besteht aus acht super gut trainierten Agenten.«

»Das ist schön.«

»Und Ihre Schüler?«

»Ich bin bei den letzten Bewerbungen. Für Oktober habe ich nur ein Dutzend Neuanmeldungen, aber lauter frisches Blut! Die Studenten vom letzten Jahr haben sich nicht mehr eingeschrieben.«

»Bah, das ist auch nicht schlecht … Man muss das alles vergessen.«

Franklin nickte zustimmend.

»Sie wollten mich sehen?«, fuhr der Colonel fort. »Was gibt es? Nichts Schlimmes hoffentlich?«

»Nein. Nur etwas, das uns ein letztes Mal zu Ben O. Boz zurückführt.«

»Ach! Soso.«

Sheridan hielt in seinen Aufräumarbeiten inne und setzte sich, um dem Professor zuzuhören.

Dieser sagte: »Ich habe vor Kurzem die Arbeiten Ihres Vaters Doktor Gordon gelesen. Aus Neugier.«

Sheridan runzelte die Stirn.

»Wie haben Sie davon erfahren?«

»Nun, ich studiere die Geschichte der großen Mörder für meinen Roman. Natürlich habe ich mich mit den Spezialisten der Disziplin befasst. Und Ihr Vater stand plötzlich ganz oben auf meiner Liste.«

»Ich verstehe.«

Sheridan schenkte sich abrupt ein Glas an seiner kleinen Bar ein, ohne dem Professor etwas anzubieten. Franklin seinerseits fühlte sich wie von Blitzen durchzuckt, während er Sheridan beobachtete.

Er erinnerte sich, wie hartnäckig dieser im April, ganz zu Beginn ihrer Beziehung, immer wieder auf Boz zurückgekommen war. Der Colonel wollte um jeden Preis diese Gestalt in die Ermittlungen einbeziehen. Egal, was Franklin sagte, er wollte ihn davon überzeugen, dass Boz verdächtig war!

Damals begründete er das mit den Entdeckungen, die Abigail Burroughs in den Romanen des Schriftstellers gemacht hatte. Abigail arbeitete für Boz. Aber wer wenn nicht *er selbst* hatte dieses Mädchen im Polizeiarchiv eingestellt?

Selbst der Ort, an dem die vierundzwanzig auf der Baustelle gefunden worden waren, war mit Vorbehalten zu sehen. Er war so gewählt, dass nur die Staatspolizei sich vor dem FBI für zuständig erklären konnte. Damit Stuart Sheridan das Kommando hatte.

Und als der große Cop von Melanchthon zu Beginn der Treffen zwischen Boz und Frank von den Ermittlungen des FBI ausgeschlossen worden war, hatte Sheridan mit seinen Enthüllungen über die Mitteilungen des Mörders an das FBI nachgelegt. Aber hatte er sie wirklich so bekommen, wie er vorgab? Er wollte vor allem mit allen Mitteln wieder ins Spiel kommen!

Und schließlich, wenn er wirklich der Komplize war, Boz' Maulwurf seit Jahren, wie Melanchthon behauptete, welcher der beiden Männer hatte dann beschlossen, einen Literaturprofessor in ihr Abenteuer zu verwickeln?

»Hey, Franklin, träumen Sie?«, rief Sheridan aus. »Was wollten Sie über meinen Vater wissen?«

»Ich muss Ihnen gestehen, dass ich seine letzten Theorien ziemlich faszinierend finde, und da ich mich noch immer mit Boz' Persönlichkeit beschäftige, wenn auch unter rein schriftstellerischem Aspekt, wüsste ich gerne, ob Sie mir noch andere Werke Ihres Vaters leihen könnten. Vergriffene oder unveröffentlichte vielleicht?«

»Wozu?«

»Nun … Ich sagte Ihnen bereits, dass ich nicht abgeneigt bin, eine Beziehung zwischen den Thesen des Doktors und der Persönlichkeit von Boz herzustellen. Es gibt eine offensichtliche Seelenverwandtschaft zwischen dem, was Ihr Vater sich ausgedacht hat, und dem, was der Schriftsteller vollbracht hat. Sie können das nicht übersehen haben, auch wenn Sie nie ein Wort davon gesagt haben.«

Sheridan wiegte den Kopf und senkte seine Handflächen einige Male, um ihm zu bedeuten: »Nun übertreiben Sie mal nicht.«

»Wissen Sie, ich glaube nicht, dass ich Lust habe, dass mein Vater in diese Geschichte hineingezogen wird«, sagte er dann barsch.

»Sie machen vielleicht einen Fehler, das wäre eine großartige Geschichte, um seine Theorie zu untermauern und …«

»Ja, vielleicht … Aber bitte zitieren Sie ihn nicht, ja?«

Der Ton seiner Stimme war lauter geworden. Er leerte sein Glas und machte sich wieder ans Packen seiner Tasche.

»Kann ich ihn wenigstens als Hinweis in meinem Buch erwähnen, nur ein paar Worte über ihn sagen?«

»Nein.«

»Aber …«

»Ich habe gesagt, nein!«

Er verkrampfte die Hände auf seiner alten Tasche.

»Sie können sich nicht vorstellen, wie sein Leben aussah nach dem Spott, mit dem seine letzten Veröffentlichungen überschüttet wurden. Ich will nicht, dass sich das wiederholt. Vor allem in Zusammenhang mit dem Fall Ben O. Boz, der nun dazu verurteilt ist, Theorie zu bleiben. Und falls sich jemand ansonsten eines Tages zu den Arbeiten meines Vaters äußern sollte, Professor, dann werde *ich* derjenige sein! Halten Sie sich da raus.«

Wieder hob er seine Stimme. Frank war sprachlos.

»Sie haben bemerkt, dass ich meinen Vater im Lauf unserer gemeinsamen Ermittlungen nie erwähnt habe«, beharrte Sheridan. »Niemals. Ich bin sicher, Sie verstehen, weshalb. Meine Familie und ich sind davon überzeugt, dass die Kritiken, mit denen er überschüttet wurde, seiner Gesundheit geschadet und sein Leben verkürzt haben.«

Frank setzte die harmloseste Miene der Welt auf.

»Ja, Colonel Sheridan, ich verstehe Sie vollkommen.«

7

Ein paar Tage später kontaktierte Patricia Franklin, um ihn über ihre Fortschritte bei den Verhandlungen mit der FBI-Führung zu informieren.

»Die Sache ist noch nicht in trockenen Tüchern«, erklärte sie. »Ich leiste noch Überzeugungsarbeit. Wahrscheinlich werden Sie in den nächsten Tagen zu einer Anhörung einbestellt. Um meinen Fall zu unterstützen.«

»Sie können auf mich zählen.«

Melanchthon fügte hinzu, dass sie keinerlei Mitteilung von Boz in ihrer Wohnung in Washington erhalten habe.

Franklin wiederum mobilisierte seinen ganzen Einfallsreichtum, um über den Fall Sheridan nachzudenken und mögliche Hypothesen zu entwickeln. Es schien plausibel, dass der Cop beschlossen hatte, Boz selbst zu liquidieren, indem er ihn in den Merrimack stürzte. Der Tod der vierundzwanzig und die vernichtende Niederlage des FBI waren die Krönung ihres Werks. Welche Ziele verfolgte der Schriftsteller danach? Wollte er die Wahrheit enthüllen? Sheridan hatte gute Gründe, seinen Helfer aus dem Weg zu räumen.

Zusammen hatten sie Patrick und Abigail ermordet, sobald die beiden überflüssig und gefährlich geworden waren.

Indem er Boz in den Fluten ertränkte, sorgte Sheridan dafür, dass er ungestört triumphierte und für immer straflos ausging.

Doch er hatte die Rechnung ohne die Post-mortem-Botschaften von Ben O. Boz gemacht. Ob der Autor nun ermordet worden war oder Selbstmord begangen hatte, eines war sicher: Er wusste von seinem bevorstehenden Tod. Das für die Nachrichten gewählte Datum belegte das.

Franklin wusste genug. Er konnte nicht mehr warten, bis die hohen Tiere des FBI aufwachten und sich einigten. Er mietete ein Auto, nahm seine beiden Waffen an sich und beschloss, nachts in der Nähe von Stuart Sheridans Haus an der Auburn Street Nr. 55 versteckt Posten zu beziehen.

Der Professor hatte keinerlei Erfahrung mit Beschattungen. In der ersten Nacht stellte er fest, dass ihm ein Nachtsichtgerät mit Vergrößerung fehlte. Er hatte sich zu weit weg postiert, um so das Risiko einer Entdeckung zu verringern.

Am nächsten Tag stöberte er in einem Geschäft für Möchtegernspione in Concord das gesuchte Gerät auf. Im Schaufenster des Ramschladens erblickte er eine weitere technische Spielerei, die ihm nützlich sein konnte: einen Ortungssender. Man musste ihn nur in eine Jackentasche stecken oder unter einer Fahrzeugkarosserie befestigen und konnte dann seine Position von der Ferne auf einem kleinen Bildschirm verfolgen.

In der zweiten Nacht schlüpfte er unauffällig in den Innenhof von Sheridans Haus und klemmte den Chip zwischen ein paar Nieten, die den Auspufftopf befestigten. Halbtot vor Angst, aber recht zufrieden mit sich selbst, nahm er sein Versteck wieder ein.

Franklin wiegte sich in der Überzeugung, er habe an alles gedacht und sei vor Sheridan sicher, doch so vorsichtig er auch war, er bemerkte nie das schwarze Auto, das neun Wagen hinter seinem eigenen parkte. Seit drei Tagen verließ es ihn keine Sekunde mehr.

Der Professor, der Wache hielt, stand selbst unter Überwachung.

8

Hin und wieder sah Frank hinter den Fenstern, wie Sheridan mit seinen Jüngsten spielte oder seine Frau umarmte.

Am vierten Abend war Frank mitten in der Nacht mit über dem Lenkrad gekreuzten Armen halb eingeschlafen, als das Geräusch der sich öffnenden Garagentür von Sheridan ihn aufweckte.

Der Cop fuhr heraus. Aber nicht mit seinem Oldtimer, sondern mit dem Ford Pick-up mit Allradantrieb, den gewöhnlich seine Frau benutzte. Er fuhr mit ausgeschalteten Scheinwerfern. Franklin beschloss, es ihm gleichzutun und ihm in einigem Abstand zu folgen. Sheridan schaltete das Licht erst ein, als er auf die Penacook Road einbog. Der Professor folgte ihm in gebührendem Abstand und fixierte dabei die beiden roten Rücklichter des Pick-ups.

Während Franklin aus der Stadt herausfuhr, übermannte ihn das gleiche Gefühl der Verlorenheit, das in der Nacht seiner Ankunft in Durrisdeer von ihm Besitz ergriffen hatte.

Stuart Sheridan blieb mitten in der Pampa fern aller menschlichen Siedlungen an der Currier Road am Waldrand stehen. Sein Allradfahrzeug erklomm die Straßenböschung und die Scheinwerfer erloschen.

Franklin tat mehr als hundert Meter weiter weg das Gleiche. Der Halbmond ergoss sein bleiches Licht, doch sein Wagen stand geschützt in einem Schattenfleck.

Mit einer Taschenlampe bewaffnet löste Sheridan die Plane seines Fahrzeugs, um eine Schaufel daraus hervorzuholen. Dann verschwand er im Wald. Frank ließ in jede Tasche seiner Jacke eine Waffe gleiten und begann den Lichtschwankungen von Sheridans Lampe zu folgen. Der Polizist ging schnell. Offenbar folgte er einem Weg. Frank dagegen musste sich durchs Gebüsch schlagen, über dicke Wurzeln oder dürres Holz springen und sich von Dornenranken losreißen, ohne dabei Lärm zu machen.

Schließlich blieb der große Polizist stehen. Das Licht der Lampe bewegte sich nicht mehr. Frank wagte sich noch näher heran. Seine Augen hatten sich an die Nacht gewöhnt.

Sheridan grub am Fuß eines Baums. Er hatte seine Taschenlampe auf einem Ast über sich festgeklemmt. Der grelle Lichtstrahl traf auf die Stelle, wo der Cop seine Schaufelladungen abwarf. Der Mann arbeitete bis zur Erschöpfung. Ein dumpfes Klicken ließ ihn innehalten. Er wischte sich die Stirn ab, machte eine unmerkliche Kopfbewegung und legte dann sorgfältig einen schwarzen Plastiksack frei. Er ergriff seine Lampe und richtete den Strahl auf den Gegenstand.

Als Sheridan sich den Sack über die Schultern hievte, gab es im Kopf des jungen Mannes keinen Zweifel mehr: Es war eine Leiche! Nicht sehr groß. Vielleicht die Leiche einer Frau oder eines Jugendlichen.

Franklin erbleichte.

Sheridan kehrte zu seinem Wagen zurück, ohne das Loch wieder zuzuschaufeln.

Der Professor machte sich Sorgen. Wenn es dem Colonel einfiel, zu wenden, um nach Concord zurückzufahren, würde er unweigerlich Franklins Auto am Straßenrand sehen und mit Hilfe des Kennzeichens und der Leihwagenfirma die Spur zu ihm verfolgen.

Es gab nur einen Ausweg: Der Professor rannte in den Wald, sprang ans Steuer, drehte den Zündschlüssel und fuhr mit eingeschalteten Scheinwerfern geradeaus weiter.

Er begegnete Sheridan in flottem Tempo.

Dieser zuckte zusammen, er war gerade erst mit seinem neuen Passagier aus dem Wald herausgetreten. Er konnte weder Franklin in seinem Fahrzeug erkennen noch die Marke oder das Modell des Wagens.

Der Professor fuhr geradeaus weiter, dann löschte er wieder die Lichter und blieb nach einer lang gezogenen Kurve stehen. Anschließend fuhr er sehr langsam im Rückwärtsgang den Weg zurück. In der Ferne sah er in seinem Rückspiegel, dass Sheridan, wie er es vorhergesehen hatte, wendete.

Und er nahm die Verfolgung wieder auf.

Doch dann hörte er einen Signalton in der Tasche seiner Jacke. Er fuhr hoch. Es war der tragbare Empfängermonitor seines GPS-Senders.

Er holte das Gerät hervor.

Sheridans Oldtimer hatte sich soeben ebenfalls in Bewegung gesetzt!

9

Sheridan fuhr nicht nach Hause zurück. Er setzte sich vielmehr auf die Interstate 393. Für Franklin war nun alles klar. Sheridan kehrte zur Baustelle des Autobahnausbaus zurück.

Zum Todesort der vierundzwanzig letzten Versuchskaninchen von Boz.

Wenige Gründe können Entschlüsse erklären, durch die ein Leben so schnell aufs Spiel gesetzt wird. Fantasie kann ein furchtbarer Fehler sein. Ein fieberhafter Wissensdurst, die ungeduldige Gier, im Zentrum des Geschehens zu stehen. Die Fantasie nährt den Argwohn. Wer sich nie etwas ausdenkt, hat nie das Verlangen, seine Ideen bestätigt zu sehen. Franklin gehörte nicht zu dieser Sorte Menschen.

Während der Pick-up die Abfahrt nahm, die zu den Baustellen führte, hielt er seinen Wagen schon weit vor der Kreuzung von Freedom Acres und Interstate 393 an und verschwand zu Fuß in den Wäldern von Farthview Woods.

Richtung Baustelle.

Die Durchquerung war mühsam. Es gab keinen Weg und der Wald war hier dichter. Der Halbmond diente als Leuchte von oben. Das war unzureichend, doch Franklin verzichtete darauf, seine Taschenlampe einzuschalten. Die einzigen

Lichtpunkte, die er bei seiner Ankunft in der Nähe der Baustelle erkennen konnte, waren die Beleuchtungen der Außentreppen an den Wohnwagen des Dorfs SR-12 in der Ferne. Von dort war Milton Rock mit seinem Hund losgegangen und hatte die vierundzwanzig entdeckt …

Franklin hatte bisher nur Fotos vom Tatort des Massakers vom 3. Februar 2007 gesehen: die Grube für den Pfeiler, den Leichenberg, die Umgebung im Halbdunkel, die Planiermaschinen und so weiter. Er war nie selbst dort gewesen.

Geräuschlos schlich er sich an den Waldrand. Er erkannte sofort, dass die Bauarbeiten in mehr als sechs Monaten erheblich fortgeschritten waren. Fünf riesige Pfeiler ragten inzwischen in den Himmel, ein Teilstück der Straße war bereits mit der Auffahrt der 393 verbunden. Das Zentrum der Arbeiten hatte sich um gut eineinhalb Kilometer verschoben.

Zu Füßen dieser betonierten Massen fühlte sich Frank so klein wie ein Insekt. Er wartete. Ohne sich aus der Deckung der Bäume hervorzuwagen.

Das Erste, was ihn aufhorchen ließ, waren die Schläge einer Hacke. Zu seiner Linken. Ganz in der Nähe des ersten Pfeilers. Er bewegte sich in diese Richtung und stieß wieder auf Stuart Sheridan.

Eine Verwechslung war unmöglich. Seine Silhouette war zu charakteristisch. Der Koloss hielt eine Spitzhacke in den Händen und bearbeitete damit den Boden in etwa fünfzehn Meter Entfernung von der Pfeilerbasis. Der schwarze Sack lag neben ihm.

Franklin blickte wieder auf seinen tragbaren Monitor: Auch der Oldtimer war Richtung 393 unterwegs! Er näherte sich ihnen.

»Großer Gott, was hat das zu bedeuten?«

Franklin zog mit klopfendem Herzen seine Sig Sauer hervor. Er griff nach seinem Mobiltelefon und wählte die Nummer von Patricia Melanchthon. Er sprach sehr leise auf sie ihn.

»Seien Sie still, hören Sie mir zu.«

Er schilderte mit knappen Worten die ganze Aktion.

Sie antwortete: »Tun Sie nichts, das Sie später bereuen könnten, Frank! Die Sache kann total außer Kontrolle geraten. Sehr schnell.«

»Aber das hier ist unsere einzige Möglichkeit, ihn zu erwischen. Unternehmen Sie etwas! Schaffen Sie Verstärkung her!«

Er beendete das Gespräch und schaltete sein Telefon aus.

Er beschloss, näher zu kommen und die Ecke des Pfeilers als Sichtschutz zu benutzen.

Ohne etwas zu bemerken hatte Sheridan schließlich sein Loch ausgehoben und zündete eine Lampe an. Jäh erhellte das grelle Licht die Nacht. Franklin erstarrte. Der Polizist überprüfte die Größe des Körpers im Sack. Gebeugt, mit der Lampe zwischen den Zähnen, zog er den Leichnam mit beiden Händen heran.

Sheridan kniete vornüber gebeugt mit der Lampe im Mund und stützte sich mit den Handflächen auf, er befand sich in einer Position der Schwäche. Franklin zögerte nicht, und er sollte sich sein Leben lang fragen, warum. Mit auf den Cop gerichteter Waffe kam er hinter dem Pfeiler hervor.

»Sheridan!«, schrie er.

Was nur hatte ihn zu dieser Wahnsinnstat getrieben? Die Neugier? Ein plötzliches Gefühl der Überlegenheit über Boz'

Komplizen? Viel Stolz jedenfalls. Er hatte noch nie auf einen Menschen geschossen. Das Ganze machte keinen Sinn. Sheridan ahnte das zweifellos.

Der Cop sprang auf die Füße und ließ dabei seine Lampe fallen. Der Lichtstrahl traf den Boden, und die zwei Männer wurden wieder ausschließlich vom Mondlicht beschienen.

Dieser kurze Moment, in dem Franklins Auge zwischen mehreren Blickfeldern schwankte, genügte Sheridan, um seine Glock .45 zu ziehen.

»Sie schrecken wirklich vor nichts zurück, Franklin«, stieß er aus.

Und dann schoss er. Die Kugel verfehlte die linke Schulter des Professors. Dieser warf sich mit einer schnellen Drehung hinter den Pfeiler. Es gibt Momente, in denen einem brutal bewusst wird, was für einen Unsinn man gerade gemacht hat – bei Franklin stellte sich diese Erkenntnis auf der Stelle ein.

Er wusste, dass er Sheridan nicht gewachsen war. Der Colonel würde kurzen Prozess mit ihm machen und ihn ein für alle Mal hier begraben. Vorhang zu, Professor.

Es gab nur eine Lösung: in den Wald und dessen schützendes Halbdunkel fliehen.

Was er tat.

Doch dann zerriss das Geräusch einer zweiten Kugel die Nacht. Und dieses Mal war es ein Schuss von der Seite, der ihn oberhalb der Hüfte traf. Die Gewalt des Aufpralls katapultierte ihn in seinem Lauf wie ein Stück Tuch nach vorn, bis hinter die ersten Sträucher am Waldrand.

Während Frank flog, hatte er den Kopf zur Seite gedreht und Lieutenant Amos Garcia erkannt. Mit der Waffe im Anschlag. Der zweite Schütze.

Franklin rollte sich unter die Bäume. Er blutete. Er stöhnte. Er litt. Aber er hatte seine Waffe nicht losgelassen.

Er richtete sich wieder auf und hörte deutlich, wie die beiden Männer sich unterhielten und näher kamen. Trotz seiner Schmerzen humpelte er mühsam zu einer dunkleren Stelle, bevor er in voller Länge auf den Rücken fiel. Sheridan und Garcia hatten gerade den Wald betreten.

Franklin lag unter einem Dach aus hohen Farnen. Nicht dass er sich dort in Sicherheit fühlte, doch seine Verfolger würden ihn nur finden, wenn sie genau über ihn stolperten. Bis dahin war die Nacht auf seiner Seite.

Franklin lag zitternd und durchfroren da, überzeugt, seine letzte Stunde habe geschlagen, und sah in Gedanken noch einmal, beinahe in der richtigen Reihenfolge den Ablauf der Ereignisse vor sich: seine außergewöhnliche Berufung nach Durrisdeer, seine abenteuerliche Ankunft, die Begegnung mit Mary, den Streich mit dem Tod von Mycroft Doyle, den Klub der Schreiber, Sheridan, der sein Büro betrat, um ihm von einem gewissen Boz zu erzählen, die Fotos beim Colonel, die ihn zur Teilnahme an den Ermittlungen bewegen sollten, Dovington und ihre Verhaftung durch das FBI, den großen Vortrag von Patricia Melanchthon über den Schriftsteller, den Kauf der Waffen in Manchester, die erste Begegnung mit Boz, die Hunde, das große Feuer im Garten, die Rede vor den Schülern, das Theater, das Massaker, die vernichtende Niederlage, dann die Asche in Kanada und schließlich das Fax, die E-Mail und das »Guten Tag« aus dem Jenseits.

»Was für eine Riesenscheiße!«, dachte er.

Sheridan und Garcia kamen gefährlich nahe. Sie hatten sich getrennt und bearbeiteten die Farne mit Fußtritten, legten Zweige frei und kreisten den am Boden liegenden Professor immer enger ein.

»Ihr Abenteuer ist jetzt zu Ende!«, schrie Sheridan schließlich. »Ihnen bleibt nur noch übrig, sich zu ergeben, Franklin!«

»Wir wissen, dass Sie ganz in der Nähe sind«, setzte Garcia mit einem Blick auf seine Uhr noch eins drauf. »In weniger als zwei Stunden wird es hell werden. Wir werden so lange wie nötig warten. Aber Sie werden uns nicht entkommen!«

»Der Lieutenant steckt also auch mit drin«, dachte Franklin. »Gütiger Gott, wie viele decken eigentlich Boz?«

Er wusste, dass er sich in einer denkbar schlechten Situation befand. Sie würden ihn töten und im Wald verschwinden lassen, und niemand würde sie je verdächtigen. Das Kapitel Literaturprofessor wäre damit beendet.

Im Augenblick hörte er jedes Knacken ihrer Schritte. Links von ihm. Rechts von ihm. Sheridan war der weniger Diskrete von beiden, er peitschte die Farne mit seinen Stiefeln.

Langsam zog Franklin seine zweite Pistole, die KelTec P32 aus der Tasche.

Er sah, wie sich ihre Umrisse abzeichneten. Rechts von ihm. Links von ihm.

Frank konnte seine Atemgeräusche nicht unterdrücken. Sein Atem verriet ihn. Er schnaufte beinahe. Er ballte die Fäuste.

Zu seiner Linken Sheridan.

Zu seiner Rechten Garcia.

»Es ist Ihr Karma …«, hatte der Waffenhändler in Manchester gesagt.

»Und wie soll Ihr Roman heißen?«, hatte ihn sein Verleger in New York gefragt.

»*Der Schriftsteller*, aber ich werde Ihnen nichts verraten, solange ich nicht weiter vorangekommen bin mit der Geschichte …«

Weiter vorangekommen mit der Geschichte …

»Ich bitte Sie nur, mir bei der Aufklärung des Rätsels der vierundzwanzig Toten zu helfen«, hatte Sheridan ihm in Dovington versprochen. Es ist nur ein Bestätigungsversuch. Sie hören auf, sobald Sie wollen.«

Ja, aufhören! Aufhören! Sofort!

»Regen Sie sich nicht auf, Professor, der Paranoia entkommt man nicht. Sie werden alle Phasen der Angst und des Zweifels durchmachen. Ein echter Ausflug in trübe Gewässer. Da heißt es robust sein, Franklin!«

Robust … Robust … Robust.

Franklin schloss die Augen und streckte die Arme aus. Er hob den Oberkörper ein wenig an und schoss beinahe blindlings, wobei er seine Bewegung mit einem wilden Schrei begleitete.

Er zielte in beide Richtungen mit den Pistolen.

Der Lärm, das Mündungsfeuer, die Funken, die Vibrationen unter den Fingern, der Geruch nach Schwarzpulver, sein Schrei, seine Verletzung, das alles vermischte sich in ihm und um ihn herum.

Sheridan und Garcia stürzten röchelnd zu Boden.

Der junge Mann stellte das Feuer ein. Er hätte nun wie betäubt innehalten können … stattdessen stand er, gepackt von einer unbezähmbaren Wut, auf und schleppte sich zum hingestreckten Körper Sheridans.

Er fand ihn leblos auf dem Bauch liegend.

Nicht im Geringsten erschüttert vom Tod des Cops, ganz

im Gegenteil, eher ermutigt, hob Franklin seine Waffe an, brüllte und leerte sein Magazin in den Rücken des Polizisten.

Er feuerte hemmungslos. Es war das erste Mal, dass er auf einen Menschen zielte und Blut vergoss, doch es war auch das erste Mal, dass er so davon überzeugt war, sein letztes Stündchen habe geschlagen … Dieses Trauma entlud sich nun in Raserei und in dem Machtrausch, diese beiden Kerle auszulöschen.

Er fand Amos Garcia und schoss ihm eine weitere Kugel mitten in den Kopf.

Schließlich ließ er seine beiden Pistolen mit leeren Magazinen fallen und brach zusammen.

Während ihm wirre Gedanken an Mary, seine Mutter und sein früheres Leben durch den Kopf schwirrten, spürte er, wie er zum Tier geworden war. Einem Raubtier, das wollte, dass diese Geschichte, dieses Abenteuer, dieser Alptraum endlich zu Ende ginge!

Er hörte vage, wie Menschen im Wald ankamen. Zweifellos Dorfbewohner, die die Schüsse herbeigelockt hatten.

Franklin atmete auf! Er war gerettet.

»Hände über den Kopf!«, schrie ihm eine Frauenstimme zu.

Es war Patricia Melanchthon. Sie war in Begleitung von zwei Agenten, alle drei waren bewaffnet. Der Professor stand mühsam auf. Er lächelte.

»Es ist vorbei«, sagte er erleichtert. »Es ist vorbei, Patricia …«

Zwischen den Bäumen in der Nähe des Pfeilers erblickte

er den Oldtimer von Sheridan. Waren die Agenten mit ihm gekommen? Melanchthon zielte noch immer mit der Waffe auf ihn.

»Sie sind verhaftet!«

»Was? Aber …«

»Soll ich Sie von nun an Frank Franklin oder Ben O. Boz nennen? Dieses Mal sind Sie zu weit gegangen. Die Falle hat nicht funktioniert. Es ist vorbei.«

Und sie verlas ihm seine Rechte, bevor die restlichen Polizeikräfte eintrafen, um ihn festzunehmen.

10

Der Professor wurde zur Dienststelle des FBI in Manchester gebracht. Er fand sich in einem Raum wieder, der aufs Haar dem in Albany glich, in den er mit Sheridan nach seiner Entführung in Dovington gebracht worden war.

Neun Stunden lang zählte Melanchthon die verschiedenen Anklagepunkte auf, die ihm angelastet wurden, und die Beweise, die sie untermauerten. Franklin blieb die ganze Zeit über stumm.

Am Ende stieß er nur zutiefst bedauernd diesen einen Satz aus: »Und ich dachte, ich hätte alles verstanden!«

Während Franklin monatelang im Staatsgefängnis von New Hampshire saß, wartete er auf den Gnadenstoß des Mörders. Nein … er ahnte, dass dieser Gnadenstoß erst am Ende der ganzen Geschichte fallen würde.

Am darauf folgenden 3. Februar, exakt ein Jahr nach der Entdeckung der Leichen auf der Baustelle, während Frank noch immer in Erwartung seines Prozesses im Gefängnis schmachtete, entsprach der zum Alleinerben bestimmte Notar von Ben O. Boz in Montpelier dem Wunsch seines Mandanten und holte aus seinem Tresor ein Manuskript, das der Schriftsteller ihm einige

Wochen vor seinem Verschwinden im Merrimack anvertraut hatte.

SECHS FUSS UNTER DER ERDE
oder
DAS ALIBI
Von Ben O. Boz

In seinem letzten Buch erzählte Boz alles. Er begann mit seiner Jugend und dem Geständnis, *er* selbst habe im Alter von zehn Jahren seinen Vater getötet, indem er sein Auto manipuliert habe, und diesen Mord anschließend mit Hilfe seiner Mutter vertuscht.

Er ließ nichts aus.

Jeden Test, jeden Versuch, jeden Mord, jedes abscheuliche Experiment. Mindestens siebenundvierzig ungelöste Verbrechen fanden auf diesen Seiten ihre Aufklärung! Seit dem Bekanntwerden des Textes rissen sich alle Zeitungen um die besten Auszüge daraus. Boz vertuschte nichts mehr, er nannte die wahren Namen, die wahren Orte und die wahren Umstände. Mit seiner bekannten Detailverliebtheit analysierte er bis zum Exzess, worin seine »Schreibmethode« bestanden hatte.

Er ließ sich lang und breit über die Jahre aus, in denen es ihm gelungen war, das FBI mit Hilfe fingierter Alibis zu täuschen und Agenten durch vorgetäuschte Unfälle zu ermorden. Die Passagen über die Ermordung seiner Frau folgten demselben Muster.

Der Fall Amy Austen hatte das Interesse des Schriftstellers an Experimenten mit Hypnose geweckt. Die Prostituierte aus Nevada war sehr leicht in Trance versunken, hatte unbekannte Sprachen gesprochen, sich an frühere Leben erinnert und mit den Geistern indianischer Schamanen kommuniziert … Dieser Erfolg erwies sich als überaus wichtig für Boz, denn unter Hypnose war ihm sein Versuchsobjekt auf Gedeih und Verderb ausgeliefert. Er perfektionierte seine Technik und wandte sie bei anderen Versuchskaninchen an. Diejenigen, die auf das Verfahren nicht genügend ansprachen, wurden eliminiert und ersetzt. Die letzten vierundzwanzig waren seine empfänglichsten Versuchspersonen gewesen.

Das vorletzte Kapitel handelte von dem Massaker in New Hampshire. Es sollte sein Geniestreich werden. Der, mit dem er seine Gegner vom FBI vernichten würde.

Die vierundzwanzig waren mitten in der Nacht zur Baugrube eines Pfeilers auf einer Autobahnbaustelle geführt worden und hatten sich bereitwillig aufeinandergelegt, um einen Berg aus Körpern zu bilden. Jeder ließ sich lächelnd eine Kugel in die linke Herzkammer schießen.

Alle Opfer waren unter Hypnose gestanden. Boz hatte das Szenario Dutzende und Aberdutzende von Malen mit ihnen geprobt, bevor er es wirklich reibungslos in die Tat umsetzte. Abgesehen von Jessica March, der jungen Frau, die plötzlich aus der Hypnose erwacht war.

Der Kleinlaster, in dem die Opfer transportiert worden waren, hatte geschickterweise alle Straßen gemieden, die von Verkehrsüberwachungskameras beobachtet wurde.

Das letzte Kapitel in Boz' Buch beschrieb seinen Selbstmord im Merrimack.

Eineinhalb Monate vor der Entdeckung des toten Schriftstellers hatte Stuart Sheridan E-Mails auf seinem Computer und auf seinem Laptop erhalten. Darin wurde ihm in allen Einzelheiten erklärt, wie Frank Franklin, der junge Professor aus Durrisdeer, mittlerweile zum Helfershelfer der Verbrechen von Ben O. Boz geworden war.

Sheridan nahm sofort Kontakt zu Melanchthon auf und beide beschlossen abzuwarten, bis diese Anschuldigung durch Beweise erhärtet wurde.

Diese folgten nach dem Verschwinden des Autors Ende August. Abigail Burroughs wurde vier Tage später im Kofferraum eines Autos ermordet aufgefunden. Neben ihr fanden die Ermittler nicht nur einen Bleistift mit Franklins Fingerabdrücken, sondern außerdem Spuren seiner DNS auf ihrem Mund.

»Das ist unmöglich!«, hatte Frank aufgeschrien.

Von diesem Zeitpunkt an heftete sich eine ganze Abteilung des FBI an Franklins Fersen. Man wollte ihn in dem Moment überrumpeln, in dem man unzweifelhaft seine Beteiligung an früheren Morden nachweisen konnte.

Stattdessen aber begann der Verdächtige plötzlich eine Geschichte zusammenzureimen, die Stuart Sheridan als Komplizen von Boz ins Spiel brachte!

Das hielten alle für einen Trick.

Ben O. Boz verschickte derweilen weiterhin Mitteilungen an Sheridan und zugleich an Franklin, wobei er einem dem FBI wohlvertrauten Muster folgte: der Mörder und sein Double, der Schüler. Es funktionierte wunderbar. Melanchthon glaubte, Franklin durchschaut zu haben. Sie war überzeugt, dass seine Geschichte über Sheridan nur ein Ablenkungsmanöver oder eine Falle war. Sie beschloss, ihm nichts in den Weg zu legen, damit er das Gefühl hatte, er sei Herr der Lage. Sie verschaffte ihm freien Zugang in Quantico und tat so, als glaubte sie an seine Entdeckungen und verdächtigte Sheridan ebenso sehr wie er.

Als Franklin begann, sich vor dem Haus des Cops zu verschanzen, war die Sache klar. Er wollte Sheridan ausschalten und seine Tat mit dem wachsenden Schuldgefühl des Colonels oder mit Notwehr rechtfertigen.

Clark Doornik berief sich auf Alibis, Frank Franklin auf Notwehr. Doch immer war es Ben O. Boz, der wirklich die Fäden zog.

Melanchthon hatte die Idee mit dem Plastiksack. Er enthielt nur ein paar Bettlaken und ein paar Holzstücke. Dieses Täuschungsmanöver sollte Frank aufscheuchen und zum Handeln treiben!

Doch als er hinter dem Pfeiler auf der Baustelle auftauchte, überstürzten sich die Ereignisse, ohne dass Lieutenant Amos Garcia und Melanchthon rechtzeitig eingreifen konnten.

Während all dieser Zeit hätte Franklin seinen Kopf darauf verwettet, dass Stuart Sheridan Boz' Komplize war.

Und Sheridan seinerseits hätte das Gleiche über Frank Franklin gesagt.

So hatte der Schriftsteller Ben O. Boz es gewollt. Damit alles das schlimmstmögliche Ende nahm.

Die unglaubliche Menge von Kugeln, die in Sheridans und Garcias Leiche gefunden wurden, sprach in keiner Weise zugunsten der von Frank Franklin behaupteten Notwehr. Er hatte zwei Polizeibeamte getötet, darunter den Polizeichef, der Vater von fünf Kindern war.

Außerdem wurde ihm der Mord an Abigail Burroughs angelastet. Der Professor ließ im Kopf seine Gespräche mit Boz in dessen Villa Revue passieren, um eine Erklärung für die Indizien zu finden: Er hatte dort Bleistifte benutzt und möglicherweise einen davon verloren. Er hatte direkt aus der Sodadose getrunken. Der Schriftsteller hätte also ohne Weiteres einen Weg finden können, um seine Fingerabdrücke und seine DNS zu manipulieren.

Grob geschätzt riskierte er in New Hampshire dreimal neunzig Jahre Gefängnis.

In *Sechs Fuss unter der Erde* kam die schreckliche Wahrheit über die zeitversetzten Nachrichten von Boz zutage. In Wahrheit waren sowohl Sheridan wie Franklin vollkommen unschuldig. Boz hatte keinen Komplizen. Sheridan hatte nie versucht, seinen Vater zu rächen, indem er einen »perfekten Killer« erschuf; Franklin war kein »Schüler«. Alles war nichts als ein Täuschungs- und Betrugsmanöver gewesen. Der Professor hatte zwei Unschuldige getötet, als er auf den Colonel und den Lieutenant gefeuert hatte.

Wenn sie als Erste geschossen hätten, wären sie ebenfalls einem Irrtum zum Opfer gefallen.

Boz' Meisterwerk war vollbracht.

Selbst im Tod hatte er noch gemordet. Und wie bei jedem Verbrechen, das er seit zwanzig Jahren begangen hatte, besaß er ein bombenfestes Alibi. Das beste von allen.

»Ein Alibi kann man vor einem Gericht immer zerpflücken«, hatte er vor Franklins Studenten in Durrisdeer verkündet. »Eine Zeugenaussage, notfalls durch Bestechung, genügt und schon ist es beim Teufel. Für eine gute Verteidigung wäre das einzige perfekte Alibi, die einzige brauchbare

Rechtfertigung … dass man an dem Tag, an dem das Verbrechen begangen wird, tot ist!«

Der Text bestätigte schließlich, dass Abigail Burroughs, geborene Turd, wirklich ein ehemaliges Versuchskaninchen war, das sich in ihn verliebt hatte. Er selbst war für ihre Reize und ihre Ergebenheit immer empfänglich gewesen.

Das bizarre Paar traf sich im Haus von William Charlier, dem »virtuellen« Nachbarn von Dovington.

Abigails Bruder Patrick Turd war nur eine unwichtige Schachfigur gewesen. Und außerdem ein Fehler. Abigail und er waren an den Geschehnissen der Nacht des 3. Februar beteiligt gewesen. Doch der junge Mann hatte den Kopf verloren, als sie aufbrachen. Nicht einmal Boz hatte gewusst, dass Abigail ihren Bruder durch den Wald gehetzt und eigenhändig getötet hatte, um ihren Geliebten zu schützen! Sie erzählte ihm nie ein Wort über diese Leiche, die sie auf dem Gelände von Durrisdeer zurückgelassen hatte. Abigail liebte Boz genauso sehr, wie sie ihn fürchtete.

Als Boz durch den Klub der Schreiber von der Existenz von Turds Leiche erfuhr, musste er das Verfahren beschleunigen, damit er nicht Gefahr lief, vor seiner endgültigen Apotheose gefasst zu werden. Er beseitigte den Irrtum.

Und Abigail.

Die Veröffentlichung des letzten Buchs hatte genau die erhoffte Wirkung. Von einem Tag auf den anderen sprach das Land über nichts anderes mehr als über Ben O. Boz. Seine Romane wurden neu aufgelegt, die ganze Welt wollte sie kennenlernen. Die Details, die vorher abstoßend gewirkt hatten, wurden nun zu seinem Markenzeichen und zum

Auslöser seines Erfolgs. Eine morbide Faszination entstand um dieses in seiner Art einzigartige Werk.

Boz wusste, dass er für immer als einzigartiger Fall in die Literatur- und Kriminalgeschichte eingehen würde.

»Sie werden sich meine Bücher aus der Hand reißen, Sie werden sehen!«, hatte er vor Franklin verkündet. »Wenn man weiß, wer ich bin, was ich geopfert habe, um in meiner Arbeit wahrhaftig zu sein, dann werden meine Bücher sich verkaufen!«

Sein ganzer Plan, sein ganzes Leben war auf dieses eine wohlüberlegte, ausschließliche, geduldig ins Werk gesetzte und auf grauenhafte Weise realisierte Ziel hin ausgerichtet gewesen.

Trotz der Enthüllungen in Boz' Buch wurde Frank Franklin wegen der Ermordung von Sheridan und Garcia in erster Instanz zu fünfzehn Jahren Gefängnis verurteilt.

So hatte sich der Schriftsteller an dem jungen Professor gerächt, der ihm mit seinen eigenen Waffen ein Schnippchen hatte schlagen wollen.

Bis zum Schluss war ihm nichts und niemand je entkommen.

Romain Sardou

»Sardou ist ein enorm begabter Geschichtenerzähler. Er versteht es meisterhaft, atmosphärisch dichte Bilder zu schaffen. Die Charaktere seiner Romane sind unvergesslich.«

Sächsische Zeitung

»Geheimnisvoll, mystisch, spannend.« **Bild am Sonntag**

978-3-453-01427-5

978-3-453-47017-0

HEYNE